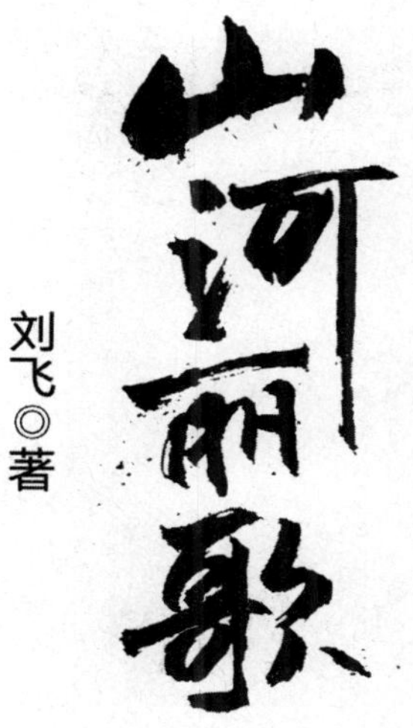

刘飞◎著

SPM
南方出版传媒
花城出版社
中国·广州

图书在版编目（CIP）数据

山河丽歌 / 刘飞著. -- 广州 : 花城出版社,
2020.2
ISBN 978-7-5360-9109-2

Ⅰ. ①山… Ⅱ. ①刘… Ⅲ. ①长篇小说一中国一当代
Ⅳ. ①I247.5

中国版本图书馆CIP数据核字(2019)第299108号

出 版 人：肖延兵
策划编辑：林宋瑜
责任编辑：揭莉琳　林　菁　刘玮婷　罗敏月
特约编辑：陆雅馨
技术编辑：凌春梅
装帧设计：刘红刚
封面绘画：马钰涵

书　　名　山河丽歌
　　　　　SHANHE LIGE
出版发行　花城出版社
　　　　　（广州市环市东路水荫路 11 号）
经　　销　全国新华书店
印　　刷　佛山市浩文彩色印刷有限公司
　　　　　（广东省佛山市南海区狮山科技工业园 A 区）
开　　本　787 毫米×1092 毫米　16 开
印　　张　24.75　1 插页
字　　数　396,000 字
版　　次　2020 年 2 月第 1 版　2020 年 2 月第 1 次印刷
定　　价　49.80 元

如发现印装质量问题，请直接与印刷厂联系调换。
购书热线：020－37604658　37602954
花城出版社网站：http://www.fcph.com.cn

目 录

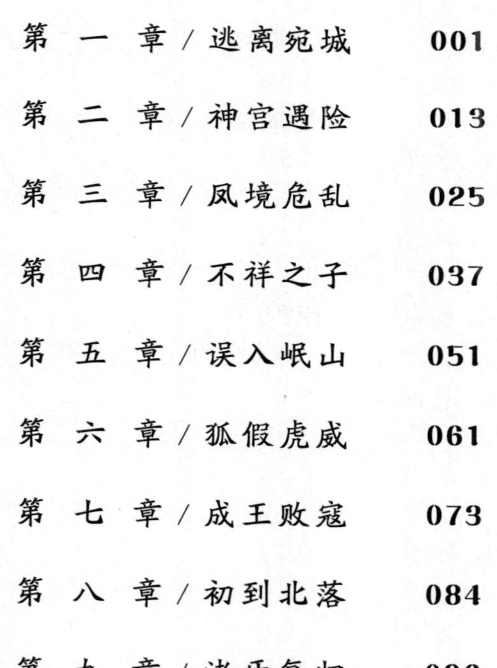

第一章

逃离宛城

宋小六从来不觉得自己会是个“路见不平一声吼，猛虎于前抖一抖”的真汉子，所以绝对干不出见义勇为、救死扶伤这种大事来。用他爷爷宋老酒鬼的话来说，“人字岔开走，保命就该㞞”。

不听，不看，不说。这六字真诀宋小六素来谨记，专心做一个“路见不平，拔腿就跑”的好少年。然而，现在，他却被一群人堵在了巷子口的犄角里，性命堪忧。陷入这等险境，说来说去，还是怪方才没管住眼睛，该死地多看了那一眼……

今儿是冬至，按照惯例，宋小六溜了草堂先生最后一节训课，去酒坊给宋老酒鬼打瓶上好的松醪春，准备一起过个节。

倒不是宋小六不好学，只是草堂先生翻来覆去都是“克己复礼”“仁义礼智信”那套陈词滥调，还抵不上宋老酒鬼的胡话实用，不听也罢。

他要去打酒的那家主事的本领是河东狮吼，人称“西市贺大娘”。贺大娘不仅面相剽悍，性子也火暴，一亮嗓门能穿透整个宛城，不过这也不妨碍她家的酒令人牵肠挂肚。众人挤破头来抢，尤其那松醪春品醇味香，一天就卖一百瓶，去晚了求也求不来。宛城里但凡爱酒人士，都是要早早排队等着的。

宋小六跟个小瘦猴似的，灵巧地钻过排到大街巷的队伍，溜边跑到柜前来，举着铜板甜甜地叫了声贺大娘。贺大娘见是宋小六，也没数钱，径直从柜底拿出最后一壶浅白瓶的松醪春，再用网兜兜好，道："让老酒鬼省着点喝！"宋小六回了句"知道，谢啦"，便速速钻出人群，朝家奔去。

排长龙的人见一小鬼拥有如此特权，纷纷不满，对贺大娘嘟囔："你怎么又把酒贱卖给城东的那家废物了……"

宋小六专心护着酒，一点也没听见身后贺大娘对那些臭酒鬼的破口咒骂。若是仔细听听，大多是贺大娘维护这对苦命爷孙的。

可宋小六从不觉得苦，他打小就知道自己没爹没娘，是靠爷爷走南闯北扯大皮说话本活下来的，现在这种日子已经比冬日里遭人四处棒杀的野犬强太多。懂得知足也算得上是他的优点了吧。

宋小六这厢乐呵呵地避开主干道，特意选了条无人的小径回家，没想到刚拐进巷子，就听得前方传来高声咒骂：

"我他妈让你跑！敢抢我们爷的东西，活得不耐烦了！"

"是你们……不要了……我才捡的……不是抢……"

宋小六立马警觉地停住脚，贴着墙皮，贼贼地探出脑袋想瞄个究竟。

一看，嘿！好家伙，竟是一群泼皮无赖在围殴一个小叫花子。以多欺少，真不要脸！

宋小六缩回头，心底腹诽一番。他无须多看也知道，定是这些泼皮浪子闲在街上，眼瞅着谁不顺就拿谁来出气了。这种事他以往都不知撞见过多少回，每次都是靠宋老酒鬼教的认怂保命大法溜之大吉的。眼下这事没惹到自己头上，宋小六更不可能逞英雄硬碰硬了。

泼皮无赖中的一个胖子，用力将小叫花子的头掼到了墙上，那咚的一下撞墙声，听得宋小六头骨发麻。

唉，看样子这小叫花子今儿有点背，怕是要去了半条命。

宋小六不想牵扯进这等麻烦事里，本想扭头就走，却一不小心与那叫花子对上了眼。那人眼神里充满了哀求与无助，看得宋小六心里一紧，或许就因为这样着了魔，鬼使神差地踏出了那一步。

打人的见宋小六站出来，纷纷停下来，气势汹汹地叫嚷："你是要替他挨打吗？"

"路过路过，几位爷你们继续，你们继续。"宋小六嬉皮笑脸，一溜烟就跑了。

小叫花子脸上刚燃起的希望，瞬间破灭。

"哈哈哈，叫个卵蛋来救你，还不如求我们爷饶你一条狗命。"

这群泼皮更加有恃无恐，拿脚压着小叫花子，给他们当中一个穿着墨绿锦袄、披着貂毛、揣着手炉的少年磕头。

那少年不过十五六岁，被人前后簇拥着，富贵得很。旁人称他为"秋小太岁"，其乃是宛城一霸，仗着家境殷实，有个厉害的爹，拉着一帮不学无术的少年，专做欺行霸市的勾当，是个不好惹的狠角色。宋小六也是认得他的，所以方才脚底抹油似的，溜得贼快。

小叫花子没想到宋小六竟这般窝囊，顿时丧失了求生欲，放弃挣扎，挨着打连叫都不叫了。

可就在这时，突然从天降下一坨坨红雨。这红雨糊在人脸上，又辣又刺激，不慎入了眼睛，疼得人直在地上打滚，泼皮们围着秋小太岁慌乱成一团。

秋小太岁抹开红雨，往嘴里一尝，呸的一声吐出来，竟只是宛城人冬天家家自制的冬货——辣椒酱罢了。

他气得将身边人踹开，抬头朝天看去。

妈的，是宋小六！

宋小六没发现秋小太岁已经瞧见了自己，还在使劲搬那些个晒在屋檐上的辣椒酱。直到秋小太岁袭来，宋小六才反应过来，弃了辣椒桶，装作无辜道："爷，我偷点年货，你们别介意哈，手滑而已，手滑而已。哈哈。”

秋小太岁顶着满脸红油，大喝一声，叫人抓宋小六。

宋小六赶紧跟兔子似的撒丫子蹿了出去，不过，癞子们会灵术，齐齐幻出一张大网，三两下便把宋小六给逮住了。

秋小太岁一脚踹翻宋小六，将手中的暖炉抵在他的脸庞上说：“他奶奶的，我看你往哪儿跑。”

鲇鱼再狡猾，上了砧板，也无处可逃。片刻之间，拳头如狂风骤雨般落下，宋小六已经鼻青脸肿。

他蜷缩身子护着要害，用余光去寻那个小叫花子，发现人早就溜得没影，心道，虽然没指望着你能感天动地道一声谢谢，好歹也有点眼力见儿，叫人来救命啊，眼下这岂不成了李代桃僵，替人受过了？

果真，这强出头的事，不该做！

突然，秋小太岁身边的胖子瞧见宋小六身上露出一块东西，伸手抢了过来：“哟，这么好的东西！想必不是偷来的就是抢来的，爷，咱们替天行道收了它。”

宋小六瞧对方拿走了自己身上的玉佩，顿时急了眼道：“浑蛋，那是我娘留给我的！你们不许碰它！”

胖子嘲笑道：“呸，宋小六，别以为我不认识你，你跟你爷爷宋老酒鬼贱民一个，哪来这些富贵物件！别忘了在我们丛国，一个不会灵术的废人连狗都不如！”

宋小六闻言咬牙不语，他紧盯着秋小太岁拿着玉佩的手。

的确这块玉看着就非同一般，通体青白，是由一块完整的玉球雕刻成了环抱交尾的两条锦鲤形状，中间镂空，再外加了层特殊的金丝罩子，好似将双鱼圈禁起来的笼子。但对于宋小六来说，玉本身的价值远没有眷恋失去的双亲重要。

秋小太岁举着那玉想要瞧仔细，可这玉像是有脾气似的，兀地炽热了起来，秋小太岁感觉像被咬了一样，吓得大叫“邪乎”，把玉扔了出去。

这玉翻滚了几圈掉落在阴沟里，亮了亮，又暗淡下去。

宋小六见对方这么糟蹋母亲留下的遗物，不知哪儿来的力气冲开压制，朝那秋小太岁冲去，将他扑倒，手脚并用将他往死里揍。

泼皮们见主子都快被揍成猪头了，那还了得，纷纷围上去，将宋小六从秋小太岁身上扒开。秋小太岁得了喘息之机，一骨碌爬起来，气得将全身的灵力汇聚到手上，幻化成一个光球，朝宋小六的心口打去。

“去死吧！”

宋小六曾经问宋老酒鬼，为什么自己遇事只能躲只能㞞？老酒鬼说，因为天下人都仗着自己会灵术，所以遇事只想着用手中的武器来解决问题，可世上很多冲突、很多矛盾，其实可以有许多别的方式来解决，比如用心，比如用情……所谓的“㞞”，只是避免祸端的一种方式，没有灵力，不会灵术，并不需要羞愧。

宋老酒鬼虽然总是老糊涂喝醉酒，但说过的话总是这么在理，只是自己如今不会防御灵术，只能生生承下秋小太岁的杀招，怕是很难逃过此劫……

唉，可惜了那壶松醪春。

然而，死亡没有如他预料中降临。

宋小六突然感到背后伸出一双大手，将自己抱个满怀。

“没事吧，小六！”一声关切从耳边传来。

宋小六抬头瞧清来人，喜出望外道：“赵四哥！”

眼前这个被宋小六叫作赵四哥的男子，风姿清朗，虽只着一身素净长袍，却瞧着温润贵气，犹如一位翩翩世家公子。他方才突然出现，挡下了秋小太岁一击，将宋小六护下之余，又顺手秒了一众无赖，出手速度之快，叫人叹为观止。

“让四哥看看可有伤着？”赵四温柔道。

宋小六摇摇头，走到阴沟边将双鱼玉笼小心拾起，心疼地擦拭干净，把它重新藏入衣内贴身带着才安心。

“这么长时间没见，一点长进都没有，竟还会被这种小杂碎欺负。”

宋小六这才注意到，四哥身后还站着一个痞气公子哥。此人乃赵四挚友白三，不知真名为何，只因初见时，听闻宋小六称呼赵四为四哥，便死乞白赖地要宋小六叫他白三哥，意在压赵四一头，讨个口头便宜。宋小六觉得此人行事颇为乖张，又常常捉弄自己，显摆他的小聪明，便故意叫他——

“白三傻！连你也回来了！”

面对宋小六的惊讶，两人报以浅笑回应。

秋小太岁被晾在一旁，又遭奇耻大辱，愤怒朝他们三人喝道：“你们知道我爹是谁吗，竟然敢在宛城撒野，信不信……”

赵四一记眼刀飞来，秋小太岁瞬间乖乖将剩下的话吞进了肚子，病猫似的哼唧都不敢哼唧一声。

赵四转头，与白三对视一眼，温柔扔下一句：“下手轻点，弄残别弄死。”白三默契笑笑，心领神会。

随后，整个宛城上空持续不断地传来秋小太岁哭爹喊娘的凄惨叫声。

夕阳下，宛城街道上，两个狭长的身影夹着一个瘦小的人儿，信步前行。

宋小六激动地挽着赵四的胳膊，不断问他这段时间去了哪里云游，又有什么见闻，赵四耐心地一一回答。宋小六尽管已经十二岁，但个子却只到赵四、白三的腰间，白三欺负他个子矮，一路上故意将手肘搁在他的脑袋上，惹得宋小六颇为不满。两人一路打打闹闹，让赵四无可奈何。

旁人见他们亲昵无间，定会以为是一家亲兄弟，其实宋小六与他们结识也不过是五六年前的事。起因是赵四游学至宛城，偶然救过宋老酒鬼一命，因此结下机缘。那年，宋小六才不过七岁，小小人儿连自己都没料理清楚，就连连磕头要向赵四报恩。赵四瞧着宋小六十分心疼，道自己在家中排行老四，兄弟福薄，几位哥哥早夭，其下只有一位五弟，若是不嫌弃可做自己的六弟，权当是为已逝去的母亲添福。宋小六平白得了一厉害哥哥，自然欢喜，从此便称呼赵四为四哥，以示亲近。

尽管一年只有少许机会相聚，但宋小六总觉得对赵四有一种无法抹去的亲切之感。

宋小六欢天喜地地将赵四、白三带回家，宋老酒鬼听闻了宋小六的“壮举”，气得恐吓宋小六下次再冒失就把他扔进山林里喂暮妖。

宋小六一听乐了："老酒鬼你又当我是小孩子，世上哪有暮妖，我都十二岁了，你的这些评书早就骗不了我啦！"

宋老酒鬼想发火，直到看见白三从门外抱进来两大坛原浆酒，瞬间眼睛放光，转头招呼赵四、白三划拳行令，几杯美酒下肚，什么都给忘了。

夜幕罩下来，月光如流银倾泻，照在简陋的茅草屋顶，笼上难得的静谧。祖孙几人把酒嬉闹，其乐融融，阵阵欢乐声在夜空回荡。

酒过三巡，喜欢闹腾的白三开始一人分饰多角，绘声绘色地讲起这个国家的四皇子昭景苑攻打姜戎旧部的事来，什么东懿将军血洗姜戎屠戮百万，什么四皇子为夺圣石孤身犯险，抑或是北落王之子北赫沐如何单骑救主。听得宋小六两眼放光，激动不已，恨不得自己也能亲历沙场，干出一番大事业来。

可赵四却听得不耐烦，起身拉着宋小六去外面透气，留下屋内的宋老酒鬼和白三对饮。

宋老酒鬼对逸闻毫无兴趣，不依不饶地拉着白三灌了三碗又三碗，死撑着非要看谁先倒下。奈何白三酒量颇好，堪称"小酒神"，灌了好些下去，依旧目清神明。

"老夫听闻景苑皇子因姜戎一战被封陵光王，可喜可贺。"说完，宋老酒鬼举杯朝门外敬了一杯。

白三突然停止住嬉笑，睨着眸子，像换了个人似的说："看来您已经知道我们此番来的目的了。"

宋老酒鬼脸色一沉："四殿下有心照顾小六，老夫心领了，但老夫是不会把他交给任何人的，就算是圣上也不行。"

"可老酒鬼你的眼睛是真的快瞎了啊。"

宋老酒鬼将白三推开，沉默不语。

白三又问："有没有想过要是有一天你真的撑不住了，他怎么办？"

"老夫会照顾他到最后一刻！"老酒鬼的脾气果真跟他的人一样又臭又硬，执拗得很。

“可他毕竟是……”白三心底藏的那四个字，讳莫如深，兜兜转转，还是未念出口。

宋老酒鬼知道他要说什么，有些怒了，但隐忍不发，一口气喝光整盅酒：“四殿下封了王又能做什么呢？横竖不过是换个地方把人藏起来罢了。至少在宛城在这里，小六还是自由的。”

宋老酒鬼顿了顿，又道：“更何况老夫不信命，更不畏惧命！人生有那么多条路可走，谁说小六就一定会走上那条路！”

白三想再劝，宋老酒鬼轴劲儿上来，把他赶出了屋子。

一桌美味佳肴瞬间变成残羹冷炙。宋老酒鬼模糊的视线中，烛火跳动的光，越来越微弱。听着门外宋小六无忧无虑的嬉闹之声，宋老酒鬼像是冲着虚空中的何人宣誓似的道：“老夫既然舍弃一切抚养他长大，就会护他周全……今生绝对不会让他跟子虚城有任何瓜葛！”

冬夜的气温降下来，树枝挂上一串串冰凌，晶莹剔透。

屋外，赵四和宋小六并排坐在高高的草垛堆上聊天，哈出一团团白气。

“小六，四哥知道你身体殊异，学不了灵术，平日里在学堂、在邻里受过不少委屈。爷爷怕你受伤，遭人欺辱，所以遇事总叫你忍，叫你躲，但毕竟人生漫漫长途，今后难免会有忍无可忍、避无可避之时。”

赵四从怀里掏出一个青铜弹弓和几颗黑色石子，递到宋小六手上：“这是玄晶石，是用姜戎特产的石头炼化而成。我做了些许改造，使它成了能锁住灵力结晶的武器。今后万一撞见妖兽或是坏人，用它虽不一定能赢，但至少能为你制造一线生机。”

宋小六盯着手中这个救命神器仔细琢磨，发现这些石子两两一组，相互排斥又相互吸引，组合在一起，形成一个稳定的空心三角体，很难用蛮力将它们拆开。但要怎么御敌，他倒是没有想出所以然来。

赵四见他疑惑，便取了其中一颗，搭在青铜弹弓上，朝天一射，那黑石子犹如破军之势，划开夜空，发出锐利的哨音。宋小六心想，这东西若是打在人身上的确是把利器。

不待宋小六多想，赵四再举起手中剩下的一颗，很快便听见风驰电掣之声呼啸而来，“啪嗒”，那分开的玄晶石又重新相遇，着实有些神奇。

“它们就像你我兄弟二人，相隔虽远终会重逢。”

——但，虽近却不能相认。

赵四将这句话的后半段吞下，含笑看着宋小六。

宋小六觉得今晚的赵四不似平常，话里有话，但他年纪尚小，着实看不出赵四的真意来，只顾着点头，琢磨起手里的新鲜玩意儿。

“小六，你想不想跟四哥去望都？”

“想！”小六回答完又立刻后悔，认真地想了想，摇了摇头。

“舍不得爷爷？”

“爷爷身体不好，又爱喝酒，我得看着他！”

宋小六一副恨铁不成钢的样子，惹得赵四笑出了声。他宠溺地揉着小六的小脑袋瓜子，欲言又止道：“小六，这个冬天以后……四哥可能……不能经常来看你了，但玄晶石会代替我保护你。”

赵四平日里如水般温柔的双眸此刻通红，不知是因酒醉而迷蒙，还是因潜藏着悲伤而欲流泪，看得宋小六隐隐不安，不过他也没有多想，只天真烂漫道：“四哥是不是要潜心修炼灵术，没有时间来找我？你不用担心，等过几年我长大些，可以去看望四哥！”

赵四淡淡笑起，点点头。

这时，一个刺耳的声音传来——“哎哟喂，你个闷葫芦，舍不得就直接说啊，等你回城封了王，出不来，看你后不后悔！”

宋小六回头，发现白三半个身子已经爬上了草垛堆。白三一脸醉醺醺地看着宋小六：“小子，我告诉你，其实啊，赵四他呀根本就不是赵四，你呢也根本就不是宋小六……”

啥？白三又在说什么酒话？

没等宋小六咀嚼出这番话的寓意，赵四已然皱眉，一把捂住白三的嘴强行打断。

白三怨念似的声音从赵四的指缝里流出："你这……人！别……别乱摸！我还要留香吻给……给小娘子呢！"

气氛陡然又变得轻松，看着两人扭成一团，宋小六不由笑了出来。

二月天寒，皓月当空，照得天地如同白昼，亦照得宋小六心里亮堂堂的。他想，此时便是人间最幸福的光景了吧。

然而，他全然没有注意到院外离离枯影下，正有一黑影紧盯着这片和乐景象。黑影正如天上偶尔遮蔽明月的疏朗云翳，投射下一丝影子，带着阴冷和危急，转瞬消失不见。

相聚时短，离别近在咫尺，赵四和白三第二日就匆匆离开。

宋小六在城门口依依不舍地送别二人，直到他们双双纵马消失不见才略带伤感地折返回家中。

他还没走近回家的路，便遇到贺大娘慌张来寻他，道宋老酒鬼出事了，秋小太岁的人上门寻仇来了！

宋小六吓得腿软，他焦急地往家赶，远远瞧见家里黑烟滚滚，火烧连天，房顶的竹竿在炽热中发出噼里啪啦的爆裂声。他拔足狂奔，一进院门，便瞧见一群人高马大的仆役将爷爷围堵在中间，对他拳打脚踢。

宋小六冲过去，撞开几个壮汉，护住爷爷不让人靠近。

这时，恶奴们用竹椅抬出一个浑身动弹不得的人来，正是前日里从自己手上吃过亏的秋小太岁。只听秋小太岁咬牙切齿道："给我往！死！里！打！"几个仆人便黑压压地围过来。

宋小六眼疾手快，从旁边抽出一根还在熊熊燃烧的木棍，不断挥舞着，阻止仆役们向前。

秋小太岁不满训斥道："一个个都是废物！罗仆你上！"

这时，身后一个凶神恶煞的壮汉站了出来，身形高大，跟昨天夜里的窥视者正是同一个人。壮汉汇聚灵力，手臂一挥，啪嗒，宋小六手中的木头隔空断成三截，自己也被罗仆一把拎了起来，锁住脖子，喘不过气来。

宋老酒鬼想上前搭救，却被罗仆一拳直击面门挥出老远。

宋小六连忙求情，问秋小太岁要如何才能放过他跟他爷爷。

秋小太岁得意极了："那我得好好想想，要不你先给我磕头认错？"

"好，我磕。"

宋小六想也没想，立马双膝跪地，朝秋小太岁磕了三个响头。

秋小太岁没想到宋小六竟然轻易服软，只觉得羞辱得不够，心里极其不爽，又无耻地说道："你这头磕得不诚心，除非你从我家仆人那胯下钻过去……"

说着，秋小太岁那群手下纷纷抬脚跨步摸裆。

这是何等屈辱之事，若是搁在旁人身上早就难以忍受。可宋小六觉得若是这样就能换来爷爷平安，也没有问题。认尿，他宋小六第一个愿意。

他低着头，面不改色地从那群人身下爬过。

两个难关，都被宋小六轻易破解，秋小太岁的愤怒反倒像是一拳打在棉花上，心里更堵了，他气呼呼地示意罗仆折断宋老酒鬼的手脚，以此来激怒宋小六。宋小六哪还能答应，拼命拦在爷爷面前，不让对方碰爷爷一根寒毛。

但敌我势力悬殊，再多的努力也是螂臂当车。就在宋小六陷入绝望之际，突然，他脑海里回想起赵四的话——"万一要是撞见妖兽或是坏人，便用玄晶石小心抗敌，用它虽不一定能赢，但至少能制造一线生机……"

宋小六连忙掏出青铜弹弓，搭上玄晶石，以迅雷之势朝罗仆射了去。玄晶石速度之快，力量之大，活脱脱震断罗仆手腕，发出一声脆响。

罗仆见被一个小儿所伤，哪肯罢休，他拖着断掉的手臂向宋小六袭来。

说时迟那时快，宋小六当即再连发玄晶石，噼里啪啦几声，乱砸在罗仆身上，还有一颗兀地折了个弯，打在了秋小太岁身上。

秋小太岁发出一声惊天惨叫，昏死过去。那罗仆也直挺挺地倒下没了动静。

仆役们以为宋小六打死了自家的主子，哭天喊地叫"死人了，死人了"。

宋小六一时被这玄晶石的巨大威力震惊，也僵在原地。倒是宋老酒鬼还有些清醒，他抓起宋小六拔腿就跑。

他们爷孙两人一路朝城外狂奔，他们身后，秋小太岁的家仆们紧追不舍。

一番慌乱，宋小六发现自己已经被逼到了城外江边，无路可走。怆然之际，恰好看见江边孤零零地停着的一艘野舟。

宋小六二话不说，立马将爷爷推上船，他解开船绳，下到冰冷的江水之中，奋力将舟推开。

江水湍急，此时又有北风，这小舟犹如借助了神力，很快带着野舟离岸，将秋小太岁的人甩开。

“爷爷，我们得救了！”宋小六见追兵再也威胁不到自己，欣喜地说道。

宋老酒鬼捂着受伤的眼睛瘫坐在舟头，失神地望着江面。突然他猛地意识到什么，呆坐起来惊讶道：“这江水的方向，莫不是去往……”

“望都”两个字，宋老酒鬼如鲠在喉。

天地苍茫，江水滔滔，一叶扁舟被波浪推着前行。

借力清风，轻舟已过千山万重。此时，他们谁都不知道宋小六的命运将如同这轻舟一样，朝着前方不可逆转地行驶了……

第二章

神宫遇险

宋小六害怕秋小太岁家寻仇来追，在澄江上一连漂了好几日都没敢靠岸。到了第四日，宋老酒鬼突然倒下昏迷不醒，宋小六意识到大事不妙，连忙上岸，背着宋老酒鬼进城去找灵医。

宋小六个子矮小瘦弱，背着宋老酒鬼十分吃力。他焦急地抓着过路行人问询医馆所在，可路人见他浑身狼狈沾满血污，又神情慌张，纷纷避让唯恐沾身，只有一个沿街要饭的老乞丐瞧着他可怜，主动站出来领他去医馆。

到了医馆，大夫说着些模棱两可的话："他这病要治也能治，要治也治不了。就看你想怎么治。"

宋小六从没遇到过这么敷衍的大夫，说话不仅阴阳怪气，连查看病情都不带抬眼的。他心里气恼，但仍好言好语地请大夫想办法治疗。

那大夫乜了他一眼，伸手朝他要了五个数。宋小六这才明白，这里跟宛城不一样，是要先给钱才肯救人的。他着急地往身上摸了摸，心里咯噔一声。

走得如此仓皇，身上哪里有银两。

“没钱你看什么病，你也不瞧瞧这是什么地儿！”医馆的人二话不说将爷孙俩赶了出去。

宋小六没想到世态竟如此炎凉，他站在繁华的都城，四顾茫然，八方人声像浪潮一样盖过，眼前车水马龙，行人穿行如织，不同于西北小镇宛城的安宁与朴实，这里更像是巨大的牲口卖场，嘈杂热闹又无情冷漠。他向来时的路看去，只见尽头巍峨高耸的城门上，悬着硕大的“望都”二字。

红日当下，王气蔚然。

竟是望都！原来他和爷爷顺江而下，不知不觉已经到了千里之外的丛国都城！

宋小六怔了怔，很快又乐观了起来。

这里是望都，那找到四哥便好了呀，他一定能救爷爷！

宋小六欣喜未艾，忽地想起自己似乎从未问过赵四在望都的住处，甚至连他家中的情况都不清楚，这偌大的望都城他要从何处找起！

宋小六气恼自己竟如此疏忽，瞬间又失去方向，站在岔路不知该往何处去寻钱救爷爷。突然，他眼前一亮，不远处的街角，一家当铺的旗帜正在风中摇曳，宋小六摸了摸身上唯一值钱的双鱼玉笼，陷入深思。

这玉质地通透，应该能换不少钱。

宋小六小心翼翼地取下双鱼玉笼，握在手里。

“爹、娘，对不起，等我赚了钱再把它赎回来！”

那玉像是能听懂他话似的，发出点点润光暖在他的手心，叫人眷念不已。

宋小六狠下心，走进当铺，刚要将玉交出去。就在这时，不知怎的，他背上的宋老酒鬼突然清醒了。

“不许当！你要是敢当，我立马跳澄江去！”宋老酒鬼气若游丝，却硬撑着自己站起来，抢过双鱼玉笼，要往当铺外走，没走两步整个人踉跄着摔倒。

“这是你娘留给你的，你要比自己的性命还要宝贝它！要是再让我见到有下一次，别认我这个爷爷！”

宋小六见宋老酒鬼发怒，也不敢忤逆，只好赶紧扶着他离开当铺，憋屈的眼泪暗自哗哗地流。

好在天无绝人之路，而宋老酒鬼身子骨也算硬挺，到了下午，他身上的高热降了下去。但夜幕很快降临，爷孙两人在偌大的望都，像是两片在水面上漂流的枯叶，无处依靠。那些店家一听他们爷俩没定金要赊账入住，纷纷摆手拒绝。

直到打更入夜，他们二人还迎着寒风蹒跚地走在望都街道上。终于，又遇见了白天那位好心的老乞丐，给他们挪了窝，爷孙两人挤在凤水桥洞下，窝了一夜。

尽管望都比宛城的冬日要暖，但隆冬夜寒，半夜还下起了小雪，气温骤然下降。

第二日起来，宋小六整个人都冻僵了。他转身去瞧宋老酒鬼，见爷爷脸乌青发紫，吓得赶紧伸手去摸他的身体。

还好，是热的。

“呀，这儿怎么有人！”

宋小六听有人声，抬头往桥洞外看去，只见眼前站着一个穿着铁锈红棉麻粗布衣，梳着双髻的少女，不过十五六岁的模样，个子已经十分出挑，她手里端着个木盆，盆里放着五六件衣裳，看样子是附近的住家早起来河边洗衣服的。

少女见宋小六呆呆的样子，便放下木盆，走过来瞧他。

“这地方这种天怎么能住人，看样子真是冻坏了。”

少女自顾自地使了灵术，在宋小六面前生了团火，又问他跟宋老酒鬼从何处来，缘何落到这种境地。

宋小六觉得她面善，声音也柔，便乖乖回答了她。

少女听罢，愤愤道：“那些个钱精迟早钻钱眼里！走，姐姐给你找地方去！”说着就拉起宋小六和宋老酒鬼往东街巷子里走。

宋小六不知道她要带自己去哪儿，只见七拐八拐地拐到一家旅店前。他望着旅店大门直摇头：“我们没钱。”

“我知道，先跟我进来。”少女笑呵呵地领着他和宋老酒鬼进了门，跟站在大堂柜台后算账的老板娘打招呼。

老板娘生得风姿绰约，搭眼瞧了瞧宋小六爷孙俩，对少女嫌弃道："你怎么捡了些奇怪的东西回来？"

少女笑道："大娘你误会啦，这就是我给您寻的跑堂伙计咧。"

老板娘一听，停下手中算盘，仔仔细细打量宋小六跟身后的宋老酒鬼，然后带着几分嗔意道："你是说这瘦不拉叽的小野娃，还是后面这病恹恹的糟老头子？我让你寻个机灵鬼，你就给我塞这个？是不是存心想着让我这小店生意不好做哇？"

少女没有回话，拉拉宋小六衣袖。宋小六立刻意会，凭着在宛城市井摸爬滚打十几年的经验，有模有样地在大堂里模拟起招呼客人的情景来。

"……两位客官要住店是吗？好嘞，那我给您推荐金风玉露上房一间，保证您和您夫人住得舒舒服服……哟，这位小爷，看您的精气神就是不一样，来京寻人的吧，住我们店帮您包打听，价格优惠……"

老板娘被宋小六嘴皮子逗得一乐，瞧他还真挺机灵，就把人留了下来，再指了指阁楼，示意少女带他们上去。

言谈中，宋小六才知，原来少女名叫阿宁，是这家小旅店的帮佣。那美娇的老板娘人称吴寡妇，无夫无子，独守这间小旅店。别看吴寡妇嘴毒、面相寡淡，其实心地是极好的，宋小六平日帮着照顾客人、打扫后厨也能抵销食宿费。

此般，他们爷孙两人才算在望都正式落下脚。

宋老酒鬼的眼疾非常严重，在吴寡妇的帮忙下，宋小六请了望都城一等一的大夫来看也难见好转。可他不想放弃，只求着能用更好的药，找更有名的灵医。

更好，就意味着要花更多的钱。为了赚钱给爷爷治病，宋小六在店里不忙的时候，就去帮隔壁酒庄跑货，晚上再去临街酒楼后厨做帮佣，一日三份工，忙得脚不离地。小小的人儿整日像陀螺一样，周旋于各种人之间，任谁瞧着都心疼。但宋小六不觉得累，他只要每天能拿到当日的例份，离治好爷爷的眼睛又近了一步，就十分开心。

转眼开春，到了百花竞放之时。

宋小六来到望都已三月有余，年长了一岁，也开始习惯了这里的生活，只是宋老酒鬼的身体依旧不见好转，让他越来越心急。阿宁替他打听到望都近日来了个南疆神医叫“谷犹言”，据说天下疑难杂症没有他治不好的。宋小六赶紧托人去挂诊，谁知一打听，得知那谷犹言的诊金贵得令人咋舌，小六犯了难，这神医到底是医人还是打算吃人啊！

抱怨归抱怨，但他还是咬咬牙，再添一份清晨帮人运夜香的活，拼命赚钱，一连几周，持续起早贪黑，没日没夜，却离爷爷的首诊金还早着呢。

“听说谷神医参加完春狩祭典就会返回南疆，这可怎么办！”

阿宁着急忙慌寻过来的时候，宋小六正在登仙楼后院帮着倒厨余。阿宁的消息是听堂前包厢里的贵人们说的，虽不至于十分准确，但多半是真的。宋小六也有些慌，这次错过谷神医，岂不是要追到南疆寻人去？不行，得想法子！

他脑子一团乱麻，手里提着满满厨余没当心撞上了后巷里聚集着的一拨人。其中一壮汉见自己衣服被弄脏，凶神恶煞地就要揍宋小六，拳头还没来得及砸到宋小六身上，壮汉背后的一个油腻男子发话：“行了，都给我低调点。”

宋小六趁机忙不迭赔笑，然后速速退回到后院里，装作什么也没看见，继续乖乖工作。

“他们是飞鹰盗，拿了赏金准备去偷东西的。”突然，墙角处正在扒饭的糟老头开腔对宋小六道。

“荀老伯你怎么知道的？”这人正是之前借过宋小六一席之地的老乞丐，宋小六为报那日之恩，经常会将后厨的菜留一份出来叫他来吃。荀老伯指了指自己的耳朵：“我年轻的时候，人送外号‘顺风耳’。”

宋小六恍然大悟，难怪这群人大晚上黑灯瞎火地不在前堂待着，非蹲在后巷子里，原来有鬼！

宋小六腹诽了一番，也没打算管闲事。

“据说赏金这个数！”老乞丐颤巍巍地伸出十个手指，并说出了计量单位，宋小六惊了：“十斛方山珠?!什么东西这么值钱！”

竟然比谷犹言的诊金整整高出了百倍！

这可把宋小六给刺激到了，要知道十斛方山珠，他得不眠不休工作至少百年才能赚到。方才他扫了一眼那伙人，人数不超过五个，也就是说若是成了，他们每人至少能分得两斛珠。这简直是天底下最豪的买卖了！

想到这，宋小六突然眼前一亮，心底深处隐隐有个大胆而冒险的想法蹿了出来。

荀老伯见他脸上露出了奇怪的笑容，赶紧劝他可别动什么坏心思。宋小六摇摇头，拍拍荀老伯的肩膀，让他今晚且就当作什么都没看见没听见，尤其是不要告诉阿宁跟爷爷，说着奔出去，追飞鹰盗去了。

宋小六的计划非常简单粗暴，他就是想要强行加入这群盗贼，分一份胜利的果实。他也不贪心，只要一颗方山珠，能付爷爷的诊金足矣。当然他不会灵术，高难度的盗窃行为他也做不到，他盘算着待会儿要是苗头不对遇到危险，撒腿就跑便是。总而言之，这应该不会是笔亏本买卖。

飞鹰盗众人见他要加入，笑出了声，甚至恐吓要杀了他。宋小六内心慌如狗，表面却没脸没皮，耍起无赖来根本就不带打草稿的。

“你们杀了我也没用，我敢一个人来，当然是有把握让自己安全。”

飞鹰盗首领愣了会儿，不知他的话有几分可信，再听宋小六讲了来由，反倒是被他那几分孝心和不怕死的气魄感动，当真应了他。

就这样，宋小六一路跟着这群盗匪来到望都城西的止水神宫。直到他望见止水神宫特有的白屋脊时，才知今夜飞鹰盗要偷的竟是里面的灵器——红螺鞭！

止水神宫是一座十分特别的殿宇，它里里外外全都是拿银水浇筑而成，远远看上去银光闪闪，神圣庄严。其内有灵场，千百年来一直用来净化春狩祭典上使用的灵器。而说起春狩祭典，在丛国无人不知无人不晓。它是为了铭记灵人先祖杀妖建国的伟业而绵延了千年的盛事。在春狩祭典中又以灵人的成人礼最为重要。在礼成前，所有参加成人礼的灵人都需要将所用的灵器供奉于此，一是为了净化浊气，二也是为了彰显对先祖的尊重。红螺鞭想必也是他们当中谁的宝贝，趁此时瞄准这些东西，飞鹰盗可真是坏得很!

宋小六想到此，不由心惊肉跳，终于明白为什么有人肯出十斛方山珠这样的高价盗宝，敢在皇家地盘撒野，多高的价都不嫌贵啊！早知如此，就算是百斛千斛方山珠他也不掺和!

“小子，你不是想要赏金吗？你先进去探路，回来报信，我们随后一起进去。”说着，飞鹰盗的首领将红螺鞭的模样以及所在地告诉他，轰他打头阵。

丫的，想让我先去送死引开守卫，还真是鸡贼!

宋小六露怯害怕，连忙找理由开脱。

“要来的是你，要跑的也是你，岂有这等好事！”飞鹰盗首领一面拿出颗方山珠搁在宋小六面前晃，一面拿刀架在他脖子上威胁：“你不想要钱了？”

要，当然得要！他还指望着这钱能救爷爷的命呢!

宋小六自知骑虎难下，只能硬着头皮，往止水神宫里走。

这止水神宫安静得有些异常，宋小六一路摸着林木小心地往殿宇走了半晌，一个守卫都没见到。这样重要的地方，竟如无人之境，诡异!

那外面的飞鹰盗众等了许久，也没听到里面爆发猜想中的惊扰慌乱，有些不安。身边人问首领接下来怎么办。那首领露出一丝狡黠的笑容，对身边人道：“今夜我们就算是来过止水神宫了，还损失了一个兄弟。那雇主给咱们的定金也够好吃好喝一阵子，走，撤！”

自己不来送死，坑人送死，丫的何止鸡贼，还盗亦无道!

宋小六若是知道外面此时是这等情形，一定气得要跳起来唾弃这些不守信用的大人。好在他当下站在止水神宫的正殿前犹豫着要不要迈进去，管不着这些。

而飞鹰盗众刚准备转身离开，就被黑暗中一山猿般的身影给袭击了……

算了，为了爷爷的诊金，为了方山珠，这红螺鞭我就偷了!

想着，宋小六还是迈进了止水神宫正殿，穿过的一瞬，似有什么无形的东西在他周围破开，连身上的双鱼玉笼也发出了几不可闻的叮声。

宋小六不疑，只瞧见四下明亮空荡，不见所谓的灵器，想着莫不是被人耍了，想要折返退出去，忽而听见旁边的偏殿里有细碎的人声传出。

不说不听不看，不说不听不看，不说不听不看……

宋小六心里默念着宋老酒鬼教给他的六字真言，脚却禁不住好奇，朝偏殿靠了过去。

只见，偏殿之中，引了一方活水泉，泉水之中束了巨大的灵阵，阵上悬置着各式各样的灵器。显然这才是止水神宫的主场。而灵阵之外，此时正立着两个黑袍人，一个样貌娇艳动人，头上插满金钗；一个背影魁梧，宋小六瞧不见脸。

再靠近仔细瞧了瞧，那背影魁梧的男人，手中正托着一柄长剑。长剑一看就非凡品，周身刻着繁复纹路，闪着冰凉的白光，如一缕细细的银水，十分惹眼。而那个娇艳的女人面对长剑神情纠结，欲言又止。

男人见女人犹豫不决半晌没有决断，连忙敦促道："娘娘，是时候了，四皇子上次大破姜戎，立下大功，圣上对他赞许有加，封其为陵光王，这几日频繁召见群臣，许是要拟诏立他为储君了！"

女子闻言动摇了。

"明日就是春狩祭典，若是四皇子再夺了魁，怕是以后就再难有扳倒他的机会！此法一施，您可就没有后顾之忧了！"

男人此话似乎正说中了女人的心坎，她当即一挥手，对着那银水长剑施下灵术："断不能让那四皇子成了气候，明日依计行事，务必……除掉昭景苑！"

只见一团黑气凝结融入剑身，转瞬消失。

宋小六再傻也知道这两人对灵器做了手脚肯定是要害人，若是被他们撞见，小命不保。他吓得转身就走。

"谁！"

宋小六步履过重，引来屋内人的警觉。只觉一道劲风推门而出，直直朝他逼来。宋小六赶忙滚到旁边墙角，躲在大立瓶后，捂紧嘴，气都不敢出。

"不好，结界破了，方才定是有人来过。娘娘先走。"

那明艳女人听男子这么一说，裹紧黑袍，立刻隐没在黑暗之中。

若是宋小六能再多点常识，他必能认出这位娘娘其实就是当今圣上最宠爱的妃子，也就是五皇子昭景琨的生母，长思御殿。可他眼下只忙着祈求诸位祖宗、各路神人保佑自己千万别被发现，根本没有余力想其他。

黑袍男子在内殿转了一圈没寻到人，准备离开。宋小六刚打算松口气，却又见此人从门口折了回来，且直直地就往他藏身的地方来了。

要死！被发现了吗！

宋小六一口气不上不下，憋在当口，脸涨得通红。黑袍男子越走越近，宋小六都几乎能闻到对方带着扑面而来的死亡气息。

不行，再走近自己就要暴露了！

宋小六灵机一动，掏出青铜弹弓朝窗外射出玄晶石，只听嗖的一声，男子便跟着动静追了出去。与此同时，不知谁喊了一声“抓盗贼”，殿外迅速响起此起彼伏的追捕声。

这买卖哪里划算了，赏金没赚到，简直小命都要赔进去！

宋小六赶忙趁着骚动逃出殿外，谁知还没走两步，肩膀就叫人给拽住，并听人低低地吼了一声：“站住！”

今儿可真是倒了八辈子血霉了。若时间能逆流，宋小六愿意回到登仙楼继续倒剩菜，啥也看不见！

宋小六膝下一软，认尿，连忙朝人跪地求饶，道自己什么也没看见，什么也不知道，什么也不会说，求放过。

“什么呀，搞半天是个软脚虾！”

女人？宋小六疑惑地抬起头，映入眼帘的是个穿着藤紫色云纹劲装作男儿打扮的美娇娘，她身高与宋小六差不多，生得白净可爱，一看便贵气不凡，是有身份之人。

“锦娘说你勇武守信，本公主看你跟外面那群飞鹰盗也没什么区别。”

宋小六这会儿被止水神宫的冷风吹得十分清醒，脑子也转得贼快，很快抓住了重点，质疑道：“公主？”

只见跟粉团似的女娃娃鄙夷地昂起头颅，骄傲地表明身份。原来她竟然是当朝的七公主昭景霓，方才是她引得止水神宫的守卫发现了黑袍男子，让宋小六逃过一劫。

“你骗人，你要是公主，怎的还认识飞鹰盗的人？难道公主还偷自家的东西不成？”

宋小六琢磨昭景霓方才说的话，回过味来。昭景霓见他不信，亮出方山珠，道：“红螺鞭你偷着了吗？”

嘿，这幕后金主还真是一丫头片子。

宋小六感觉被人拿命耍了一回，恼得转身就走。

昭景霓不知他怎么了，连忙拦在他面前道：“你不许走，你还得答应我一件事。”

“不管你是真公主还是假公主，拿钱玩人，没兴趣。”

“那你这东西不想要了？”昭景霓摊开手，里面正是方才飞出去的玄晶石。

宋小六敛了敛眸子，神情乖巧下来，突然看向路口脸色大变，惊呼：“有人！”昭景霓刚转头去看，宋小六唰的一下抢走石头，跑了！

“你……”狡猾！昭景霓被气得咬牙切齿，想抓人，可宋小六早就溜得没影了。

“锦娘！”

一个粗犷的女声在幽暗中传出：“在！”

昭景霓注视着宋小六离开的方向说：“给我追！本公主绝对不允许他就这么跑了。”

“遵命。”

只见夜幕下，一个壮硕如山般的女子，灵巧地在望都的屋檐上起跳飞过，朝东街跟来。

宋小六回到旅店已是下半夜，阿宁也一直等到他回来才安心回房睡下。这一夜，宋小六梦里打打杀杀的，闹了整宿。

清晨的阳光透过云层洒下来，把整个望都染上一层金色。宋小六有些疲惫地起床，照常帮吴寡妇卸门板迎客，但就在这时，门外突然塞进一张画像，直接拍在他脸上。

“我说你为什么要跑，原来你是通缉犯！”

宋小六抹开画像，发现是宛城来的通缉令，而上面的画像正是他和爷爷两人模样。他再搭眼一瞧来者，嘿，不是昭景霓是谁！她身后还站着锦娘，一个面无表情、身形壮硕如山，看上去比男人还要威猛的女人。

宋小六见来者不善，想转身开溜，却被锦娘一把揪住衣领，一百八十度折回来。

昭景霓大笑：“你跑得了吗！这店家还不知道你和你爷爷的身份吧，要不要我把官府的人叫来？”

宋小六余光瞥见阿宁正端着衣物从后堂出来，他不想给人添麻烦，连忙将昭景霓拽到店外小巷子里道：“我们无冤无仇，你到底想干什么？”

“不干什么，就是要你陪本公主走一趟凤境。”

凤境？宋小六哭笑不得。这疯丫头虽然个头比自己高一点点，却比自己整整小了一岁。在丛国无人不知道，那凤境是春狩祭典成人礼上用来试炼灵人少年实力的两大境界之一。自古有男入凤境，女入鸾境之说。境界内妖兽凶猛，伤人性命乃是常事，是故有律规定，只有年满十八的灵人才能进去。他去，不是找死吗！宋小六果断回绝。

“我不会灵术，你找错人了。”

“就是你，必须得是你。”

宋小六觉得这公主奇怪，心想以她的权势，愿意陪她去凤境，乃至为她去死的人都多了去了吧，为什么偏偏找上自己？

“你昨儿能入得了止水神宫就是证据，那结界和凤境结界无异，你能安然进去，那我若跟着你也一定可以！”

宋小六觉得荒谬，自己一个没有灵力使不出灵术的人怎么可能破得了灵术高强之人设下的结界，这疯丫头一定是弄错了！可转念一想，昨日那黑袍男子似乎也是这么说的，宋小六心底奇怪起来。

“这是定金，你陪我去，事成之后我再给你两袋！”

昭景霓拿出一大钱袋子的方山珠塞给宋小六，宋小六眼睛都看直了。

天哪，这是多少钱啊！

昭景霓以为他嫌少，又招呼锦娘拿出一大钱袋子的珠宝首饰塞给他道：“不仅如此，凤境里遍地都是妖兽的丹核，那些丹核可比这些值钱多了。你要是能带回来卖，保证你跟你爷爷这辈子、下辈子，还有下下辈子都不愁吃穿！”

天下还能有这等好事?!

宋小六眼睛放光，当机立断：“好！我跟你去！”

话音刚落，宋小六眼里的世界陡然一百八十度旋转颠倒。侍女锦娘背着他，带着昭景霓，像离弦的箭似的奔往春狩祭典的主场地合乐山去了。

就在宋小六几乎以为自己要被颠得当场死去时，昭景霓告诉他到了。

他晕得七荤八素，睁开眼，只见，跟前人潮如海，漫山遍野全是人。

宋小六不禁感慨：真不愧是丛国第一盛典，声势果然不一样！

第三章

风境危乱

挤过熙熙攘攘的人群，步过通往离天宫的神明道，也才算是正儿八经地进入了春狩祭典的主场。从这里开始，除了皇亲国戚、权贵之家，旁人是不得靠近离天宫的。若不是昭景霓甩出一张通行玉令，宋小六怕还是不相信她是公主哩。

走过神明道，紧接着便是千步玉阶，据说这是为了接近天上的云海城，也就是灵人先祖的故乡，而特别搭建的，是为了让灵人永不忘记自己从何而来。玉阶尽头就是春狩祭典主场离天宫了。

宋小六抬头仰望山顶，只见巍峨殿宇隐隐在云端显露。从那里传来礼乐之声，犹如滚雷轰鸣，响彻天际。

宋小六跟着昭景霓小心翼翼地攀登玉阶。玉阶四周旌旗蔽空，如云毗邻。每一面旗帜代表着一个今日参与祭典的权贵氏族，如鹮鹤旗之于东懿氏族，岩蛇旗之于南木氏族，云羚旗之于西澥氏族，砦狮旗之于北落氏族等，更难得一见的，还有从国周边异族灵晶城、雨降城的旗帜。但其中最为耀眼、数量最多的还是那猩红黄金凤葵旗，这是从国皇族昭氏的族纹，亦是从国的标志，犹如烈焰之花盛开在各处，让人无法忽视它们的存在。

抵达千步玉阶的尽头时，祭典正进行到娱神的部分。宋小六觉得新奇，非拉着昭景霓钻到前面去瞧。人群拥挤，他个子又矮小，只能靠不断跳跃才勉强看到松木方台上的表演，上面正有两少年在演绎灵人先祖下界杀妖建国的传说——

万年前，妖王祸乱蛮荒，梒窬率众围剿，逼得妖王走投无路。妖王使计牵制梒窬，撞断扶摇神木，断绝灵人回天希望。梒窬一怒之下广撒凤葵仙草。凤葵状如铃兰，色丹有剧毒，对暮妖一族来说致命之极。就这样，妖王身中剧毒，在与梒窬大战的第十一日夜，被砍下首级。大战终焉。

台上，扮演梒窬的少年持剑“砍下”了扮演妖王少年的头颅，他脱下了脸上金色夔龙纹面具，高举妖王的假头颅，傲视俯瞰众人，人群中爆发出阵阵掌声。宋小六只见过乡野社戏草台班子假把式，鼓得更起劲。

“没见过世面！有什么好鼓掌的，走了！”昭景霓一脸不屑，气呼呼地拉着宋小六往另一侧的高台走去。宋小六转头的瞬间，突然看到台上少年别在京紫色小袖袍服里的红螺鞭，惊讶道：“那不是昨夜你要我偷的灵器吗……”

原来那就是昭景霓的胞兄，昭景琨。

宋小六贱兮兮地道：“嗯，你哥的确厉害得很。”

昭景霓暗地狠狠踹了宋小六一脚，宋小六见她生气，追着哄道：“他再厉害也没你厉害，你灵术我见过，最厉害！”

一来二去，宋小六也大概明白了，这疯丫头虽然贵为公主，可日子过得一点也不舒心，母亲把大部分时间花在更有可能继承帝位的哥哥身上，她得不到任何关注和宠爱，难免心底不平衡，做出昨日夜盗止水神宫的事，倒也不稀奇了。

宋小六想说些安慰话，昭景霓突然摁着他的脑袋跪下严肃道：“来了！”

周围人群霎时静默，全场肃穆以待，礼乐之声奏起，臣民伏地山呼万岁。层叠翻涌的声浪中，一个身着紫金黄袍、面戴黄金面冠的男子从天而降。

宋小六瞧男子前后童子簇拥，充满神性光辉，立刻明白这正是当今圣上——从国君主上治帝。

上治帝抽出手中握着的止戈剑，大力挥下，只见虚空一闪，方才少年高举的头颅顿时化作了齑粉。

犹如洪钟般的声音传来：“从国开国千年有余，一直饱受妖兽侵袭，无数灵人献出了生命，誓死捍卫国家安宁。英灵永存，勿忘。”

人们随着上治帝的声音，应声高呼：“英灵永存，勿忘。”

“这皇帝是不能见人吗？怎么还戴个面具？”宋小六疑惑道。

“这你都不知道！咱们灵人先祖从天上下来，圣上是神的代言人，彰显天道神谕，当然不能以真面目示人啦！”

不待昭景霓回答，旁边的观礼者瞪了宋小六一眼，赶紧让小六噤声。宋小六没听懂天道神谕是什么意思，只觉得这个皇帝厉害，浑身迫人得紧。

上治帝落座后，负责祭典的春官领着一队人护着一口青铜鼎落在场中。这队人个个都身着白练劲装，束着绑额，年纪不过十七八，无比光彩照人。尤其是领头的少年，身姿挺拔，周身宛若流动着耀人华光，看上去神韵高贵、丰神俊朗，他屈膝从上治帝手中接过金枝，然后将金枝掷到青铜鼎内。

宋小六觉得领头少年的背影十分眼熟，想看清真容，视线却恰好被青铜鼎挡住。

随后，春官开始念祝词、宣礼制，众少年催动灵力注入眼前的青铜鼎。宋小六惊奇地看到青铜鼎内的金枝开始慢慢“长成”高大的龙树。之所以说是龙树，是因为它的枝干由四只交缠在一起的金龙组成，分别面朝东南西北四个方向。它有许多并蒂枝丫，每个枝头立着一只八极鸟，八极鸟衔着凤葵形状的金铃，就像传说中的扶摇神木一样。

待春官道完一声“礼毕”，龙树不再升高，在阳光照耀下，熠熠生辉。

“……秉承古制，凡灵人欲立于事，必先猎妖作为初战。万物有阴阳之分，此番开境，男子入凤境，女子入鸾境，切不可乱礼法，未及岁者不得擅入，若有违者处以极刑……”

众少年走到了龙树之下聆听完古训，上治帝走上前来，拿着金杖，对龙树点了一下。龙树无风自颤，带动凤葵金铃鸣响。

“叮——叮——”清脆铃音回荡在合乐山。

随之，树顶上空，一扇金光环绕的大门凭空出现在众人眼前。

这便是春狩祭典最后一步，成人礼的试炼。

少年们凭虚御风，朝凤境大门飞身而去。

宋小六突然觉得胸口像是被火灼了似的滚烫得厉害，他扯出双鱼玉笼，发现玉身内似有暗光与龙树相应和。

昭景霓不知他身上有异样，只低声道了一句“走”，便抓着他也朝凤境大门飞去。

转眼间，他们便来到了凤境。宋小六被昭景霓扯着衣领，站得不稳差点摔倒，待他看清眼前世界，不由发出一声惊叹：“这儿也太美了吧！”满目望去全是氤氲缭绕的翠郁山林，仿佛仙境一般。

“果然没见过世面！”

昭景霓一副鄙夷样，但实际上她也是第一次见到凤境这样的美景。她以前只听太师太傅说过灵人先祖造了凤、鸾两幻境，来安置收服来的各种珍奇异兽、花鸟精怪，网罗天下奇物，无出其右。如今得见，凤境作为化外空间，名副其实。

如今凤、鸾两境成了灵人的试炼场，美丽只是外表，其实暗含凶险。

凤境共有八层，层级越往上越凶险。他们现在所在的第一层，名为琼林，多是些因妖气繁盛而生长得异常瑰丽的植物，再往上是丹枫、飞花和荒翠，也是些风景极美而并无什么特别危险的存在，都是些小妖小兽。

“你知道吗，这是鹈鹕的丹核……”

“这是金鹤的丹核……”

“丹核各有各的功效，像这个可以避水，像这个可以炼丹……”

昭景霓讲得眉飞色舞，宋小六却只顾着将丹核塞进口袋里，压根没听进去。他才不管这些丹核能做何用，只关心能卖多少钱，能换多少药，恨不得一股脑儿地全都带回去卖了给爷爷治眼疾！

就这样，他们不知不觉来到了第五层黑木林。

在这一层，无论是风景还是妖兽的力量都出现了惊人的分化。

黑木林不似前面好山好水好风光，因为妖气的侵蚀，世界调低了整个灰度。目之所见，并无良木，而是碳化般黑色的枯树干。偶或遇上一些矮小的灌木丛，也是如刀枪剑戟般吓人。与之伴随而来的，是妖兽的巨大化，路上随处可见一些硕大的鸟类尸骨，抑或是野猪一样的残骸。

宋小六谨慎惯了，隐隐觉得若是继续往前走定会出事。他颠了颠口袋，看丹核也捞够了，知足是福，劝昭景霓赶紧撤。可昭景霓把玩着猎来的丹核，得意扬扬地说：“你个胆小鬼，怕什么，有本公主在，妖兽还能吃了你不成！”

宋小六还想再劝，突然他脸色大变，朝昭景霓大喊一声“趴下”，将人扑倒紧紧护在身下。昭景霓以为他要轻薄自己，刚要放肆大骂，要将宋小六推开。

可紧着一群黑雾似的鸟怪，擦着他们的天灵盖呼啸而过。昭景霓这才知道，若是方才宋小六手慢一点点，她现在肯定已经被裹挟进鸟群，撕碎成渣了。

鸟怪飞向前方不远处的枯树林，那里正有几位掉队的少年。他们遭遇鸟怪突袭后，一边背对背围成一个圈展开灵障防止鸟怪袭来，一边用剑不断砍杀。可不知怎的，越是挥剑砍杀，鸟怪数量越多，不知不觉，整个树林布满了鸟怪。

“竟然是嚯鹞，好可怕。”昭景霓皱眉嘀咕了一句。

这鸟怪，宋小六倒是知道，他曾听宋老酒鬼拿《蛮荒异物志》讲过。嚯鹞身如枭鸟，爪如狮脚，蛇头利牙，不仅生性凶残，性好嗜血，而且口吐剧毒，力大无穷，可摧百年之木于一瞬，但它最厉害的地方不是剧毒与利爪，而是无限分身，这妖兽每被砍一次，便会分裂一次，分身越来越多，让人难以招架。光是一只也能叫人缠斗许久，更何况眼下乌漆漆满林子都是。

嚯鹞猛攻之下，少年们灵障不幸被击破，他们有的招架不住被鸟怪利爪抓到手臂，瞬间折断；有的躲闪不及被鸟头啄到，身中剧毒立刻倒地不起。不一会儿，这支脱离大部队的小分队，伤残惨重。

“你在这儿等着，我去救人！”昭景霓见少年们情势危急，扯下衣摆布料蒙面，准备跳出去。

宋小六连忙将她拉住，心想，你丫的这时候还记得蒙面不暴露身份，怎么就不想想自己才几斤几两，真以为自己打得过？但他知道话不能这么说，以昭景霓的性格听了铁定变得比鸟怪要恐怖。

“你知道克制嚾鹞分身的法子吗？”

昭景霓摇了摇手中的丹核，道：“当然，劈了这个。”

宋小六心想，若是真的只是破坏它的丹核，这群少年不至于这么苦战，应该是嚾鹞丹核的位置难以寻找，增加了误砍的概率，才导致了这样的局面，如果没有高超的灵术，恐怕只会陷入危险。

就在这时，林中发生异动，那群黑压压的鸟怪被劈出一条血路来。

一顶巨大的灵障从天而降，将受伤的少年们护在其中。而灵障外，半空中，一温润公子毫无防护地挥剑处理扑上来的嚾鹞。

行云流水的剑法、翩翩自在的风度，即使在这样紧张血腥的场景中，他也表现得从容不迫。

这个人是谁，竟然如此厉害？

宋小六钦佩不已，正想瞧清他的面目，只听，昭景霓压低声音激动地说道：“是景苑皇兄！他们得救了！”

原来是当今圣上的四子，陵光王昭景苑，难怪如此厉害。

宋小六也放下心，暗暗观战，可瞧见四皇子昭景苑的真容时，他吃惊地叫了出来——“赵四哥！”

昭景苑，也就是赵四这边，战况并不轻松。

突然嚾鹞数目激增，它们像是认出他才是唯一威胁似的，全都集中攻来。

赵四有些无奈，对不远处倚在树下袖手旁观的白三道：“别闹。”

原来白三用摄心术控制住了嚾鹞的行动，只稍稍转动手指，鸟怪就像听懂人言一样，全都朝赵四而来。

“啧啧啧，长得实在是太丑了，本公子可懒得动手，他最上进了，你们找他去。”

面对白三的吊儿郎当，赵四倒也不恼，只轻捏一诀，手中银水剑即刻万剑齐发，将蜂拥而至的嚯鹞从空中射下钉在地上，稍远些的几只则恰好被击落在白三身边，溅了他一身血。白三顿时洁癖发作，爹毛跳起来找赵四算账。赵四淡然不理，任其愤怒聒噪，继续淡定地解决妖兽。

别看白三看上去没有参战，其实他的举动是为了控制嚯鹞露出丹核的位置，方便赵四给予它们致命一击。

二人配合得“不着痕迹”，嚯鹞很快被消灭大半。

宋小六还处在震惊之中，他仔仔细细瞧着昭景苑，确信他就是自己的赵四哥，那白三更是佐证。

“你说他是你哥？你认错了吧，那是我哥，赵四。”宋小六不甘地与昭景霓辩驳。

昭景霓也不恼：“你想巴结皇亲国戚我不管，但也得擦亮眼睛挑挑人吧，你说景苑皇兄是你哥，那你怎么不说那北落王之子北赫沐也是你哥呢！”

北赫沐?!那白三竟是北落王之子?!

宋小六兀地想起那夜在宛城白三的酒话来，原来他说的都是真的。

赵四不是真的赵四，白三也不是真的白三！

若这一切都是假的，那他们之间的兄弟情谊……是不是也是假的?

宋小六觉得胸口如同堵了一块吸满水的棉花，若不问个究竟，他就要被自己的悲伤给堵死了。

正当他准备去找四哥时，昭景苑这边情况突生急变。

本来昭景苑见嚯鹞所剩不多，打算运剑一口气歼灭残余，北赫沐也吹响哨音控制鸟怪助他收官。可就在嚯鹞齐齐飞来之时，昭景苑突然感到浑身不能动弹，举剑僵在了半空。这让所有人都没有料到。

眼见着那头顶的猛禽正要猛扑下来撕了昭景苑，宋小六朝他大喊：“四哥，危险！”

说时迟那时快，一阵寒风吹过，光影翻飞，嚯鹞瞬间如石块簌簌坠地。

北赫沐执剑挡下所有的嚯鹞，解救了昭景苑，得意道：“四殿下，你欠本公子一个大人情啊。”

昭景苑疑惑地审视自己的剑：“不知怎么回事，方才手突然动不了……而且，我好像听到六弟的声音。”

“这是在凤境，那小子还在宛城呢，怎么可能在这里！下次再走神，就任你被扎成窟窿。”

北赫沐白了他一眼，转身去查看少年们的伤势。

昭景苑凝望四周，满目枯树，也不禁觉得自己这么想有些荒唐，一种隐隐约约的不好的预兆萦绕上心头！

这边，宋小六被昭景霓拖拽着跑了老远。他想喊，却怎么也喊不出来，直到上了凤境的第六层，见没人跟来，昭景霓才放开他。

“疯丫头，你对我做了什么？”宋小六指着嘴巴，愤怒地责备昭景霓。

昭景霓回答：“我们是偷偷入境的，你方才喊那么大声，要是被逮住了，回去一定没好下场。”

宋小六现在没有心情担心自己的处境，因为他刚看见昭景苑的银水剑里蹿出一条巨大的黑影，像条巨蟒似的紧紧缠绕住了昭景苑，害得昭景苑险些丧命！

可昭景霓不信，别说黑影了，她连北赫沐怎么杀了那些鸟怪都没看清，才不信宋小六一个平民能瞧出什么来。

“不管你信不信，我要去救他！”

说完，宋小六往来时的路跑去，昭景霓着急地在原地纠结了半晌，没奈何也跟着追了上去。

宋小六越想越害怕，尤其是他瞧见四哥拿着那把银水剑。他想起昨夜止水神宫内那一男一女的对话，显然是那两人对银水剑做了手脚，要陷四哥于死地。如果那黑影真的只有自己看出来，自己更要站出来提醒四哥！

他一路狂奔，可路却越走越奇怪，周围还飘起雾来。

越往前雾越大，那种妖兽身上的奇怪腥臭味也越来越明显。

当他听到身边林子里发出奇怪的簌簌声，不由脊背发凉，更铆足劲朝雾的尽头奔去。

清风拂过，浓雾尽散，林子尽头竟是一方潋滟湖泊。

这风景相较之前的黑木林，简直是瑰丽难忘。但现在，宋小六完全没有心思欣赏，他只想在出事前赶快找到昭景苑。

“咝……咝……咝……竟然……是灵人……”

一个诡异的声音突然在宋小六耳边炸开，吓得他像蚂蚱一样弹了出去。

他撑在湖边的大岩石后，想要寻找声音的来处，只见白玉色的湖泊蒸腾起茫茫白气，水面像煮沸的热水似的突突直冒泡，连带着岸上的树叶都簌簌骚动。

“咝……我……在……这儿……”这声音不似人类，极其像一种爬行动物。

宋小六突然意识到什么，猛地朝天望去，果然，一双硕大无朋的鳄鱼眼正盯着自己！

“会……会……会说话的妖兽？！”宋小六惊得瘫坐在地。

眼前妖兽可比嚾鹞可怕多了，那身形起码有百米长，蛟身鳄鱼头，满嘴利牙，一半身子浸在湖中，一半身子趴在陆地上，头就悬在宋小六前面不远的半空中，光是喷薄而出的气息，就压得他喘不过气来。

那妖兽瞬间蹿到宋小六身前，眼见着那血盆大口即将咬向自己的头，宋小六抓了一把细沙猛地糊到妖兽的眼睛，抓紧机会转身就跑。

“狡猾的灵人，竟然敢暗算我祸遗……”

这个自称祸遗的妖兽，发出振聋发聩的吼声，那模样愤怒极了。它搅天动地，将湖水掀起巨大的波澜。那浪头足足有一丈高，轰的一声全数击到岸上。

宋小六躲避不及，一下子就被浪给盖晕。不过幸好他被岸上的一颗大石头给截住，才没被浪卷回湖里。

他想，修炼到会说话的妖兽，至少活了几百年吧……

难道今天自己要交待在这儿了吗？

宋小六十分后悔自己早上离开时没能与爷爷打个招呼，这下竟成永别，爷爷该会有多难过，今后又要如何活下去呢？想到此，他一行热泪滚落，滴在了胸口的双鱼玉笼上。

祸遗容不得他有后悔之时，张开血盆大口，猛冲过来，要将人一口吞下。

宋小六本能地闭上眼，他已经做好葬身妖兽口腹的准备。结果，四周突然静默片刻，下一刻就是妖兽凄惨的嚎叫声，随之地动山摇，天地震颤。

他睁开眼，见身前出现一道屏障将祸遗阻拦在外，而这道屏障竟是由胸前双鱼玉笼中散发出的万千光芒组成。

娘亲？

难道是娘亲在保护自己？宋小六紧紧握住淬满鲜血、宛如火琉璃般的双鱼玉笼，心底燃起的暖意驱逐了将死的恐惧。

祸遗因为受伤，大为暴躁，疯狂地用它的大鳄鱼头撞击笼在宋小六身上的光幕，牙齿磕在屏障上，生生被震飞两颗，嘴里不断发出撕裂般的怒吼。

宋小六身在光幕之中，祸遗每撞击一下，他的心也跟着颤抖一下。很快，他瞧见光幕上出现裂痕，而手中的玉笼也对应着出现相同的细密裂痕。

完了！连这最后的屏障也要失去了！

祸遗不耐烦地发出一声震天撼地的嘶吼，宋小六周身的光幕应声而碎。

一时间，凤境云涌风飞，天地激荡，周围霎时间被夷为平地。

宋小六手心里的双鱼玉笼挣脱而出，飞升到苍穹之上，像是要燃尽所有光芒，让天地只剩一片惨烈的白色。

就在这时，双鱼玉笼被炸成两半，萦绕在它四周的白光也渐渐暗淡下来。

宋小六看到光芒背后，一个人影慢慢从双鱼玉笼中显现而出。

女人？

宋小六勉强看清此人的模样，只见她的脸轮廓鲜明，眉骨突出，高耸的鼻梁如刀锋一般。再细细辨认，她的眼瞳在阳光下竟是黑金色，如野兽般锐利，眼底流转着万千风情。

肌肤如雪山一般洁白，唇色如烈火一般浓艳。

世间竟然有这般惊为天人的女子！

女人一出现，风暴立即停止。

祸遗嗅到女人周遭散发出骇人的气息，不禁产生退缩之意：“你不是灵人，也不是妖魔，到底是什么东西？”

宋小六没听到女人回应，只觉眼前亮光一晃，那人已抽出背上的红色长刀，迎着祸遗去了。

祸遗神龙摆尾，焦躁避开刀锋，而女人咄咄逼人，动作干脆利落，绝非泛泛之辈。

“这种小妖，也敢狂妄，看来我这一觉的确是睡得太久了！”

女人优雅地拢了拢素色广袖衣裙，紧着横手一刀，准确无误地劈向祸遗头盖骨。宋小六瞧她嘴角上挑，眼中充满毫不掩饰的睥睨之色，说不出是狂妄还是讥讽。

祸遗躲闪不及，结实中了一刀，它嘶吼呼痛，催动妖力想要呼风唤雨，将女人置于死地。可女人一点也不给其喘息机会，飞身骑上祸遗脖子，对着它后颈利落一刀。刀势极快，不待祸遗反应，女人又接连砍下第二、第三刀。刀尖一点，祸遗身上的鳞片被片去一大片。

失去鳞片，这对妖兽来说，无异于失去了铠甲。祸遗扭结身子，着急要将女人抖落。女人却揪着鳞片翻身滑到祸遗腹下，朝着它的利爪划了一刀，生生切下半个爪子。

祸遗被砍得惨不忍睹，发出满腔悲鸣，趁颓败之际用肥硕巨尾将女人死死锁住，企图给她致命一击。

“方才这招叫一鳞半爪，要么你再尝尝骨肉分离？”女人蔑视一笑，嘴里念念有词，毫不慌乱。

宋小六瞧着可真为她担心极了，他知道这祸遗乃千年之妖，即使受了重伤，依旧力如千斤，那尾巴的握力足以摧毁山石，绝非一般人可以承受。

谁知那女人竟一点没反抗，引颈就戮般，索性闭眼将刀扔了。

就在宋小六惊诧之时，那刀并未落地，而是犹如自主生魂，反朝祸遗的头部飞去。

“叮”——刀嵌入妖兽方才被砍开的后颈肉里，沿着脊椎线向尾部哗啦一路剖开。动作麻利，一气呵成。祸遗的骨与肉霎时分裂剥开，妖血如瀑布般漫天降下，整个碧湖被染成猩红色，叫人看得不寒而栗。

遭此大劫，妖兽蜷成一团，无力坠入湖中。

女人提着长刀，翩翩落地，神色怡然，仿佛刚才不是在对付千年妖兽，而只是料理了一条小蛇。

宋小六本该庆幸自己得救，可他见女人用纤纤白指将刀身上的血沫轻轻抹去，提刀大步朝自己走来，心里腾起一种无法言喻的恐惧。

“谢……谢谢……”

宋小六话还没说出口，女人一把拉过他，狠狠将宋小六提了起来。

她想要做什么？

宋小六不敢动弹，只能任由女人拿鼻子在他脖颈间细细嗅着。

宋小六余光瞥见女人黑金眼眸突然皱缩，面露憎恶之色，顿时周身警铃大作，双股战栗欲逃。

“身上的味道真是恶心极了，去死吧。”

欸?!

不待宋小六弄明白她的意思，女人手里的长刀，已经扑哧一声捅进了他的胸口。

第四章

不祥之子

“你是谁……为什么要杀我？”

宋小六来不及将心中的疑惑说出来，眼前的世界就遁入了无尽黑暗。

女人确认宋小六死亡后，兴奋地揩掉脸上被喷溅的血液，仰天大笑。“哈哈哈……终于杀了你，这破玉笼困了我千年，可曾想到也会有今天！”

这还不过瘾，女人的余光瞥见地上已经碎裂的双鱼玉笼，便幻化出赤焰，要将它燃烧殆尽。

“不……要……”

突然，一只沾满血的手死死地抓住女人的裙角，女人低头一看，竟是宋小六！

“怎么会！他不是已经死了吗?！不死也没关系，大不了我再杀一次好了。”

女人举刀，准备击穿宋小六的天灵盖。就在这时，她胸前忽地洞开出一个硕大的口子，鲜血直流，那形状与宋小六身上的伤一模一样。而宋小六原本的伤口，竟然毫无征兆地愈合了。

两人都被眼前的奇景给震惊了，像是被按了暂停键，僵在原地。

这时，一个声音传来——

“放开我六弟！”一道光刃从背后袭来，将女人轰出老远。

宋小六循声望去，只见昭景苑与北赫沐带着昭景霓，从天而降。

是赵四哥！

宋小六欣喜若狂，跌撞着扑进昭景苑的怀里。不等刚重逢的兄弟好好叙旧，那个疯女人便提刀攻了过来。

“赫沐，护好小六和七妹！”

昭景苑张开灵障保护众人，只身在无保护的情况下，迎战疯女人。两人剑刀相会，丝毫不留生机，眨眼间从地上打到天上，搅得此间飞沙走石，气氛可怖。

这女人强得可怕，虽身负重伤，所用刀法却野蛮狠厉，起初昭景苑还能从她这讨得几分便宜，但战得越久却越处于下风。

北赫沐一看局势不妙，变得紧张，连忙问宋小六这女人是谁，跟他有什么恩怨，宋小六心中一片茫然道：“我不知道。”旋即，宋小六突然又想到什么，拽住北赫沐提醒：“对了，四哥剑上有黑影，你快去帮他！”

说话间，不远处的昭景苑重心不稳，险些落入女人的刀刃。北赫沐见状，连忙移神换影，闪电般将人从女人刀下带走。

女人彻底被惹恼，杀气大甚，连容貌也起了变化，黑金之瞳变得血红，雪白的脸上隐隐爬出暗纹，似野兽一般。她横刀而立，集周身之力灌入长刀，将刀身淬炼得通红，随即挥出巨大杀气，将北赫沐击得老远。北赫沐想用摄心术控制她的行动，可摄心术竟然对她毫无作用！

这女人似一抹幽红鬼魅，所经之处，都沦为了一片深坑火海。

宋小六内心升腾起一丝悲怆，难道今日要命丧于此了吗？

就在这时，风境上空传来龙树的鸣响声。只见天上豁然开了个口子，从外泄露出金光，使得漫山遍野沐浴着异色。应声起，风境各层之中不断有少年飞过来集结，看来已经到了试炼结束之时。

“不好，凤境之门开了。”昭景苑将宋小六和昭景霓塞给北赫沐，要他们赶紧出去。北赫沐拦住他：“你想一个人去引开那个女人？”

“凤境之门开启是有时间的，我会拖到它关闭为止。”昭景苑眼神清澈淡然，他知道凤境玄妙，无人能破，是个绝佳的牢笼，所以，一定要利用这点困住这个疯女人。

“你们休想逃掉！”

女人察觉了昭景苑的打算，便将手中长刀抛出，幻作万千红莲如流火降下。顷刻间，整个凤境沦为炼狱。女人再一嘶吼，整个凤境地动山摇，天地为之变色。

“那是什么？”宋小六突然惊恐地指向山野天际。

只见，一片黑潮汹涌而来。

是妖兽！

那女人竟然把整个凤境的妖兽都唤了过来！

妖兽麇集蔽空，犹如滔天祸水。

昭景苑一把将宋小六三人推到凤境之门边缘，自己则冲进妖群。北赫沐无比担忧，安抚好宋小六和昭景霓后，也折返去追他。

“四哥！白三！”

宋小六焦急地看着两人的背影消失在黑潮中，揪心又紧张。昭景霓见凤境之门即将关闭，赶紧拉着他跃了进去。

凤境之门内时空乱流激荡，相比来时可怕许多。更令人惶恐的是，大量的妖兽也紧跟着他们冲了进来，将他们裹挟其中。

凤境之外，众人期盼着明日之君昭景宸带领众人载誉而归。

忽见天空中凤境之门提前开启，欢欣鼓舞。谁知，他们等来的不是荣耀与丰收，而是狼狈不堪与滔天灾难。

群妖蜂拥而出，犹如倾泻出的黑色洪水，使得整个离天宫霎时黑云弥漫，沦为黑暗之地。

在场的权贵世家多少年没见过这等场面，吓得颜色尽失，四处仓皇躲避。一时间，妖兽的嘶鸣声、灵人的尖叫声，嘈杂在一起，宛如末世哀歌。

宋小六和昭景霓趁乱逃出来，躲到一处隐蔽的角落。

昭景霓将身上的丹核都塞给宋小六："你赶紧走吧，若是被发现可是死罪。"可一想到两位哥哥生死未卜，宋小六焦灼得很，不肯走。

"哼，你们想走也走不了了。"

突然，一记红螺鞭落下，抽开两人身上的隐蔽术，宋小六惊地朝人看去，竟然是昭景霓的胞兄昭景琨！

昭景霓下意识将宋小六隐在身后，抽出匕首与昭景琨一搏。

"呵呵，以为自己进了一趟凤境，多抓了几个丹核就长能耐了。别忘了，比起灵术我可比你擅长得多。"

昭景琨嘲讽完，随手施展起缚术将昭景霓困住，宋小六则被侍卫给擒住。

"好啊，一个平民，搅乱凤境，给我送去父帝那儿！"

说完，昭景琨阴狠狠地拽着宋小六和昭景霓往离天宫走去。

宋小六被一把推入离天宫内，见昭景苑如孤鹤一般跪在大殿之上，身边还跪着北赫沐，四周森然立着众多将士和重臣权贵。经过一番浩劫，众人早已经装不出淡定儒雅的样子，除了久经战场的四将军，大部分人跟落毛鸡似的，一脸衰样，瑟缩不安地等着上治帝发话。

宋小六看着这满堂架势，不禁内心一紧，隐隐觉得不安。

"景苑，你作何解释？"

上治帝冷冷发话，听得宋小六浑身一颤。他虽看不到帝王黄金面具下的表情，却能感受到来自他的凝视，一种强大的压迫感，让在场的人喘不过气。

昭景苑不惧不畏，俯身据实以答："儿臣自知春狩祭典期间，无论发生什么，都不能让妖兽出境。只是因为凤境内有妖人作乱，引得众妖兽麇集狂暴……"

上治帝打断昭景苑："那妖人呢？"

景苑顿了顿："……儿臣无能，没能捉到。"

“混账！”上治帝愠怒不已，拔剑划出一道风刃，劈在昭景苑身侧，将地面刻出三指深的刻痕，那位置若是再偏点儿就能当场要了昭景苑的命。

“小小一个试炼通不过，竟拿妖人做借口，为君者不信不立，将来如何治理丛国，统领四方！”

景苑禁言，不敢再接话。

就在这时，宋小六被昭景琨往前一推搡，重心不稳，踉跄着跪跌在殿中，整个人几乎要匍匐在地。

“父帝，四哥说得没错，的确有妖人，妖人就是他！”

昭景苑大惊失色。朝堂众人见宋小六是个平民，瞬间炸裂开来，众人交头接耳，窃窃私语：

“竟有平民擅闯凤境，难怪会有此大乱……”

“闻所未闻，简直是耻辱，玷污了先祖神灵，该杀……”

“我就说景苑殿下才德兼备，怎会遭遇此等祸事，竟有这等孽障……”

恶言绵延不绝从四面八方涌来，宋小六僵住，不敢动弹，他只觉得可怕，这些人似乎比凤境里的野兽还恐怖！

自知在劫难逃，宋小六乖乖伏地：“我自知擅闯凤境是死罪，不敢辩解，但请圣上不要责罚四殿下，他是遭人陷害的。”

上治帝皱眉：“你的意思是有人要加害景苑？”

宋小六抓住机会，把几天前在止水神宫听到的事，以及凤境中昭景苑身上的异象一一说出，在场之人听得面面相觑。

长思御殿没想到，自己的计划居然被一个小屁孩给撞破了，有些慌：“你可知道你的话意味着什么，是污蔑有人要谋杀皇嗣！这可是大逆不道之罪！”

宋小六不惧道：“爷爷说过做人就要说真话，小六说的句句属实。不信你们可以查！”

长思御殿没想到这个乡野小子竟然有这等魄力，她本就离昭景苑最近，便去假意探查昭景苑的灵脉。

果然，昭景苑手上黑影尚在。长思御殿心里一惊，却乘人不备，悄悄将黑咒令消除，并假装高声呵斥：“你这小子谎话连篇，哪里有什么黑影！”

长思御殿故意拉着四将军之一的东懿将军再探查，当然什么都查不出来。东懿将军是昭景苑的姨母，众人见她都认定没有，便不再相信宋小六。

宋小六恼火极了，心道一定是哪里出了问题，再一琢磨，突然觉得长思御殿的声音十分熟悉，应是在哪里听过。

“哦，原来是你……”宋小六认出她就是昨夜止水神宫中施咒之人，刚要指认，昭景苑却让他闭嘴，拉着他伏身向上治帝请求宽恕。

长思御殿见宋小六认出自己，自然不能留下他，于是煽动群臣让上治帝严明法度。上治帝沉默半晌，让人将宋小六押下去即刻行刑。

就在这危急关头，宫殿内突然刮起了一阵旋风，众人以为是什么妖兽再袭，纷纷架起灵障护体。然而，这旋风并不袭击众人，却偏巧落在宋小六身边，将人掳出了大殿。

一直守在上治帝跟前的北落王最先反应过来，立马追了出去。旋风与北落王没过几招，便显出原形，惨败落地。

宋小六大惊叫道：“爷爷！”原来，所谓的旋风，正是眼瞎了的宋老酒鬼，他早些时候听阿宁说宋小六跟着一个姑娘往合乐山去了，便着急地跟了过来。

宋小六无比意外，原来爷爷的灵术这么厉害，若不是因为眼疾，刚才北落王也未必能拿下他。

同样意外的，还有旁边的北落王，他紧盯着宋老酒鬼，震惊道：“你，你可是宋濂大将军？”

此言一出，众人皆是一片惊异。

其实比起宋濂，宋老酒鬼有一个更为人熟知的称号，叫“屠戮将军”。相传他年轻时三日灭异族，坑杀百万俘虏，可谓是神佛难挡，叫人又敬又惧。只是不知后来因何缘故，突然消失在众人视野，成了一个传说。

宋老酒鬼见武力救人无望，长思御殿又不依不饶，怂恿一众人让上治帝尊重祖宗法度，杀了宋小六。一边是爷孙情深，另一边是家国纲常，情况危急之下，宋老酒鬼只好颤颤巍巍地从唇间冒出几个字：“圣上，您不能杀他，他是……您的孩子啊！”

此言一出，众人又是一片惊异。

世人都知道上治帝曾有六子，前四子为已故东箢皇后所生，其中三子或因战乱，或因疾病，早早夭折，只有四子活了下来，便是今日的昭景苑。而第五子昭景琨为上治帝第三任妻子长思御殿所出。剩下的那个第六子，甚少被人提及，大家都以为他早已在十二年前死掉了。

宋小六以为宋老酒鬼喝多了，乱编瞎话，心里又急又恼。可宋老酒鬼却一脸严肃，让宋小六给上治帝磕头，叫父帝。

原来，这其中有不为外人所知之事。那六子原名昭景宸，乃已故第二任桑林皇后的独子。据说他出生时，丛国境内群妖躁动，星落碧海，风浪肆虐。春官据此预言他暗星隐命，终将会给丛国带来祸事。百官奏请上治帝，要求处死六皇子。更惨的是，六皇子出生翌日，桑林皇后因产后失血而死。出生克死已母，更添一层不祥，皇帝实在难容，命人处死六子。可谁曾想到，当夜，桑林皇后的云溪宫失火，六皇子与桑林皇后的遗体一同葬身火海，此后再也无人提及桑林，亦无人提及六皇子昭景宸了。

既然宋小六是不祥之子，更无容他之理。长思御殿煽动群臣高喊杀之绝之。宋老酒鬼以头抢地，求上治帝看在桑林皇后面上饶宋小六一命！

宋小六无法将上治帝当作自己的父亲，他也无法开口求这个君王宽恕。他望着上治帝，正如上治帝冷冷地看着他一样。

那日，望都城内突然下起了暴雨，天空阴郁得让人胸口发闷。暴雨一连下了几日，终于放晴。望都的百姓们都纷纷聚到街头小巷，讨论起几天前皇家发生的三件大事。

第一件，不祥之子昭景宸被流放至蛮荒妖兽之地，生死由天，永不得回子虚。

第二件，陵光王昭景苑与北赫沐则因为包庇隐瞒他人入凤境，被发配到垂天之境，只能待诏而归。

第三件，公主昭景霓被幽禁宫中，除非出嫁，否则不得再迈出宫门一步。

皇家的奇闻逸事也只不过是众人生活中的调味品，待到新的谈资一出来，便又匆匆翻过一页。繁华的都市车水龙马，压过了青石板街道，只留下一串浅浅的水印，迅速消失在时光中。

而那些风暴中心的当事人们，没有人会在意他们的疾苦。

渍水鸭、白鱼头、脆芦笋，一瓶浊酒，两碗米饭。

这是他与宋老酒鬼到望都以来吃得最豪华的一顿饭，也将是在一起吃的最后一顿。

“臣是来向六殿下辞行的，臣有负桑林皇后重托，让六殿下遇难暴露，不敢妄言爷孙之情，你我缘分已尽，今后老臣不能相随左右，望六殿下多保重。”

宋小六被宋老酒鬼突如其来的举动吓蒙了，只听言语间极其生分，哪还有往昔十几年的爷孙情。

“爷爷……”宋小六将手伸出隔栏想把他握住，可宋老酒鬼却还秉持着那些无谓的礼节，避开了。

若是如此，当初何必救自己！

宋小六难过极了，他也是如今才知道宋老酒鬼抚养自己的真相。当年宋濂战功赫赫为主忌惮，桑林点拨他放弃勋爵保命。为报恩，他受桑林临终所托，将六殿下带出宫抚养，纵火以掩人耳目。这些年宋老酒鬼一直隐姓埋名，小心掩藏，为照顾他受尽苦楚，此时说要走，宋小六怎么可能舍得。

“爷爷不要走！小六知道错了，以后再也不敢不听您的话，请您别不要小六……”

宋小六极尽哀求，可宋老酒鬼还是头也不回地离开了。

“因为我是不祥之子，连累了爷爷。”

宋小六喃喃自语，他摊开手心，是宋老酒鬼方才塞给他的双鱼玉笼。原本已经碎裂的地方被掐金丝给镶上，表面看上去没有什么异样，但内里都是裂痕了。

宋小六蜷缩在冰冷的角落里，心冷无泪。夜色渐浓，倦意让他沉沉睡去。

梦中，他成了孑然一身的旅人，与很多人擦肩而过，却无人为他驻足相留，每个人都戴着面具，面具下是凶狠的表情。

不多时，他惊惧着醒来，四下还是封闭阴暗的牢狱，想起种种，心比刀剜着还要疼。

但很快，他就没有时间细想了。因为夏官府的人带着押送官，前来提他出狱。他被施了拘灵术，不能随心而动，只得像木偶似的跟着他们着往子虚城外走。

外面天才麻麻亮，世界寂静无声，没有人会注意到他的离开。

走到凤葵门下，突然一行人停下脚步。远处两个熟悉的身影疾驰而来。

宋小六看见昭景苑，几乎是扑进他怀里，号啕：“四哥！爷爷不要我了……”

昭景苑紧紧搂着他，轻拍着背安抚着：“别怕，四哥还在。虽然我们兄弟两人将要天各一方，但是终将会重逢。你要像玄晶石一样坚强，就算没有四哥保护你，你也要保护好自己。”

两路人来不及寒暄更多，便被分别催促，各自上路。

鸟迹罕至，极苦极寒的垂天之境，在望都的东北方；而凶险异常，命不保夕的妖兽之地，则在望都的西北方。

宋小六与昭景苑、北赫沐就此别过，目送二人二马，朝东绝尘而去，飞速消失在路的尽头。他则继续被押着往西北前行，待他回望，凤葵门上，那硕大的“子虚城”三个金字，已被刚探出头的红日照得熠熠生辉。

他不甘心地四处找寻爷爷的身影，遍寻不得，心中的空洞却被拉扯得更大。

须臾之间，他竟远远瞧见昭景霓身边那壮汉似的侍女锦娘，隐藏在凤葵墙下，朝着自己的方向轻轻挥手。

他心里明白，从今往后这世间没有宋小六，只有昭景宸，而今后的路就只能他一个人走了。

春飞四月，惊雷滚滚。一场大雨如约而至。

由望都出，行向西北，沿路景色反季似的，不仅一路花树越来越萧瑟，连天也越来越冷。别处下雨，是温婉欲滴，而这旁却是气势磅礴，足足要将行人全都截在这崎岖的岷江官道上。

幸好，在距离下一个驿站的中间还有座君来客栈可供歇脚，否则怕是不少人要夜宿山中，与野兽一窝。

君来客栈的老板娘忙着招呼因大雨无法上路的客人，像只花蝴蝶似的在各位客官之间周旋，脚不点地，忙碌极了。

席间，人们就着酒菜，还在说着半个月前望都的趣闻轶事，尤其是春狩祭典上那场大骚动。

“咱们圣上风流着呢，连民间私生子都找上门了，活脱脱搅了今年的春狩祭典……”

“什么六皇子，圣上都还没认呢。我倒是听说这娃娃生来不祥，春官预言他会给从国带来灾祸，上治帝已经将他就地处死，尸身喂了凤境的妖兽，心被挖出来镇在子虚城的凤葵门下呢……”

“你们说得都不对，我听我望都的亲戚说，他当时在现场可是看到了，那少年不过十一二岁，却生得一副狐媚的样子，与他那死去的娘一样，这次回来是专程为他娘寻仇的。听说那少年拿着止戈剑，差点杀了咱们圣上呢……”

旅途枯燥又无趣，一群不相干的人，总能因为这种捕风捉影的八卦聊得趣味盎然，他们彼此借着酒劲聊得越发不靠谱，却没发现大堂墙角，一个被拘灵术控制着手脚的少年，正是他们口中的主角。

昭景宸听到自己的经历已经被众人之口传成了乱七八糟的奇闻逸事，落寞地朝着壁角缩了缩。

押送昭景宸的官爷见他一副羸弱样，皱着眉头，厉声问道：“你怎么不吃？”

昭景宸装死挺尸，靠着墙壁一动不动。

“哎呀哥，你别这么紧张，这小子就是这德行，他不吃就让他饿着，饿着也没力气跑，不是更好吗？”另外一个押送昭景宸的官爷，一边夹菜一边说道。

眼前这一高一矮，一胖一瘦的押送官是两兄弟，高胖的是个吃货，人脾气不坏，矮瘦的是个黑脸鬼，脾气臭得很。不知为何，他们每多听一次流言，就要在昭景宸手脚上多加一层拘灵术，那戒备的眼神仿佛认定昭景宸真的就是个灵力超群、杀人不眨眼的恶魔。

他们见昭景宸不吃，便找老板娘要了间房，押他回去。两押送官穿得低调，在旁人看来他们俩只是走货的商人，而昭景宸只是他们的书童。君来客栈的老板娘本来见二位爷给银子大方，还想寒暄两句，却被矮瘦的那位瞪了一眼。不过到底是见过世面的，老板娘立马从善如流地退到一边，扭着屁股转去照顾其他客人。

店小二带着三人穿过大堂，刚要拐进走廊。突然，胖押送浑身难受，捂着肚子，着急道："哥，哥，我好像闹肚子了……"

"让你吃那么多！"矮瘦刚嫌弃地翻了个白眼，很快却也发觉自己身上不对劲。他警觉地一把抽出腰刀，将昭景宸拉至身后，对着店小二威吓道："你们是何人，竟敢暗算皇城的护卫！"

话刚落，满堂喧闹顿时静了声。

昭景宸察觉周遭气氛不对，越过矮瘦的肩膀，瞅见眼前堂中宾客，竟然改头换面成了持重刀的玄色兵甲蒙面人。

不知何时起，这小小的君来客栈竟成了要诛杀他们的铁瓮。

"你可是昭景宸？"

原本笑靥如花的客栈老板娘，脸色一沉，撕下面具露出凶神恶煞的男人脸。昭景宸吓得一哆嗦，一股冰冷的杀气穿透后脊梁。

不待他回应，两押送官抄着昭景宸，撞出围堵，并祭出半壁高的灵障，将杀手挡在外面。

但对方人多势众，灵障片刻便被击垮。那高胖的一把将昭景宸和矮瘦子推了出去，自己奋力挡在前面，凭着一身蛮力硬生生造出一线生机来。

可那高胖的押送官之前吃了太多食物，已经中毒颇深，很快便不敌对方，只见后面的杀手如黑蛇般绞杀而至，高胖被一把割下了头颅，鲜血溅了他们一脸。

"他们是来杀我的吗？为什么？"

矮瘦的押送官满脸苍凉，转过头，左手在昭景宸身后比画了两下，解除了他身上所有的拘灵术，然后抓着他飞出客栈。

“因为你是不祥之子！”

外面雷雨淫淫，地面水流湍急。

这君来客栈背靠茂密的森林，不知幸还是不幸。

他们仓皇跑了许久，身后簌簌的移步声紧紧相逼。

押送官此时已经口吐白沫，神志不大清明，他用尽最后一丝力气，撑起一张巨大的结界，暂时把来人挡在外面。

“快逃，逃得越远，越……”“好”字还没有说出口，矮瘦就已经身首异处，鲜血在地上洒出一团暗红。

昭景宸来不及悲愤，只好沿着江边狂奔，他始终搞不明白，自己怎么就变成了“不祥之子”，也弄不清楚，那群杀手为什么要杀自己，只能任由步履往前，摆脱这无边无际的险恶。

然而，老天似乎跟他开了个玩笑，没跑两步，前面已无去路，山路塌方，官道成为悬崖。

骇浪滚滚的苍岷江从崇山峻岭之间劈开，犹如千军万马咆哮奔腾向西。

江水滔天，卷着沙石，大浪拍崖，碎石毁山。

若是从这儿掉下去，不撞到暗礁上，也会被激流卷入江底做鱼食吧。

昭景宸连忙收回脚步，稳住已经跌出去一半的身子，将重心又移了回来。就在此时，蒙面人们追了上来，将他团团围住。

“是谁要我的命？总得让我死得明白些吧！”昭景宸眼眸中透出了几分刚毅。

可杀手中没有一人回答他的问题，个个挥刀而来，不留生机。

一个刺客扬起剑刺向景宸的喉咙，景宸已经完全没有力气挣扎，他闭上眼睛，想起了不知现在身处何处的爷爷。

“若有来生，我还愿意做爷爷的孙子。”

等了半天，景宸没有感觉到痛，他慢慢地睁开一只眼睛，那些黑衣人全都不见了，然后他又睁开另一只眼睛，只见，眼前几个杀手突然如火般燃烧起来，尖叫着，瞬间化为灰烬。

突如其来的意外叫杀手们吓得聚成一圈。

昭景宸目光飞速掠过周围，只见树林深处，一抹冶红在视野中闪过。那抹红，紧紧抓住了昭景宸的心脏，让他寒毛奓开。

杀手们也感受到游荡在他们周围的怪异气息。为首之人颤抖地喊着："谁？出来！"

回应杀手们的是一阵凌厉无比的风刃和疯狂的笑声。

只见，抽刀断水人落地。对方刀法速度之快，让一群人来不及做出防御，便像树林中的残枝一样被大卸八块，散落在各处。

昭景宸揩掉混在雨中落下的血迹，望着一美艳女子，手持一柄冶红色长刀，从林中深处走来。

是她！

那个在凤境中救了自己又杀了自己的女人！

"我们又见面了。"

女人一步一瞬，闪至昭景宸面前。春雨短暂，不知不觉便停了，探出日头来。她似乎忘记收起结界，雨滴折射着阳光，在周身形成一道彩虹，使她显得超尘脱俗，犹如谪仙。

昭景宸被逼到崖边，退无可退。他不敢回头看，也不敢往前迈，只得与女子交涉："谢谢你救我。"

"救你？"女人摇了摇头，"我是来杀你的。"

昭景宸自然看出了她的来意，只是她这么执着要杀自己，他着实有些不解。

女人见昭景宸问为什么，露出一副思考的模样，却给出一个践踏他人意志的答案——"因为我想。而且，只能是我。"

不等昭景宸反应，女人又是一刀，狠狠捅进他的心脏，还不甘心地搅动一番，像是要确保他彻底被毁掉才行。

疯子……

昭景宸的身体再次被疼痛占满，在狭小的缝隙中似乎有一些其他的东西通过刀尖流了过来，似悲伤的、似憎恶的，还有似怀念的、似愉悦的情感充盈进他的心房。

他感觉自己的意识被这波情感带向了远方，而远方的尽头有一个人的名字。

“渚……牙……”

女人听到这个久违的名字，脸上露出迷茫的神情，一时失神，手上的长刀幻化成了花瓣消失在她手中。昭景宸则因失去了刀身的支撑，后退着摔落崖下的苍岷江。

女人突然心口疼痛剧烈，来不及去捞他，她低头一看，又和上次相同，与昭景宸一致的位置，出现一致的伤口。

这小子到底对自己施了什么妖术！

渚牙惊讶地望着崖下滚滚江水，忽然感觉浑身也如坠水中，呼吸困难，她发狂地嘶吼着，重心一歪，也跟着跌落悬崖。

坠落瞬间，风在耳边呼啸，渚牙望着头顶雨后青空，她其实有点不明白自己为什么一定要发这么大的火，以前自己的气性没这么大的啊。以前？以前的自己是什么样子的呢？渚牙摇了摇脑袋，她有些记不清了，一千年的囚禁让她的记忆退化得什么都没有了……还没有等她想清楚，已经坠入湍急的江水中。

不久，昭景宸坠入岷江被杀的消息便传回了子虚城，落入长思御殿的耳中。长思御殿一抹微笑，就奖了与这事有关人员一个“命丧黄泉”，美其名曰“保护不当”，让他们追随六皇子去了。

曾经的乡野小子宋小六，如今的六皇子昭景宸，无人为他的逝去哀恸，无人给他祭奠竖碑。他仿佛是一朵昙花，卷入浮世，又悄无声息地落回到浮世中去了。

第五章

误入岷山

苍岷江面激流滚滚、波涛暗涌，水下幽草丛生，一眼望不到尽头。

冷冽的江水不断灌进昭景宸的耳朵，呛进鼻腔，通过伤口渗进心脏。他恐惧地挣扎，想抓住什么，却什么也抓不住。

他的大脑开始缺氧，身体不断下坠，昏死过去的前一刻，眼前出现一幅迷幻的画面，那是一道微光，光源中心，烈焰红袍在水里舒展开来，像一朵盛放的火莲。

是梦吗?

是梦吧！人在死前，都会出做一场五彩斑斓的梦。

突然，昭景宸感到脚踝被人硬拽了一下，他转过头，朦胧中看见一张人脸，来不及辨认，一串水气泡便从咽喉管里冒出，脑袋重重垂下，失去意识。

这个人，其实是追着昭景宸一跃而下的渚牙，她确认昭景宸已死，便得意地笑了，准备转身游走之际，她突然僵住身子，浑身动弹不得——像是河水灌入鼻腔和咽喉，强大的水压狠狠拍击在背上，一股混沌之感直直冲上她的大脑。

渚牙紧了紧眉头，尚来不及施展术法周全自己，莫名的气息将她的身体牢牢捆扎，也跟着昏死过去了。

“头儿，这俩不会是死了吧？”

隐约里，昭景宸听到男人的声音，挣扎着睁开眼。

只见一艘行进的商船甲板上，一个身穿粗布麻衣、蓄着络腮胡的壮汉神色凝重：“早说咱就不救了，亏得那么大动静，一会儿还得丢回水里头去。”

两个男人相互叹息，脚步声越走越远。

昭景宸拽着木栏杆勉强支撑起身。他脑袋还迷迷糊糊，像灌了水似的，低头看见渚牙躺在自己身侧，吓得从地上蹦了起来，瞬间惊醒。

她怎么也在这儿！

昭景宸细细打量渚牙，见她面色惨白，但胸口还起伏有些反应，不由得警觉起来，再联想到被捅穿的伤口，昭景宸连忙低头去扒自己的前襟——奇怪！伤口怎么都不见了？难道都自动愈合了？

昭景宸猛地摇头，以确保自己真的不是在做梦。他分明记得自己被刺了一刀，落入水中，但是眼下自己毫发无伤，而杀人者却躺在了身边。

昭景宸端详着渚牙那张俊俏惊艳的脸，心上发毛。三十六计走为上计！昭景宸小心翼翼地踮起脚，可还没来得及迈开腿，一声冷哼响起：

“往哪儿跑！”

渚牙唰地从地上跃起，眼疾手快地拽住了昭景宸的衣襟，但伤口却猛地撕裂，“哎哟”，疼得她赶忙继续捂着，恶狠狠地盯着昭景宸，整个身体都在颤抖。

“你到底对老子用了什么妖术？”

渚牙拿胳膊卡在昭景宸的咽喉上，昭景宸立即就感觉喘不过气来。说来奇怪，渚牙竟也莫名感觉自己呼吸困难。

一大一小、一高一矮的两个人对峙在一处。

左右船员见情况不对，纷纷围聚过来。先前上前打探的男人要伸手将两人分开，却被渚牙一声吼，吓得又缩了回去。

“滚！老子教训儿子哪轮得到你们插手！”

——至此，一个北疆第一悍妇形象，冉冉升起。

此时行船已至北疆地界，渐渐停靠在离麓都不远的岷山脚下。众人久闻北疆女子素以泼辣豪爽著称，竟不知当真可以蛮悍至此。一时间，船员看着渚牙的眼神里都多了几分敬畏。

昭景宸看船员们纷纷产生退让的意思，更加慌乱道：“你们别信她，我生下来就没见过我娘，她是什么东西！”

船员们还是嘘声不断。

毕竟怎么着也只是舞勺之年的孩童，为母如此还是有些过于严苛了吧。

眼见着又有船员要上前劝阻，渚牙一声咆哮，胳膊肘微微松开，紧接着就拦腰折起昭景宸，她的手里不知何时多了支木头船桨来，一棍拍在昭景宸的屁股上。

这下别说是昭景宸了，连带着一众围观的船员都被这“北疆悍妇”的举动吓得瞪大了眼。

昭景宸捂着臀四处乱窜，渚牙则两手叉腰满脸得意。

周围看热闹的众人更是被完全唬住了，纷纷感叹大千世界无奇不有，别看这女郎年纪轻轻，竟已经有如此大的儿郎——且揍人手法此般娴熟，一看就是平日没少打小孩。

亲生的，绝对是亲生的。

这时正巧船靠岸，昭景宸找准时机，不待船停稳就忙不迭跳上了码头，沿着通往城镇市集的道路跑去。

市集热闹纷呈，昭景宸穿梭其间，打翻了不少摊铺商品，骚乱不断。他却头也不敢回，只顾拼命狂奔。渚牙紧跟其后。两人你追我赶，直到窜得无影无踪了。

留下船上船员众人，一脸懵相。

这镇子名叫荣城，蜗居在绵延巍峨的岷山脚下，海拔较低，水系发达，好似一颗水边的蚌珠。

荣城内人口稀疏，呈四方状分布，仅一条主干街道，从城门长长探进山林，尾有迷雾笼罩，倒有几分不同寻常。

渚牙追着昭景宸一路从城中奔进森林。渚牙灵力高强，但无奈身负重伤，没跑多远就气喘吁吁。昭景宸虽灵力不足，却从小练就一身躲闪技巧，在热闹的人群中左突右闪，很快便甩开了渚牙。

昭景宸跑跑停停，四周变得人迹罕至，除了无尽的山林、脚下的黄泥路、四面的荒草，就剩下从头顶掠过的飞禽。

他转头看着空荡的山林，仍然心有余悸，真的甩开女魔头了？还不等他露出一丝侥幸，耳朵就被人掐住，脚下一阵轻飘，整个人嗖的一下被拽到了半空。

“哟，不是很能跑吗？你跑啊！”

渚牙满脸凶相，夕阳的光穿过树叶，洒落在她的头发上，折射着碧绿簪子剔透玲珑的光，有种错乱的美感。

昭景宸盯着她，竟有一刻的失神，忘了挣扎——在宛城的十二年里，东街贺大娘家的徐二小姐在他心中已经算是顶漂亮的美人了，可眼前的渚牙，分明更漂亮——惊为天人又诡异的漂亮。

“女侠，饶命啊！”昭景宸换了副可怜巴巴的表情。

渚牙被看得不耐烦，掌中发力，劈在昭景宸后背，昭景宸“哎哟”一声，从半空坠下，屁股撞在一截坚硬的树桩上，正巧对应着先前挨打的伤。一股炸裂的疼，从尾椎骨窜过脊椎，冲上头发尖，仿佛每一根寒毛都竖了起来。

如此魔头，再漂亮也无济于事，昭景宸暗暗骂道，他抬头，发现树上的渚牙表情似乎有些不对，好像她的臀部也有明显的痛感，五官都拧在了一起。

渚牙强忍：“说，你到底对我施了什么妖术？”

说话间，一把红莲焰火从树上垂下，直接就架在昭景宸的脖间。

自凤境刺杀昭景宸未果之后，渚牙就感觉到了明显的异常：为何无论自己对昭景宸做了什么，片刻之后，那痛感便会以相同的症状反噬到自己身上？

昭景宸也不明所以——明明是渚牙救了他，怎的又要杀他呢？

“你到底为何要杀我？就算是死，我也要死得清清楚楚吧。”

渚牙从上俯视昭景宸的脸，一瞬间陷入沉默——她的大脑一片空白，曾经的记忆，都随着长时间的封印消失殆尽。

困在双鱼玉笼里的千年间，渚牙记得外界是混沌一片。她的神灵被一柄巨大的光剑强行劈开，有一双手挣扎着要去夺她的魂魄，那张顶着和眼下儿郎一样脸的家伙，伸手将自己强行推进了玉笼中。

他的面庞似乎是要比眼前的人更加沧桑与忧愁——

渚牙记不起来了。

是他关了她千年！

渚牙肯定和眼下人有分不开的关系，但具体是什么，又说不清楚，只剩下最后一种仇恨本能，似乎正是这种本能指引着她一定要杀掉昭景宸。

她嗖的一下从树上跳了下来，手起刀出，一刀捅进昭景宸的左胸。

要死了吗？昭景宸皱着眉头，一点点合上眼。

然而，一箭穿心过后，等待着他的，并不是钻心的疼痛和死亡，而是一股温暖的热量，仿佛热水般划过身体。懵懵间，他感觉胸上的刀伤渐好，竟仿佛什么都没发生过一样。

而眼前的渚牙，彻底抓狂了。

昭景宸看着暴躁的渚牙各种抓狂，不厚道地笑了。但还没来得及咧开嘴，就被渚牙一记猛推，脑瓜撞在了树干上，晕死过去。

待他迷迷糊糊间醒来的时候，只感觉天旋地转，万物不由自己。

一股灼烫从头顶而来，昭景宸一晃脑袋，还以为是夏天的日头太毒，想伸手摸一把汗，才惊得清醒过来——自己正被捆得结结实实不说，还倒挂在树上！

他一睁眼，就见那熊熊火焰刹那间蹿得老高，若不是连带自己的头发也给绳索绑了，怕是老早就垂到火里燃了起来。

这女人简直是疯了！

昭景宸挣扎着，却见那渚牙手心拿着焰火，向他走来。

“别，别，咱们有什么话不能好好说吗？”昭景宸见状赶紧换了副求饶的姿态。可还没等他把话说完，渚牙直接一火加到了柴上。

“少废话！既然刀子不行，那烧死你总可以了吧？”

说罢她又添了把火，准备开始第二个杀死昭景宸的计划。

火越烧越旺，火焰炙热的温度蹿上来，昭景宸越来越痛苦，渚牙却喜笑颜开，笑着笑着，突然有些不对劲。她低头一看，万万没想到，自己的皮肤居然红肿起来，手臂上开始脱水，出现褶皱，还有烧焦的味道。

那火分明是烧在自己的身上！

渚牙疼得上蹿下跳，一个猛子扎进旁边的河里。

杀死昭景宸计划第二回合——再次失败！

岷山范围可见暮色四合，霞光点点，若不是昭景宸此刻困在渚牙划下的囚灵障中动弹不得，倒还真是番美景。

他望着不远处渚牙窸窸窣窣的身影，眉头一挑。这疯婆子究竟要干什么？

还没等昭景宸回过神来，突然，一个“麻球”被扔了过来。

“啪——”

两个巴掌平摊开大小的马蜂窝就此砸落在昭景宸的脸上。

怒火攻心的马蜂瞬间爬满昭景宸的脸，把致命毒刺扎进他的肌肤。昭景宸疼得大叫，却在张嘴的瞬间，又有几只马蜂钻进嘴里，刺在他的舌头和牙龈上。

“救命——啊！”

渚牙心花怒放，这几乎是她听过最凄烈无比的叫喊。

昭景宸的脸很快肿成筛子状，惨不忍睹，囚灵障刹那间被解开。

不等渚牙的得意浮现于表，就看见她的脸也紧接着冒出一个又一个的红水疱。

先是额头，然后鼻尖，再布满整个脑袋，到最后好一张娇滴滴的旷世倾城祸国脸，竟不落一块好地。

昭景宸总算忍不住，爆发出如雷笑声。

渚牙又急又恼，刚要一拳去打昭景宸的下巴，就看见一个刚巧是她拳头大小的通红肿包从嘴边窜出，生生挨了自己一拳，怒发出比先前昭景宸更甚的哀号。

第三个回合，也惨烈地以失败告终。

如此三次交手下来，昭景宸也算是摸清了渚牙的“门道”——不论眼前人以何种手段要来杀死自己，总是会反噬到她的身上。

尽管不知两人是何时何故莫名产生了如此联系，却怎么看都觉得这对自己有利，回想先前渚牙的狂躁与对自己的警觉，想来也是意识到了其中二三。

昭景宸领会以后，嘴角不禁浮起一丝意味深长的笑。

入夜后的岷山迷雾重重，昭景宸努力挣开了绳索，计划着逃出女魔头手掌的方法。他眼睛滴溜溜转动，刚好见到不远处有朵白菌扁细菇，于是嘴角上扬，计上心头。

相传岷山上有种菌类，生长在太阳落山的最后一抹余晖处，有消肿功效，同时还有个奇幻的功能，就是闻一闻便可致人晕眩，又名昏迷菌。

昭景宸蹑手蹑脚地摘下白菌扁细菇，走到渚牙跟前。

说时迟那时快，渚牙睡梦中感到一阵杀气降临，立马掌中幻化成一股力量，准备接招。然而，眼前却是昭景宸得意的笑脸。

昭景宸笑嘻嘻地问候：“你醒啦？”

渚牙警觉道：“你想干什么？”

昭景宸晃晃手里的蘑菇：“没什么，空气这么好，不如深呼吸一下。”

“三！”

“二！”

“一！”

渚牙来不及反应，便晕了过去。

昭景宸二话没说，丢下蘑菇，便任渚牙四仰八叉倒在地上，拔腿就跑。

白菌扁细菇的迷幻效果很好，渚牙一时半会儿是醒不过来的。终于摆脱了这个疯婆子，昭景宸整个人轻松极了，他都仿佛已经看到朝阳从东方升起，潇潇洒洒挥下一地金黄，自己身上暖洋洋的景象了。

还没等他从梦境幻想中脱离出来，突然，一团黑影从树林里窜出。

“唰——”

昭景宸还没看清楚黑影，只觉背上一寒，便飞在了半空！

风呼啦呼啦在耳畔划过，昭景宸越飞越高，都快到云端之上，借由皓月的光辉，他终于看清楚，抓住自己的，竟然是一只黑色大鹏鸟！

那鹏估计有五尺宽，张臂是自身二倍长，头似乌鸦，顶有黑白相错之冠，小眼扁嘴，有凹凸鳞片附在羽毛之上。其各族栖息地分散，因而样貌与性情上都并不全然相似，又头小且智商多有限制，故经常忘记自己的名字，只得干脆以各自所在的地域山川为名——此处的大概是岷山鹏——再打量那鹏鸟的身形，看上去要比书里清减许多，这倒和昭景宸印象中《山海奇观》的叙述有所出入。

你抓我作甚！

昭景宸没等来答案，却等来空中一片乌泱泱的大鹏鸟们，它们从四面八方黑压压地聚拢，目光凶狠地围剿过来。

只见那岷山鹏嘴有吐雾，招朋唤友，片刻间，愈来愈多岷山鹏接踵而来。

昭景宸还没来得及惊呼，就被当下抓住他的岷山鹏甩来甩去，在他以为下一秒必死无疑的时候，摔在另一只山鹏背上，如此循环。

等他总算落地，晕晕晃晃地往前走了一段，才看清那门前山石上似乎还刻着大大的三个字：荣山盟。

这荣山盟位处岷山至高顶，藏青烟缭绕的朦胧间，与那荣城灵人还有一峡沟的差距，一般人根本就难以进入。

昭景宸还没来得及理清楚来龙去脉，便又被两只大鹏提着向前，直接穿过寨门上空，进入寨子。他晃眼往下看，整个石门厚重，七八只铁甲覆鳞的小妖把守着，进而是三面石墙，布满穿洞，错综复杂，奇特各异。上有乌云遮天，下有青雾缭绕，顶是天然的溪泉从三角石塔缓缓下流，混着类似人血的棕红色液体与不明黑墨，潺潺缓缓，磨人气性。

昭景宸被扔进一堆白石头之上，他搭眼细瞧，这白乎乎的哪是石头，竟是两眼一鼻的人头骨！于是膝盖瞬间折软，瘫在骨头堆里，动弹不得。

四面彩旗飘飘，造型各异的妖兽披着各色毛皮，手持兽骨。旁边一个兔子样的毛孩，路过他时，身后拖着的分明是新鲜的、还滴着血的人皮！

昭景宸这才明白什么叫作真正的“触目惊心”，大气也不敢出！

若早知如此，他宁愿把命交给渚牙那女魔头，也不至于被剥皮抽筋，连头发丝都被编织成旗子呀。

可惜为时已晚矣！

然而渚牙这头却并非这么想。

等她从梦中惊醒，昭景宸早无影无踪。还没等她恢复体力，提起大刀继续去追杀他，就感觉一股莫名的心悸涌上——

渚牙低骂一声，就知是昭景宸那头又遇上了什么状况。

麻烦！

不得已，她只能追着他的气息，跟着来到了荣山盟下。

岷山鹏群起而攻之，渚牙才不将之放在眼里，三下五除二使出红莲焰火的最猛气焰来——只见她心下仿佛是已经脱神出来，站在高处看到了此刻潇洒起飞的自己。那胳膊、那腿，以及身形之优雅、风姿之绰约，恐都是要叫云端上有眼不识金镶玉的几只傻鸟五体投地，再眼巴巴敬服自己的姿态。

可惜帅不过三秒。

“吧唧”一声，白菌扁细菇的迷幻效果还没有完全消解，渚牙晕乎乎地掉了下来。

群鹏细笑，发出翅膀扇动的扑扑响声。

渚牙怒了，眼下竟连区区岷山鹏也敢嘲笑她？

她腾空而起，垫脚踩在一山鹏背上，猛一发力，山鹏直线下坠，她再一跨、一踩，连续二三，便也到了荣山盟中。

罢了，渚牙还故意要再一个回眸笑——悬崖峭壁，已再没什么岷山鹏盘旋蹲伏了。只是可怜了下边的，不知这一别还得再修炼几年。

渚牙拍了拍袖子，得意地笑着朝寨子里大步而去。

第六章

狐假虎威

寨子看起来虽小，却四处机关重重。渚牙每往前走一步，便见有一方山墙崩裂开来，蹿出小妖。等她走到临近荣山盟中心腹地的时候，她身边竟然已经围了八九十只了。

渚牙粗略地瞥了眼周围，这些妖兽要么是才修炼成形不久、披甲带挂的，要么就是毛皮娇嫩、好看却不中用的。它们龇牙咧嘴，露出凶相，却又顾忌着她身后那把通红的长刀，不敢上前。

渚牙心里有些忐忑，若是一般情况下，眼前的这些个小喽啰，她压根不会放在眼里。可今日不同——昏迷菌还在胃里翻腾，不时搅动着肠胃发出咕噜噜的怪叫，头也是昏昏涨涨，左右胸口反噬过来的刀伤也还在隐隐作痛。

渚牙一面握住手里的长刀，准备随时发动进攻，一面维持着凶悍的表情，抬头扫视四周，寻找昭景宸的身影，突然她脸上的肌肉抽搐了下。

广场西南角的人头骨柱上，引发这一切的罪魁祸首，嘴角竟然还在笑！在两人眼神对视的当口儿，昭景宸的一切面部表情和肢体动作，落在渚牙眼里全是不知天高地厚的挑衅。

很快，那些围上来的妖兽拉回了渚牙的注意力，为首一只手持三角大砍刀的豚鼠妖从石峰上一跃而下，冲到了渚牙跟前。

这鼠妖看着斯斯文文，倒是勇气可嘉：竹竿一般的体形，却是牙尖锋利、面态狰狞，甚至从他的眉宇间，还能看到几束闪电的光迸射出来。

渚牙眯眯眼，随手一挥就直接让豚鼠妖丢了刀朝空中飞去。围观妖众一声惊呼，在听到豚鼠妖的惨叫与落地声后，纷纷僵住，不敢往前。渚牙暗骂了句“真没出息”，干脆提着红莲焰火直接飞到广场中心的人骨堆上去了。

就在此时，听得一声高呼：“弟兄们，上！”

渚牙这时才意识到，自己进入了包围圈，这些妖兽还真是狡猾。

四面的兽妖蜂拥而上，空中也有岷山鹏俯冲降落，渚牙试图手中发力，却怎么着也使不出术法来，伤势未愈，她的力量有些捉襟见肘。

一些还未幻化成人形的豚鼠妖，不知何时又扑到了她的胳膊上，张口就咬。渚牙左甩右甩，硬是甩不掉，不禁怒火中烧，拔起红莲焰火直接三百六十度挥舞，但凡火光所到之处，豚鼠妖瞬间灰飞烟灭。众妖兽惊骇，纷纷往后退，避闪到骨堆之外。

“是谁在我荣山盟造次？”一声大喝，犹如洪钟，声音在山寨里回荡。

昭景宸转头，见洞穴里又晃悠悠走出俩大妖来。

说话者是这荣山盟的二当家土狼，因为他本身就是土狼妖，这个名字倒是与他粗鄙的外貌十分贴切。其身后跟着进入公众视野的，才是寨子里真正的大当家——桂久。

桂久倒不像土狼这般粗俗凶恶，反倒是有一种豪爽的刚硬感：“你到底是何人，擅闯我荣山盟，还不速速报上名来！”

渚牙指着不远处的昭景宸，对着桂久喝道：“那臭小子要杀应该也是我来杀，你把他给我交出来，否则，管你什么狗屁盟，老子都会把它夷为平地。”

渚牙的话激怒了暴躁的二当家土狼，土狼手里幻化出一柄银色狼牙棒，杀气腾腾地就要迎上去。渚牙毫不畏惧，手一伸，红莲焰火的形状一点点在空气中呈现出来，把空气都镀上了一层鲜艳的红色，火光也一点点照亮她那张苍白的脸。

一场大战，似乎一触即发。

昭景宸看着这一切，心已经提到了嗓子眼，他看得出来，渚牙虽强，但新伤旧伤交织在一起，以一敌百，也难以取得胜利。

就在这时，“扑通”一声，桂久跪了下来：“是神女大人啊！”

一众妖兽，连带着先前还叫嚣的土狼，都在一阵愣神后也利索地跪在地上。

面对这突如其来的叩拜，渚牙疑惑地僵在原地。昭景宸也没有搞清楚这突转的局势，瞪大眼，一脸茫然。

桂久的语气瞬间变得充满尊敬：“方才是小的有眼不识神女大人，这才多有得罪。只是神女大人一走太久没回来，我等方才只觉得那红莲状大刀眼熟，直到那火光四起，我们才判别出来啊！请大人恕罪啊！”

妖群中一山岭兽老妖颤巍巍地站出来解释了来龙去脉，渚牙这才明白过来，原来一千多年前，荣山盟遇大劫难，是一个与自己相貌相似的人前来救了众妖，那人也是提着这红莲大刀，挥出的瞬间即火光四起、绚丽惊目，从此便成了这帮妖兽口中的“神女大人”。为了纪念这位救世主，荣山盟一帮糙老爷们儿历代祭拜的都是神女画像。

渚牙瞧着画像上的面容的确跟自己神似，事到如今，便干脆假模假样装起了众人口中的神女。

大当家桂久立马就殷勤地示意小妖油炸了昭景宸进贡。

渚牙眼骨碌一转，眉宇间方才有一瞬间的欢喜，就马上被自己浇灭。经过前面几次折腾，她自然是知道这昭景宸杀不得，尽管不知他到底对自己设下了什么诡术，但如今二人是一根绳上的蚂蚱，若是昭景宸死了，她也活不得！

想到这里，渚牙就更是怒火中烧，看着昭景宸时，一副恨不得将他生剥活吃的表情。

昭景宸被盯得冒出一阵冷汗。尽管他已然知道自己与渚牙之间的联系，却并不知晓缘故，更不能保证那关联到此刻仍然有效。若要说方才渚牙刚杀进时，他还有些惊喜，觉得对方会救自己的话，那么之后他再想到的只有这个女魔头追着自己打击报复、恨不得将自己千刀万剐的画面了——毕竟不久前他才“毒害”了她。

神女！她竟然是这帮妖兽的神女！

两人之间对视的眼神都发生了微妙的变化。

广场上载歌载舞，妖兽聚齐，畅饮酒水。众妖兽迎回神女，又活捉了个灵人，高兴得不得了。几个掌管膳食的小妖早就备齐辅料，就等那昭景宸下油锅了。

两只兔子妖上前，扛起昭景宸就要往油锅里放，一时间，昭景宸觉得自己几乎是必死无疑。

“慢！”

渚牙终于开口。她假装饶有兴趣地跟着桂久绕着油锅走一圈，又盯着昭景宸看了又看。昭景宸正满眼期待等着她来救自己的时候，渚牙开口，道：“桂久啊，我看这肉……”

“这肉？”

“这个食材不行啊。”

“啊？”

桂久一脸发蒙，昭景宸挂在油锅上更是比谁都来得焦急，他搞不清这个女魔头葫芦里又在卖着什么药。

“你看这灵人，瘦胳膊瘦腿，你我方才转个两三圈的样子，就把他吓得抖个不停，说明他胆小心怯，体质也差得不行，不宜食用！”

昭景宸半信半疑盯着渚牙，渚牙却并不看他了。他心里更是没底，分不清眼前人是要救自己还是要进一步作弄自己。

土狼抢先一步回答：“可是，神女大人，我觉得反倒是这样年轻瘦弱的才品得出肉质鲜美，没有一丝多的油脂，口感清爽不肥……”

昭景宸心下暗骂：“没想到你个食白蚁的鬣狗也敢对我评头论足，莫不是真不知自己几斤几两吧。”他正想看渚牙是如何“力挽狂澜”，却听她紧接一句——

“也是。”

昭景宸就差没在油锅面上昏死过去。

“不过……”渚牙话锋一转，“我倒建议养两天，太瘦的肉容易塞牙，那种肥瘦相间的才最美味。”

好在渚牙的神女身份在这群妖兽中还颇有威信，昭景宸被油锅熏得晕头转向间，迷迷糊糊听到她说什么“改日再吃”“沐浴更衣”和“养肥食材”等，随后又是两只兔子妖上来，将他给架了下去，关进地牢。

地牢之中，阴暗潮湿，没窗没风，只有蜡烛闪闪跳动的光映在石壁上，像幽暗的鬼火，有些瘆人。昭景宸却从绝望中隐约看到了一丝丝生存的希望，既然自己的伤会反噬到渚牙身上，那自己死说不定也会反噬到渚牙身上，如此说来，那个疯婆子一定会想方设法地保住自己的性命。一想到捏住了渚牙的弱点，昭景宸便有些得意起来。

此刻的他还不知道，两人之间所存在的牵绊，叫归心咒。自昭景宸打破双鱼玉笼释放渚牙出来开始，这咒就留存在他们之间。昭景宸受到的所有伤，都会反噬到渚牙的身上，彼此归心，久久相连。但这咒在遇到特定情况时会发生变故，至于是什么，那就是后话了。

短短数日，昭景宸觉得自己已经生生死死在鬼门关前兜转了好几个来回。虽暂时保住了小命，但他深知，只要还没出荣山盟，危机就还没有解除。

现在他的前路依旧是道鬼门关：要知道他每日清晨会被拖去荣山盟寨子里的温泉池洗净，然后像羊羔一样被牵到渚牙和桂久面前检视，这两人会从体重、骨骼、面色、皮肤弹性等各方面考量昭景宸是否达到了可以被吃的标准，由此再决定昭景宸还可以活几日。

渚牙那边则是另外一番景象，不仅兔子小妖在左右侍奉，还衣来伸手饭来张口，好酒好肉，好不潇洒自在。

在渚牙的“指令”下，地牢里每日也有豚鼠妖轮流给他投食，偶尔甚至还有鸡鸭肉搭配绿色蔬菜，虽然分量不多，但口味尚可。昭景宸怕长肉而被吃掉，每日吃完饭后便在地牢里俯卧、跳跃，各种锻炼，半月下来，体重没变，肌肉倒是长了不少。

不仅如此，他还想方设法和狱卒们搞好关系，看守昭景宸的都是一些还没有幻化成人形的妖兽，它们更不近人情。昭景宸软磨硬泡，说尽了好话，也摆出过强悍架势，都没能和轮值的任意一妖搭话成功。齿驼兽古板，豚鼠妖呆滞，兔子妖又一心只扑在自己的肉上，昭景宸实在无从下手。

又是一日，昭景宸接到新的饭菜，他打开篮子，把菜递出牢门。

“要不，这些都给你们吃？”

经过他多日的观察和对一干小妖性格的摸索，总算是发现它们的共同特征，就是都对他的饭菜颇感兴趣！尽管乍一看，眼前的豚鼠妖们都在专心值守，但以昭景宸在市井撒泼打滚多年的老到经验来看，不过都是表面文章罢了。

其中两三只已经不知不觉在往饭盒子方向靠近，它们呼吸急促、眼神飘忽，昭景宸随便一个举动都会让它们慌乱逃窜——这分明就是小时候他背着爷爷偷溜出门时才会有的“亏心神态”——现在昭景宸好像突然明白过来，从前爷爷是怎么看穿自己的了。

虽说荣山盟只是一波妖兽当巢，却是“纪律严明”。昭景宸也是在进一步和它们混熟了以后，才知道它们对这一届当家人手段的恐惧，甚至不服者一度出现妖吃妖的景象。因而就算是看着昭景宸吃剩的饭菜，也只能乖乖给上级送去，绝不可私吞。

不过，眼下是昭景宸邀请它们来吃，就不一样了。

豚鼠妖们哈喇子已经流了一地，在听到昭景宸再次肯定以后像失了神志一般，一窝蜂全都冲了上去，密密麻麻围堵在饭盒子四周，三下五除二就解决干净了。

一来二去，昭景宸有情有义的形象在众妖兽的心中逐渐形成。

这一日，昭景宸正在跟豚鼠妖们打一种兽皮做成的小方块卡片游戏，地牢大门嘭的一下被踢开，渚牙走了进来。

豚鼠妖们看到神女大人气势汹汹进来，顿时就慌了，卡牌被抛掷到空中，四面飞舞，而这帮家伙竟在三秒内就迅速恢复了先前值班的严肃样。速度之快，让人叹服。

昭景宸略显慵懒地抓着卡牌倚靠在铁栏杆边，他撇了撇嘴角，仿佛这一切只是因为他人格魅力太大，他也无可奈何似的。

“牢狱里待得不错？看来是不想出去了？”渚牙凑到了他的耳边。

昭景宸一个激灵，悄悄回答：“你有办法救我？”

“当然没有，自求多福！”渚牙冷哼一声。

昭景宸回骂：“那你说个屁，与其出去变成食材，还不如在这里的小日子滋润。”

“等着被油炸吧。”

渚牙看似无情甩手而去，只是转身的刹那，她瞥见昭景宸活得尚好，眼底流露一丝窃喜，但没两秒，瞬间就转变成了更凝重的复杂。

昭景宸也是几日之后，才知道渚牙在这荣山盟的困难到底是什么。他原以为那人真是顺风顺水去安心做她的神女了，直到某天午后放风的当口儿，看到渚牙与妖众的对峙，才明白过来事情并没有那么简单。

广场上，荣山盟首领桂久站出来道：“红莲焰火是神女的配器，我等妖辈从未见过，若是再能一睹神女威力，此生也无憾了！”

连昭景宸都瞧出桂久本质上就是开始质疑渚牙身份了，想要借此由头试探，渚牙不会不知。

结合豚鼠妖日常闲谈时与他交代的信息来看，当日这大当家认下渚牙的神女身份，不过是出于老二土狼对首领位置觊觎已久，自己地位不稳，需要神女扶持来稳定民心罢了。如今渚牙的行为一定程度上又与他想要的背道而驰——尤其是在对昭景宸的处理上——于是便动了除之后快的念头。

只见广场上渚牙提着红莲焰火独自立在一方。还不等她应战，就看有幼态红虫大队已经从四面快速扑上了。渚牙眉头一紧，充满嫌恶地一甩，便见它们被抛在空中，还不等落地，“唰”一道红莲刀光，幼虫瞬间尸首分离。

昭景宸惊得不由自主点了点头，没想到这魔头尽管旧伤未愈，挥起刀来却是根本不用他操心。

不过显然不会这么容易。很快又一声来自八腿殷红大母虫的哀啼响彻荣山盟。

四周小妖纷纷给它让出一条道来，桂久、土狼眉眼间流露出几分看好戏的姿态，原来真正的大招在这里等着她。

要不怎么说两个女人一台戏。大母虫二话没说，冲渚牙上嘴直接缠吐金丝。虫丝混着母虫的唾沫往渚牙脸上甩来，渚牙看着恶心不已，胃里难受，气躁连带着肝火中烧。显然眼下这家伙绝非像它的小儿子们那么容易对付，渚牙还是一招红莲焰火，往大母虫天灵盖劈去，母虫却轻松躲过。

四面已然有小妖在窃窃私语："堂堂神女莫不是就这点能力？怕是假冒的吧！"

昭景宸看着都着急，尤其在他胃疼反噬到渚牙身上以后，他便更加确定了只有这女人才能够救自己出去。可眼下他的手被赤驼兽用铁链牵着，本身更是连灵术根基也没有，远远见那大母虫被砍一刀后体形增大数倍，渚牙根本就不是它的对手——

昭景宸眼骨碌一转，抢在渚牙再一刀红莲焰火故技重施的时候，从腰中掏出玄晶石来，往母虫屁股眼飞去。

母虫一声吃疼，才是得意的当口儿，不想还有暗器攻击，虽躲过了砍刀，可红莲刀尾的火影却直接在她的金丝唾沫上燃了起来，顺着丝线快速蔓延，烧至母虫口中。母虫前后疼痛，又常年怀有身孕，行动迟缓，躲不及浑身焦灼起来。待那岷山鹏一瘸一拐飞来救火的时候，大母虫已被烧成了木炭，再修炼怕是还得几百年的时间。

这是何等下流的手段！一众妖兽看得瞠目结舌。尽管大家也没看清那黑影石块是什么时候从哪打出来的，却还是拜倒在渚牙的神女之威下。

桂久、土狼心有不甘，却也不得不跪下叩拜。渚牙长舒一口气，得意地享受其中。她远远地看了一眼昭景宸，心下竟萌生一丝"这小子也不算没救"的想法，她自己都大吃一惊。

渚牙对战母大虫的时候原想着，若真是展示失败，干脆一路红莲焰火将昭景宸强行救出寨子算了，却不想竟是他暗中帮了自己。

“这个破小孩竟然还有点聪明。”渚牙嘴角歪起一丝笑。

昭景宸明显感觉自己近日来在地牢里的待遇有所提高。大抵是有豚鼠妖群的对外宣传，一时间，连带着赤驼兽和兔子妖，甚至是不相干的其他妖众都不时前来探望自己。这关押昭景宸的牢狱倒成了全荣山盟最大的娱乐场所。赌博、玩骰子、划拳，无所不有。

想他在宛城十余年，竟还从没收获过在这些毛茸茸的怪物中的成就感，除了随时有被吃的风险以外，他还真想就待在这里不走了呢。

“荣山盟的妖众每个月十五日会下山去灵人村庄掠夺食物，你给我乖乖忍到那个时候，我就带你出去！否则……”

晚膳时分，渚牙散退了一干妖众，亲自潜进地牢告诉了昭景宸这个消息。

十五，也就是后天，意味着再忍耐两天他便可以离开这个鬼地方了。昭景宸连忙点点头，算是答应了她条件。

几日下来，昭景宸从这些小妖中也得到不少有关桂久、土狼与前任当家的消息，昭景宸还来不及告诉渚牙，就看见二当家土狼走进了牢房。

原来那日广场之上，昭景宸以玄晶石偷偷帮助渚牙的事竟全程落在了土狼的眼里。这土狼大概也是有二心，并未向那大当家上报。他本就不满这神女，当日被迫承认，他就对桂久充满意见。连日下来，他更是越发觉得渚牙与昭景宸关系紧密。

土狼已经不满桂久很久了。这也是昭景宸原打算与渚牙说的情况之一，若不是当初桂久抢先一步上位，听说这大当家的交椅就会落到土狼身上。

“我原以为是谁在这儿，没想到竟然是堂堂神女大人。原来神女跟我一样，半夜忍不住嘴馋，想要偷偷杀了这灵人来果腹呢。”

话音未落，土狼突然出手，袭击昭景宸。昭景宸原本还在计划着如何替渚牙圆谎才好，压根躲闪不及，脸被土狼的爪子抓伤，顿时流血不止。渚牙脸上立马也出现了同样的伤口。一时间，竟是三人都愣在原地。

土狼很是满意的样子，他的眼神左右打转，像是发现了不得了的秘密。

“原来神女大人竟受制于灵人……哈哈哈！若是被旁人知道，你看你还活得到几时！”

昭景宸慌了，他看出渚牙的神经已经被触动了，刚想出手劝阻她换一个方式，却见渚牙一把抽出身后的砍刀，红影闪过，土狼便化作火棍燃烧成灰。

“死了？你怎么把人给杀了！怎么办，我们现在跑吧！”

渚牙瞥了他一眼，好似经历过万千杀戮，心如止水般冷淡似的。

“闭嘴，安静。”

昭景宸哪里能真像她所说的那么淡然，不知为何，他只觉得胃的绞痛似乎消失了……但心口却隐隐为将要到来的暴风雨而感到强烈的不安。

暗夜中，这一切都被躲在一旁的小妖看在眼里，吓得立马滚去找人通报去了。

没多一会儿，桂久带着一群妖孽来牢房。此时土狼的尸体已经成了一团灰落在地上。桂久看起来颇有几分满意的样子，叫人将昭景宸提出大牢，离开了山洞。

昭景宸不知这桂久要对自己做什么，一路磕磕绊绊，被束着拽到了一处巨大无比的地下深坑。

他环顾四周，只见岩壁上、角落里，密密麻麻全是妖兽。甚至连头顶也盘旋着上百只凶猛的岷山鹏。众妖兽见他出现，都兴奋地冲着他号叫。

桂久这是要吃掉自己？

昭景宸想逃，却被身后的妖兵一把架住，丢到了深坑中间。

他因此前绝食，体虚软弱，禁不住这般折腾，索性就赖在深坑中不动弹，就等着看桂久搞什么名堂。也正是这般仰着，他才看见上方岩壁中延伸出一方高台，高台上坐着渚牙和桂久等人。

渚牙看一眼昭景宸，与桂久道：“原来你说要给我惊喜，便是这个？”

桂久假笑应着答道：“听闻昨夜土狼想要偷食灵人，冒犯了神女大人，被您处置了？”

渚牙坦然承认道：“是又怎样？”

“土狼不守规矩，换作是我桂久也不会饶他。不过这些日子，大家都看在眼里，知道的以为是神女大人作风讲究，杀人先诛心，意在慢慢折磨这个灵人小子，可不知道的总会捕风捉影，乱嚼舌根，说您包庇灵人，跟他是一伙的。”桂久笑得瘆人，意有所指似的点了点昭景宸，“别人怎么说我不管，我桂久绝对不相信您会跟一个灵人搅和在一起。所以今儿特地把全盟的人都聚集在这里，就是要一起帮神女做个见证。”

渚牙舒展着自己的手臂，表情淡然，完全不为所动，她已经完全猜到了桂久的目的，不禁哂笑，她没想到自己还有被一只烂泥里打滚的缟鼬狗妖给小瞧的一天。她二话不说，左手抽出红莲焰火，便朝着桂久劈去，一边打一边嘲讽道：“你倒是挺有胆量，就怕你受不起。”

桂久早有准备，他翻下高台，落到岷山鹏的鸟背上，指挥那空中的鹏鸟去啄昭景宸。

昭景宸见乌压压的鸟妖朝他袭来，连忙四处躲避。可这深坑四周毫无遮掩，他哪里躲得掉！只得徒劳地挥着手臂，浑身遭鸟妖剧烈撕扯着。

渚牙离开高台，像鹰隼一样朝坑底飞去。岷山鹏层层叠叠组成厚厚的鸟层，想要阻拦住渚牙。可渚牙挥舞着红莲焰火，她所经之处，鸟妖像瓜菜一样被切砍掉落到坑底。

昭景宸叹服，俗话说“瘦死的骆驼比马大”，渚牙之强，不言而喻。

桂久知道自己根本打不过，连忙将昭景宸攥在手里，将刀抵在他太阳穴附近威胁道：“你可要想清楚，若是他死了，你也活不了！”

竟是已经被桂久知道了！昭景宸眼中窜现一丝慌乱。他看着渚牙，渚牙明显也有一片刻的愣神，眼中却是怒火中烧——她生平最讨厌被威胁，尤其像桂久这般无耻之徒用的这般卑劣之法！

她瞧着自己与那两人之间的距离，很清楚只要连着昭景宸一起，将缟鼬狗妖左下腹丹核隐藏处来个刺穿，这浑球铁定凉凉。可与此同时，渚牙也察觉到从昭景宸身上传递回来的伤越来越重，她已经没有办法顺畅地使出妖力。她有预感，昭景宸已经撑不了不多久，要是昭景宸死了，她肯定也活不成。

她犹豫了，于是她只好放弃，只能恨恨地望了一眼昭景宸，将红莲焰火扔给了桂久。

桂久得了红莲焰火，宝贝似的对着刀身抚摸一番，那脸上的表情如同垂涎美人的无赖一样令人作呕。那红莲焰火于千万年之间与渚牙朝夕相伴，乃是有灵性的刀器。它察觉桂久非主，噌的一下周身爆起红莲之火，吓得桂久嗷嗷大叫，连忙扔掉长刀。

渚牙似笑非笑，冲着桂久呸了一口，桂久忐忑不安地再度捡起刀，跟踩中狗尾巴一样，怒吼着叫人赶紧将渚牙和昭景宸一块儿扔进寒冰牢中。

第七章

成王败寇

寒冰牢位于之前关押昭景宸的地牢最下方。因为岷山处于北疆，地质阴寒，地下偶有这种滴水成冰的洞穴，终日不见阳光，能叫人冻得骨头发脆。昭景宸看到外面有重兵把守，想来桂久是打算要将他们二人活活冻死在这儿了。

如果说他先前还对渚牙有所期待，以为她无论如何也会找一条生路出去，那么现在则是有些绝望了。外面巡逻的守卫里三重外三重将他们包围起来，竟全是些昭景宸没有接触过的银甲黑熊。大概那些就是桂久的亲卫了吧，昭景宸想着，从前宛城戏班子里也常常有类似的角色。

神经绷得久了，昭景宸便有些疲倦，外加上周遭寒冷，他的眼皮子很快打起架，然后粘在了一起。实在是太冷了，他的身体不自觉往温暖的地方挪动。

“滚！”渚牙一声大喝。

昭景宸顿时睡意全无，退回最初的角落里。好在渚牙没什么进一步的举动，要不这下子他都不知道自己的小命还在不在。昭景宸惊魂未定，狠狠在自己不争气的大腿根上掐了掐，疼得“哎哟”叫。

他原只是想警醒警醒自己，顺便以“痛感”让自己转移一下对“寒冷”的注意，忽略了绑在他二人身上的联系。这下倒好，如果说原先渚牙还没有生气，那么这下大腿上突如其来的痛感瞬间把她惹毛。

昭景宸看着她提起拳头就往自己这头扑来，吓得牙齿打战，干脆闭上眼把脸撇到一边去了。

然而让昭景宸没想到的是，那拳头半天没落下来，他偷偷睁开一条眼缝，看到的竟然是这魔头在剥他身上的衣服！

由于外界是盛夏的缘故，昭景宸只穿了一件单衣，他惊慌地护住自己，渚牙更不耐烦了。她站起身，将他提溜起来，直接把他的上衣扯开。

于是，接下来的一刻钟里，昭景宸亲眼看着渚牙将自己的衣服揉成一团，与角落堆成小山的杂草放一起，以她稍稍恢复了两层的内力点燃、取暖，然后一刻钟后，火灭了。寒冰牢又陷入寒冷和幽暗。

昭景宸大叫：“你看你都干了些什么啊！”

渚牙淡淡道：“我冷，取暖。”

昭景宸彻底绝望，有那么一瞬间里，他甚至觉得这女人生来就是要与他作对的。可他想不通，自己才十多岁，也没招她惹她，莫不成还能是前世欠了她？

现在牢内连人呵出的白气都能瞬间化作白霜，昭景宸觉得自己的小命也差不多到头了。他的气息越来越弱，已经没有力气反抗，整个人栽倒在地上。

渚牙深知若是昭景宸真有什么不测，她自然也难逃一劫。见他冻得浑身发紫，赶紧试探性地踢了他一脚，见昭景宸却是快要失去知觉了。渚牙无奈，只得一把将柴骨似的昭景宸拉过来，勉为其难让他靠着自己。

昭景宸好不容易贪恋到一丝温暖，身体不由自主地抱着渚牙。渚牙一阵恶心，恨不得伸手掐死他，却又不得不强忍了下来。

当化身送饭狱卒的豚鼠妖提着粗劣的饭菜前来探望的时候，昭景宸就窝在渚牙的怀中。那画面奇幻又诡异，惊得豚鼠妖们一圈又一圈地打转。

昭景宸在豚鼠妖们的惊叫声中被吵醒，睁眼看到自己竟又不自觉靠渚牙那么近，瞬间后退了三米。还好这次这女魔头只是丢过来一个白眼。

景宸脖子伸得老长，看渚牙一步步打开食盒，食盒里饭菜虽简陋，却竟还有三菜一汤！

“不要吃！”他飞快上前，打开渚牙的手，“一定有诈！”

这桂久先前明显就是要冻死他们的架势，眼下却能容忍和他们关系好的小妖送饭来？昭景宸不信，怕是想到这冰窖天寒地冻，肉放久了不好吃，想要赶紧解决他们罢了。他年纪虽小，这些个把戏却是没少听说。眼下他与渚牙就是一根绳子上的蚂蚱，无论是谁都不能有事。

渚牙眼眸一沉，迅速明白过来，暗叹自己真是睡得太久了，竟不知世间人与妖都变得如此险恶。她看一眼豚鼠妖，瞬间火气上头，暴起要拿它们泄恨。

豚鼠妖们自然是不知饭盒中还有文章，此刻反应过来，尽都满脸无辜，疑惑地四处窜逃，那“吱吱吱”的声音响彻整个寒冰牢。

牢外把守的黑熊只是象征性往里看了眼，因里头实在太阴森了，又缩了回去。昭景宸左右劝不住渚牙，还没想出对策，几人就听那隔墙隐隐有声似猫非猫的低嚎传来。

怕不是这其中还藏着什么大怪？

几人瞬间安静下来，保持警惕。

“这听着，怎么这么像我们大王？”许久，一只豚鼠妖才壮着胆子道。

昭景宸记得先前在牢狱中它们就曾和他提及，这荣山盟以前的大当家是一虎妖，名叫猛舟，原也颇得民心，治理荣山盟期间更是把荣山盟上下管得井井有条。只是不知何时开始，这荣山盟就开始疯狂失窃粮食，妖众们吃不饱，自然就有各种流言传出……在一次打猎后，那当家人一去就再也没有回来。后来桂久在广场提着从当家人屋中搜出的种种以往的存肉，才知竟是都被它一妖给贪了！而猛舟眼见着此事被发现，便畏罪潜逃，至今下落不明。

从前猛舟还在位时，就属豚鼠妖与其关系最近，如今若解释成是它一直被关在此处，听到豚鼠妖的声音才被唤醒过来，向它们求援，也不是不可能。

“快，你们看看还有没有办法找到你们大王的位置！”昭景宸霎时间指挥起豚鼠妖来。

豚鼠们本就不相信自己的大王会做出如此龌龊之事，一听竟可能是被桂久陷害关在这里，立马高度紧张起来。它们迅速恢复真身，又变成一只只豚鼠本来的大小，然后默契地组了个三角铁鼠阵，“吱吱吱”叫唤起来。渚牙看这阵势像在哪里见过，记忆深处一股靡靡的音律被召唤起来，竟将她体内的灵力催发出来，伤势瞬间好了大半，手下也有了气力。

“在这儿。”她突然仿佛能捕捉到妖兽的气息，竟然觉得这些小妖周身的气灵也与她相通起来。

昭景宸半信半疑，却真在渚牙拍过的石壁处找到了一条缝隙，里头还真有一团黑影。

渚牙干脆直接把那墙推了，轰隆隆一阵，好大一阵仗。连昭景宸都惊于她怎么就莫名其妙恢复了的时候，把守在外的黑熊妖就冲了进来。

渚牙本就看它们不顺眼，三下五除二将之全都撂翻在地。那一气呵成的动作之潇洒，叫昭景宸与一众豚鼠妖们都看呆在一旁。

“没出息。”

昭景宸看着渚牙淡然转身，一众豚鼠们早就心疼万分，全都围了上去。昭景宸走近一看——明明是只虎妖，此刻竟是副苟延残喘的样子，也怪不得声音听上去像只大猫咪了。

这下子，终于真相大白！

昭景宸和渚牙这才知道，原来，那桂久和土狼本都是从外流浪来的妖兽。两年前，它们声称被灵人猎杀，带着一众黑熊侍从逃到了岷山中。因为强夺荣山盟的食物，被猛舟当时的部下擒住，要杀了它们。但猛舟见它们二妖瘦弱不堪，的确可怜，便放了它们，甚至拿出自己的食物给它们填饱肚子。那俩家伙承诺回报猛舟，便央求加入荣山盟。

谁知，这才是将豺狼引进了家。这两妖趁着猛舟带人入岷山深处捕猎，带着自家的妖众，鸠占鹊巢，将荣山盟据为己有。那缟鼲狗和土狼把猛舟打伤，关在此处，平日不给吃食，意图把它饿死。好在猛舟还有丹核，在奄奄一息之时自行启动最后功效，把周身护着封尘起来，直到方才豚鼠妖发出声音，才将它从睡梦中唤醒。

“你们救了我，就是我猛舟的朋友！”猛舟在豚鼠妖们的辅助下艰难起身，“不过，可能还有件事情需要你们帮忙。”

在猛舟的指点下，昭景宸几人顺着寒冰牢一路向下，竟真发现了他口中的隧道。

“也正是被我发现了，它们才非杀我不可。”此刻猛舟由豚鼠妖们集体举着，也跟着来到了隧道尽头。

只见尽头处竟有一方规整小门，渚牙用拳头暴力劈开，那里头藏着的财宝食粮，就全然显现了出来。昭景宸这才明白这地底下专门设寒冰窖的作用，哪里是关押啊，分明就是储存食物嘛。他和渚牙相互对视了眼，顿时有了主意。

广场中央，昭景宸只身一人站在人骨堆上，支一三米高的擂鼓架台。

四面巡逻的妖众不知发生了何事，纷纷聚拢过来。只因今天恰巧是月中下山收罗食物的日子，荣山盟中最为强壮的妖兽竟都不在场。昭景宸几阵锣鼓喧嚣，竟在渚牙的协助下无妖可挡。

正在妖众暴起，决定不能就这么任凭这个灵人“羞辱”寨子的时候，洞穴那头，猛舟在豚鼠妖的搀扶下晃悠悠走出来。

妖众这才震惊。他们原都以为自己这个前当家真的是畏罪潜逃，当它死在外面了，没想到如今还能再见。桂久、土狼当年的谎话算是不攻自破。

昭景宸再适时公开真相，并引着一干人见证了那寒冰牢下桂久用来藏食的洞穴。群妖颇受震撼，愤恨之余决心予桂久以彻底反击。

待桂久等妖回到山寨已经是第二日夜里。

它刚一踏入山门便觉得有些不对劲，往日早该有人远远地来迎自己，今日却毫无动静。它让黑熊们带着抢来的食物和财物先一步绕道进山，自己则带着一拨人朝着主寨奔去。

刚推开门，便瞧见满屋子欢乐饮唱，渚牙大摇大摆地踩在它的“王座”上，叫地下的妖兽进酒上菜。

桂久一看，大怒："你们——这是在造反吗？她怎么在这儿，快给我抓起来！"

可它的话，在场无人响应。

昭景宸扶着猛舟站了出来，叫桂久看着吓了一跳。桂久恍然大悟，料定事已败，正要转身逃跑，渚牙轻轻一勾，就将它手上抓着的红莲焰火重新又要了回来。

昭景宸头一次觉得看渚牙挥刀杀人是如此畅快：那红莲焰火在渚牙的催动下，像一支淬火的长箭嗖地穿过桂久的身体，钉着桂久的丹核插入了墙壁之中。而它的身体则从下到上，缓缓裂成一瓣瓣的碎片，风轻轻吹过，碎片瞬间化作烟粒消失。

昭景宸与猛舟乘机立马下山呼渚牙的名号，尊渚牙为荣山盟的新首领。

身后众人响应。

渚牙被哄得高兴，得意扬扬登上荣山盟当家的王座。

当然，渚牙当王，最开心的还是昭景宸。自那女魔头被众星捧月般当了大当家以后，每日都有妖兽围在她的身边，她喝酒作乐、沉溺在各种小妖对她的吹嘘和追捧里，根本没有闲情来叨扰昭景宸。

因为猛舟比较了解荣山盟运作的缘故，所以在真正管理上，还是由它处理。渚牙为大当家，猛舟是二当家。那么昭景宸这个灵人救二当家有功，自然也被妖众捧上高位。他原本在狱中就很受欢迎，如今就更是一举成为众妖兽里闪闪发亮的新星，吃肉喝酒、划拳赌博，就差没在这山头上建上一个灵人市集了。

可幸福的日子总是特别短暂。没过多久，昭景宸便意识到渚牙似乎还是盯上了自己。尤其是他和岷山鹏打赌看谁算盘打得快的时候，渚牙盯着他胜利后那咧嘴笑的神情，简直可以用无比惨淡来形容。

有杀气！

昭景宸自认一段日子相处下来，对她也有了一定的了解。三十六计走为上计，他火速和大鹏鸟告辞，溜回屋中打包好行装就要从小道先跑。谁知道这门还没出，就被尾随而至的渚牙当场逮到。

"哪儿去啊你？"

昭景宸看她的笑容怎么看怎么阴森恐怖。他这才有些懊恼，竟忽略了这段时日来，渚牙一定也对他建立了认知。

只看她一手抓着昭景宸的脖子，另一手连红莲焰火都不用，只稍稍运作发功，便从手心蹿起一小撮火焰来，抵在离昭景宸脸颊不到分毫的位置。

“妈的，本座所受那些，到底怪谁，你竟还有种在此享乐！”

昭景宸看着她的眼发虚：明明起初见她也沉迷在小妖的追捧中不能自拔的，竟没想到还揪着要杀他的点不放。真是个记仇的女人。莫不是看到他在妖众中的声望快要超过她了，心存嫉妒？昭景宸觉得这个猜测极有可能。

渚牙一看昭景宸片刻没有反应，就知道他准又在筹谋什么坏主意，下手更重了些。

昭景宸的咽喉被人拿捏在手中，脸霎时间变得通红，气也喘不上来，眼见就要昏死过去。突然，渚牙松手。昭景宸看她忙不及先退了一步，大口大口吸气，就恍然意识到那羁绊还在，暗自得意。

渚牙更加恼火，抽出红莲焰火直接抵在他的胸口上，昭景宸干脆就朝前挺了挺身体。

“老子不管你使了什么招数，劝你赶紧解开，要不就算不杀你，我也可以把你关在这荣山盟，让你求生不得，求死不能！”

她声音轻轻的，却是一字一顿、咬牙切齿。昭景宸听得毛骨悚然，他完全相信这是她做得出来的事情。昭景宸才不去触她霉头，连忙换了副赔笑脸的样子：“哎呀呀，你看这都叫什么事儿啊，谁敢和你耍花招啊，是吧？你先别着急，虽然我不能解决，可……可我听说……”

昭景宸瞧着她直直盯住自己，心里就发毛。霎时间，一个名字出现在他的脑海里——云中上人！

昭景宸记得那山岭兽老妖在自治夏季虫毒关节疼的时候曾经自言自语提到过，“如果现在云中老大爷在就好啦”，昭景宸脑海里立马就跟着浮现一白胡子老大爷的形象。都说岷山虫蚊毒辣，既是连这般毒辣都可治的云中上人，定然医术了得，拿来糊弄糊弄渚牙绝对说得过去。

“不信你去问山岭兽老爷爷……就是他！云中上人！他就能解开！”

昭景宸说得斩钉截铁。渚牙一听，竟还有山岭兽此等老实人做证，怒瞪了昭景宸一眼后还真的就似信非信地走了。昭景宸长吁一口气，总算躲过一劫。

此时的他恐怕还不知，那云中上人确有此人，也确是医术高明，但才不是只会诊疗什么蛇蚊虫蚁，人家是堂堂的丛国三大名医之一，一般人根本寻不得！

猜想渚牙是已经打包了行装，出门去寻云中上人了。昭景宸秉着此时不溜更待何时的原则，拎着早早就收拾好的包裹，头也不回地往寨子下跑去。

自从猛舟重新上位以后，这荣山盟通往山脚镇子之间的断崖上就修了条一尺宽的栈道。昭景宸边跑还边几分庆幸——还好自己之前有先见之明，提前说服了猛舟修路，不然如今连怎么逃出去都是问题。

可直到昭景宸真的跑到了山间，才意识到远远没有这么简单。渚牙竟然早就留有一手，在原先二人过招的树林间设下了灵障！

好心机！昭景宸破口大骂，这女人未免也太过记仇了些。

他左右前后、东西南北转了又转，只道这灵障虽并不是极其稳当，但就凭他这毫无灵术的身躯，却是无论如何也撞不出去。昭景宸顿时觉得困扰之余，更多了一丝被羞辱的意味。

头顶毒辣日头，昭景宸很快就体力不支。迷糊间，他隐隐记着渚牙临走前曾道，若是三日内寻不到云中上人，回来第一个要他好看。现下已然是第三天了。昭景宸有些慌张，看着远处的大鹏，就仿佛是看到渚牙追来。他咽了咽口水，转身不偏不倚，竟刚好看到不远山头上白衣翩翩的青年。

“喂！你是大夫吗？”

昭景宸出不去，只好在临界点上遥遥唤他过来。“青年”转头，竟是历尽沧桑的中年男人长相，脸庞子布满大花痣，倒人胃口。

昭景宸一阵抽噎，差点没呕出来——所幸他看到那人手中拿着的正像是寻常民间大夫采摘的药草，这才缓了一缓。一想到这人还真有可能解自己的燃眉之急，他便越看越觉那人长相淳朴，加之本身就白衣飘飘，尽管周身气质尚不足以有济世救人的脱俗品位，但或许这正是当下灵人界最流行的医者穿着。尽管与原先设想的白胡子老大爷形象不同，可谁说云中上人就非得七老八十呢？

昭景宸看着眼前的男人竟轻而易举就穿过灵障，心想还是个会灵术的家伙！不过放眼丛国上下，像他这种完全没有灵修根基的倒也是少之又少。他叹了叹气，还是先转身和对方说清缘故为好。

“总之只要你当好云中上人，少不了你好处。听说你们行医的都喜欢动物丹核是不是？给你！我身边一大把，什么天上飞的、地上跑的，千百年的妖怪都有。”

昭景宸就差没有拍着胸脯允诺把猛舟送给他泡酒了。好在这大夫还真好性情，一秒入戏不说，端起丛国第一号大名医的架子绝不含糊。

还没等他完全答应，身后渚牙就已经驾着山鹏鸟杀了过来。昭景宸慌忙躲在男人身后，渚牙想揪却揪不得，张手就是红莲大刀，惊得连昭景宸躲在男人身后都可以感觉到前面人的明显一颤。

“你别怕。”他低声凑在男人耳畔安慰道。

男人倒是颇有定力，也没有太多挣扎。昭景宸趁人还没被吓跑的当口儿，赶紧挡了上去，堵在渚牙发难前大喊：“这就是云中上人！”

三人都定在了原地。

昭景宸看渚牙一副满不相信的样子，干脆把男人推了出去。渚牙随手一钩，拿红莲焰火刺穿起一草丛中的兔子，丢到那人跟前。

“来，治好它。”她嘴角一扬，很是得意。

昭景宸这才意识到自己低估这魔头的能力了。那云中上人如此有名，自己都能听说，难不成她会不懂得出门打听吗？他久久盯着那兔子血淋淋倒在地上，肠子都流了一地——别说这只是个普通的乡野大夫，就算是真的云中上人来，也不一定能治好吧？

他攥着拳头，才想上前反驳，下一秒却见那男人径直上前，把手中草药往兔子身上一盖，略待片刻的工夫，兔子竟又生龙活虎了。

这到底是什么把戏？昭景宸不禁对他另眼相看起来。

“啧啧啧，真有你的，居然提前准备好了道具，吓我一跳。”他走到男人耳边，轻轻说道。渚牙没来之前，他还蛮不确定对方是否会答应配合自己演戏，结果人家不知不觉连道具都准备好了，果然还是医者考虑得更加周全些。

渚牙显然没料到这小毛头竟真能先于自己找到云中上人，此时人家实力分明，就摆在眼前，渚牙不服不行。她的眼瞟过昭景宸的脸上，瞬间就被他一副得意的样子堵得心烦，干脆挥着红莲焰火直接架到了那男人脖子上。昭景宸慌了，那男人倒不慌不乱，镇定自若。

“你说，本座与这家伙间的孽缘何解？”渚牙气势汹汹。

昭景宸看那男人往自己和渚牙的脸上来往扫视，连忙挤眉弄眼。男人果然会意，张口：“两位间所设的，是归心咒。”

昭景宸几乎有要为他的机敏颁个头奖的冲动。

“虽不知是因何缘故种下，倒也是段缘分。一人伤，则两败俱伤，是最好不过的羁绊和守护了。”

渚牙没想到这人长相粗劣，说起话来倒是酸臭味十足，瞬时躁火四起。她拿刀又往前堵了一堵：“说解法！”

昭景宸再度张口提示，却被渚牙抓到，一弹指封了口去。

男人嘴角微笑，两个指头竖着慢慢将红莲焰火从自己的脖子上挪开，谎称：“其实只要为主之人年满十八，自然就解了。”他说得风轻云淡，实际上他也不知道怎么解，只能先这么糊弄过去。昭景宸在旁边却像小鸡啄米般，头点个没完。

无论如何，能争取几年算几年。昭景宸相信，自己眼下虽还困在这女人的魔掌之中，确是因为自己年纪小。等过几年长大了，一个荣山盟，还不是来去自如？他甚至不禁得意起来，仿佛已经看到了光明前景。

渚牙虽还是半信半疑，但倒并没有过多去为难男人。

昭景宸连忙凑上去，道一声谢，然后从衣中掏出了枚动物丹核——正是从前渚牙刺杀桂久时射进墙体的那枚，昭景宸临走前又返回去将它抠了出来。

“太谢谢了。”他将丹核递到男人掌中。男人轻笑，竟就腾云飞了去。

昭景宸看着他离去的身影，还回味感慨着：此等演技，若真进了梨园戏班，大概就是天下第一的水平了吧。

那一头，男人站在苍岷江的一叶扁舟上。一只飞鸟在他头顶盘旋，继而落在肩头。

“老白，你认出那人了吗？竟是归心咒啊，有趣。”

他摸着鸟的羽毛，一脸笑意。

阳光下，他的脸随着波涛的光影斑斓而渐渐模糊。鸟从肩头又扑扇着翅膀，飞到空中。白衣之下的皮囊，已然换上了另一副清秀俊逸的面孔。

第八章

初到北落

时光如梭，又是一年夏日，晨光熹微，山气缭绕升腾。

一人影偷偷从荣山盟寨子里摸出来，走到妖兽窝里悄悄牵了一只岷山鹏，鬼鬼祟祟地驱着往后山走去。那驾轻就熟的模样怎么看都不像是偷鸡摸狗的盗贼。

这厢猛舟因今日盟中有庆典，特意趁天没亮就进山猎野鹿山鸡去了，回来离寨子前门远，就从后山抄近道上来，正巧迎面碰上。猛舟看到牵着岷山鹏那人惊异道："咦，景宸，这么早就去遛鸟？"

山光渐亮，这人正是那个没脸没皮、随手拉人诓骗不眨眼的昭景宸！

一晃眼六年过去，他如今已长成十八岁的俊俏儿郎。这些年他待在荣山盟，跟妖众相处融洽，平日里帮忙打杂、溜妖兽、下厨、种菜地，倒也顺遂。猛舟它们因为渚牙的关系，待昭景宸也十分好，日子久了竟有些忘了眼前这小子还是个灵人。或许正因为这样，昭景宸被养得皮肤麦亮，身上满是野气，即使穿着一身灰扑扑的粗鄙小厮衣裳，精气神也极其好。身材虽比不上那些惯常修炼灵术的人健硕，倒也劲厉修长，尤其是如漆点墨的眼里透着十二万分的机灵，眼角还微微上挑，好看极了。

可是吧，熟悉他的人，瞧他笑得这么阳光，立马瞧出不对劲来。

果然，猛舟歪头看见他背上系着的小包袱，警觉道:“你……这是要去哪儿啊？”

还不等猛舟再问呢，昭景宸跟个小豹子似的蹿上岷山鹏的背，勒着人家的脖子，噌地跃空飞起，猛舟在地面上追着他高喊：“你回来，你跑了渚盟主一定会杀了你的！”

呸！他留下来那姓渚的疯女人才要杀他呢！

他昨儿可亲耳听见渚牙跟盟中小厮交代了，今日一早就要带他去山中灵池沐浴净身，然后熏香供之，待庆典上杀他为贺！今儿的庆典就是为了他年满十八，杀他解除归心咒而准备的！这会儿不溜，等着被宰，他傻啊！

昭景宸一边抓着岷山鹏，一边心底腹诽，这些年他不光长了点个子，俊了容貌，也习得一些操控妖兽骑行的法子，就比如他身下的岷山鹏，头小身子大，致命弱点就是那过于纤长的脖子，只要一套住，揪着颈后两撮毛，立马乖乖让它飞哪儿便飞哪儿。

可是昭景宸选的是头爱美的雄鹏，这妖兽见他紧抓得快要把毛给薅下来，气得在半空中翻滚，直直把昭景宸从背上甩了下去。

天杀的，点儿真背！昭景宸一下子磕在石头上晕了过去。

猛舟见昭景宸跑了，赶紧返回寨子去找渚牙。渚牙这会儿也已得到小妖们的禀报，正怒火冲天地命人封山，让全寨子去追剿。

这些年过去，渚牙还是那般威武明艳，身着赤炎绡纱，手拿红莲焰火，远远瞧着就是一尊上古神祇。她原本想着今日就能摆脱归心咒，摆脱那个该死的小屁孩，心情舒畅着呢，谁知来这一出全搅和了，又看猛舟杵在自己面前，火上头立马没给好脸色。猛舟这些年将两人的恩怨看在眼中，因昭景宸救过自己，在盟中又十分安分乖巧，感情上自然要更亲近他些，当下瞧渚牙的架势估摸着昭景宸回来铁定是死，想了想没有将方才在后山撞见昭景宸的事道出来。

昭景宸真觉得这个该死的岷山鹏有点欺人太甚，他从草丛里爬起来的时候，这鸟怪正拿嘴戳他的后背，甚至意图用它能摧金断石的爪子将他一脚踹死。他气不过，想拿身上的玄晶石崩了它的丹核，谁知突然一道金光朝他们射来，岷山鹏呼噜一声倒在了他旁边，而他恰好被岷山鹏的大翅膀给扇到了一旁的斜坡下。

哪个不长眼的竟敢对荣山盟的财产岷山鹏下手？不知道他家盟主最是脾气暴不好惹还小气爱财吗？昭景宸踩着斜坡准备上前找人赔钱，谁知前方来的不是一个，而是一大群，并且是整齐划一、威风凛冽的一支军队。

昭景宸赶忙麻利地藏到一边，庆幸自己刚才没有出声。只见，对方队列出来两人将岷山鹏身体里的丹核挖了出来粉碎扬空，并跟身后的人道：“将军，是只岷山鹏。”

领头的将领银盔银甲，冠发高束，十分威武：“小妖不管，今日直取荣山盟，荡平岷山。”

一声令下，众人低声应和，驱使身下坐骑往山中去了。

昭景宸看着他们高举訾狮旗帜，身下又是金黄凶猛的訾狮，认出来者是北落王的訾狮军。

他们怎么突然会来扫山灭妖？昭景宸心中生了不祥的预感。

自从渚牙当了盟主，猛舟从旁辅助之后，他们不再做掳劫灵人的事，日日安分勤劳，在山中自给自足。要说为人忌惮的，许是渚牙疾恶如仇的神女名声传开后，周围妖兽都纷纷慕名而来，荣山盟日益壮大……难道正是因为如此，他们担心会危害到灵人安全才来的吗？

想到此，昭景宸心里一惊。虽说他死都不要再见到渚牙，但那些荣山盟的妖众他是很舍不得的。就像猛舟，别看它是只虎妖，性格却温顺如猫，以前见昭景宸身子瘦小羸弱，每次打完猎分食物时都要多匀一些给他；还有教他驯服岷山鹏的厨房老伙计豚鼠，与他一起种菜、吐槽渚牙的清鹿小妖。

不行，得去提醒它们!

昭景宸立马往回跑，想找人通报，可往常路上的关卡竟一个人都没有，他急坏了。这事还是得怪他，渚牙知道他跑了，让全荣山盟的人都出去找他去，此时盟中只有猛舟的人在留守。

“景宸你怎么又回来了？”猛舟见他，连忙把他往一边的堂口藏，“哎呀，你还回来做什么？渚盟主知道你跑了，气坏了！”

昭景宸顾不得许多，问渚牙去哪儿了，猛舟道：“人早就提着红莲焰火飞出去，扬言要把你大卸八块。”

坏事，渚牙这时候怎么能不在盟中！

昭景宸只好把北落王来扫山的事告诉猛舟，猛舟脸色大变。北落王的訾狮军何等勇猛，不消想也知道他们是无力抵御的，更糟的是大家都散到山中去了，此时就算想要召回提醒怕也来不及了。

荣山盟立在岷山之巅，很快山中传来惨叫，他们不寒而栗。

“你赶紧带着剩下的人从密道出山，越快越好！”昭景宸当机立断叫猛舟舍弃寨子，猛舟将广场上的风音鼓奏响，将寨子里剩下的人带往山牢密道。

“那你呢？”猛舟见昭景宸不跟他们进去，疑惑问他。昭景宸摇摇头，朝寨子看了一眼：“你们人多，要是没有人引开他们的注意力，一定很快就会暴露。你们先走，我断后。”

猛舟担心他的安全，昭景宸笑道他自有办法。猛舟不知他要用什么法子，但转念想到昭景宸打小鬼主意多，本身又是灵人，或许来者不会为难他，也就点点头，钻进密道，封了入口，带人赶紧逃了。

昭景宸怕訾狮军在扫山时发现猛舟它们，决定一把火烧了寨子，将那群人的注意力全都引过来。

计划顺利，荣山盟狼烟四起，火舌在重山之巅肆虐，叫山中逃路之人看得害怕极了。

訾狮军如约飞来，昭景宸赶紧撒腿开跑，可谁知他今日运气特别差，完美撞进了訾狮军的另一层包围网。

“你……是灵人？”訾狮军人惊讶地放开他。

昭景宸赶紧哭喊着向将士求救，那演技绝对一流。

訾狮军人一听他原本是山下村庄的农户，不小心被妖兽抓来，要做祭祀品杀掉，赶紧点了一位将士将他带下山保护起来。

就在昭景宸以为自己快要成功逃脱时，一匹雪白的訾狮坐骑落在他的面前，阻断了他的去路。

只见一个高大威猛的男子从狮背上下来，身边的訾狮军将士当即行礼，对他道了一声“王爷”。

昭景宸抬头认出，这人果真是那个叱咤风云、令敌人闻风丧胆的北落王，也是当年他在离天宫中见到的殿上之人。

昭景宸暗道，不好。他这些年虽一直身处岷山，但外面的事多少听闻了一些。自那日跌下苍岷江，世人都以为他这个不祥之子已死，坊间都道他这是天命所归，死得有利于国，十分欢欣。

无人期盼他活，更无人知他活。

昭景宸心想若是被北落王认出，定是死路一条，当下立马低头，不让他瞧见。

可北落王方才听昭景宸的话觉得古怪，尤其是见他分明是从寨子里逃出来的，身上竟没有伤痕，气色更是不见有受过虐待，那群妖兽何时这般善待灵人了？有诈！

“你叫什么名字？”

“阿翔。”昭景宸随口胡诌。

“家住何处？”

“山下风陵村，河渡口，房子最破的那户便是。”他继续编。

“家中还有何人？”

“双亲早死，无兄弟手足，就我孤苦一人，被抓来这丧心病狂的寨子里，还请王爷给小的做主啊！”说着，他往下一跪，号啕大哭。

北落王半晌没吱声，昭景宸哭得心里发虚，但又不能抬头，就只好继续干号。

“你抬起头来。”

终于，北落王要放人了？

昭景宸掩藏住欣喜，对上了北落王那双如幽潭深渊的眼睛。

只听对方语气冰冷，缓缓道：“你说，你叫什么名字？”

昭景宸刚想随口说阿翔，可兀地觉得喉咙发紧，硬是发不出那两字。

更可怕的是，他的嘴竟然不听使唤，像是被什么控制住了似的，整个口腔被无形的力量驱使着，张口答道：“昭景宸。”

屋外，有铁树水杉如兵步阵列，擎入苍天，也有花屏碧池锦鲤环绕，假山引水相依；屋内，则是龙脑销香，墙壁上挂着荒漠蛇形之图，角落球瓶内插着银翘仙藤，简朴却不失趣味。

论景色，这是个极其雅致的宅邸；论地位，这是北落第一王府，谁都不敢造次之地。

昭景宸不知北落王是几个意思，他听到自己不小心道出了真名后，一言不发，立即着人将他送进了这里。

这看着也不像是个要关押犯人的地方啊！

是被杀？还是坐牢？抑或继续流放？

无论哪一种，都没好果子吃。

昭景宸此时难免有点想渚牙了，也不知那疯女人去了哪儿，知不知道荣山盟发生这等事情了。

吱呀，房间的门被推开。

北落王高大威猛的身影落进屋子里。

不待对方开口，昭景宸自己便先说了。

“我只有一个请求，请在我死后将尸身送回宛城安葬，我自幼生长在那儿，至少死后能让我见一见爷爷。”

眼前，昭景宸已经完全没有小时候的模样，因在山中常年日晒雨淋皮肤有些粗糙，但模样长开，生得英气俊朗，北落王仔细瞧着他的眉眼，隐隐看出上治帝年轻时候的影子。

“你为何觉得我会杀你？”

昭景宸没回答他，心道这个中原因大家心知肚明，何必装蒜！

接着北落王又道：“本王不会杀你，本王希望你能留在北落。”

留下？

昭景宸以为自己听错了。他是不祥之子，别人想杀他还来不及，怎么可能允他留下？

可北落王又重复了一遍，不仅如此，还告诉他，三年前宋老酒鬼曾经来北落寻他，宋老酒鬼不相信他已经死了，非活要见人死要见尸，这些年没日没夜地一直沿着苍岷江沿岸找。

昭景宸听到爷爷来找过他，立马难过起来。他以为今生今世没有人会再想着自己，会再念着自己，没想到那个说要离开自己的爷爷，竟然……

“爷爷在哪儿？我要见他！”

北落王摇摇头：“本王也不知，宋濂将军行踪缥缈，实在难寻……不过你若留下，迟早能见到。”

昭景宸听了，想也没想，立即点头答应。

只要能等到爷爷，就算让他在北落做牛做马都行！

北落王见他笑，眸子深了深。昭景宸不知他表情怎么这般古怪，直到后来才知北落王与自己母亲曾是旧相识，而自己笑时眼睛弯浅最肖桑林，应是勾起了北落王心中诸多往事。

当然北落王并没有让昭景宸做苦役，而是让他以北落王妃亲侄林京辰的身份留在王府。不仅如此，北落王让他去北落最好的学堂麓北学堂读书，竭尽可能为他提供最好的一切。

昭景宸起初十分警惕北落王的用意，但后来日子久了，发现北落王是真心实意待他，北落王妃更是如母亲般温柔照顾，他也渐渐喜欢上了这里，安心住下了。

后来有一日，他与北落王亲如父子似的在府中庭院中喝酒，他十分好奇当初若不是口误爆出了自己的名字，是不是他就会放过自己，也就没有这一切了。北落王饮酒肆意，不若平常那般严肃，笑道，不会，因为那日他中的是摄心术，能操控人的行动且无法反抗的灵术。昭景宸恍然大悟，心中默默称赞道，嗯，北落王一家灵术厉害是厉害，但也够卑鄙无耻的。可谁能想到，后来北落王竟会死于类似的灵术之下呢。

过了几月，待一切安排妥帖，昭景宸化作林京辰被北落王一家送去麓北学堂。

昭景宸自幼没有灵力，也学不会灵术，在宛城时因此受过不少欺负，学堂夫子当然也不爱搭理这样的学生，所以一开始昭景宸是不愿意去的。可北落王却道，就算他当真学不会灵术也没有关系，但身为灵人就得了解这个国家是如何运转和构成的，他不能再如山野小子一般肆意成长，他应该去思考要做一个什么样的人。

这些话对于昭景宸来说过于空泛，他自幼混迹市井，后来又藏匿妖兽之中，对做个经天纬地的人没兴趣，他觉得能叫每日过得快活才是真本事。不过他也不想拂了北落王的意思，最终还是乖乖去了。

说起麓北学堂，那可是丛国“天下书院之首”。前朝诸多名臣将士均出于此，是多少灵人学子梦寐以求的圣地，昭景宸自然也听闻过。他一路上望着青松簌簌，心底生了些期待，而那秋风微微掠过，好似一并将他与渚牙在荣山盟的时光如黄叶般吹去了。

不久，车子抵达了麓北学堂。学堂位于麓都城西山谷，靠山伴湖，远离闹市，偏僻安静。它没有醒目的匾额，只有一扇小小朱门彰显它的与众不同。朱门平日仅开半扇，恰好只容行人通过，低调而内敛，正如从麓北学堂出来的那些名臣的品质。

昭景宸跟着王府派来的侍卫从正门进去，到了迎堂等候片刻，一中年男子从外廊徐徐而来。

这正是麓北学堂的祭酒教长贺知微。

昭景宸见他年纪和北落王一般大，大约四五十，身姿清瘦挺拔，着青灰士子服，让人不由与迎堂外那一排箭耸入云的水杉比作一起，而一看面相就知他是个严厉、苛刻、难相处之人。

“你就是林京辰？”贺知微拿眼锐利地扫过昭景宸，然后施然盘腿落座。

昭景宸恭敬地点头叫了声夫子，然后也跟着坐下。他搭眼一瞧就知道这老夫子绝对不好糊弄，以他从前对那些老家伙的了解，多半是最讨厌他这种没灵力、资质差的学生的。

果然，贺知微没过多久就怒气冲冲地朝着王府侍卫怒道：“我不管他是不是北落王妃的亲侄，就算是子虚城的皇子，他这样我也不教！王爷不怕丢了学堂名声，老夫怕！不行，绝对不行！绝对不能收！”

其实不怪贺知微生气，是昭景宸的灵力太差。在麓北学堂有个铁律，但凡入学的学子都要经过检测，王府的人早先跟贺知微打过招呼，告知他林京辰灵力资质极差，所以贺知微还特意将检测弄得十分简单。在他看来连三四岁的孩童都能通过这个测试，可昭景宸竟然失败了！这若是收了，以后出去打着麓北学堂的名号造谣生事，简直就是对麓北先贤的莫大侮辱。

昭景宸见贺知微暴怒，默不作声。他也知方才那个叫“打回旋”的测试十分简单，只消沿着瓷钵左右朝着相反方向画圈，用灵力控制钵内水面平静即可。但他没有灵力，做不到就是做不到。

见贺知微气得甩袖要走，昭景宸连忙从怀中拿出一个玉珏给他递上，并道：“叔父说，见珏如面，望先生记得当年对他的承诺。”

昭景宸其实并不知贺知微与北落王之间有什么交情，他方才见贺知微那么拂北落王的面子，心想这还真是个不畏权贵、刚正不阿的夫子。可北落王在他临走前将这玉珏交给他，叮嘱若是贺知微不收人，就把它拿出来。

现在他也半信半疑，不知玉珏是不是真的有用。

“他竟然将这玉珏拿出来，还真是看重你。”贺知微脸色大变，颤抖着接过玉珏，然后挥手让学堂的教习带他去学舍。

昭景宸没想到自己真能留下了，心想这个得是有多么复杂的利害关系啊！直到后来他从旁人嘴里听说了贺知微曾入北落王帐下任副官的一些事，才知这玉珏是有几重深意的。

此刻，他只顾着感叹，果然上头有人就是爽！

就这样昭景宸开始了与他格格不入的学堂生活。

照从国灵人的年纪，十八岁的昭景宸此时应该学成毕业，找到自己的出路方向了，所以学堂里的学生大多比昭景宸小，昭景宸在他们当中有些格格不入。为了照顾他，贺知微私下开小灶教授灵术。可昭景宸灵力缺失，资质实在是太差，任凭贺知微怎么教都学不会，没多久贺知微便放弃了对他这块朽木的改造，任他自生自灭了。

不过好在昭景宸博闻强识，又得益于打小跟着爷爷说书游历、在荣山盟与妖兽为伍的经历，他除了灵术实操，其他科目都是一顶一的厉害。尤其是饲养训练妖兽的山海课，那叫一个如鱼得水。他上课第一天徒手驯服一只岷山鹏，叫所有人震惊，自此“林京辰”的名号响彻麓北。

“林公子！你好厉害啊，竟然能一眼看穿妖兽的丹核，不愧是尽出奇才的眉州林家人！”

“听说林家家主，七岁就生擒常山赤炎兽，十岁用剑斩了黑海蛟龙，十六岁继承林家，以一招咽声箫誉满天下？你现在就已经不用学习灵术了，岂不是比他还要厉害！”

“是啊，是啊！之前都没有听说过林公子的名号，真是太低调了！机会难得，要不给我们展示一下你的绝技，让我们开开眼界?!”

昭景宸被一群学堂里的公子小姐围在中间进退两难，头也隐隐发疼。他没想到北落王妃亲族林家人竟然是这般厉害，更没想到自己不能学习灵术的事被曲解讹传成这样。若不是因为怕没有灵力的事会暴露身份，他早就解释了。不过如今这样倒是免于被欺负，享受到了万人追捧的风光，昭景宸心底还有些小窃喜。

窃喜归窃喜，眼下他还是十分头疼和为难，他只好劝围过来的小伙伴：“今天天色不早了，改日吧……”

“只是亮两招而已，这都不肯，林家人都这般小气吗？”他们当中一个穿着嫩粉裙装的少女见昭景宸一而再，再而三推辞，不悦道。众人见状也跟着呛声。

昭景宸见这群人的架势，知他们今日是不达目的决不罢休了，只好想着要怎么耍花招混过去。

“既然这么厉害，本公子来领教领教。”

突然，一个穿着鹅黄交领小袍的青年，从人群中走出。旁人见他，立马噤声，自动让道。昭景宸没见过他，心道这是什么人，竟然这么横。

“这是陆州牧家的长孙陆亭川，咱们麓北学堂一等一的贵公子。林公子来之前，他是这里的头儿。”昭景宸身边人小心提醒。

昭景宸见方才围着他的那群小姐公子又纷纷朝陆亭川围去，心想原来是世家公子，难怪长得这么骚包又爱现，这种人最难缠，还是不惹为妙。

“不用比不用比，在下这点雕虫小技不足挂齿，各位还是散了，早点回去歇着吧。”

昭景宸恭顺地与陆亭川打招呼，言明自己不便动手，还是请他免战。可对方是个特别傲气的人，以为昭景宸瞧不上自己，动了怒，话不多说直接朝他袭来。

众人顿时散开，昭景宸不晓得被谁推了一下把，直直朝着陆亭川的冰剑撞去。不过好在昭景宸以前被妖兽追逐惯了，反应极快，就地一滚躲过要害。

“不愧是林少，这都能躲得过！林少上啊！直接一招绝杀他啊！”

昭景宸简直想把人群里那个尬吹的小胖子的嘴给缝上，他方才躲的这一下狼狈极了，若真是灵力高强之人应该起兵器迎战扛回去才是！

陆亭川也觉得昭景宸的反应奇怪，但没多想，还误以为对方蔑视自己，不屑一战，更将手中短冰剑融成一柄长剑朝昭景宸猛刺。

眼见着陆亭川追得紧，昭景宸连忙道：“别别别，陆公子我真的没有打的意思，今儿真的不方便，改日，改日再战！”

陆亭川不听，长剑一下刺穿昭景宸的手臂，鲜血浇注一地。

众人看了倒吸一口冷气，纷纷觉得不妙，陆亭川也愣了，心道这林公子莫不是个废人……

“我说过不与你打，便不与你打！有本事你真杀了我！”

昭景宸也恼火，他捂着流血的手臂也顾不得体面，往地上一赖，要陆亭川自己看着办吧。

“你堂堂一个世家公子，灵术不用来保护弱小，非要用来惹是生非，还真是清闲。我林京辰不跟你打，就算死也不跟你打！”

昭景宸此言一出，占领了道德高地，周围人恍然歌颂起昭景宸果真有大家风范，对陆亭川议论纷纷。陆亭川脸皮儿薄，哪见过这样软塌无赖之人，脸顿时红了，局促半天恼得再举起剑来。

“陆亭川，住手！”这时突然有人喝住。

只见一柄细剑挑开陆亭川的攻击，陆亭川收势不及，被剑势带着跌了出去。

昭景宸面前落下一人，他抬头看去，竟是位如白蝴蝶般轻盈透彻的女孩子挡在了他的面前，距离如此之近，以至于能清晰闻到此人身上传来的阵阵空木花香，美妙极了。

“卿峒殿下！”众人见女子纷纷行礼，连陆亭川也连忙俯身。

昭景宸这才知道这位便是北落王的掌上明珠北卿峒。他来北落王府这些时日，常常听北落王妃提起这位只比他小一岁的卿峒妹妹，听闻卿峒医术了得，是神医云中上人唯一的在传弟子，不过一直游学未归，昭景宸此时也是第一次见她。

许是因为之前拿云中上人当过幌子，此时昭景宸有些不好意思。他连忙起身向北卿峒道谢。

北卿峒微微点头回礼，恰似微风点过菡萏，不胜娇柔，瞧得昭景宸心里扑通扑通狂跳。

他没想到世上还有如此好看的美人！他自己也算是见过顶漂亮的人了，却没有能让他瞧着像北卿峒这般令人欢喜，自然心生亲近之意的。

北卿峒搭手去看他身上伤势，察觉无虞，转身向陆亭川道：“我记得贺夫子说过，在学堂不准用灵术打架，陆亭川你怎么又用灵术欺负人？”

陆亭川连忙慌张掩饰：“不是的，卿峒，我听说这家伙灵术厉害，只是想来切磋切磋，谁知道他狂妄自大不肯与我交手，我这气不过才……”

“没事卿峒，我不在意，不与他计较。是不是姨母让你来找我？我们一起回府吧。”昭景宸笑意满满地看着北卿峒，眼睛像是蘸了蜜似的。陆亭川听了脸上青一块白一块，又不能找话反击昭景宸，憋屈极了。

“横竖都是你占了理，哪有逼着人打架的道理！”北卿峒声音软软的，听起来不像是在责备陆亭川，说完，她示意昭景宸与自己同归。

昭景宸屁颠屁颠跟上，完全没有在意他身后恨不得将他浑身烧出窟窿来的陆亭川。

第九章

渚牙复归

北落王府因北卿岎回来变得异常热闹。先是将府邸西边的“鸾音鹤信”别苑重新拾掇出来，做了卿岎与来府亲近的世家小姐们的茶话之地；后又在王府后门沿街辟了临时诊点，请北卿岎免费为麓都城的穷苦百姓看病。

众人皆忙碌，如此一来倒显得昭景宸似个清闲散人。他顶着北落王妃亲侄的名号暂住王府，人人尊称他一声公子，可他却不敢以公子名号自居。以前在荣山盟野惯了，现在成天在王府一本正经难受得很，便时不时半夜晃悠到后厨，顺走黄阿宝的夜宵糕点，时不时大清早起来跟柳管家在王府里乱转悠，就只为闲聊麓都城昨日的八卦。

经过上次陆亭川的事件后，外人都称赞麓北学堂的林公子宅心仁厚、屈己待人，有世家公子风范，只有他自己听了两眼朝天直翻，心底默默嘀咕：还不是他娘的憋屈，若是能打，自己还不早把拳头挥到人脸上了！不过这也让昭景宸深刻认识到，在实力至上的地方，就得披好皮、装好蒜、端好范，万一被识破，还有装尿、故作高深之路可走。

为了维护好日常形象，他很少与王府下人接触，去完学堂回府后唯一的消遣，便是去王府里那座几近荒废的书楼里看些诗词话本。倒不是他不想看与灵术有关的书，只是他觉得自己天生学不会，也就不费劲琢磨那些艰深晦涩的前人巨著，趁着秋光正浓，将时光赏玩一二才是正经的事。

这不，他这会儿照旧躲在书楼二层靠窗处，手捧着一本描写千年前灵人大战暮妖，争夺扶摇神木的传说演义，正看得出神。突然一倩丽人影挡了光，身影投在了书稿上。

他抬头惊讶道："卿明妹妹！"

来者正是北卿明，她将手里提着的小食盒搁在昭景宸旁边的小桌上，声音柔婉道："母妃让我来看看你，听下人说你一天也没出楼，送些吃食垫垫肚子。"

昭景宸见北卿明很是高兴，他们虽同住府中，平日里却少有碰面，偶尔在学堂里遇上也只是远远施礼招呼，不曾相语过一句。起初他以为卿明是看不上自己这个不会灵术的假表哥，故意冷落，后来才发现，卿明本就是个清冷害羞的人，不太擅长与人相处罢了。

自那日初见，卿明便如一只清灵出尘的白蝶落入他心头，稍稍颤动一下翅膀，就在他心中扇起万千涟漪。当下他本想说点道谢的话，舌头却打了结似的一句也说不出来，最终只好点头以示谢过，又重新把头埋回书里，假借吃点心偷瞄人家。

卿明穿着月牙白的灵纹长裙，仙气飘然，在这有年头的老书楼中走动，仿佛凝滞时光的幻物，不经意就吸引住了昭景宸的目光。卿明见楼中书籍凌乱，随手施术，将书一本本重新插入书架。也许是书架年生久远，木头内里有些烂了，只听咔嚓一声，旁边的书架一不留神全坍塌下来。

"小心！"只听昭景宸一声大喊，飞扑过去将北卿明护在身下，挡下了所有的重击。

"景宸哥哥！"卿明挥手移开所有重物，去看昭景宸的伤势。

昭景宸摇摇头，见北卿明没事，长舒一口气。他的身份，北卿明是知道的，所以平常在人前都是叫他林京辰，方才情急之中的称呼，让他心底像是在须臾间塞入了甜软的蜜汁一样泛起了糖花。

昭景宸眉眼弯浅地笑着，小女儿家脸皮薄，卿岄竟被他瞧得脸唰一下子就红了。

鬼使神差地，昭景宸道："卿岄你怎么了？脸红得这么厉害。"

此言一出，卿岄的脸烧得更厉害了，她支吾着，一缕白光似的闪离出书楼。

昭景宸意识到自己说错话，懊恼极了，心道，自己听过那么多话本，怎么就这么白瞎了一个与卿岄亲近的好机会！

很快，上天重新给了昭景宸一个机会。

九月十五是麓都的秋忙会，北落百姓为了做入冬的准备，会在麓都东西两市开集市。一大早，北落王妃便叫他去前厅，让他跟着北卿岄一起为王府添些冬物，顺便逛逛麓都，了解这里的风土人情，昭景宸欣然同去。

麓都是北落的中心，因处北地，受着垂天之境吹来的寒风，靠着高耸入云的衡华山脉挡住极寒风暴，造就了恶劣环境下的世外桃源。繁华自是不必说，但和望都那种贵胄熏风相比，这里别有一番粗犷风味。

放眼望去，只见商铺林立、人流如织，东西南北，各种奇怪物什全都摊开在街边买卖。南街着皮毛的汉子、北街戴金钏的阿娘，个个彪悍地笼络着来往的客人驻足一观，彼此之间拉客的架势堪称牛虎相斗。更绝的是那带着唱腔似的北疆叫卖声，一起交织在上空，宛如动听的尘世组曲。

昭景宸一边走一边看，他心思不在这周围琳琅满目的商品上，而在前面那群撑伞走在一起的世家小姐身上。他原本以为今天只是与卿岄两人相约，出府才发现，主角不止一位，自己充其量只比那些个牵马小厮好一些。

不过昭景宸倒也自在，他一路买各种糕点零食请众人吃，也说些时下听来的趣闻，逗得她们咯咯大笑。可返回时，他却被挤在后面，那些世家小姐时不时回头打量昭景宸，嘀嘀咕咕，不知道在说些什么。

他感到浑身不舒服，心想这些世家小姐怎么跟看猴戏似的探头探脑，眼睛里都带着一股子吃人的眼神，明明平日在别苑里吃茶论道的时候，都端庄大方、目不斜视，今天却怪里怪气的，难道自己脸上有什么东西不成？昭景宸转脸看向沿街摊上的铜镜，确定并不是自己的问题，心底更好奇了。

突然不知道谁说了什么，卿峋愠怒道：“谁？谁说我喜欢他？”

昭景宸不知发生何事，上前关切，谁知北卿峋竟回瞪了他一眼，然后甩着大步往前走了。

他想要上前追，可那些世家小姐却摇摇头不让他上前。这让他端着凉糕和三不沾桂花蛋进也不是，退也不是，心道这好端端地怎么突然说生气就生气了？

看着北卿峋离去的背影，昭景宸愣在原地，一脸莫名其妙。他叹口气，正准备离开，这时，突然从旁蹿出一拨人，故意撞了上来。

昭景宸护着食物，没来得及闪躲，竟叫人一把捂住眼口，被拖进了一旁的暗巷。

昭景宸一通乱打终于挣脱桎梏，抬眼看清来人，竟是那煞星陆亭川！

陆亭川今日穿着橙色的袍子，头上插着雕着瑞兽的墨绿青铜簪，远看活脱脱一只光亮的橘子，身边还跟着那些个平日里欺压蛮横的主，显然是有备而来。

“陆亭川你这是什么意思？”

陆亭川二话不说，黑着脸立马招呼人去揍他。对面人多势众，昭景宸被四处围堵，无路可逃，只好蜷缩着身子平白挨这些拳脚。

“林京辰，你怎么不还手啊？是当真心中侠义，还是压根儿就不行啊？”

陆亭川好整以暇地抱手冷看着他，可越是这样昭景宸越不吭声。倒不是他现在骨头硬气了，而是他知道陆亭川这样的疯狗越是陪他玩他越是起劲，想保平安就一个字——“忍”。

揍了半晌，那群手下见昭景宸一动不动，觉得不对劲，与陆亭川小声道：“亭川，不对啊，这人该不会被打死了吧？”听这么一说，陆亭川心底突突，连忙去看他。

说时迟那时快，趁陆亭川靠近，昭景宸掏出青铜弹弓朝着他脑门一击，抢在陆亭川重心不稳跌倒的当口儿，翻身狂跑。一瞬间的空隙，昭景宸已经扑出巷子，逃到几十米开外。

可是街头巷尾四处都是陆亭川的人，昭景宸慌不择路，奔上了一边的废旧塔楼。

他还没跑上顶，便后悔了——上面除了护栏，无路可走。

“就你这么个废物，卿岄还护着你！”陆亭川恶狠狠地扼住昭景宸脖子，将他抵在栏杆上。

昭景宸苦笑：“你敢动我就不怕得罪北落王府吗？我好歹也是北落王妃的亲侄！”

陆亭川一听更来气了：“林京辰你算王府哪门子亲戚，竟敢在本公子这儿耀武扬威！眉州林家是北落王妃亲眷，除了三房尚有幼子才满七岁，长房和二房的可都是已经开府立了功勋的朝臣，哪有你这般大的。就算你是北落王妃的侄子，也不知是哪个旁支的破落户，不要以为沾亲带故，我们就不敢动你。在北落，强者为王！”

昭景宸这才明白这半月捡来的宁静是怎么回事，敢情人家去摸了底，然后放心大胆地回来欺负人了。

他心想，是不是承认自己没有灵力压根不会灵术，对方就会放过自己？不，这样一来很有可能会暴露自己的身份，牵连到北落王，这种做法不妥。

于是，昭景宸笑着看向陆亭川，道：“你知道我为什么不跟你打吗？”

陆亭川好奇道：“说来听听。”

昭景宸提高音量：“因为我不屑跟你打，怕脏了我的拳头！”

“咚！”话音落，昭景宸结结实实地挨了陆亭川一拳。

他刚想骂娘讽刺，突然整个身子朝后仰去。

只听惊呼声起，他感觉自己像秤砣一样从塔楼上急速坠落，瞳孔中只映照出陆亭川等人惊慌的模样。

原来塔楼年久失修，身后的扶栏烂了不经压，他便跌了出去。他何曾想过自己竟然会有这种死法。

“你怎么这么窝囊，连自己的命都保不住！”

昭景宸并没有等到自己摔成肉泥，只觉察腰间一紧，被带入到满怀熏风之中。耳边响起熟悉的怒骂，他循声抬头，惊喜过望。

是渚牙！

自荣山盟一别，他已经许久没见过渚牙，方才坠落一瞬，他兀地想起渚牙这张肆意张狂的脸来，甚至想到他自己若是死了，渚牙会不会受归心咒的影响也……

“臭小子，你是不是故意的？明知道我们之间有归心咒，还不好好保护自己，是不是活腻歪了？”

昭景宸还没来得及表达重逢喜悦，便被渚牙那只惯常拿刀的手拧住了耳朵，疼得他原地蹦跶，哇哇大叫：“是他们先动手的！我又没招惹他们！”

“他们打你，你就不能打回去吗？”

“我没灵力又不会灵术，拿什么打！”

“那你跟我说，我来杀了他们！”

渚牙还是跟之前一样，一身赤炎绡纱，手提红莲焰火，犹如熊熊烈火燃烧在世间，叫人移不开眼，容貌越发艳丽动人。

不等昭景宸回答，陆亭川等人便冲下塔楼来。

“你没死！”陆亭川见昭景宸还活着，心里松了口气，但随即刚才的羞辱感又冲上心头，他还想找昭景宸的茬儿。

渚牙抽刀欲前问：“就是这些家伙？”

昭景宸连忙拦下她：“没事没事，有话好说。”昭景宸心想，你要是出手这些人还有活路吗？

谁知，渚牙一把拉过他，捏住下颌塞了颗红珠子到他嘴里。昭景宸来不及吐，含糊吞下，气恼道：“你给我吃了什么鬼东西？”

“当然是好东西，你既然不让我出手，那你今日必须要把这群人都给我揍趴下，否则，你留一个我杀一个！”

说完，渚牙提刀倚在树下，一副慵懒的样子，准备瞧好戏。

“你明知道我不会……”不等昭景宸说完，他突然察觉自己周身涌起了阵阵热意，尤其是灵潭深处，一股力量沿着周身灵脉逆行而上。这该死的疯女人到底给自己吃了什么东西！该不会是毒药吧？

他这边正琢磨着，那边陆亭川的人就已经攻了过来，他一时情急，伸手朝来人击了一掌。

这一掌可不是平常的一掌，竟毫不费力地将来人轰出老远，那人在地上龇牙咧嘴，半天爬不起来。

这是……灵力？还是……灵术？

昭景宸惊异地看向渚牙，渚牙淡定道："那是拟丹，存了我一层的灵力，你给我好好用，若是输了连你都杀。"

原来如此，竟是这般投机的物什！

昭景宸暗暗提灵力汇聚掌中，学着平日老夫子教的，想先使出一招灵术来试试，可竟半天没有动静。

这……莫不是渚牙在寻我开心？

他虽跟渚牙相处了六年，但还是摸不透她的脾性，决定还是谨慎些，不要与陆亭川硬碰硬。渚牙看他只敢左闪右闪小心躲避，瞧得气闷，不顾昭景宸的安危，伸手将人扔回了攻击圈内道："废物，跑什么！给我打回去！"

你这女人打打杀杀惯了，我可是第一次！

昭景宸来不及吼出腹诽，一股充沛浑厚的灵气已经当胸袭到。陆亭川见昭景宸终于肯出手，痛快唤出自己的冰棱剑来迎战。昭景宸只能硬生生抗下，两相交战一瞬，嗡的一声巨响，他的周身崩开五彩虹光，将陆亭川弹了出去。

自己竟使出了灵障，挡下了陆亭川的攻击！

他意识到这身灵力似乎是随着自己的意念而出，并不用刻意使用，当下立刻大胆起来："陆亭川，你不是想要跟我打吗？来啊，谁不来谁是小狗。"

昭景宸市井惯了，平时说话若不端着，就会让人觉得他贱嗖嗖的。陆亭川对他更加鄙夷，将手中的冰棱剑化成万千小冰锥齐齐朝他飞去。昭景宸想用灵障拦下，却误算了陆亭川的后招，只见冰锥瞬间分裂成两个冰钩，直冲他的咽喉而来。

眼见着躲闪不及，突然一把长刀飞入昭景宸的手中，自行替他拦下了攻击，一刀劈在陆亭川的肩膀！

“你偷袭！”陆亭川捂伤，愤怒地指责道。

“我没……”昭景宸刚想这么辩解，但瞧手中拿的正是红莲焰火，便一切了然。嗯，就算没有偷袭，也胜之不武。有那个女人在场，怎会让自己受一丁点伤？正如她所言，若是不打败陆亭川，今日要“死”的怕是自己。

昭景宸不愿这么纠缠下去，便好心叫停手，可陆亭川已经被胜负欲给侵蚀了，提剑又逼了上来。

几番硬战，陆亭川终究不敌昭景宸，累倒在血泊里。

“停什么，杀了他。”

不知何时渚牙站在了昭景宸面前，握住他的手要结果掉陆亭川的性命。

昭景宸当然不肯，他嬉笑道，得饶人处且饶人，彼此留点余地江湖再见，说着便推着渚牙离开。

谁知，那陆亭川见昭景宸转身的瞬间，后背露出极大的破绽，竟从手中逼出一根冰针，朝昭景宸直直刺去。

几乎电光火石之间，渚牙挡掉了冰针，又闪到陆亭川面前速速折断了他四肢，仿佛一尊红色修罗在白日下行凶。眼见着她要挥刀砍向陆亭川的脖子，昭景宸大喊：“不要杀他！”

昭景宸慌了，掌中灵力挥出，打在渚牙肩膀。渚牙没料到这突然袭来的一击，红莲焰火带着炙热，擦着陆亭川的皮肤而过，陆亭川也因此躲过一劫。

不等渚牙发火，昭景宸一把抱住她，生拉硬扯将她拽走。

两人赌气走到半道，渚牙不知怎么的，突然拽起昭景宸，在坊间屋脊上几起几落，将人带到麓都城偏远的地方。

“渚牙你要带我去哪儿？”

“回去！”

“荣山盟都没了，回哪儿去？”

昭景宸挣脱她的手，不愿再往前。自那日北落王扫荡岷山，荣山盟寨子已经被毁，他和猛舟它们也失去了联系。后来他千方百计从北落王府下人口中打探岷山情况，更是得知扫荡之后山中已经再无妖兽了。就算回去，他们也是孤家寡人。再说，渚牙只是想要折磨自己解除掉归心咒罢了，跟她走未必有好日子过。

渚牙有些恼火，心中盘算着用哪种暴力方式疼痛最小，还能将这臭小子带回去。但昭景宸简直太了解渚牙了，他瞧渚牙盯着自己，当即掐着脖子道："你可别想着强行带我走，我们身上可是有归心咒的！我受伤你也得受伤！"

不提这个倒还好，一提渚牙就火大，拿云中上人骗自己的事儿还没跟这小子算账呢，还敢威胁自己！当即就给了昭景宸一顿爆栗！

"我不管，我不走，我要留在北落！"昭景宸捂着脑袋耍起无赖来。过去六年里，昭景宸把渚牙的性子摸得透透的，当下这种情形必然是不能再与她硬顶的，于是先服个软装个孙子，然后拐带着这女人往有利于自己的方向去思考，或许尚有一线生机。

"那你跟我一起留下来，反正咱们都无处可去。"

渚牙一脸嫌弃道："要我跟灵人生活在一起，死都不可能！"

"景宸哥哥你在和谁说话？"

突然身后传来北卿岄的声音，昭景宸赶紧示意渚牙藏起来，他可不想被北落王知道渚牙的存在，再追究之前荣山盟的事。

"卿岄妹妹你怎么来了？我……我一个人在这儿散步呢。"

北卿岄自然不信，她探出头朝四周林间看去，昭景宸紧张地挡在她面前，再拿余光去瞟渚牙，竟发现渚牙真的乖乖隐匿消失了。

"我方才回府，听下人说你还没有回来，所以派寻音蝶出来寻你。"

昭景宸这才发现自己肩膀上不知何时停着一只粉透的蝴蝶。他怕北卿岄瞧出什么不对劲，连忙拉着她回了府。

这一夜昭景宸睡得很不踏实，总觉得有人在耳边磨刀霍霍，又似叽喳念咒，整个梦中不是翻江倒海，便是电闪雷鸣。到了天明，他睁了眼，浑身跟遭了刑似的提不起劲儿来。

刚合上衣，柳管家就慌慌张张推门进来找他，说是北落王请他到前厅一叙。昭景宸心底生出不好的预感。要知道北落王平时忙于军务，甚少过问府中之事，而他也只在刚进麓北学堂那些时日频繁被找过去询问学业。眼下至少一月有余没与北落王照面，今日找他定是出了大事。

至于出了什么大事，他大致也能猜出一二来。

果然，他到了前厅，瞧见一竿子外府的仆役，便知是陆亭川找上门来了。

北落王瞧见昭景宸，便指了指身旁座位上的青年："这位是营狮军的崔郁将军，也是陆亭川的舅舅。"

崔郁虽是武将，却生得儒雅，唇红齿白，微微点头间颇风流自在。昭景宸赶紧恭敬拜见，崔郁也稍稍施礼回了。

客套过，下面才是正局。崔郁示意仆役将陆亭川抬到堂上来。

昭景宸这才瞧见陆亭川伤得有多重，且看他四肢折断不说，现在脸也肿成猪头，意识全无，口里不断流涎，瞧不出原本清秀的面貌了。

这祸似乎闯得有点过……

只听崔郁道："林公子，小侄亭川生性顽劣，往日若是招惹了林公子还望林公子海涵。不过，怀着私心将人打成这副模样，怕是怎么都说不过去吧。"

昭景宸一听这姓崔的说话文绉绉，看上去气场弱弱的，怎么字里行间都是责怪自己主动挑事？他立马不服，将往日陆亭川的所作所为全都道了出来。

北落王听完没有表示，倒是崔郁紧着又说道："在下今日没有追责的意思，只是希望打人者能将小侄身上中的灵术解开，好让我们回去医治。"

昭景宸这才明了，陆亭川之所以肿得跟发酵的馒头似的，原来是因为中了奇怪的灵术。要说起谁能给他下这样的灵术，除了渚牙不作二想。

看来，昨日叫渚牙住手，她还是留了一招。

昭景宸见北落王紧盯着他，心底打起小鼓。他没有灵力，北落王是知道的，也就是说北落王当然不信人是他打的，那至于谁出了手，怕是接下来重点审问的。

不出意料，北落王果真询问昭景宸的帮手是谁。

昭景宸支支吾吾不知该如何解释渚牙的存在，但也不能自己担了这个责任，毕竟这灵术他可解不开。

“怕了吧，你还是得跟我走。”

昭景宸正犯愁时，耳边突然炸开了一个声音，他简直要从地上跳起来。这不是渚牙是谁，她什么时候神不知鬼不觉地藏匿进了王府！原来她留一手是为了坑自己不成？

“当然是正大光明走进来的，”渚牙像是能读懂他想法似的，紧着又补充道，“我在你影子里。”

昭景宸不敢动作太大，只斜眼瞧了瞧自己身旁的阴影，果然渚牙悄咪咪伸出了红莲焰火的刀鞘来。

昭景宸想劝渚牙赶紧把灵术给解开，莫要折磨人，北落王却瞧出他的不对劲，变得有些严肃：“京辰，看着我回答！”

不好，是摄心咒！

昭景宸了解过这灵术的厉害，想躲却躲不得。正着急，渚牙突然从阴影中飞了出来，摆了个灵阵挡在昭景宸面前。他心道不妙，渚牙定是误会北落王要攻击自己才跳出来阻挡的，见这女人拔刀的架势，一场大战在所难免了。

“你是谁？”北落王察觉渚牙身上气息不似灵人，当即瞬闪在她面前，要将她拿下。渚牙以雷霆之势跃到三丈开外，立马回了北落王一刀。

厅堂过小，两人旋即飞到堂外开打起来。

昭景宸从旁看着着急坏了，也不知该为谁担心。只见北落王眉眼不动，抽剑将渚牙的刀硬生生破开，渚牙双手握住刀柄，堪堪抵住一击。旋即渚牙转身卸力，主动挥刀欺身去压制北落王，北落王挥袖挡过。这两人，一个身经百战，出剑章法循序渐进，防守毫无破绽；一个路数野蛮，更近乎是一种厮杀本能在驱使她攻击，也没能占得便宜。

昭景宸从前也见过渚牙与其他人打斗，那种情况多半是渚牙单方面地碾压，而眼下的情形，两人看上去不分伯仲，实际上渚牙每一次出招都被北落王轻松化解，北落王的剑也总能恰到好处地将渚牙刀势削弱下来，这样持久下来，渚牙的体力渐渐有些不支。若是久战，应是对她不利。

双方持续了百来回合，依旧未分胜负，旁边观战的崔郁不禁发出赞叹："世上竟有能与北落王比肩而战的奇女子！"

昭景宸默默瞪了他一眼，心道，若不是你那宝贝侄子哪有今儿这般多事！

他再去瞧渚牙，只见她周身灵气沸然，腾腾如火，连带着红莲焰火也被锻造成流动的岩浆模样，所到之处带起滚滚热浪。北落王从未见过这样的灵术，有些惊诧。但就是这刹那间的犹疑，让渚牙抓住了破绽！只见那柄冶红色长直刀破空划开一道疾风，迅猛地朝着北落王的面门而去。

然而只划开一道虚影。

几乎在同时，渚牙身后传来一股骇然力量将她肩胛穿透，她来不及反扑，又被往后送了送。

"渚牙！"昭景宸见北落王的长剑刺过渚牙的脊背，由着惯性将人钉在地上，已经顾不得什么危险，冲上前去护在渚牙身前。

"王爷！请不要杀她！"

"她是何人，与你有何干系？如此诡谲的灵术，到底又是出自哪处师门？"北落王手中捻诀，插在渚牙背部的剑嗖的一下连血带肉回到手中。

昭景宸灵机一动道："她是教我灵术的师父！因为怜我被人欺负，所以才出手伤了人，请王爷不要责罚师父！"

昭景宸说完拉着渚牙跪下，渚牙恼得要将"滚"字脱口而出，却听昭景宸狠狠道："师父云游闲适惯了，出手未免过重，此过徒弟愿意一力承担，京辰愿意领罚。"

昭景宸的话，北落王半信半疑，尤其瞧着这两人行状根本不像师徒，更觉得有猫腻。

不待北落王再问，崔郁倒是先开了口："王爷息怒，属下此番来不追责。既然姑娘是林公子的师父，还请解了灵术，让小侄能去治疗便好。"

"能是能，但是我不想……"

还不等渚牙发牢骚，昭景宸暗戳戳地把手搁在红莲焰火上做威胁状。渚牙一把捞过刀，伸手催出一簇火苗，送入了陆亭川的眉心。

稍缓，陆亭川的猪头脸真的消了下去，眼珠子也能动了，意识也恢复起来。这孩子瞧见昭景宸还有他身后的渚牙，吓得跟老鼠似的尖叫起来。崔郁见状连忙着人将陆亭川送回府，自己也跟着告辞。

崔郁不追究，不代表北落王不追究。

北落王严厉地说道："今日的事虽你不是主错，但伤人性命便是大错，明日你去云中上人那儿领罚受过，过些时日再回来。"

昭景宸叩谢拜服，准备带着渚牙一起退下，谁知，北落王顿声："这位姑娘请留步！"

第十章

云中上人

昭景宸从前厅出来后就一直站在花园里等。

刚才一阵慌乱，他忘了叮嘱渚牙不要暴露自己荣山盟盟主的身份。北落王行事严厉不讲情面，对妖兽更是极其严苛，要让他知道渚牙真实身份，指不定会杀了她。

想到这，昭景宸更加心神不宁，连园中秋色正浓的金花茶也无心欣赏，一个劲地来回踱步。但昭景宸又转念一想，最好能让北落王发现她妖魔鬼怪的身份，抓起来关个十几二十年，才是最安全的！

这时，一柄刀鞘磕在他脑门上："你小子是不是又在背地里骂我？"

昭景宸见渚牙一副要揍人的样子，连忙摇头。

"还想否认，我都听见了！"

昭景宸连忙扯开话题："王爷那儿，你这么快就过关了？"

渚牙一副你也不瞧瞧我是谁的拽样，看起来云淡风轻，可刚才，她明明与北落王经历了一番激烈的较量。

起先，北落王对昭景宸的话半信半疑，于是，等昭景宸走后，直接用摄心术逼渚牙说出真话。谁知渚牙灵术高超，三两下便把摄心术给挡了回去。北落王更加惊异，“你究竟是谁，为什么会待在景宸身边？”

渚牙刺回去道：“不用你管。”

北落王耐心劝解：“如果你真的想他平安，就请离他远一些。像你这样来路不明的人，只会给他带来危险。”

渚牙狂笑不止道：“我是不会走的，我要守着我自己的东西。谁碰，谁死。”

昭景宸在王府的住处名叫“摩苍小院”，原本是北落王长子北赫沐的居所。北落王特意安排昭景宸在此处住下，可见对他的重视和疼爱。

他们两人踏进院子，碰巧撞见从花径过来的北卿岄。卿岄身后跟着王府里一众侍女，手里捧着衣服、首饰什么的，昭景宸瞧着惊讶道：“卿岄妹妹这是要做什么？”

北卿岄看到勾着景宸脖子的美人，愣了愣，随即觉察失礼，露出清水芙蓉般的恬淡笑容：“母妃说府中来了客人，让我把菱香院收拾出来，想必这位就是景宸哥哥的师父，渚先生了吧。”

昭景宸没想到府上消息传得这么快，挠挠头，算是应了，可渚牙却一脸不高兴：“谁说我是他师父，把人都叫老了，还有，我哪儿也不去，他住哪儿我住哪儿！”

卿岄闻言面上一红，睁着水润的大眼睛，支吾着：“这不大合适吧，男女有别……”

“有什么不合适，我怕这小子又跑了，我得看着他！”说完，渚牙拽着昭景宸进了屋子，一个人占着大床呼呼大睡起来。

昭景宸分明瞧见卿岄望着自己的眼神里多了许多异样，想解释，谁知渚牙一挥手，将门封得死死的，任谁都不能进来打扰。

他那叫一个气啊，抓着被子，死活不让渚牙安生：“你……你给我起来，谁让你住这儿的？”

“我不住这住哪儿？怎么，你想跟我回去？”

“我不回去！你也不能住我屋，你睡这儿，我睡哪儿？”

“自然是睡那儿！”

渚牙倚在床边，指着旁边的空地，一副理所应当的样子。她这人卸下防备，便会有种慵懒自在的美，叫人惊心动魄。昭景宸这些年待在她身边惯了，知道这人讲道理是不会听的，无论怎么挣扎，结果都得顺着她意思来，不由得气焰就会矮她一截，再怎么盘算好的话，到嘴边就软了。

于是，昭景宸果断放弃，抱着被子裹到地上，气鼓鼓地与她对峙着。

倒是那渚牙发狠似的先开了口。

“明儿我也要去见云中上人，我要问问那个臭灵人，这归心咒是怎么回事！”

“啊？”

“怎么，你有异议？”

昭景宸被渚牙冷峻的眼神激得一哆嗦，不敢开腔说当年那话是骗渚牙的，更不敢说那云中上人是自己随便找的山野村夫来假冒的，只得嘻嘻笑笑地软和着：“不合适吧，我是去领罚的，你要是去了，万一把我罚得更重了怎么办？”

渚牙听了，眉毛拧得更深：“谁敢对你下手！你挨罚那就是我挨罚，我凭什么跟你一起挨罚，明儿我就坐那儿，谁上手，我灭了谁。”

昭景宸立马不作声，他知道渚牙说得出做得到的，明儿真要是谁来招惹，她还真有可能把人给杀了。

“景宸哥哥，渚……渚姐姐睡下了吗？”屋外卿岄未走，还是领着一众侍女等在院中，想要再劝劝这位师尊挪个窝，免得惹府中人闲话。

渚牙坐起身，忽而咧了一个玩味的笑容：“我说你小子怎么不愿意跟我走，你该不会是对外面那小娘子有意思吧？要是你喜欢，我给你一块儿掳回去。”

昭景宸吓了一跳，连忙将渚牙按住，道：“别别别，我错了，明儿你跟我一起去见云中上人！”

昭景宸彻底认了错，渚牙心满意足地躺回床上，叫他寸步不离，不许耍花招。昭景宸苦笑着，只好让卿岄回禀北落王妃，称渚牙认生，想要师徒多聚聚说说话，改日再挪院子吧。

卿岄面上依旧淡淡笑应着，并封了身边侍女的口不让外传，但第二日府中还是就这对年纪看上去相仿的美艳师父与俊朗徒弟共处一室的事儿，传出不少香艳口舌来。这些闲言碎语昭景宸过了很久之后才听到，那时候他正为自己与渚牙的关系内心经历着惊涛骇浪，也正是因为这些话，他意识到渚牙在他心中自始至终都是特别之人。

第二日一大早，王府的柳管事便上门请昭景宸出府，送他去云中上人那儿。

昭景宸昨天在地上窝了一宿，腰酸背痛，出房间支着腰，艰难地登上马车。他一撩帘子瞧见渚牙神清气爽一副看自己笑话的模样就气闷得很。不过他也不能抱怨，毕竟渚牙旁边还坐着北卿岄，无论如何也得在人家面前维持好形象。

说起云中上人，就不得不提丛国的三大神医。“枯骨生肉白先渡，藕生精魂谷犹言，移魄回春云中仙。”白先渡乃是灵巫昭使，隐于世外，只为皇族世家问诊，人们只闻其名，并未得见过他的医术。谷犹言神出鬼没，藏匿南疆昆弥，向来只凭喜恶挑选病人，看上的不给治也要硬治，看不上的倾国求之也不理，着实是个没常性的怪人。唯独这云中仙，又称云中上人，是三大神医里性情最正常的一个，偏安北落济世斋，百世不出，虽年龄、样貌不详，却最亲近百姓，关心民间疾苦。寻医问诊之人，只要能将情由说得明白，概不拒诊，不过前提是你得找得到这个济世斋。

昭景宸正是因为听闻这些传说，才找采药野夫扮了这位，没想到时至今日，竟然要当面被戳穿，只怕渚牙得知真相后，会闹出大动静来，到时候不好收拾。

“你师父灵术如何，较之王爷，打得过不？”昭景宸暗戳戳地问卿岄，卿岄不晓得昭景宸是想探探云中上人要是与渚牙一战可有胜算，她十分诚实地说道：“师父只擅长救人治病，与父王所专灵术并不一样，无法比较。若真要一战，想必是打不过的。”

他不由望向渚牙，心里计量着待会儿要如何避免一场血战。

渚牙今日依旧穿着赤绡火灵纹的衣裳，只坐在那儿就似一团烈火，要将所有靠近的人与事燃成灰烬，昭景宸瞧着并不觉得会有胜算。

车轮杳杳，过了许久驶出麓都城外，入了郊林深处才停下。昭景宸跟着卿岄下车，瞧见远处缥缈飞来两个童子来迎他们。这两童子满头银发，梳着幼童发髻，虽然长相圆润可爱，眼珠却透明空洞，着实像个玉雕似的人像，叫人看了毛骨悚然。

“莫怕，这是师父的玉童子。”卿岄带着他们跟在玉童子身后，迈入济世斋的结界。正因这层结界，济世斋才难以被外界寻觅。结界内外景象截然不同，昭景宸这才知风景向来肃杀的北落竟还有如此天地澄明的神仙地方。只见眼前此时此处开着漫山不合时节的山樱，拥有着五彩流光的万顷湖水，在曲折幽静的路径尽头，立着一座古怪嶙峋的楼阁。

他们踏落英，寻小径，走入楼中。

楼内大堂两边整齐排放着顶天的药格，药格下是四处忙着拣药、炼药的玉童子。这些玉童子见来了客人，纷纷停下手中活计盯着他们。

卿岄据礼将渚牙留在济世斋的大堂内，请昭景宸去见纱帘后的云中上人。景宸还想着要怎么跟这位德高望重的老神医说明将要到来的风暴，谁知他眼前看到的竟然是一位银发美貌之人，近身看，年纪不过三十来岁，昭景宸不禁有些愣了。

“师父不喜人家这般看他。”经卿岄提醒，昭景宸方觉失礼，连忙作揖。

“过来，伸手。”云中上人没有因此不悦，招招手示意昭景宸到跟前来，昭景宸觉得此人的声音有些耳熟，正想着自哪里听过，却又听到云中上人道：“你灵潭空虚，灵脉封堵，照理来说应该无法使用灵力，但你体内却又有暗流涌动……奇怪。”

昭景宸没想到云中上人竟看出渚牙给了自己拟丹，吓得连忙抽回手。可云中上人已经将他抓住，食指与中指一并，朝他眉心施力，要将他体内的拟丹逼出来。

“敢动他试试！”

突然，红莲焰火穿过纱帘，钉在了云中上人设在他们外围的灵障上，渚牙紧跟跃近，将灵障击碎，把昭景宸拉到身后护住。

情势陡转，昭景宸还没来得及跟人说明之前的事，这厢渚牙已经将他推到一边，跟云中上人打了起来。一边打，她一边骂道：“你这个臭灵人，之前敢骗我跟这小子之间的归心咒经年可自解，这如今都多少年月过去，怎么还没能解开？你今日若是不能把这灵术解了，我就杀了你祭天。”

红莲焰火扫出阵阵火风，满堂玉童子吓得排排溜出了楼；而云中上人一柄玉扇，将渚牙释放的火种一一拦下、挡回、化解，并使出冰封之术，将药柜冻结不倒。一来一回，济世斋冰火两重天。

“景宸哥哥，这是怎么回事啊？”卿岄用灵术罩着昭景宸，免得被两人波及，眼见着打得上房揭瓦，拆墙破天，昭景宸急了眼道：“渚牙你看清楚，他不是咱要找的人！”

“骗得了别人骗不了我，那分明是他乔装出来的模样，已经见过一次的灵场我还能认错不成！”说着，渚牙抽刀，朝云中上人手中的玉扇狠狠劈下去。云中上人也不甘示弱，挥袖带风将人逼开。

样貌可以伪装，灵术可以掩藏，唯独每个人身上的灵场是不会轻易改变的。昭景宸倒是有些相信渚牙的话。

“没想到你一个荣山盟的妖王，竟混进了北落，依我看，这归心咒不解也罢。好歹有个人拴着，不至于让你发了狂。”渚牙攻势过猛，云中上人不敌，便闪身离开了楼阁，飘到湖面上去。

“你好好与她打，抓我做什么？”昭景宸扑棱着腿，想要从云中上人的束缚中挣脱出来。他方才也没看清这神医使了什么手段，眨眼就将自己从卿岄身旁掳到这来。他闭着眼睛也能猜到云中上人多半是想利用自己逼退渚牙。

“因为我打不过啊。”云中上人眯眼笑着，好似根本没有因为与渚牙对战扰了他的好心情。

昭景宸现在脑中纷乱，他一直以为归心咒之事十之八九是胡说来的，可看眼下情形又不似假的，他疑惑问道：“那个山野药农当真是你？”云中上人没有应答，只是掏出桂久的丹核塞进他手里，他这才信了：“那你就把这归心咒解开，免得她待会儿连我也一并斩了。”

眼看着渚牙的红莲焰火都要淬得通红，昭景宸着急坏了，而云中上人不紧不慢，还拿手继续探着昭景宸的灵脉，似乎在确认着什么。

“这归心咒乃是上古秘术，我可解不开，再说，要是真解开，她还要杀你，你怎么办？”

这倒是提醒昭景宸了，若是没了归心咒，渚牙就没了顾忌，更加不会把自己放在眼里，伤口不能反噬到渚牙身上，那自己就没了保命符！

昭景宸连忙摆手："不解不解，就算被打死，也不能解开。"

渚牙不知道两人已经暗暗达成共识，见昭景宸被胁迫，提刀飞来，想要将昭景宸强夺过来。云中上人招架不住，几乎要被压制到湖中去。昭景宸见状连忙让云中上人把自己松开，道："渚牙不吃这套，你越是逼她，她越暴躁，听我的，你将我推过去，我绊住她，你趁着机会逃走吧！"

云中上人当真信了昭景宸的话，挥动玉扇，将人往渚牙那一送，昭景宸一把抱住渚牙的腰，装作被推过力，站不稳似的。

渚牙见云中上人要逃，当即挥刀掀起湖中滔天巨浪裹挟而上。

水龙起，沧浪毕，四下不见了人影。

"人呢？"渚牙暴跳如雷，连带着红莲焰火也爆出层层火莲。

"师父已经出结界，不在这儿了。"卿岄拦下渚牙，不让她再进一步破坏济世斋。

渚牙一听这还了得，赶紧扔下昭景宸，追了出去。

倒是昭景宸眼尖，他瞧渚牙刚出了结界不久，湖中水浪下飞出一只金鹤，驮着一个美貌男子悠悠离开。

不久，金鹤载人撞进北落王府的结界，落在王府的碧池边上。

北落王眼睛抬也没抬，只优哉游哉地投喂着水里的无支水怪："本王不知上人竟也有如此狼狈的一天。"

"那你也没跟我说会有这么麻烦的人送来。"云中上人不喜血腥，他瞧见北落王抛出生肉，水里的无支水怪狰狞地跃出水面，将肉一口拖到池底，只剩水面泛起阵阵猩红，他偏头掩鼻，面上露出不悦的神色。

北落王示意身边的侍卫撤掉饵食，认真与云中上人交谈起来。

"如何？"

"桑林皇后果真灵术厉害，她在六皇子灵潭上设下的封印，解不开。"

"果然。"北落王怅然，仿佛回忆起初见桑林时的情景，"她那么果决的人，既然想要保护自己的孩子，不让他落入不祥的命运，想必是用尽了方法。”

“要我看那位殿下或许算错了，如今的世道光靠逃避是解决不了任何问题的。如果不是归心咒，这位六皇子不知已死了多少回。”云中上人伸手安抚着被水中无支水怪猛冲上来惊吓到振翅欲走的金鹤。

“归心咒？”

云中上人见北落王不知昭景宸与渚牙之间的关联，便将多年前在岷山中偶遇两人之事道与他听。北落王听着听着，面色也越发难看，他这才明了那女人为何死死不肯离开昭景宸。云中上人看得开，劝慰北落王道：“王爷放心，那归心咒连我都解不开，怕是世上无人能解。只要归心咒在，六皇子的性命就会安然无虞。那女人虽然来路不明，倒是不会伤害他。况且，也不知这是不是桑林皇后为保六皇子而设的一环呢。”

北落王甩袖沉声，没有多言，只与云中上人道了句“静观其变”，便回书房里去了。

而这边，云中上人一走了之，扔下了一片狼藉的济世斋，卿岄只得唤出方才躲起来的玉童子们一块儿收拾。

渚牙寻人未果，到了深夜才气呼呼地返回济世斋，拎着昭景宸一通训斥。

昭景宸面上沉重，跟着渚牙一起痛骂云中上人，更痛心疾首发誓一定要想办法解开归心咒。渚牙一眼就看穿了他的滑头，几番警告他在解开归心咒之前不许再惹事受伤，然后不顾卿岄的反对，坚定地守在济世斋，准备在此蹲守云中上人。

这招守株待兔，没等来正主，倒是等来了昭景宸特别讨厌的一个人。

对昭景宸而言，没了云中上人就没了刑罚，还能跟卿岄亲近相处，本应是人生乐事，而这个新来的人却让昭景宸体会到了什么叫作比上刑还难受的人生！

“喂，我脚痒。”

“喂，我口渴。”

“喂，我饿了。”

“喂……”

“干吗！老子有名字！”昭景宸快被这人叫烦了，只想挥动手里的火扇子，把眼前床上躺着的家伙当作骨灰给扇出去。

可这家伙偏跟牛皮糖似的，拽上天，重重压了“喂”字，然后对昭景宸得意道——

“喂！本公子要尿尿！你扶我去尿尿！”

没错，这个人就是被崔郁崔副将送来济世斋疗养的陆亭川！

是昭景宸到目前为止最头号的敌人！

第十一章

危机重重

济世斋的日子平淡安逸，可对于昭景宸与陆亭川这两个闲不住的家伙来说，未免还是过于寡淡了些。他们原本就是冲着北卿岄来的，可现在云中上人先溜了，把烂摊子都丢在自家徒儿身上，北卿岄忙得连影都没有，他二人自然就闷得要过不下去了。

陆亭川干脆收拾好包袱准备打道回府，美名“伤好了”。昭景宸恨不得将他再痛打一顿，打到他半身不遂只能乖乖待在这里陪他。

渚牙也一反常态，昭景宸看她天天早出晚归的，就差没怀疑她是不是外边有人了。

好在，不久麓都传来消息，将他从这一切的空虚寂寞里给拯救了出来。学堂一年一度的秋日汇就要开始了！

秋日汇是麓北学堂秋季运动会及各类灵术比赛、文试考量的总称，所有麓北学堂学生都可参与。昭景宸也正是得益于此，被北落王从济世斋召了回来。不过由于消息发出时比赛就已经开始了，昭景宸回来的路上也耽误了点时间，故而等他和陆亭川抵达麓都的时候，秋日汇只剩下了最后一项——丛林探险。

尽管陆亭川兴致缺缺，认为每年学堂翻来覆去就那么点把戏，可昭景宸还是十分期待的，在济世斋待久了，难得遇到这么个人山人海的热闹场面，兴奋得前一日都睡不着觉。

丛林探险就设在麓都城郊的一片荒山上，再往东有一县城，名襄城。比赛的范围就在麓都到襄城中间的丛林里。丛林前后设有寻宝专用的灵障，学生只消在灵障内穿过层层迷雾抢先找到装有各类珍稀宝贝的香囊即可，抢得越多，名次越高。眼见已经有同学陆陆续续地向灵障内出发了，昭景宸正要跟上，就被陆亭川从后扯住衣服。

陆亭川贴在昭景宸耳边道："要不，咱们来点刺激的？"

昭景宸顺着陆亭川手指的方向看去，隐隐约约中，像是一个村庄，而陆亭川的眼神里闪现着诡异的光芒："听说那是个鬼村，敢去和我练练胆吗？谁赢了，乞元节卿岄姑娘就是谁的！"

鬼村啊！

昭景宸看着陆亭川一副胜券在握的样子，生怕其中有诈，却架不住二十岁出头少年郎生理上的冲动，下一秒就鬼使神差地跟着陆亭川出现在了溟村门前。

村子一眼望去，一个人也没有，才初秋就已经是满目的萧条黄叶。村门口一破败木牌上颤巍巍刻着"溟村"二字，周围结满蜘蛛网。昭景宸裹了裹衣衫，觉得这儿的温度比外界要低了不少。

他才想试探性地问陆亭川，要不探险就算了吧，便瞧见陆亭川脸上一副喜出望外的表情道："卿岄姑娘！你怎么在这儿？"

昭景宸猛地抬头，竟真的是北卿岄。

只见她粗布素衣、蒙着纱，提着个药桶往村内祠堂走去。她此刻看到他二人，也是一脸惊奇："你们怎么来了？"

昭景宸和陆亭川这才明白，原来一连半月下来不见人影的卿峭姑娘，竟然是在这里给村民看病。先前他们只浅浅听到一些有关北疆疫病暴发之事，却不想这么快染到了麓都附近。更加想不到的是，这疫病竟然如此恐怖。昭景宸跟着北卿峭走进祠堂，扫视一周，只见沿着墙边倚靠了十几二十个身染疫病的村民，他们脸上生疮，爆着一个又一个流脓的红点，眼下涣散无神，脑袋也重重低垂着。

尽管此时他还不知这疫病还有什么厉害之处，却已感觉背后发凉。

北卿峭放下药桶，就忙不及过来想赶他们走，陆亭川还在打肿脸装胖子强撑着要留下帮忙之际，只听屋外传来一声声沉沉的脚步声——

昭景宸往屋外探去，就看一群两眼间空洞得一望到底的无魂丧灵，正僵着身子浩浩荡荡地朝他们而来。

北卿峭率先奔出屋去，昭景宸、陆亭川跟上。

只见北卿峭熟练利索地从怀中掏出一符咒，两只手捏着，口中低低念叨着什么，霎时间就有一蓝光灵障沿着祠堂四周乍起，将里头患病村民先一步保护起来。

“是丧灵！若是让它们进一步感染了病人就完了！”

昭景宸难得看到一向从容的卿峭姑娘都如此慌张，顿时也紧张起来。这些丧灵原也不过是感染病毒的溟村村民，原本云中上人在的时候就已经研制出了控制病情的药物并交给了北卿峭，竟一时疏忽，让它们跑了出去，更没想到短短一月不到，它们体内的病毒就莫名被催生得这么厉害。眼下当务之急就是先保护好还在治疗期、有救的村民们——这些丧灵的大脑已经完全死绝，根本救不回来，可它们却可以让潜伏期的村民直接暴走，变得和它们一样。

昭景宸和陆亭川背靠着背，挡在北卿峭之前，紧张防御着。

起先隔一段距离还看不太清面孔，昭景宸天真地以为它们不过就是染病村民的恶化版罢了，直到其中一个突然箭步冲上扑住他的时候，他方才猛地看清那张沾满黏稠血液的脸。

他下意识地惊叫，反手将陆亭川拉了过来。那丧灵正要往昭景宸的脖子上下嘴，还没咬到的瞬间眼前就换了陆亭川的面孔，陆亭川尖叫着胡乱往它脸上挥拳，丧灵受击，身体向后倒去。

还不等陆亭川得意地和他炫耀完自己的神力无边，昭景宸就指了指他身后，那丧灵竟又再次扑来。像是打不死似的，这帮丧灵被击倒了又会立马爬起来，继续攻击一切活着的生命体。

“要么分尸，要么攻它的双眼。”一向平和温润的北卿岄果断地说道。

昭景宸赶忙从腰间掏出玄晶石瞄准丧灵的眼珠子打去。果然，那丧灵瞎了眼，整个身体就判不得方向，陆亭川乘机从中挣脱出来。昭景宸歪嘴，冲着陆亭川不屑的臭脸摆了副“不客气”的表情，随后转身，在玄晶石回到他手上的刹那，立马又连弹了三五个丧灵的眼睛。那些个眼珠子在碰到玄晶石的一刻爆开，竟全是流出黑色的小虫来。

“那叫寄生蛊。”北卿岄继续解释道。她的额头上冷汗直冒，眼前愈来愈多的丧灵涌来，她手下正在努力维持的灵障眼见也快支撑不住了。

昭景宸意图上前支援北卿岄，可不过片刻，陆亭川独身对付丧灵又维系不过来。昭景宸本就灵力微薄，缺少修灵的根基，眼下全靠渚牙的拟丹维持，更觉腹背受敌。

“不管了，要杀要剐你随便吧！”

昭景宸干脆两眼一闭，任一只丧灵的枯手伸来，在自己脖子上划一道口。陆亭川不可置信地赶忙将其打退，可伤口已在，且不断流着血。

“你有病吧！”陆亭川分明看到是他自己不躲。

昭景宸才不解释，反而是略显得意地摆出副“说了你也不懂”的高深表情。

果不其然，片刻的工夫，渚牙就如期而至。只见她一手持红莲焰火，一手捂着自己的脖子，怒气冲冲往昭景宸的方向杀来。

“你有病啊！”渚牙咒骂道。

昭景宸却是一副嬉皮笑脸的样子：“不把你招来，我们只有等死了。”

渚牙还没还口，就看一群枯瘦恶心的家伙聚拢过来，缠着她。渚牙顿时火气上头，挥着红莲大刀干脆将那些个丧灵剁得稀巴烂。

旁边的陆亭川与北卿岄面对渚牙的突然赶到，既欣喜又疑惑。昭景宸看着他们，再看看渚牙，不知为何，竟有种莫名的安心与得意。

可下一秒昭景宸的脸色就瞬间沉了下来——渚牙的身后竟又跟了个崔郁！

只见崔郁提剑也立马冲进丧灵之中，和渚牙是背靠着背，紧紧贴在一起。昭景宸顿时就觉得一股火冲上胸腔，堵得自己喘不过气来。

这俩人怎么会在一起?

难道他们这几天一直在一起?

各种各样的问题在昭景宸的脑海里接踵而至。这下子有关渚牙一连几日早出晚归的事，在昭景宸心里也有了答案，他的眼直直盯在那女人身上，恨不得看穿个洞来。

“你疯了，不知道躲吗？”最后一只丧灵扑向昭景宸，昭景宸竟全然没有注意到，所幸被渚牙从后将它劈成两半。

只要昭景宸受伤，她就会受伤，可这家伙这么多年了怎么就是不记得这个道理！渚牙看着昭景宸的眼里都是不满。两人互相瞪着，各有各的怒火。

一旁的陆亭川不明所以，只觉时机正好，赶忙先去“呵护”北卿岄，北卿岄却只是莞尔一笑，就径直往渚牙走去，毕恭毕敬地感谢救命之恩。

渚牙僵着脸很是别扭地点了点头，继而又是一副和昭景宸怄气的姿态。昭景宸左右扫视这二人，明明都是女的，为何性情礼教上竟能有如此大的差异！

“看来只是打爆人眼珠子还不够，得像渚女神一样，剁得干脆果断才行啊。”陆亭川手上捏着一截树枝，从地上挑起那黑虫，故意递到昭景宸眼前，满脸不屑。

昭景宸还没回击，却是渚牙先来了兴趣，连陆亭川的夸赞都直接无视，全神贯注地看着那黑色小虫。

“这是千丝虫。”她凭直觉就说出了名字。

昭景宸等人都显露惊讶的神情，尤其是北卿岄。早在数月之前，云中上人就与她说过这小虫，北卿岄也亲眼见到过，可连师父都只知道这是千年以前的蛊罢了，说不出名字，眼前女人竟然一口道破。

渚牙显然也很诧异自己竟然知道，可她从不质疑自己。既然说了是千丝虫，那就是千丝虫，她又把这三个字重复了一遍。

“渚姑娘可确定？”

倒是北卿岄有些疑虑，不知渚牙是随口一说还是确实认识。陆亭川却已然一副崇拜万分的神情。昭景宸凭着自己多年来对渚牙的认识，自然知道她不会随便乱说，可他看着陆亭川站在渚牙一边，顿时不爽，脱口就变成了：“不知道就不要乱说啊。”

渚牙一个白眼，转头间无意却撞上崔郁略显慌张的神情。

既有千丝虫，那必然有渡渡鸟存在。

相传，这千丝虫只能在活体内存留。而大千世界，唯有渡渡鸟的身体可以没有任何副作用地提供给千丝虫以养分。若是换了旁物，就会像这些灵人一样，寿气殆尽。千丝虫存活千年，定然会寻找最适合自己的宿主，断不会胡乱感染到灵人身上。

“所以一定是有人故意抓了渡渡鸟，提了千丝虫出来！”昭景宸一语道破。

说来奇怪，这千丝虫引发的疫病，乍一看起来是一路顺着岷江水而上，实则是以洛神谷为中心，向左右江流途经处传染的。先前连带着北卿岄等人皆被蒙在鼓里，如今有了渚牙对千丝虫生存环境的补充，顿时就清楚起来。

“渡渡鸟只喜欢四季花开的水源。”渚牙如是说道，“一旦离开，就会郁结而死。”

而整个北疆，不过只一处洛神谷是四季花开罢了。

洛神谷位于溟村上游的洛神坡下，须穿过麓北的迷雾森林方可到达。相传洛神谷有一汪泉最为神奇，不若寻常瀑布的清澈飘逸，其泉流浑浊，泉眼四季冒有雾障，泉下更是深而不见底，既无鱼怪可以在那里生养，附近也不存在什么人家，泉源四周四季花开，灿烂夺目，却鲜为人道哉。

渚牙与崔郁灵术最高，在北卿岄安顿好病患后，在前打着头阵，率众人一同往洛神谷进发。

昭景宸与陆亭川一左一右挨着北卿岄，美其名曰是要保护她。崔郁回头看了眼，只是淡淡一笑，一副不想掺和孩子之间事情的样子，可昭景宸分明看到他的眼睛直直瞟向渚牙。渚牙手持红莲焰火，倒并不过分理睬崔郁。

昭景宸暗想，若换是他这样打量渚牙，没准渚牙此刻要把他眼睛抠下来，踩在地上碾碎。一想到她竟还会区别对待二人，昭景宸就更觉胸口发闷，提不上气来。

四周雾气渐重，视野越来越模糊。

“大家小心！”一路少言寡语的崔郁提醒众人。此刻几人已身处迷雾森林之腹，恰是浓雾最盛的当口儿，在眼下丧灵四起的特殊时期，指不定会遇到什么。

“要不我们原地休息会儿，等雾散了再走？”陆亭川道。

可这建议却很快就被崔郁给否了——眼下距离洛神谷还有一段距离，再耽误下去就要天黑了，便更难走出迷雾森林——几人只能硬着头皮继续往前。

雾越来越浓，眼看已经把视线统统遮住了。昭景宸左右打量着，明明知道渚牙就在身边，却根本看不见她！他心下莫名慌乱，便小心翼翼地伸手去探渚牙。

渚牙的手冰冷，他一探便几乎可以确定。可当他感觉到自己触碰到的一瞬间，脑海里先前乱七八糟的画面就接连涌上，吓得他赶紧缩了回来，转身与另一只手攥在一起。

昭景宸还在疑惑这手不大不小，既不是男人的手的粗糙，更没有女儿家的细腻光滑，到底是谁，那雾就散了。只见他与陆亭川手牵着手，陆亭川还一副羞红脸的样子。这下连渚牙都“扑哧”一声，发出无情的嘲笑。

二人皆是充满嫌弃地各自后退了一大步。昭景宸一眼识破陆亭川的“诡计”：“你竟然想趁机占卿岄姑娘的便宜！”

陆亭川被看穿，也立马跳脚：“你不也是！”

“我才没有！”

两人你说你的，我说我的，吵得渚牙的脾气一下子起来了。

“吵什么吵！没看到人都不见了吗？”

昭景宸与陆亭川二人这才发现北卿岄与崔郁竟是一起失踪了！

此刻几人再往方才的路线看，居然是好些个分岔的小道。先暂不提他二人是不是遇到危机，但眼下和他们走散却是已然敲定的事实。好在崔郁灵力高强，北卿岄又为人机敏稳重，应该很快就能与之会合。眼下他们也被困在这迷雾森林中，面对岔道，不知如何出去。

昭景宸忧心未定，又听两侧草丛里突然冒出窸窸窣窣的一阵声音。渚牙当下就拔了大刀，直指异动的方向。

果然！

一黄毛怪物扑哧而出，紧跟着又跳出了一群乌压压的妖怪。

渚牙下意识就要挥刀砍去，昭景宸在后，一声“慢”，刀子恰好定在了那徒手挡刀的黑爪子上方。

竟然是猛舟！

昭景宸与渚牙再定神一看，那身后乌压压的妖众们，不正是裹了泥在身上的豚鼠妖、兔子妖、赤驼兽等一干妖吗？不过数年，竟然落魄到这个地步。当然，对此，昭景宸与渚牙也都心虚不已。

妖兽们也惊了——原来都是熟人。自北落王带兵而上，一举缴了荣山盟老巢以后，猛舟带妖兽逃出，就一路顺着岷江水流浪，竟不知不觉就到了迷雾森林里头。此刻与渚牙、昭景宸再见，双方都是分外伤情。

除了陆亭川。他全然愣了神，长这么大也没见过书以外的活着的妖兽。好在一贯自称麓北学堂第一世家公子的他很快就反应了过来，秉承没见过妖跑，也看过记录妖的文献的原则，强忍着种种好奇，假装云淡风轻地听他们叙旧。

不想这猛舟还真的带来了有用的信息：原来，它们一路正是从那洛神谷而来。自从荣山盟被剿灭后，它们就一直在这森林中觅食生息，原本混在普通野兽间倒也安逸，却不知从何时开始，竟连这里都不得安生起来。各种野兽莫名其妙接连消失，迷雾森林里的食物也愈来愈少。

猛舟告诉昭景宸和渚牙，洛神谷中生存有一种渡渡鸟，长相虽然丑陋，肉质也很柴，却拥有拳头大小的鸟蛋，营养丰富，口感顺而不腻，一枚足以满足一只妖兽七日的营养。不得已，猛舟只好带着众人前去偷蛋。

从前倒是顺利得很——渡渡鸟和岷山鹏一样傻，它们根本记不住自家鸟蛋的位置。可现下洛神谷竟然一粒蛋也没有了！渡渡鸟们全被铁链铐着，圈养在一灵人设下的结界内。猛舟率妖众偷蛋，明明已经刻意避开了灵人，却还是被一堆“灵人尸体”追赶。大家一路狂奔，中途还掉进了泥潭，好在那泥溅起来，糊住“尸体”的眼睛，他们才得以逃过一劫。

昭景宸几人一听就知道，猛舟口中的“尸体”正是丧灵。眼看天色渐暗，于是连忙向猛舟问了具体的去路，草草分别，就往洛神谷赶去。

洛神谷虽是山谷，地势却颇高，等昭景宸三人到达谷口的时候，已经是日偏西山了。昭景宸三人左等右等，并未等到北卿岄与崔郁的身影，开始隐隐有些担心，继续朝着山谷中心走去。

按照猛舟所说，这附近应该是有丧灵与看守渡渡鸟的灵人出没，因而危机四伏才对。眼下四周却毫无动静，既无灵人身影，也没有丧灵痕迹，就连猛舟口中被关起来圈养的渡渡鸟都没了踪迹。

难不成是猛舟它们在撒谎?

正当三人疑惑之时，只听一声熟悉且微弱的声音传来：“渚……渚姑娘……”

是崔郁!

他面色苍白地倒在地上，满手都是错乱的伤痕，鲜血染红了他的胳膊。胸口上，鲜红的伤口触目惊心，竟然辨不出是何种武器所伤。作为北落王身边鼎鼎有名的崔副将，他是何等厉害的家伙，竟也能受伤至此。昭景宸不禁对北卿岄的安危更加担忧起来。

“快，快去救卿岄小主……”崔郁说罢就昏了过去。

昭景宸按照崔郁手指的方向，往前狂奔，陆亭川紧随其后，渚牙扛着昏迷的崔郁跟在最后面。

夕阳的光越来越暗，洛神谷的迷雾被映衬出缤纷的色泽，但昭景宸无暇欣赏，只顾低头看路。突然，他看清脚下泥泞道上错乱繁杂的脚印——果然曾经有人！大概是幕后凶手被惊动了，抢先一步带着北卿岄跑了。

昭景宸有些疑惑，为何幕后凶手不带着北卿岄和崔郁一起跑？没等他理清楚头绪，就听陆亭川一声呐喊：“在那儿！”

昭景宸抬头，便见北卿岄被绑在那花间的木藤之上。她脑袋低垂，全然没有了血色。昭景宸和陆亭川赶紧上前，一把斩断那困着北卿岄的铁锁。北卿岄掉在水潭边，四肢无力，惹人怜惜。

“卿岄，卿岄……”昭景宸一声又一声地唤着，此刻竟再顾不得男女之防——眼见他就要起身，将北卿岄抱在怀中，陆亭川急忙推了他的手，主动把北卿岄抢了过去。

昭景宸转身看见一脸困倦的渚牙，有些心疼。见崔郁还靠在她的肩头，昭景宸便过去主动接过崔郁，背在后背，跟在陆亭川身后往山下跑去。

渚牙走在最后，突然体力不支——

她捂了捂自己的胸腔，就在那溟村救下昭景宸之时，她转身的刹那，被身后还没死透的丧灵一胳膊插入后背。尽管救下昭景宸之后，她瞬间就运功愈合了伤口，可没想到的是，那千丝虫之毒已经进入她体内。

“噗——”

渚牙一口黑血喷出，重重栽在地上。

第十二章

怒刺渚牙

秋风起，卷落一地的桂花花瓣。两个北落王府的小丫鬟正蹲在地上小心翼翼地将它们拾起，捧在手帕里。

“我酿的桂花酒可是一等一的美味噢。”

“现在备起来，乞元节的时候刚好给陆小公子送去。”

渚牙驻在窗前，看着她们欢欢喜喜地离去，眼眸一抬，对上昭景宸的眼。他提一药盒，恰巧就站在门前。

昭景宸实在是放心不下。渚牙过于倔强，在溟村为自己受了那么重的伤，竟也一言不发，她莫不是真以为自己是铁打的铜人吧？昭景宸有时真的不知她在想什么。

要不是那日他搀着崔郁才往前走不久，便发觉身后渚牙并没有跟上，赶紧草草将崔郁交付给了半道赶来帮忙的猛舟等人，自己再回去寻找，他怕是根本不知道她会直接昏死在地上！昭景宸内心从未有过如此纠结，一路上，他被风吹红眼，抱着渚牙回到麓都。好在城中的大夫并没有诊出什么大碍，检查她的伤口时，发现竟然都自愈了。

昭景宸早就习惯了这女人的奇异之处，可只要她脸色还是苍白、内力还没复原，他便一日不得安生。他日日提着药盒子，装着从北落王妃小厨房里求来的补汤给渚牙送来。可这家伙像是没有心似的，永远不知领情，每每都是臭着脸，将他和他的药盒子一同丢出门去。

第六十回！昭景宸默默数着，短短三日她竟丢了六十回！

等着瞧，别以为我会放弃，只要你一日不好，我便一日看着你！

昭景宸努力自我平复了情绪，只是可惜了那洒落一地的汤药。他弯腰收拾好破碎的瓷碗和木盒，就要转身离开的瞬间，眼睛一瞟，分明看到崔郁正往她的屋里走去——自洛神谷回来后不过短短的时间，崔郁就已经恢复得七七八八。速度之快让昭景宸怀疑他有故意装伤重，博取渚牙同情的嫌疑。

真是好心计。昭景宸更是看不惯他了。

渚牙倚在门上，冷着一张脸。昭景宸还在等着她像对自己一样把崔郁乱棍揍出，却看着人家带着笑，径直就走进屋里去了！

俗话说“男女授受不亲”，这女人是不知道吗？况且还是崔郁这么个“老男人”！

不过似乎渚牙的年岁也要大他许多，从前他才十二三岁的时候，渚牙就已是如今的样貌，眼下快要十年过去，她竟还是一点变化也没有。昭景宸摸摸自己近来刚刚长出、还没来得及刮干净的胡子，感叹自己这么多年来竟从未问过她的年纪。

接着一连几日，他都故意不再去递送汤药了。

那日他和陆亭川在去看望北卿岬的时候偶遇，陆亭川神秘兮兮地和他炫耀他刚刚得知的、抓住女人心的法则，就是不能太过殷勤。

“所以卿岬姑娘这儿，我以后打算从一日一探改成三日一探，保准她想我想得不行，没准儿乞元节前就把花灯送给我了。”

昭景宸看他充满自信。

的确，他仔细反思，自己确实是对渚牙有些过分“殷勤”了。这女人生来不识好歹，从一开始非得杀自己，到如今对他暴躁蛮狠，还不都怪他太过服软听从？如此妖风邪气，决不可继续助长。

这么决定以后，昭景宸就立马从探望渚牙，摇身一变而去探望北卿岄。那些个从北落王妃小厨房捧来的滋补汤药，通通由他亲自端着，送到了北卿岄的房中。北卿岄从洛神谷回来，原也没受太多伤，只是精神有些涣散。王府的大夫说卿岄小主只是惊吓过度，养上个把月也就自然没事了。

北卿岄病了是楚楚可怜，可渚牙病了，却依旧冷得让人难以靠近。对比如此，昭景宸就更愿意往北卿岄这儿来了。

这不，昭景宸刚提着药盒子往北卿岄住处走，就见园中又是先前在桂花树下嚷着要酿酒的丫鬟路过，带来一阵花香。这偌大的北落王府，不过二三处种有桂树罢了，眼下秋季当头，正是桂花开得最好的时候。

昭景宸估量着大概是众人口中的“乞元节”就要到来，故而近期王妃在王府上下都安排了人手，布置祈愿花饰。其中一味就是桂花串，既能安眠，又可入药，正巧清一清这段时间以来麓都上下疫病风波的邪气。

他拿药那会儿，也恰好听到府中的丫鬟议论，说乞元节送花灯是北疆的传统，在花灯里塞满一串桂花，送给心上的儿郎，说是恋情便能得到神灵的保佑。而且秋天开的花坚韧长久，寓意两人的心意绵长。昭景宸此刻看那桂花点点，沿着走廊上的梁柱垂下，倒是除了清香扑鼻以外，再没有那时的心思了。

要不，还是去看看？

景宸干脆拆了一串花串掂在手上，一个身影在他脑中浮现——

“该死。”昭景宸暗骂一声，还是不由自主地往渚牙住处走去。

说来奇怪，按道理若真只是寻常的伤势，渚牙当场运气也就恢复了。哪怕她那时只是强撑着，的确内损过重，以她的灵力，也断不会这么多天还不见好转。

昭景宸自认是太了解渚牙，若她恢复，岂会数日闷在屋中？他大步上前，直接去推渚牙的房门，门竟轻易就被他打开。

昭景宸特地在门外驻足一会儿，却不见里头有任何“暗器”丢来，他觉得奇怪，细细听，反倒是传来了痛苦的呻吟声。

有异常！

景宸一把推开门，挺身就冲了进去。只见渚牙竟然整个人都虚倒在了地上！他赶忙去将她扶起。渚牙的脸色煞白，在感受到昭景宸身体温暖的刹那，像失了神志般一反常态地往他那缩去。豆大的汗珠从渚牙的额头直直冒出来，她说道：“冷。”

昭景宸紧紧将她搂在怀中，有那么一瞬，他还可以感受到怀中人明显的推拒，可眼下她实在太弱，不一会儿就完全沉在这温暖里，昏睡过去。

她怎么了？

昭景宸自认从未见过渚牙这副样子。多年以来，他与她虽不是日日粘在一处，却也几乎形影不离。在他眼中，渚牙从来都是一副心高气傲、不可一世的模样，纵是在荣山盟，他二人一同关在那寒冰牢中，又或是屠斩丧灵，她表现出的都只有叫人望而却步的神威罢了。

可眼下，昭景宸看着她像只受伤的蛮兔，紧紧倚靠在他的怀中。这竟是渚牙第一次表现得如此需要他！他抱她至床上：“你先别动，我去给你找大夫来。”

渚牙却伸手牢牢拽住昭景宸的衣角，说“冷”。景宸不得已，只能再度把她又圈在怀里。渚牙的体温并不高，额头也没有发烧的迹象。可她的脸却无比惨白。剔透白皙的皮肤上，还隐隐生出诡异的兽纹。

昭景宸赶紧眨眨眼，不会是自己看花眼了吧？

可那兽纹竟越来越清晰，窗外月色投进屋中，印在渚牙的额头上，渚牙痛苦地呻吟一声，又一阵冷汗下来。

这一日是朔月。许久之后昭景宸仍然印象清晰。他第一次搂着渚牙，在床榻边坐了一宿。头顶窗外的月很快就被乌云遮去，仿佛在当晚从未出现过一样。秋风吹进，渚牙主动往他怀中缩了又缩。那串他揣着想要送给她的桂花串，方才被他惊慌下一抛，此刻正静静躺在地上。

好在，次日太阳升起的时候，渚牙的身子就已然大好。她醒来的第一下看着自己竟与昭景宸紧紧依偎在一起，冷不丁先是对着他一顿暴揍。

“你？你什么你！什么？我犯病？老子像是有病的样子吗！”

王府路过的丫鬟只见这京辰公子又一次被渚姑娘追着跳窗逃离，感叹他还是缺了些英勇反抗的勇气。

眼下姑且算是好消息的，就是这疫病终于稳定了。昭景宸一连几日忙着在王府内奔波，险些忘了外界还有这么大的隐患。

云中上人不知什么时候又回到了济世斋，给王府送来了一剂他最新研制的解药。北卿岄接到师父指派，强撑着还没好全的身体就忙不及亲自往城中药馆奔去。等昭景宸于王府里再见到她时，她的周围就又都是那些药罐子，恍然回到济世斋一样。

“京辰哥哥。”

昭景宸才想着不打扰她，就听到北卿岄从后将他唤住。这是这几日来她头一回张口叫他，看神情果真是精神了许多。

北卿岄面露难色地递来了云中上人亲笔书写的药方，昭景宸虽看不懂，却也知道那前面的一串是些古古怪怪的药材，唯独最后一项——艾草。昭景宸想着这家伙总算还有些替抓药人着想的良知。

“唯独最后一项，须委托京辰哥哥这几日帮我多往市集上跑跑了。”

说来奇怪，前几味名目虽多，剂量却只需一点点，北卿岄东拼西凑也很快就准备齐全。可唯独艾草，如此常见的药材，如今竟连城中几家大小药房都被人买空了。她遣人去打听是何人买走，可掌柜的们只说，那人戴着银边面具，张牙舞爪地威胁他们不得不卖。

昭景宸一把拍着胸脯承诺必然办到，他往北卿岄给的几家可能还有少量艾草存货的店铺走去，却一路竟都像刚好晚一步似的。尽管事实上以药方里艾草所需的剂量，就算拿到手也根本不够，但昭景宸还是决定奋力一搏。

他左右研究，发现那些药店几乎是一条线分布，干脆连带着中间几家通通不问，直直往最后一家冲去。果然，昭景宸前脚进门，尚还处在气喘吁吁来不及开口说要买艾草的当口儿，一个戴银边面具的男人就走了进来。

“掌柜的，把你们店里所有的艾草全部给我包下。”

昭景宸低头默不作声，男人的手上已然拎了许多艾草药包了。

那掌柜的明显就是已得到风声，此刻害怕得不行，结结巴巴地“哎”一声以后，连转身去打包艾草的腿都是发软的。

男人前脚走出，昭景宸后脚就跟上。他紧紧跟着那人从东城逛到西郊，最后在城外的一处破庙前停留。

“叽咕叽咕。”

昭景宸看他一边吹着接头暗号，一边还在左右张望是否有来人，急忙往树的后面又躲了躲。

果然，不一时从庙中走出一黑衣佩剑的男人来。尽管他蒙着脸，昭景宸也能一眼就认出了那剑的标识，分明就是訾狮军特有的佩剑。昭景宸又顺着去打量男人的身形——是崔郁!

昭景宸惊，身体一震颤，被崔郁眼尖发现，直接把昭景宸从树后提了出来。

“天堂有路你不走，地狱无门自来投！”崔郁早就看昭景宸不爽。

昭景宸下意识装出一副什么也不知道的样子，笑嘻嘻道：“好巧呀，崔副将这是在替王爷执行什么秘密行动吗？”

“呵，是呀。”昭景宸看着他一声冷笑，暗道不好，还来不及起身溜的当口儿，只感觉腹中一阵刺痛——崔郁径直抽出剑，刺穿他的身体。

“你以为我会信你的鬼话？”他听到崔郁如是说道。

比起崔郁，昭景宸确乎还是嫩了点。

崔郁抽了刀，任昭景宸重重地倒在地上，他都不必留在这看着他死去——这么多年来杀人的经验叫他能准确把握杀人的分寸，他再度确认四下无人，示意侍从，飞快跑了。

昭景宸瞠目倒在地上，鲜血浸湿了他的衣衫。

莫不是这回真的要死了？

昭景宸努力摇摇头，只看那伤竟又一点点恢复起来。他看着这伤口，眼下一沉，更多了些复杂的意味。

渚牙。

景宸几乎不知道自己是如何狂奔回王府的。

王府门前，他看到崔郁骑一匹快马也急急赶至，高呼要见王爷。昭景宸连忙侧身藏在那石狮子后，等确定崔郁进门，再从侧面翻进王府之中。

渚牙，你一定不能有事啊！

以往这点伤，昭景宸从不担心，他清楚渚牙只要养上几日就能好了。可如今她是旧伤未愈，又接连身体异象频频。昭景宸慌了，他奔向渚牙的住处，渚牙果真是面无血色地捂着肚子，瘫倒在地——

“大夫，快去找大夫！”

昭景宸疯狂呐喊。他的心中，从未有过如此强烈的、想要将归心咒解开的念头。

王府大厅，崔郁几乎是连滚带爬、一路跌跌撞撞地栽在北落王脚下。

“王爷，救救林公子吧！”

昭景宸从后角门而上，权且侧在帘帐后看着那人表演。他的眼里第一回有怒与恨迸发出来，他看着崔郁虚伪哭泣的神态，恨不得把他一剑给杀了。

北落王紧紧皱着眉头：“京辰怎么了？”

崔郁长叹一口气，然后添油加醋地把昭景宸的死推卸给了一个无名氏歹徒，说着说着，又是声泪俱下。

昭景宸暗骂一声，干脆从幕帘后走了出来：“那你倒说说，我是被何剑所刺？你又为何明明看到了我受伤，却不及时将我带回？”

“你！”崔郁慌了，“这……这不可能！”

昭景宸看着他瞪红了眼。

“怎么，不相信我好好的？还是说你分明是看着我死了的，对不对？”

还未及崔郁反应过来，昭景宸紧接着下一句：“因为就是你杀了我，对不对！”

崔郁急得牙痒痒，几欲再度发功补上一掌，北落王当下就全都明白过来，抢先一步替昭景宸挡了回去。

崔郁看情势不对，当即扑在北落王跟前，大呼“冤枉”。北落王手下发功，一招先制住崔郁，这才示意昭景宸说清前因后果。昭景宸缓缓道出。崔郁看做戏不成，手下多变出把匕首，眼见就要去刺那北落王，被北落王当即拿下。

侍从的刀已然架在了崔郁的脖子上，他却突然似放弃挣扎。他悲中带笑，朝着北落王道：“杀啊，你真敢杀我吗？”

包含北落王在内的一众人等都对他所说的不明所以。且听他又继续自言自语道：“你会后悔的！哈哈哈……”继而是一阵长笑。

北落王长叹一声，看他竟已是疯魔之状，侧过头去。门前守着的王府侍卫这才上前，唰的一刀，直直从他的天灵盖往下刺穿。

崔郁就此倒地，临死还是瞪直了眼睛。

崔郁被斩杀以后，北落疫病一事就暂且告一段落。

北落王查封了崔郁暗藏的势力，却并没有发落整个崔家，他甚至还派了陆亭川到军中去学习磨炼，以待日后能接替自家舅舅曾经的位置。崔氏上下感激北落王的恩德。昭景宸却有几分惋惜，陆亭川在乞元节到来前就离开了。

云中上人的药方颇有效果，救回了不少染病且还未发作的灵人。北卿岄忙着带头在麓都城外安置了专门的疫病救治中心，猛舟等一干妖众也偶有前去帮忙打理些后勤事务。如此一来，既能换点粮食，也避免了吓到普通百姓。

渡渡鸟没有被放回洛神谷，倒是被济世斋的人给圈了起来，由麓北学堂的师生协助，保证它们不再落入贼人之手。

一切看起来都在往好的方向发展，可昭景宸还是觉得哪里有些放心不下。

和他一样焦虑的还有北落王本人。尽管崔郁已死，可他总觉得疑点颇多：崔郁虽有野心，但若背后无人挑唆促其成事，单凭他的实力，如何能做到前期神不知鬼不觉在北落动了这么大的手脚呢？何况这么多年来，他深知他并不是鲁莽之人，就算是眼见事情败露，他也断不至于急着要杀死昭景宸来加速自己的暴露。北落王的眼中一沉，看向西南方向，隐隐间觉得可能还有事情发生。

都说今年王府的乞元节花灯展乃王妃亲手操办。早在一个月前，从南疆进贡的稀有的丝绸罗缎便都用来做这些个花灯的材料，加上西地一等一画师与东水绣娘的绘制，方才有了眼下惊艳不凡的效果。

昭景宸透着窗，看那桂花树下两丫鬟提着新酒，颇为惋惜地感慨道：“陆小公子要是能晚一些到军营里去就好了。”往年陆亭川总会受邀前来，而今年昭景宸终于要感受感受其口中絮絮叨叨许久的乞元节了，陆亭川却早就已经不在。

他提着串才从王妃那儿要来的花灯，挂在渚牙的床前。渚牙脸还是青的，身体虚弱却又不肯让昭景宸搀扶。她勉强够着床头的雕花木梁，起身。

“什么时辰了？”渚牙一阵头昏。

昭景宸赶忙伸手扶她，却被渚牙暴躁地推了开了：“老子没事！”

能发脾气就好，昭景宸想着。转眼她已卧床半月有余，眼下总算是脚能落地。昭景宸稍稍安下心来，他从屋外的桂花树下拾了些花瓣，也学着府中丫鬟们说的那样，放进渚牙床头的花灯里。花灯的灯烛染着桂花香气，很快便逸满了整间屋子。

景宸听着渚牙嘴里故作不爽嘀咕道“什么玩意儿”，眉眼低垂，“扑哧”一声笑了。

园中爆竹阵阵，人声鼎沸。北落王府宴席不断，歌舞缤纷。满堂的宾客在席，昭景宸却只想着方才的景象。是以他竟一时愣出了神，连北卿明举着花灯在旁唤他他也没听见。

“京辰哥哥，你在想什么呢？”

直到她轻轻在他肩膀上拍了一下，昭景宸这才反应过来。他低头，对上的是北卿明甜甜的笑容。

今日的北卿明分外好看——尽管前来乞元节的少女们都时兴在头上插着桂花的扮相，却没有越过北卿明的。只见她一身鹅黄流仙裙，两对王妃亲自插上的桂花白玉雕簪，在花灯暖黄的光晕下，给人感觉格外清新，俏丽夺目。

昭景宸这才恍惚间想起，自己曾经还和陆亭川打赌，看谁乞元节能和北卿明共赏美景。眼下陆亭川显然已经没了希望，他又是当场唯一一个近水楼台之人，北卿岄找他也就不足为奇。

远处北落王妃正笑着鼓励他们自己去玩。北卿岄得到母亲的许可，异常兴奋地拉着昭景宸往后园的小池塘去。池塘的水面上已经放了有不少花灯，在夜空下缓缓漂流，顺着府中的河道，越漂越远，直到那灯芯烧至尽头。

如今的昭景宸比起当年他初来的模样已有了很大的改变。许是长高了，成熟了，面相也越发俊朗起来。此刻的北卿岄站在他身侧，竟不觉已经比他低了一个头不止。二人身影就相互依在洛水石塘边，看月色倒影，看水中漪澜。一串桂花落下，被她轻轻拾起，投进了那盏才放下的花灯中，花灯越漂越远。

“京辰哥哥，你可有什么愿望要许？”

都说少男少女共在月下许愿，这心愿相通，必能成真。

说罢北卿岄已然娇羞地低下头，双手合十，许下自己的愿望。昭景宸看着水面上光影点点，脑中浮现的却是渚牙的身影。

她还好吗？今夜乞元节，不知有没人记得给她送点吃的过去。

“京辰哥哥！”北卿岄又甜甜地唤了两声。

昭景宸一声“啊”，对上她清澈干净的眼眸。

“你许了什么愿？”

他看着北卿岄一脸期待。

“不告诉你。”

北卿岄有些失落：“这样啊，那我也不告诉你好了。”

昭景宸的心底有一丝慌乱。明明是花前月下，良景佳人，可他脑海里那股对渚牙的感情却无端端愈演愈烈。

“对不起！”他转头跑开。

冥冥间他总有这样的错觉，他不该在此地的。

北卿岄不知发生了什么，只看他竟拒绝了自己，还在失落的当口儿，就见天空间霎时划过一道红莲火光，与西侧宴席绽放的绚烂烟火一道，照得茫茫夜空恍若白日。

王府出事了！

北卿岈慌了神，疯了似的追了上去。

昭景宸想着要快点见到渚牙，飞快地回了王府。

他前脚才迈进王府大厅，入眼看到的却是发狂的渚牙。

只见她两眼赤红，正一刀狠狠地插进北落王的胸膛里。

而北落王瞧见昭景宸回来，嘴角带笑，还满目慈祥地看着他，下一秒就突然一口鲜血喷出，倒地不起。

“啊——”

身后，随即入府的北卿岈尖叫声起，发了疯似的扑向自己的父亲。

渚牙杀了北落王！

她杀了北落王！

昭景宸感觉自己的大脑已全然无法继续理智地思考。

他看着北卿岈哭着嗓子高呼“父王”，然后狂奔上前，扑倒在北落王身侧。而北落王妃倒在血泊之中，生死未明。

渚牙的红莲焰火还滴着北落王的血，这比火光还要刺痛昭景宸的双目。

“为什么?！你为什么要杀北落王？”

昭景宸扑上前，抓着渚牙的肩膀在质问，而渚牙却像是未从暴虐中恢复清明似的，只一把挥开昭景宸，冷冷地注视着眼前的一切。

冷血，无情。

诚如他一开始所认识的渚牙。

渚牙被灵人冲天的血味逼得直皱眉，想要转身离开王府。

昭景宸见状，死死拦住。

“你为什么不解释？说啊！”

可渚牙此刻焦躁万分，只想赶紧摆脱这让她作呕的地方，便一掌推开昭景宸，恶狠狠道：“老子杀便杀了，滚开！”

昭景宸如遭遇五雷轰顶，身边的北卿岄更是闻言愣成呆人。

“还我父亲命来！”

北卿岄不知是如何撑起小小的身体，只见她抽出腰间的空木剑，朝渚牙刺来。渚牙睥睨一视，当即挥动红莲焰火要将北卿岄斩下。

“住手！”

几乎是眨眼间，昭景宸不知如何拾起散落在地的刀剑，也不知自己如何将刀插进了渚牙的腹中。时间过得很慢，一切恍如隔世。时间又过得很快，他根本不知如何爆发出了那瞬间的力量。

渚牙一声低呼，像不可置信地看着昭景宸。

昭景宸望着她，眼中也满是恨与怒。

如今诚如他们相识的模样，只是，换作他刺了她一剑。

那是我的“父亲”啊！

昭景宸没说出口。

这些年他漂泊着，除爷爷以外，就只有这北落王府，让他有一丁点回家的感觉。渚牙为何要毁了这一切？

渚牙四周散发着杀人的血气，她却没有因昭景宸捅了她一刀而对他出手，而是冷冷地凝视着他，仿佛在无声斥责他不该如此不信任自己。随即，便如火一般冲出了王府，消失在众人眼中。

直到昭景宸觉察心口位置一阵生痛，他才意识到，渚牙走了，他竟能刺伤了她。

乞元节变作哀灵节，那满堂的花灯与烛火，此刻只显得狰狞万分。北落王妃随后从昏迷中苏醒过来，见眼前王府满堂血迹，差点儿没又昏厥过去。

“你怎么这么傻，为何就非得求死呢？”昭景宸听着她跪在北落王的尸体前断断续续地抽噎道——竟是北落王主动要渚牙杀的？昭景宸慌了。

时间立马倒回那日，北卿岄从洛神谷回来，还是昏昏沉沉、看似游魂的时候，北落王实在放心不下，前去探望她。不想两人才没待一会儿，他只听那身后少女开口说的第一句话，竟换成了男人的声音：“父亲，你可还安好啊？”

北落王惊慌，以为是什么西疆的鬼魅，正要出手去对付她，却看她又恢复过来。北落王只好收手。他以为是她在洛神谷受了什么迫害，故而才神志不清，却又生怕被旁人知晓会败坏北卿岄的名节，这才只与王妃提过。

可北落王妃哪里想得到，就这么一下，那种在卿岄身上的蛊毒就顺延进了自家夫君的体内！是以崔郁死，而促使北落王的狂症暴发，眼看就要在宴席的间隙，掐死靠他最近的王妃，渚牙及时赶到，打退北落王。昭景宸好像顿时明白了过来。

所以北落王生前最后一丝清醒的意识，分明就是下令，叫渚牙斩杀自己啊——

昭景宸痛苦万分，竟是自己误会了渚牙！一日之内，他既失去了视作父亲的北落王，又亲手给了心上人一剑。他追出门去，可人海茫茫，哪里还能找到她的身影。

王府前一串桂花串落在地上，已被人踩踏得不成模样。可昭景宸还是能一眼就认出是先前他打算送给她的那一串，不想还是被她捡了起来，而此刻又落在了地上。

“渚牙。”

他嘴下嘀咕，霎时间腹中一阵剧痛，昏死在王府门前。

第十三章

重回望都

乞元节第二日，天突然飘起雪来。

这场初雪比往年任何时候来得都要早，仿佛上天也知晓北落失去了它最重要的主人，让天地一夜披白，以表哀思。雪片像焚烧的灰烬一样重重落下，不断积压在房顶、街头，还有人们的心底。刺眼的白如今成为北落王府所有人心头最无法言说的痛苦。

北落王突然身故，北疆各州震惊动荡。北落王妃强忍悲痛主持大局，一边派人将噩耗急报子虚城，一边招呰狮军众副将稳住军心，以防万一。府中丧仪由柳管家操持着，稳妥周到。昭景宸本想帮忙，柳管家摇摇头，躬身请他多加照拂卿明，此时众人忙乱，怕是无暇照顾到小主的心情。

其实不消柳管家说，昭景宸也会多加关注。这几日前来吊唁的人络绎不绝，众人哀戚不已，而卿明却自始至终冷静持重，无一丝不妥，昭景宸看着心疼难受。他知道表面越是平静，哀伤越焚灼五内。那晚他与北卿明一起为北落王擦去尸身上的鲜血，换上干净的铠甲，入殓待葬。当看到北落王衣下满身伤痕时，卿峒情绪失控，不断自责是自己害死了父亲，若不是昭景宸将人死死拦着，怕卿峒早就寻了短见为其父陪葬了。

在死亡面前，任何语言都是苍白的，连痛苦都是虚无的，无人能消解这份悲伤，昭景宸能做的只有默默守护而已。

他能守护卿峒，可渚牙呢？

昭景宸不由捂住隐隐作痛的伤口，暗暗咒骂自己愚蠢得像被北疆寒风吹过的冻土，又冷又硬。

除了伤害，他什么都没有给过她。

他无法忘记渚牙震惊失望的眼神，更无法忘记她充满怒意和恨意的决绝背影。他无数次想，自己为什么要刺那一剑，为何不肯多听她解释一句，若自己是信她的，会不会就不是这种结果。

北落王头七之日，子虚城的使者带来了上治帝的旨意，追封北落王为忠烈王，送棺入皇陵安葬。众人都将这当作是上治帝对北落王的恩荣，但只有王妃淡淡的，似乎更加哀恸。昭景宸听柳管家说了才明白，依皇族之礼，自古非帝王帝后不能合葬皇陵，他人入葬皇陵，除皇帝特别恩准之外，其配偶死后是不能与之同穴安葬的。王妃与王爷感情笃深，这虽是无上殊荣，但未免也残忍了些。

旨意到，便得即刻启程。北落王长子北赫沐受罚未归，北卿峒不得不担起丧主职责护送棺椁入京。为此，瞥狮军特地选了一支精干部队抬棺。北落王妃担心卿峒，希望昭景宸能一同护送入京。昭景宸自然答应下来，只是他还没有找到渚牙，心里焦急得很。

今夜是北落王最后一天停留在北落，王妃早已经哭晕，被下人扶去了房间休息，只剩北卿峒一人跪坐在灵堂。昭景宸瞧她夜寒衣薄，冻得脸色发白，连忙拿来银狐袍子给她披上，并拖来火盆给她暖身子。卿峒一身素麻，经过这几日，她越发清瘦，褪去了之前的灵动可爱，一夜之间成熟起来。

“景宸哥哥其实不必送我入京，你该去找渚姐姐。”

昭景宸拿火棍拨弄着炭火，沉默着。

这些日子，只要是渚牙曾去过的、可能去的地方他都找过，甚至向王妃借了一支訾狮军在岷山中没日没夜地翻了个遍，可哪里都没有她的身影。

渚牙如同幻影泡沫一般销声匿迹，不曾出现在任何人的世界里。

“受了那么重的伤，不知渚姐姐可有医治，怕就怕延误时机……”卿岄低眉看着火星哔剥飞舞，淡淡地说着。昭景宸没来由地一阵心慌隐痛，可嘴上却斩钉截铁地答道：“不会的，她一定还活着！”

她必须活着，她那么强，她那么讨厌自己，怎么可能会愿意死在自己手上。

闻言，卿岄没作声，她僵直着背，将所有的情绪沉到身后无边的黑暗中去，望向北落王的棺椁许久才道：“我也希望她活着，或许就能知道父王死前可有说过什么……”

昭景宸明白卿岄解不开心结，尽管他们都知道北落王的死不是渚牙的过错，但毕竟是渚牙亲手了结了北落王的性命，卿岄无法宣泄恨意，也无法原谅自己，自然也就无法原谅渚牙。即使她仍称一声“渚姐姐”，但字里行间只剩冷意了。

他本想说声“对不起”，可他想若是渚牙在，必定不会对卿岄这般说，那个女人是如此坚定，从来没有怀疑过自己所做过的每一件事。

昭景宸望着灵前摇曳的烛火，恍然觉得北落两年时光无比缥缈，回首过往，已染上了苦涩之味。

今夜如此之漫长，好似不过是余生故事的开幕而已。

平治二十年，八月二十三。

麓都城门大开，訾狮军抬棺南出。北落百姓沿途跪拜相送，绵延十几里。

至此后世的人都说，从国再也无人见过这样的送葬阵仗，也再无北落王这般丰神俊秀的人物了。

在绵延的送行队伍中，昭景宸一眼瞧见了陆亭川。他们两人点头而过，仿佛就此与往昔作别。

待一声“起棺”苍凉地响彻北落土地，送棺队伍上路。

从北落行至望都，至少需要半月。

虽北落气温骤降，突降初雪，但当下时节，正是望都秋爽之日，队伍越往望都行进，温度越高，尽管有云中上人给尸身施得冰封之法，众人还是急迫地加快脚步赶着。

八月三十，送葬队伍过霞关。霞关以南便是京畿之地，离开霞关就是离开北落。是故众人望见悬于山门之上的“霞关”二字，纷纷停下脚步，回头仰望遥如神祇般的衡华山脉和苍茫的北落土地，替北落王与这片深爱的土地和百姓作别。

同年九月初一，送葬队伍入京。訾狮军于望城外二十里处，将北落王棺椁移送给皇帝的凤葵军，护入皇陵。与此同时，訾狮军的军符移交给凤葵军首领，军队则暂时由夏官府收编统领。

凤葵门下，皇帝的内侍礼官早已在等候。

昭景宸撩开车帘，扶卿岄下来。卿岄抬头望见那深锁高墙，紧紧抓着昭景宸伸过来的手，久久不肯放开。

景宸轻轻安抚着，他又何尝不懂卿岄的恐惧？

十年前，他被关押进这里被迫接受命运加诸给他的一切，又孑然一身地被扭送到流放地，差点死在半路。对这里，他没有一丝好感，除了残留下来的阴影，便只剩厌恶了。

尽管他现在依旧顶着北落王妃亲侄林京辰的身份，但外戚不得入宫，他想要送卿岄也只能止步于此。卿岄自然也晓得昭景宸的处境，她把头昂得高高的，像往常一样对他露出了甜美的笑容：“放心吧，我是北落王之女，自然不会让大家失望的。”说完，又从身上拿出一个药囊塞给昭景宸，嘱咐他记得随身带着，以缓解身上自那夜以来一直存在的隐痛。

昭景宸拿着药囊十分感动，他本以为这件事无人察觉，没想到还是让卿岄知晓，她总是这般体贴入微，倒更加让人心疼了。

卿岄望着他似有话要说，在内侍不断催促下，她还是没开口，只得依依不舍地跟着离开。

昭景宸遥望重重宫门，心里默默祈祷卿岄此次进宫平安顺遂，能尽早返回北落。

送完卿峣，他本应该尽早返回北落，但既然已经重回旧地，昭景宸还是想去看看故人，于是他循着记忆朝着西市走去。

就在他走入西市街巷之时，东边两匹快马疾驰奔向凤葵门。若景宸此时恰好回头，定能认出那马上之人正是十年前被流放至垂天之境的昭景苑、北赫沐二人。他们两人容貌不曾大变，只是一个历经了风霜，变得更加坚毅沉稳，身上公子光华更加夺目；而另一个则少了往昔那些浑不吝，越发骄阳刚健，尽管憔悴，但形容无一丝不妥，脸上既不以哀戚求怜，亦不以愤怒明怨，神情威宁，颇有北落王遗风。

只可惜昭景宸正仔细寻着旧地，与他们堪堪错过。

此时望都酷暑未消，街头还有些热。北落王身死，朝廷震动，上治帝颁了国丧，举国一月不闻丝竹之声，歌艳丽之曲，原本热闹繁荣的京畿之地，增添了几分萧瑟。

昭景宸走在沿街店铺廊檐下，发现十年了，世道改换，物是人非，记忆中的街景全变了，比如宝珠铺子换成了蹩脚的香料地，百年老字号的医所易作了满是腥膻的羊肉馆，除了远处伫立着的八重塔，他早已经找不到任何熟悉感。

他凭着感觉摸回了原先吴寡妇的门店，可没想到已经改换门庭，做了酒肆。正当他有些失落准备离开时，突然听到了熟悉的拉客声。

“客官住店不住？本店住店送早，两人同住一人免单优惠噢！”

昭景宸连忙朝里弄看去，只见一家大旅店门口倚着一个风情万种的女人，瞧模样正是吴寡妇！

“吴大娘！”昭景宸激动地走过去招呼。可吴寡妇早已经不认得他，瞧着眼前这位俊秀清朗的大小伙子，脸上闪过怀疑和警惕，愣了半晌，很快又挂上了范式的微笑道：“哟，这位公子是从外地来的吧，风尘仆仆的，赶紧进来坐，我们店啊现在正酬宾优惠，双人同住一人免单，还送双份早餐，要不要考虑一下？”

昭景宸瞧吴寡妇真的不认得自己，便比画着说起十年前自己和爷爷来望都被她收留的事。吴寡妇这才恍然，狠狠地拍了一下昭景宸的肩膀，似嗔似怒地道：“你们还好意思回来，当年不告而别，害我跟阿宁以为你们出了事，在望都找了大半个月，担心死了，真是没良心！那个老酒鬼呢，他是不是怕我生气，不敢伸头出来了！”

昭景宸听到吴大娘转变成熟悉的语气，不禁热泪盈眶。他含糊着说了自己与宋老酒鬼失散的事，听得吴寡妇又是一阵唏嘘。他原本心底还存着一些些念想，揣测这些年爷爷或许曾回来过望都，眼下看情形怕是无人知晓爷爷的下落了。

吴寡妇再见景宸也很是激动，一边与他唠着，一边叫伙计招呼着在堂里上菜招待。景宸与她相谈才知，她嫌原先的店面太小，便盘给了别家，挪到这里重开了旅店，将一楼改作饭馆，生意兴隆许多。

昭景宸见店里全都是些年轻伙计，四处不见阿宁的身影，便问她的去处。吴寡妇笑道："你也不看看这都多少年过去了，阿宁早就嫁人生子，搬回乡下住了。"

也是，十年浮梦，人生际遇早已转变，只有自己还孤独一人，不知天涯何处归家。或许这才是"不祥之子"真正的宿命吧。

昭景宸心里自嘲一番，顺了吴寡妇的意，上了两瓶浊酒，就着大堂里食客们的八卦有一搭没一搭地喝了起来。

"哎，你们看那花辛馆门前站的，是不是东懿将军的东家军子弟？"

"长得这么正，身材这么火辣，软甲上还绣着鹮鹤纹章，一定是，错不了！"

"虽说北落王死了可惜，不过四将军能回京吊唁再聚首，能让我等再一睹东家军女子的芳容，死而无憾，死而无憾。"

"瞧你那没出息样！有本事你勾搭一二到床上去，那才算男人的真本事。"

"别，我还想多活几年呢。人家东懿将军手底下的女人都是铁娘子独一身，遇神杀神，敢对她们出手的怕是只有……"男人突然变小声，"天王老子了。"

男人们的秽语淫笑，昭景宸没入耳，他只是放眼朝街道上瞧去，的确看到了四方将军进京带的随行军三三两两散落在人群之中。他们穿着绣了各家纹章的军服，在人群中十分显眼，除此之外，各家驻馆前停着各式各样的华丽马车，一看便知是各地的王公贵族也被召回京，为北落王奔丧来了。可见北落王之死对朝廷来说是多么非常之事。

"要说美貌，我觉得还是凤葵军的那位渚副将最漂亮，那模子放眼整个子虚城怕是没人能比得上。"

“这点我赞同，那小娘子不仅生得艳丽，灵术更是刁钻古怪得很，杀起人来简直是玉面阎罗！要是能睡到这位美人怕才真是做鬼也风流咯。”

“啧啧啧，你们连东家娘子军都不敢摸，还敢想那位跟天神似的人物。小心人家那柄红色大长刀把你们一个个大卸八块扔进澄江喂狮子鱼！”

昭景宸闻言拿酒的手一滞，差点儿用力将那酒盅给捏碎了。

他简直不敢相信自己的耳朵，几乎是跳起来般揪住那说话的汉子，怒道：“你再说一遍！”

那喝醉酒的汉子不知昭景宸发的什么疯，被吓得一哆嗦半天说不出话，他身边的酒友见势不对，要上来围攻昭景宸。

昭景宸手掌一挥，将桌子拍得粉碎，再次低声怒道：“你们说的凤葵军渚副将可是叫渚牙，她身上随身带着的红色长刀可是叫红莲焰火！”

这些个酒囊饭袋哪里见过这么吓人的架势，连忙腿软哈腰，支支吾吾半天才将事情道出个一二来。

原来，前不久凤葵军的军宴上，空降一美艳女子。这女子仗着一把冶红长刀将在座的白凤葵打了个落花流水，甚至连白凤葵的统帅南冥将军都差点没招架住。这女子大闹一场，又翩然离去，事后大家才得知她竟然是黑凤葵统帅西延将军从西疆带回来的新副将，宴会上那番行为不过是奉了西延将军之命，给南冥将军下战书罢了。

黑白凤葵统帅之间的恩怨暂且先按下不表，昭景宸听到众人只知女子姓渚，却不知其芳名为何，颇有些失望，再听那女人的行事作风，跟渚牙不大相似，心底打起了鼓。

不可能是渚牙，渚牙最讨厌与灵人为伍，怎么可能屈居人下做副将。

不过这天下谁又能手执冶红长刀，灵术堪比一方统领，美若天神叫人心驰神往呢？

昭景宸顾不得喝酒，赶忙起身去黑凤葵的营所去找人。

可惜，别说人了，他连黑凤葵营所大门边都摸不着。

凤葵军乃是天子禁军，分了黑白两支，其中黑凤葵负责守卫子虚城的后宫内苑，征召的都是女将，营所设在子虚城东门外，戒备极其森严，而且人们口中的渚副将品阶很高，一般人更是难瞧见。

昭景宸想见人要么进宫，要么就得加入凤葵军。进宫是不可能进的，他的身份特殊，若是被别人认出，定是要连累卿岄。那如今便只剩加入凤葵军一条路可走。

他知道吴寡妇在望都生活多年，在各处都有自己的办法，于是便跟吴寡妇打听加入凤葵军的法子。吴寡妇正算盘打得啪啪作响，听到昭景宸的话直摇头："凤葵军？你还是别想了，人家只要士族子弟，或者是有师门关系的名学之人，你占哪一样？"

昭景宸嬉笑着没有回答，他心底却在盘算着到底是林家公子的名号好用，还是麓北学堂出身的学生名头好用。前者若是用了，万一真撞见林家人被拆穿，肯定会招来祸事，就算再小心，这法子也不大好用，倒是麓北学堂学生的名头稳妥些。

打定主意，昭景宸便赶紧去那凤葵军的营所征兵处报名去了，可一到那却叫人拦下嘲讽了一番。

"麓北学堂的？呵呵，推荐信呢？麓北学堂的学徽呢？你总得拿出一样才能叫小爷我信吧。啧，怎么每年敢冒充麓北的人那么多呢！"

昭景宸被那眼睛望到天上的征兵官爷给气个半死，他如今才知道，原来正统麓北出身的人得有学徽，要想入白凤葵还得有教长的推荐信，要不然就得从州府兵一步步提上来。他这么唐突来，不仅叫人当作冒充名学出身的骗子，还无端吃了一通白眼，叫他气闷极了。

昭景宸见这条路也被堵住，心底又气又恼，只得用最原始的法子，想法子找人递信给那位传说中的渚副将，约出来见一面。信是花了真金白银递出去了，可过了一个多月也不见捎回一丁点消息。昭景宸此时还只当是对方真的不是渚牙，自己所作所为让对方觉得唐突，所以不屑于回复。待日后他真见着渚牙，才知道人家压根就是不想见他，接到的信全都送进火炉里烧了去，可叫他暗暗气恼了一阵子。

眼见着要入望都深冬，北落王妃也差人送信给他问他何时回北落，昭景宸心里有些着急。

这段时日，他待在望都也听闻了不少子虚城中的事，知道上治帝将四哥昭景苑和北赫沐从垂天之境召回，将北卿岄认作义女，封为帝姬；也知道朝中重臣不服北赫沐继任北落王之位，屡屡弹劾，想要逼北赫沐交出峕狮军，更知道他四哥为了保北赫沐，亲自去北落督军，帮着重新构建北落。待得越久，他越发觉得四哥和白三原本所处的世界离自己遥远。

他没想过要去找昭景苑与他相认，也不打算让北落王妃告诉他们自己在望都，于是连夜修书，恳求王妃为了北赫沐和昭景苑的安全，给自己更为合适的机会亲自向他们解释。王妃通情达理，允诺了他，但这样游荡在望都也不安全，便告知昭景宸若不能在年前回来，她便要叫北赫沐亲自来望都拿人了。

昭景宸提笔，给王妃回了信，放走了送信的苍鹰，然后去给吴寡妇帮忙招呼客人。为了找渚牙，他在吴寡妇这儿住下，吴寡妇怎么也不肯收他的钱，他便用这种法子还她人情。吴寡妇嫌他与自己生分，昭景宸却觉得这样才是回到了与爷爷在一起的那段最幸福的时光，仿佛一切都未曾变过。

“骗子！说好赌赢了便给我钱的，钱呢？快给钱！”

昭景宸正将后厨的菜端出来给客人，听到大堂一角突然暴起争执声，便循声望了过去。

只见一个穿着宝蓝袍子的青年怒不可遏地指责一个裸膀子坐在角落里的壮汉，从衣着打扮，还有圆润而有弧度的下巴来看，这个青年十分富贵。

昭景宸从小跟着爷爷混迹市井，见惯了这种戏码，只瞧了两眼便知道发生了什么事。这望都人杂，三教九流什么人都有，自然各处也潜藏着各种营生，什么坑蒙拐骗、偷拿吃扒，只要能赚钱的就不在乎是不是违反道德和律法。从摆在地上的骨骰子来看，这青年显然是遇到坑子了。

果然裸膀子的壮汉，吊儿郎当，将手上的骰子往地上一摔，明显一副你奈我何的表情。

“不给你钱又怎么了，老子说你输了你就是输了，怎么？想打架啊？”

壮汉一看就是练家子，来路不明十分危险。平常人若是遇着了，也就忍气吞声罢了，就当花钱买个教训，可这青年见对方无赖，气得按剑上前，要与人理论。

可谁知他还没靠近一步，壮汉周围腾地站起一大票人来。

青年这才发现身边参与赌局的原来竟都是这壮汉的同伙。

“还说不是骗我，这些人……这些人……”

青年气极了，明白了这就是骗子们的套路，转身就要走，谁知那壮汉及其同伙倒是不依不饶起来。

“呵呵，你说走就走，说我们骗人就骗人，天下哪有这种好事！为表示清白，我们再赌一局，让大家伙看看！”

说着，壮汉的人就将青年堵得严严实实，亮出了家伙。

青年见对方明显就不是真的想要再赌一局的意思，气急了：“你们知不知道我是谁，连子虚城的巡值侍卫你们也敢动，不要命了吗？”

可对方一点也不怕他，嘲弄着咂咂嘴巴，大笑：“哟哟哟，爷爷怕啰，子虚城的巡值侍卫又怎么样，官老爷输了一样得给钱，逞威风欺负到我们头上来了！！！给我扒了他！”

说着，壮汉身边的人便动手要摸他身上的衣服口袋。

旁边的群众虽然看到青年遭了欺负，但也不敢贸然出手，他们都知道这些个野赌的都是各地流窜来的狂徒，若是帮了那青年，这些人日后定是会狠狠报复的。

青年因对方是普通百姓不敢贸然拔剑，只能肉搏，企图脱身，可一味防守敌不过对方人多势众，自然落得下风，很快便瞧出他要败了。

这时突然一个酒杯朝那壮汉面门飞来，啪的一声撞得满面碎片。壮汉一抹脸，见全是血，环顾四周怒道：“谁？哪个小娘养的敢对老子动手？”

昭景宸从人群中慢悠悠地晃出来，道：“小爷就是要对你动手，怎么了？赌有赌的规矩，道有道的规矩，有本事就赌术上分胜负，搞这一套丢人。”

壮汉见昭景宸不过是个二十出头的愣头儿青，气急败坏地叫手下去揍。

昭景宸灵巧地绕着堂桌与他们周旋，完全不惧壮汉，三两招便放倒一个，其间见着磕着桌子碰到碗儿的还给人顺手摆正回来。

不一会儿，这群人竟全都被昭景宸给揍趴下了。

“你们欺负这位官爷善良，不敢对你们动手，我可不怕，尽管来试试。”昭景宸招呼壮汉等人与自己过招。

可壮汉见他们这些人都打不过昭景宸，吓得赶忙灰溜溜地跑了。

青年见昭景宸仗义相救，连忙激动地抓住他的手道：“谢谢这位兄台仗义相救，若不是你，谢然今儿恐怕要被这群人劫了。”

昭景宸摆摆手：“好说好说，这种人就是流氓惯了的刁民，欺软怕硬，你只要与他们过几招，他们便晓得怕了，下次啊，你别拿什么子虚城的巡值护卫的名头压他们，压不住的。再说你也不像，反倒弄巧成拙了。”

谢然面一红，见人家看他气势弱都不像是个巡值护卫，连忙拿出腰间的巡令牌与昭景宸看：“我真的是巡值护卫，只是非巡值期间不能生事，若是被上头知晓是要革职受罚的。”

昭景宸仔细瞧了那令牌，果真是真品，于是重新施礼，与谢然称道。

“嘿嘿嘿，其实吧，我也觉得自己的确不是什么习武的料。要不是我爹硬把我塞到子虚城当值，我也当不上这个侍卫。”

谢然有些不好意思，连忙请昭景宸去自家做客，重金酬谢。

昭景宸这才知晓，这谢然竟是望都城数一数二的富贾之子，难怪这般阔气，但他仍相辞推拒道：“君子取财有道，他们在我们店里生事我们也不好做生意，官爷不用在意。若你真要谢我……不妨帮一个小忙如何？”

谢然一听连连点头，道：“这别说小忙了，这跟钱有关的都是大忙，必须帮！”

昭景宸没想到谢然竟然这么豪爽，便将想入黑凤葵见渚牙的事简单地说了说。谢然一听黑凤葵，眉头皱了皱：“呀，这黑凤葵的人可不是那么好见的，更何况是那个渚副将。”

昭景宸见他这般说倒也在预料中，他本来出手帮忙也只是抱着碰运气的想法，若是能从这位巡值护卫这得知一二渚牙的消息也是好的。

还不等昭景宸开口，谢然倒是先说道：“不过我倒是有法子能让你在外面见一见，但能不能见到得看运气了。”

说完，谢然便扔下一句“今晚戌时见”，匆匆赶回子虚城当值去了。

待人走远，昭景宸才突然想起，这地点可没约啊！

第十四章

西延将军

昭景宸在吴寡妇店中一直等着谢然，从华灯初上，到打更歇下，一直不见人影，他心底想着谢然这小子该不会就是随口那么一说吧，自己若当真了岂不是有些犯傻？

见烛火将熄，昭景宸心道算了，还是该换寻别的法子的时候，谢然才姗姗来迟。

谢然一见昭景宸忙不迭地道歉，说起今日宫中开欢宴，要送新任北落王回北落，当值晚了些。昭景宸见他来，便安下心，自然不将这些放在心上：“你不是说要带我去见人吗，这么晚上哪见人？”

谢然小眼珠子滴溜溜转悠，卖起关子，笑嘻嘻道：“这你先别管，反正我带你去便是了！”

说着，谢然拉着昭景宸就往望都东市街坊里走。

昭景宸一脸莫名地跟着他走街串巷，转了许久才来到一处小宅子前。这小宅子看上去与周围其他屋舍没什么区别，只是不甚起眼的门头挂了一盏鱼形灯笼，泛着昏黄的灯光，看上去十分诡异。

不待昭景宸问，谢然摘下鱼形灯笼，那门哐啷应声朝内打开，像个黑洞似的引着他们走进去。

跨过门槛，便有两个壮汉将他们二人拦下，只见谢然说了两句昭景宸听不懂的话，那两壮汉恭敬地伸手撕开当空的伪装，露出一个结界入口来。

昭景宸这才惊奇地发现，这外面的门头不过是装饰，结界后的空间才是真身。

此时结界内虽然是黑夜，却有万千悬浮在空中的游灯照亮天幕，甫一进去，映入昭景宸眼帘的便是一方潋滟洪波，不远湖心之中有座被灯火包围、璀璨夺目的楼宇。

昭景宸惊诧道："这是？"

"他界。"谢然一边得意扬扬地拽着昭景宸往里面去，一边与他解释。

原来这是一处被强大灵术构建起来的空间，完全不同于平日看到的街景，只有受招待邀请之人才有机会进入。所谓"他界"二字，是用以区分幻境与现实的平行世界。昭景宸不禁有些佩服谢然，竟然连这等地方都能进来。

不过把人约在这种地方，人真的会来吗？

不及昭景宸细问，一叶小舟便漂至他们面前，无人自渡，载着他们朝湖心驶去。

湖心岛岸上早已有婀娜多姿的侍女在等候。

他们被引上岸，带往楼阁。

昭景宸望着烁然熏赫的辉煌楼阁实在猜测不出这到底是什么地方，他有些犹豫退缩，想叫谢然解释，却被他一把推了进去。

开门瞬间，他立刻被楼内如潮水般的鼎沸人声淹没。随之而来的是各种香味，酒香、料香、女人香，充斥着大脑，让他逐渐发了昏。

"这是辛子楼，望都最大的赌场。"

谢然见昭景宸被一群莺燕游女缠住，立马伸手将他捞出来，然后与昭景宸勾肩搭背地往楼上走。

昭景宸过了好一会儿才缓过劲，仔细打量起辛子楼来。

这里不愧是赌场，三教九流无人不有，琳琅满目无奇不在。楼宇结构外方内圆，是个典型的环状廊楼，每一层有它自己的格调布置，各不相同，充满四疆风采，引人流连忘返。昭景宸他们所在的三楼是个有着东疆烟雨风情的丝竹操琴之地，相较其他楼层雅致不少。

这里说是赌场，自然是得有赌局才行，可昭景宸半天也没瞧出这里赌的是什么。

谢然怡然自得地坐在椅榻上，享受着一众侍女的服侍，打了个响指叫女娥们推开屋内的所有窗扇。昭景宸朝谢然指的方向往外探头一看，只见环廊中心下方有一方宽台，台上两蒙面壮汉手持长剑拼死相搏，看上去不斗个你死我活是不会停止的。

“这里是格斗场？”

谢然点点头道：“你知道咱们凤葵军有黑白两支吧，白凤葵是南冥将军所属，黑凤葵是西延将军所属。”

这点昭景宸自然知道，这西延将军外号“玉龙台”，据说是个英姿过人、震若雷霆的奇女子，她率领黑凤葵驻守子虚城后宫内闱，受人敬仰，但这与辛子楼有什么关系？又与他想见渚牙有什么关系？

谢然瞧出了昭景宸的疑惑，贼兮兮道：“你不知道，西将军有一癖好，爱才好胜，她呀经常光顾这里，买下优胜者，为己所用。只要西将军来，你要见的渚副将自然也会来。”

昭景宸立刻明白谢然的意思，这是要他守株待兔，等着人自己出现。

这时，楼外底下的那场比试也已分出了胜负，围观的人群发出狂热的欢呼。得胜者披上了衣服，接过赏金，搂着女人与同行的兄弟一同狂欢起来，而失败者则被悄悄从一旁抬下了擂台，徒留一摊血迹证明他曾经的存在。

昭景宸耐心等待西延跟她的副将出现，可等到金鸡打鸣也不见人来。不仅这一日，此后接连好几日都未曾见过西延半个影子。

眼瞅着辛子楼的金鸡又要叫了，今天马上就要闭馆，昭景宸趴在栏杆上丧气地望着擂台道：“谢然，这就是你说的法子？你还不如将我乔装带着混进黑凤葵里呢！打听消息能不能靠点谱啊！”

谢然也有些摸不着门路了，按往常来说，西延只要休息的时候便会来辛子楼坐坐，自己明明都收买过了黑凤葵里的人，确定过行程了，怎的竟就撞不着呢？他一边安抚着昭景宸，一边焦急地问身边服侍的侍女。

那侍女收了谢然的宝珠，乐得咯咯笑："两位哥哥怕是只知其一不知其二，咱们那位西延大将军可是只有大鱼出现的时候才来。"

昭景宸与谢然异口同声道："大鱼？"

"你们也不想想，西延将军镇守子虚城事务繁忙，怎么可能天天流连此地，她与辛子楼的老板说了，若是有人能连胜百局，她便来瞧瞧验验货。这几日你们也看了，能引那位大人来买的可一位都没有。"

昭景宸与谢然这才明白其中竟有这等潜规则呢，前几日的等待竟然全都白费了。

"真不知我们与西将军到底谁是鱼，都要撒饵食才行。"昭景宸无奈笑了笑，望了一眼楼下上演着激烈战斗的擂台，不知该如何是好。

"那你还犹豫什么，赶紧上啊！"谢然突然眼前一亮，拍了拍昭景宸的身板："兄弟，你的身手我见识过，比那些白凤葵的都要好，要不你去试试？说不定真能把西将军给钓来。"

昭景宸一听赶紧摇头："连赢百场，开玩笑呢，要是我被打死怎么办？"

谢然哦了一声，比昭景宸还难过似的补了一句："那你还要见渚副将吗？"

昭景宸没有回答谢然，想了半晌，推开窗子，只纵身一跃，朝擂台去了。

这答案还用说吗，当然要见！只要这法子能让他见到渚牙，就算不可能也要变成可能！

"珍珠十斛，我押姓林的那小子输！"

"老子不信这个邪，萤石二十颗，押姓林的输！"

"老板，这是方山砚，至少价值珍珠百斛，给我全押那姓林的输！"

…………

辛子楼的庄台前，人们纷纷拿钱出来开赌。

谢然大方地将一堆财宝丢在桌上，得意道："老板，这是我全部身家，给我全押林京辰赢。"

辛子楼的老板眼睛笑得没了缝，将东西捞过来，道："谢小公子，你真的这么笃定林公子今晚能赢百局？"

谢然得意地朝楼下擂台上一指，道："当然。"

话落，只见擂台上的昭景宸点地跃起，腾空至三楼俯冲而下，其速度之迅疾堪比鹞鹰，打擂者还没反应过来，昭景宸便已经将人撂出了擂台之外。

场子里瞬间热声迭起，直叫好。

谢然整个人也乐得快癫起来了。他完全没想到昭景宸竟然这么强，这不到七天的工夫，真连赢了九十八个人。

现在整个辛子楼的人都知道了昭景宸的名号，纷纷开赌，赌昭景宸能不能真的连赢百局。除了谢然，真正认为昭景宸能连胜的人非常少。

昭景宸这边刚解决一个，下一个打擂的人便上了。这已经是第九十九个，打赢眼前这人，赢了下一局便是百胜，说不定就真的有希望见到渚牙。

想到此，昭景宸抖擞有些疲乏伤痛的身体，积极应战。

来战之人是个手持狼牙棒的壮汉，体形上比起十八岁的昭景宸来说简直大出一倍以上，从挥舞武器的姿态来看，也绝非空有力气的无脑之人。昭景宸深知得小心应付着。

锣声一响，擂台四周的结界筑起。如此一来，台上无论如何也不会波及台下，台下自然无论如何也干涉不到台上。

壮汉自信有力，率先祭出狼牙棒，朝昭景宸挥来，昭景宸见状，连忙腾挪躲闪，惹得这位汉子连连追击，连连落空。

"这就是你小子的实力，呵呵，真叫人笑掉大牙！有本事承爷一棒槌。"汉子见昭景宸一味躲闪，不由烦躁，企图引昭景宸主动攻击。他挥棒狠狠擦着昭景宸的脸而过，锐利的灵气差点叫昭景宸翻倒在地。

可昭景宸心态稳健，完全不由着他，接着引对方与自己玩躲猫猫。他轻轻压身倒翻至汉子身后，并朝着汉子后背中心击出重掌。汉子踉踉跄跄往前扑去，堪堪靠着棒子稳住身形。

“这一棒槌接不接我说了算。”昭景宸缓缓说出这句话，直教汉子脸都绿了。

汉子大骂了一声他娘的，将全身灵力凝聚在武器上，狠狠朝昭景宸抡过来。

只见一股排山倒海般的灵力撞击在昭景宸跟前，将他狠狠撞到了结界上，震得四周观众连连倒退。

围观之人都被这股气海吓到，心想这少年不浑身碎裂也得脑袋搬家吧。

连楼上一直盯着昭景宸的谢然也发现昭景宸似乎有些不对劲，从结界落下，便一直不动弹，不由大声疾呼：“林京辰！喂！你没事吧！你可不能输了！我的身家性命可都在你身上呢！你死了没关系，先赢了再死啊！”

就在汉子也觉得昭景宸被自己刚才那一击打倒时，昭景宸突然依着结界轻轻一晃，然后瞬间移动到汉子右边，以手肘狠狠给了对方一击。

只听狼牙棒哐当落地，汉子捂臂跪地不起。

那模样应是整个臂膀碎了。

昭景宸这一反击赢得出其不意，且轻盈漂亮。

众人半晌才反应过来，鼓掌称赞。

第九十九局，赢了。

昭景宸心底大舒一口气，却发觉胸口钝痛，似乎方才那壮汉的灵术真伤到他了。但昭景宸没有在意，他此刻心里只想着再赢一个人，顺利结束这百胜战局见到西延将军，这样他就有希望见到渚牙了。

“还有谁愿意来应战，林京辰愿意奉陪。”

昭景宸话语落，竟无人敢上前。大家你看看我，我看看你，似乎都不愿送上去做最后一个人。

于是，昭景宸再问了一遍，还是无人应答。

此情此景，谢然比昭景宸先急了，他嚷嚷着：“你们这是故意不打吗？就这最后一个，你们赶紧的，是骡子是马都赶紧出来比一比。比完了各回各家，各找各妈。”

谢然说话向来欠揍，引得周围人纷纷侧目。

连辛子楼的老板也觉得不妥，委婉暗示若是无人迎战，可明日再比。

昭景宸虽表现得比谢然稳重，但他内心焦灼程度不比谢然少。

他也不愿再拖到明日，想要再寻什么法子使人上来。

这时，突然，台子四周的结界重新筑起，表示开战的锣被重重敲响。

众人还不知发生何事，昭景宸环顾四周也未发现对手，比试竟已开始。

“你就是今晚的大鱼？”

未见其人，先闻其声。一股冰冷彻骨的气息从昭景宸耳畔刮过。

昭景宸惊得连往后退了三尺，稍定，只见原本他站着的地方，当下立着一个穿墨色兜帽罩袍之人。

此人银铃开口:“事先声明,本将军可不会手下留情。至于你的本意,稍后再探。”

众人见此人脱下罩袍，皆倒吸一口凉气。

昭景宸的第一百个对手竟然是西延将军!

昭景宸更是没有想到，西延会亲自下场，也不由愣了一下，但很快镇定下来，施礼道：“京辰见过西延将军。”

西延摆摆手,不是很在乎这些礼节,道:“啊,对了,本来呢,依照辛子楼的规矩,应该是取下对方面罩为胜，不过本将军不喜欢遮遮掩掩，不如换成这头上的珊瑚珠好了。”

说着，西延的手拂过她盘发中一支点缀着珊瑚珠的簪子，向昭景宸示意：“至于你，求饶了便算输了吧。”

众人一听，纷纷感慨西延将军真是仁慈，竟这般让着昭景宸。

可昭景宸当下冷了几分，他知道，听上去自己似乎赢面很大，但西延许是从自己方才闪避的一瞬间中看出了自己的实力，才这般不屑。

想要打败这个女人不是一件容易的事!

昭景宸一边严阵以待，一边拿眼扫着辛子楼擂台下的宾客，谁知扫了好几圈竟都没有发现渚牙的身影。

难道人没有来?

昭景宸一下子失落许多，对面的西延看他与自己对阵还敢分神，不禁莞尔，当即便一道风刃朝昭景宸甩来。

“小子，与我玉龙台对阵你也敢分神？”

昭景宸当即收心，要以打败西延为首要任务。只见他躲开风刃之后，立即快步袭上西延身侧，他身手敏捷，一瞬便伸手探到西延的面上。

“有胆量。”西延赏识昭景宸竟然敢直取自己面门，但内心嘲笑其年少气盛，过于激进，身上破绽诸多，未免过于无谋，于是左手抬起格挡，右手径直拍向昭景宸胸口。

昭景宸似乎早已料到她会有此般动作，于是立马朝右急转，躲避了这一击。

西延见右手落空，左手随即跟了出去，她想要去抓昭景宸的脖子，将其扼住。

可昭景宸借力使力，像只灵猴一样，翻身到了她身后准备出招。

西延当即旋身后退，化解了这一危机。

“能承将军相让一步，在下荣幸之至。”昭景宸弯腰一鞠，还上方才自己初见西延时的失态。

西延一听乐了，没想到昭景宸看上去年纪不大，倒十分会“礼尚往来”，本无意与这少年置气，经昭景宸这么一提，当下动起真格来。

只见西延唰的一下幻出一把黑荆棘之剑，带着一股强大的灵力裹挟而上。

昭景宸连忙筑起灵障阻挡西延的进攻。

“一味防守可是赢不了我的。”西延笑得美艳动人，宛如稀有的黑鸢尾，带着一种冷冽剧毒禁欲之感。她手上的荆棘之刃很快就斩开了昭景宸的防御，昭景宸被逼至擂台边无路可逃。

西延的攻势越发凌厉，接着剑锋直指昭景宸的眉心。

昭景宸迫不得已只得借台边结界踏空上天，脱离压制。

可西延随即追来，昭景宸毫无喘息之机。

昭景宸毕竟只是一个十八岁初出茅庐的小子，与身经百战的西延将军相比，无论是灵术还是实战上都不堪比较。加上西延的灵力又更甚于他，昭景宸很快便难以招架了。

“认不认输？”西延挑剑相逼。

昭景宸满心只想着为卿岄拿到点缀着珊瑚珠的簪子，哪里肯认输。他咬牙不言，只管想法子逼近西延。

辛子楼中其他人此刻紧张得丝毫不敢偏开眼睛。本来他们以为西延将军出场，几招便可秒了昭景宸，谁知昭景宸屡屡化险为夷，还从西延那讨得一丝便宜，慢慢从抱着看昭景宸必败求饶的嘲笑之心，转为积极观战期待逆转之态。他们都瞧得出西延的打法相当摧残人的意志，但昭景宸不依不饶地不肯认输，也不由暗暗为昭景宸加油鼓劲起来。

场上的气氛越发紧张，昭景宸感觉到自己的体力已经快到了极限。前面几日的人海之战，还是消耗了太多灵力，使得自己此番没有办法全力以赴。

昭景宸知道这样下去只会越来越无法靠近西延，更无法拿到珊瑚珠，若想达到目标唯有智取，而且机会有且只有一次。

西延突然发觉昭景宸的行动放缓，不再刻意回避，觉得有些不对劲。她细搭眼一瞧，发现昭景宸手中聚拢灵力，正准备形成一面光镜。她不知昭景宸意欲何为，只觉得有些诡异，便近身攻击，试图打断。

昭景宸竭力躲避攻击，并不断以光镜相迎。只要黑荆棘撞上光镜随即四碎落地，昭景宸立即再生成新的光镜。

如此一来，没过一会儿，擂台地面上便积满碎片，使得双方行动极其不便。

“你在玩什么花招？”西延疑惑道。

“赢你的花招。”

昭景宸尚未习惯如此持久的作战，仅剩的一点灵力又全都用在凝结光镜上，很快便感到体力不支。

西延见昭景宸到了极限，紧逼他承认放弃，毕竟她本只是来验证一下今日的大鱼是否合口，没必要伤了他。

昭景宸见布局已成，莞尔一笑道：“好。在那之前，我倒是想请将军欣赏一下自己的风采。”

昭景宸汇聚浑身力量，竭力震起地上的碎片，全力封在西延四周。

光镜折射着辛子楼周围的光束，形成眩光，西延被刺激得短暂“失明”，连忙捂住眼睛。

昭景宸趁着这一瞬，偷至西延身侧，取下珊瑚珠。

西延还未反应过来，辛子楼全场却已瞬间沸腾起来。

所有人都没想到，他们今晚竟然有幸亲眼见证有人从西延手上赢了一局，这简直比自己赌赢了十局还要令人兴奋。

西延撤开手，见昭景宸握着自己的簪子，知自己中计，当下脸变了色。

她下意识地伸手擒住昭景宸的手腕，灵力化作骨刺钻入昭景宸体内，对他厉声道：“放开！”

一股刺痛猛然钻入昭景宸的心脏，逼得他不由得放开了手中的簪子。

昭景宸疼得揉着手腕和胸口，不满地望着西延：“只是个簪子而已，西将军用不着这么动怒吧。难不成输不起！”

西延也察觉自己反应过激，她摩挲着珊瑚珠，以擦掉昭景宸刚才碰过的地方，并重新将其小心翼翼地插回发间，道：“你拿下了本将军的簪子，你赢了。那些赏金归你了。”

昭景宸朝辛子楼老板处看去，只见老板一脸谄媚地端着一箱箱金银首饰向他示意。赢了赌局的谢然更是激动得找不着北，恨不得捧着钱财跪下了。

可昭景宸却转头对西延道：“这些东西我不需要。我只想请西将军带我见一个人。”

此言一出，众人哗然。

那些个七窍玲珑心的人瞬间脑补出诸多逸闻趣事来。

连西延也愣了一下问：“你要见谁？”

昭景宸：“渚牙渚副将，听闻西将军前些日子从西疆带她回来，我想见她。”

“你就是为了见她才在这里连连挑战百场？”

昭景宸咬紧牙关，没有多说什么，倒是西延笑了：“没想到那冰山似的女人还有这么个痴情郎念着。不过你与她是什么关系？我为何要帮你？”

昭景宸敛目，将心底盘桓已久的话道了出来：“我欠她东西，我得还她。”

西延咂摸着昭景宸的话觉得十分有趣，玩味道：“好小子，有趣得紧，本将军喜欢！你，跟我来黑凤葵吧，许你个副将当当，让我瞧瞧你的能耐。”

“啊，不，我只是……”

昭景宸没想着要进军队里，以为西延误会自己的意思，连忙要推辞。西延眯着那洞悉一切的丹凤眼，道：“渚副将现在不在望都，她被派出去执行任务了，这少则十天多则半月，你真的要在外面等？你在外面等，她也未必会见你。”

“好，我去！”昭景宸不假思索，立刻答应，他了解渚牙，万一她真的不想见自己，他可是真的没法子能找到她。

西延心满意足，两袖一招，便带着昭景宸跟自己回营。

而他们身后，辛子楼从此留下了一个传说：谁若是能连胜百局便能坐上凤葵军副将之位，不仅如此还附赠美人一位。日后传得久了，甚至都演变成了连赢百局便能娶黑凤葵统领，引得辛子楼的赌局生意越发红火。

第十五章

如琢如磨

只可惜事情哪有这么简单。

昭景宸进黑凤葵已足足半月，在女将间倒是混得风生水起。作为这偌大军营里难得的儿郎面孔，一来就成了西将军身边的副将。凤葵军中众人听闻他在辛子楼以超短时间完成“百人挑战”，被玉龙台特招回来，对他便更加好奇。一连数日，从凤葵军营各处赶来一睹他“风姿”的好事者将门前营所挤得水泄不通，更有甚者当场对他心生爱慕，直接表白，着实让昭景宸在军中大大有名起来。

可见了这么多人，却唯独连渚牙的影子也没有看到。

“渚副将还没回来吗？”他问身边的姐姐妹妹们，她们通通只有一个回答：“没有。”

昭景宸也不敢声张，平日大多是想尽法子悄悄打探，如打着西将军的幌子去问站岗的女官渚副将归期之类。

时间久了，理由也用得差不多，正当他要苦恼今后该以什么借口去探询的时候，西延将军倒是自己主动送上门来。

“别想了，人回来还早着呢。”西延拿着醉桃酒，自个儿落座桌旁要拉他共饮，“你说你成日打着我的名义去问她们，不如求求我，兴许我一纸军令，她就回来了。不过你得同我说清楚，你和我们渚牙，到底是什么关系？”

昭景宸有些不大擅长对付这个西延将军，日常里这位神英女将我行我素、只管自己乐意的脾性，可让他平白吃了不少苦头。他也知道若是不将话说明白，这玉龙台也定不会罢休，迟早那些事儿也会被她扒出来，还不如少吃些苦头，坦白交代了。不过北落王府以及不祥之子的事，他自然通通抹了个干净，只告诉西延自己同渚牙是自小相识，小时候自己体弱多病，正是渚牙教他灵术、替他打抱不平，两人在北疆相依为命，感情深厚。只可惜一日因为一个误会，二人吵了一架，渚牙因此负气出走，这才分别。

眼前人闻言却像是想起什么似的眼中冒光：“北疆？那你可知渚牙先前的伤是怎么回事？她灵术了得，一般人应该近不了她的身才是。怎么会平白无故受了那么重的伤，跑到西疆来？”

昭景宸这才知道，原来当年渚牙负伤离去，竟然是一路顺着苍岷江往下，去了西疆地界，难怪他无论从北落王府借了多少人马去找也不见踪影。那时她已经命悬一线，好在遇上了西延，否则怕是世上早无渚牙了。

“没想到她伤得那么厉害……”一股强烈的自责与愧疚感冲上昭景宸的脑海，渚牙的身影更是困在那由悔恨构建起来的烟雾团中挥之不去。

这下想要见到渚牙的念头越发强烈，隐隐间，他下定决心，无论前路多么艰难，非要求得渚牙的原谅不可。

不过还没等回渚牙，他在黑凤葵的位置变得微妙起来。西延看重他，无论是出入宫宴还是外出执勤，皆要带上他。可偏偏因他是男儿，不能许以黑凤葵军中的实职，他真真只是到处“陪”着西延罢了。日子久了，众人瞧见，打量他的眼神渐渐玩味起来。不知何时，便都在盛传他是西延将军养在身边的“男宠”，精专床第之事。

昭景宸听了面红耳赤，百般辩解，生怕毁了西延将军的名节。而反观西延，她却完全不在意，宽心劝慰昭景宸莫要在意人言，甚至将他明目张胆地带去更显赫的地方。

流言愈演愈烈，昭景宸战战兢兢的，总有预感要这样下去，自己很有可能成为传说中红颜祸水的妖姬被人半夜抬去后山给灭了。

事情虽然没有真的发展到这一步，不过不久真的有一个大人物带着人马怒气冲冲地杀了过来……

那是个阳光明媚的下午，他刚跟西延将军从个难缠的酒宴上回来，西延被吵得头疼，便拼命使唤他捶肩捏脚。那大人物闯进来的时候，他正无奈地给西延按着，他们自己倒不觉得有什么，反倒是在旁人眼中瞧着，不像个正经将军跟正经副将的样子。

“西将军，听说你得了一员猛将，本将军借来用用……你们这成何体统！”

来人气势汹汹，厉声怒喝之后，一支木藤色的长箭尖啸而来，昭景宸反应迅捷，赶紧拉起西延，护在身后。应声下，长箭钉在了昭景宸方才站立的位置，显然箭矢是朝着他来的。昭景宸赶紧去瞧这人，只见他一身银甲，似金刚般威猛，其神情睥睨傲然，有着贵绝公子的不可侵犯。他手里提着一张与铠甲同色的硬弓，上面雕着两条张着血盆大口的岩蛇，正是南疆南家的家纹，而此人正是白凤葵的统帅，南疆南木将军之子南冥。

“京辰见过南将军！”昭景宸赶紧屈膝参见，他听闻过不少南冥将军的勇猛事迹，作为凤葵军的第一大将，今日得见果真有着股万夫难敌之威，光是被眼神扫过，便叫人脊背发毛。

“见什么见，这是我黑凤葵的地界，什么时候容你南冥撒野了！”西延故意拉着昭景宸不让他走，还要做亲昵状，似故意气眼前人般。

南冥行事作风庄重，见西延这样轻佻，火气没动在她身上，反倒呵斥昭景宸：“这是什么人，到底懂不懂规矩，坏了黑凤葵的风气！宋若愚给我把他带回白凤葵管教好了，再给西将军送回来。”

昭景宸这才看到南冥身边还跟着一位副将，这人面相柔和良善、眉眼含笑，他不似南将军般魁梧壮硕，一身银白铠甲，穿出了雅致风流之感。

西延见宋若愚要上前拿人，脱口一句“想都别想”，就逼着南冥飞到校场空地，打了起来。

昭景宸看得目瞪口呆——自己难不成真成了话本里的祸水了？

“你不要怕，南冥将军不是针对你。”宋若愚一副见怪不怪的模样，甚至干脆退得远了些，倚靠在军营大帐边安安稳稳看起戏来。

不一会儿就听不远处飘来句“老规矩，打赢了人就归你”，昭景宸才渐渐明白过来，这种事似乎是个惯例。

“不劝劝吗？”昭景宸见这两人互斗得昏天黑地，喂的都是狠招，那架势怕是要拆了整座子虚城都不罢休了。

宋若愚眯眼微笑，淡定地看着。昭景宸见他不管也就罢了，连当营巡逻的黑凤葵都跟没看到似的，仿佛这件事再寻常不过。

那我是劝还是不劝！

昭景宸纠结万分，眼见着自家将军好似落了下风，他一拉袖子，一咬牙，便要冲上去——一只胳膊挡住了他的去路，是宋若愚。

“你且等等吧，他们就是这样的。”

原来黑白凤葵军的两位将军的关系，可没外人想得那么简单。西延与南冥本也是青梅竹马，作为西、南两家名门之后，打小相识。他们父辈并肩作战数十年，小辈却相互较劲起来。今日不是要在灵术上更胜一筹，明日便要在职位上争个高下。西延虽是女儿家，但心气儿却一点也不输南冥，最是瞧不惯南冥总是一副居高临下的姿态，进了黑凤葵之后，硬是将女将们的地位提得比白凤葵还要高。而这两人日常若是看中同一样东西，便会想法子要抢过来，绝不相让。真要说，也着实是对冤家了。

“西延，你自己不在意脸面名声，可别带坏了黑凤葵，你们是后宫禁军，带个男人招摇也不怕惹出祸事？”

“我有什么好怕的，他是我选的人，我乐意走哪儿都带着宠着，怎么你嫉妒了？

那你也可以找一个啊！”

沙场上，一个威目严肃，一个笑靥如花，两人之间刀剑纷飞，气氛可怖极了。突然只见西延一手灵术攻向南冥，南冥扫起漫天黄土，直接扑上面前人一脸，西延气急败坏，摔了剑鞘，亮出荆棘剑就要往南冥的脖颈上穿去，而南冥也将手中的箭矢捏成光球朝西延的面上击去。

小心！

这下昭景宸和宋若愚都坐不住了，双双往前。偏得那句“小心”还没脱口，一束红莲火光霎时间冲进西延与南冥之间，这二人才停了下来。

昭景宸抬头，只见一穿着赤绡纱衣的美人从天而降，气势如虹，潇洒果决，眨眼间，便分提了两位将军的兵刃握在自己手中，缓缓落地。

渚牙！

竟是渚牙！

她回来了！

昭景宸脱口叫出渚牙的名字，激动地想要扑上前去，无奈被四周围过来的女将们硬生生堵在了外面。

比起西延，看上去渚牙更像是黑凤葵的统帅，那些女将见渚牙回来，纷纷涌到校场来，与渚牙招呼。渚牙不似从前那般抗拒灵人，也笑着点头回应众人。

“你总算回来了，你不在我可惦念得紧。”西延看到她更是欢喜得不行，径直上前拉过渚牙，像得了帮手似的向南冥炫耀。南冥没有恼，反倒带着赞许看向渚牙。想来，渚牙靠着一把红莲焰火，横扫白凤葵的传闻多半是真的了。

“是吗，我倒是听说，我不在的时候，西将军和新副将也玩得很开心啊。”渚牙带着淡淡的笑意，将从前那股子桀骜藏起来许多。昭景宸见她的目光往自己这边打来，立即慌张得紧了紧袖子。

西延一听，立马让昭景宸过来与渚牙相见。

“渚牙，是我。我来找你了。”昭景宸局促不安，焦灼等待渚牙的回应。

可渚牙却像是完全不认识昭景宸似的，冷着脸，连周遭的气势都变得冷冽，转头与西延道：“这人我不认识，将军，你不能说是个认识我的人都往回领吧，万一此人居心叵测呢？”渚牙转而与南冥道，“南将军说得对，黑凤葵都是女将，此人在这儿就是麻烦，还请南将军带回去处置。”

昭景宸没想到再见渚牙会是这种情形，他还想与渚牙多说两句，谁知对方扫过眼刀，让他心底彻骨生寒，竟什么也说不出来。

西延想要劝阻，但渚牙却十分果决地将人推给了宋若愚。南冥自然承情，大手一挥，让宋副将赶紧将昭景宸架走。就这般昭景宸只跟渚牙打了个照面，就被迫离开黑凤葵，他望见离开时渚牙那眼里分明流露一丝怀念与愠怒，只是瞬间抹平，变成毫无波澜的样子，让他难过极了。

马粪、马尿，还有马毛。

昭景宸睁眼闭眼便是这些东西。

喂马、遛马，还有洗马。

昭景宸除了这些什么也做不了。

他被带回到白凤葵，便被南冥打发去马厩洗马。表面上说是要让他先磨炼心性，再委以重任，实际上是如何，昭景宸心里跟明镜似的，不过好在他并不放在心上。眼下，他关心的只有渚牙。他已经确认渚牙的所在，只想着要如何与渚牙再说上话，想带她一同回北落去。

但他也知道，渚牙那日不认自己，定是因为之前重伤的事。若是想要说动她，怕是还得先获得她的原谅吧。想到此，昭景宸便要再去找渚牙。

可谁知，黑凤葵上下全然得了禁令，谁也不许再放昭景宸进来，他若是来，便会被乱棍打出。昭景宸也不放弃，只要一有机会便去营地找渚牙，那些黑凤葵的女将此前都与他相识，几番下来也不忍心，便装作不敌昭景宸，将人放去见渚牙了。

此法防不住，渚牙索性也就直面他，可昭景宸每去一次就会被羞辱一次，再扔出来，如此一来，又引得大家议论纷纷。

当这流言传到南冥耳朵里时，却已变成是昭景宸贪慕西延将军英武之资，每日痴恋。南冥一听，哪里还坐得住，赶紧私下唤来宋若愚，打着要整顿军纪的名号，暗中给昭景宸以惩戒。偏偏昭景宸以为这是渚牙授意南冥将军为难自己，便更是执拗地要见她，跑黑凤葵更加殷勤，如此恶性循环，就差没将南冥气得吐血。

虽说这昭景宸与南冥身在局中看不分明，可谢然与宋若愚却是通透得很。他们道昭景宸这般下去，要么先被渚牙打死，要么先被南冥折磨死，传出去对凤葵军可不是什么好事。巧在这谢然与宋若愚两人是姻亲，宋副将本就是谢然的姐夫，这两人私下走得近，一商量，决定还是从昭景宸处入手。

昭景宸先听得宋若愚警告，白凤葵生存法则中第一条就是不许和黑凤葵的人走太近，后又听得谢然上前和他细细分析，他这日日去黑凤葵围堵渚副将的可行性实在太低，渚副将哪是一般人，比身为玉龙台的西延还难亲近，如此高难度的“追求”，他还是不要继续痴心妄想了。

昭景宸明白这两人是来“劝降”的，但他又岂会如此轻易放手？他自知今日事乃是昨日的心结所致，他与渚牙有羁绊在身，本就是共生一体，哪有让他放弃自己的道理？

十多年的陪伴，渚牙早就成为他不可分割的一部分了。

这些昭景宸并不能和他人说得清楚，便干脆又将在西延那儿说的原样搬了过来，解释是自己做错了事，对不住渚牙，渚牙这才负气离开，上天既然安排他们在子虚重逢，他必须要求得渚牙的原谅，这才不负皇天后土给他的第二次机会。

昭景宸声情并茂，说得感人，宋若愚与谢然竟都被他的“痴心”给感动了，两人心一横，决定助他追回渚副将。

“追女人是要讲求方法的，尤其是道歉更要讲求身心环境的和谐。”谢然、宋若愚帮昭景宸制订了种种方案，分析一番之后，敲定下，要让昭景宸去约渚牙，在花前月下，先浪漫后道歉，再一抱了恩怨。

昭景宸心底存疑，法子真心可取？

那两人笃定，这世间女人都是可用这种法子哄回来的！如若不行，只能说这女人的心肠着实不一般！

昭景宸应了，那两人又帮他打点黑凤葵女将，探查渚牙的行踪。适时将再由宋副将出面去黑凤葵将渚牙诓骗出来，西延以为是南冥那边又出什么幺蛾子，便真的命渚牙前去一看。

如此，这约会，成了！

寻常市坊大街上人多口杂，若被认识他们的人看见，指不定还要传出多少是非。经谢然一提点，昭景宸迅速将约会地点定在了“他界”。

渚牙真以为有要事，火急火燎提着红莲焰火赶来。看到是昭景宸，收了刀的同时，也迅速收起了眼里的异动，摆出全然陌生冰冷的模样。

“渚牙。”昭景宸试图唤她。

身边人却一副被怠慢了的样子，瞪着他，要他谨记自己身份，唤她“副将”。

可渚牙面上一瞬间的波澜却是瞒不住昭景宸的。昭景宸说不上那感觉是什么滋味，却轻易就可以判定眼前人分明认得自己，此时不过只是装出来的罢了。可渚牙仍旧咬死不认，昭景宸更加着急。

两人行走在他界的东市街道，顺着板桥而上，竟然不自知地到了个花庙灯会里头。临街两边挂着的一盏盏花灯，尽是那外面前所未见的。灯火的光晕像雾气似的从花笼里漫出来，人行走其间，皆若隔了层纱，朦胧迷幻。四面还有顶着个大脑袋的飞火小虫，五颜六色的烛光从那小虫的脑袋顶里隐约泛出，着实奇妙。

昭景宸取下一盏铃兰花灯，凑近了才明白其间灯雾竟然都是被灵力注入的，难怪有一股灵动的生命感。挂灯的悬梁察觉到有人取了灯，便自动降下个竹篮，伸到昭景宸面前，昭景宸看了眼竹篮上的印字，会意一笑，从囊中取了一锭碎银放入其中，竹篮便又自觉收了回去。

“送你。”他将那灯递到渚牙的面前。

原本她看着那四周的奇景确有片刻的恍惚，此刻却惊觉回神。昭景宸的铃兰花灯已然塞到了她的手上，渚牙哪里肯要，“唰”地干脆连红莲焰火也亮了出来，架在昭景宸的脖子上，让他不要再耍花招，自己这把红莲大刀的火焰可是比整条大街上的花灯都要红亮不少。

昭景宸笑着，道了句“知道了”，渚牙这才将他放过。

曾几何时，在北落王府，昭景宸也曾将一盏花灯强行挂在了渚牙的床边。那是盏塞满桂花串的灯盏，传说乞元节当日，在花灯中塞满桂花，送给心上人，二人的情意便会绵延不断。

可是渚牙，你知道其中的传说吗？

“渚牙……”昭景宸转头欲与她说话，偏偏渚牙像是已有预感似的快步走到前头看花灯去了。

昭景宸赶紧追上前去，而眼角瞥到拐角处，似乎在灯雾之中看见了西延与南冥将军两人。他稍稍一想也能猜出，应是宋若愚他们被迫泄露了此次的计划，那看热闹不嫌事儿大的西延将军就逼着南冥将军一同来督查了。

昭景宸无暇关心他人，他自知是自己有错在先，害渚牙险些丧命，此时渚牙装作不认识他，情有可原，可他还想与她像从前那般相依，更想与她之后有更多的交集，他不想从此漠然两路。

“渚牙，”昭景宸追在她的身边，不顾旁边人的白眼，要与她好好谈谈，“对不起，在北落王府那天晚上，我不是故意的，当时一时情急……”

渚牙根本不想听，大臂一挥的同时，眉间却有一瞬的抽搐。昭景宸迅速察觉她的异常，要去扶她，可渚牙哪是这种柔柔弱弱的寻常姑娘，一把将他推开，怒斥“滚”。

可她恍若无恙地才走出去不远，瞬间又跌了下来。

昭景宸抬头，月上无光，盖着厚厚的乌云。

糟了！竟忘记今日是朔月！

昭景宸捂着心口同渚牙有着羁绊的位置，不知是不是他太过关切的缘故，自己竟然也有寒战席卷全身之感。他强忍着浑身的不适，冲上前，抱起渚牙。

这体香，这温暖，自北落王府一别之后，他终于又再次将她拥入怀了。

昭景宸看着怀中人面色铁青，冻得不行，却还要迷迷糊糊间挤出一个“滚”字。昭景宸哪里敢离开，下意识地将她搂得更紧：“我知道，是朔月……”

“不是！”她斩钉截铁地否定，却很快又一阵发虚，整个身体彻底瘫软下来。

“你既不认识我，又岂会知道我说的是什么？”他颇为怜惜地看着渚牙。要知，她犯病的开始，正是在洛神谷替他挡下了千丝虫之毒。

然而如今说什么也无济于事。昭景宸知道自己亏欠渚牙太多，想要一点点来弥补，可怀中人即使到了这个时候，也还是倔强决绝。

她太知道面对昭景宸这种“泼皮无赖”，不能和他争辩，干脆将这“认识”的话题绕开，直击要害。

“你若真想要我原谅，除非先解开归心咒！”

昭景宸愣了愣，没想到渚牙开口先道的是这件事，他知道他们二人的缘起便是被这恶咒捆绑，渚牙也一直痛恨此灵术。可他哪里知道要如何解开归心咒，那可是连云中上人都解不开的，他又从何而解？

昭景宸看着渚牙发虚的脸，却什么拒绝的话也说不出来。

见他犹豫，渚牙还以为是他不愿意，闷哼一声，自顾自道了句“果然”，挣扎着起来，不让昭景宸碰自己。

昭景宸想要解释，渚牙却并不想给他机会。她使出全身的力量挣脱开来，十分勉强地拖着自己的身体往前走去。

景宸怕她出事，赶忙追上去，护着她，要带她先去个暖和点的地方等朔月之症平息。

“放开她！”

转身的刹那，一个青衣男子挡在了他们的面前。

昭景宸并不认得此人，只觉得他风度翩翩，提一柄双刃剑立在夜色下，浑身散发着若星辰皓月的淡淡光芒，疏离清高，仿佛有拒人于千里之外的孤傲。他的神情间也有一股超然世外的淡漠和平静。直到他走近，抢在自己面前扶过踉跄的渚牙，昭景宸才反应过来，这人是与渚牙相识的。

昭景宸听到男人附在渚牙耳边轻道：“你怎么在今天还乱跑？”

渚牙抬眼见来人，似乎放了心，迷迷糊糊搭在男人肩上，随即昏了过去。

“你是谁，你给我快放开她！”

昭景宸来不及抢过渚牙，眼看那人施手汇聚灵力注入渚牙的灵潭处，渚牙随即安稳平和了下来。那人见昭景宸逼近自己，反手将渚牙揽着，冷寒道：“我听姐姐说，这些日子就是你在叨扰她？”

什么？姐姐？

昭景宸还没听明白，那人已然一剑刺了过来，昭景宸反应不及，竟然还真擦了点边。

此时他还不知道此人是谁，直到之后回到凤葵军营，昭景宸才从谢然的嘴巴里知道这男人叫作西虢，是西延将军的弟弟，而他也将是自己与渚牙这条感情之路上的第一大阻碍。

“我不许你来烦她！”西虢低沉沉地说道，却是颇有威胁的意思。

昭景宸岂能甘心服软，赶忙运起灵术全力一抗。当然，他并不是西虢的对手。就在西虢又一剑要划到他身上的时候，竟然是渚牙抬手止住了剑，终止了这场闹剧。

西虢看是渚牙醒了，赶忙停下手中动作，去关切渚牙，渚牙虚弱地直起身，轻轻推开西虢。

“你若是不喜他，我便让他消失。”西虢沉声温柔道。

“犯不着。无关紧要的人罢了。”渚牙敛起被归心咒折磨出来的柔弱，连眼神都没有给昭景宸，便拽着西虢离开。

昭景宸孤立在迷蒙的灯雾中，望着他们相依离开，仿佛自己的心也散了似的。

第十六章

初入宫闱

清晨，天空刚露出鱼肚白的时候，昭景宸就迫不及待往府役衙门口去了。他要去找负责引荐侍卫的长官，请求加入新一批的侍卫小队到宫里头去。

眼下此番行动着实是因前些日子渚牙对自己太过冷淡，半路又杀出个人来，让昭景宸心中隐隐不安。

若是旁人也就罢了，偏是西澥将军之子西虢。别看这西虢总是一副冷漠的模样，他在子虚城的侍女丫头间拥有着超高人气，人人都梦想着有朝一日可以嫁给他，成为未来的西疆将军夫人。只是在渚副将来了以后，人们都知道了他们二人关系匪浅，侍女丫头们的夫人梦就此破碎，只好转而变成开始议论他们的绯闻八卦。

昭景宸从谢然口中细细听到两人的事，如临大敌，心中燃起一股妒火。他没想到这渚牙在自己不在的时候，竟与别人关系如此交好！着实让人气闷！可气归气，他仍想着一定要早日让渚牙原谅自己，然后一起离开子虚城。

这不，他听谢然说，除黑凤葵以外，吏部还有一个安排在皇城内宫的下级巡逻部门侍卫所，专门招收从各个军营提选上来的将士，在宫中用以填补黑凤葵女兵不便通行处的空缺，就急吼吼地要加入。

这事求不得谢然，昭景宸专门去找了宋若愚。宋若愚经不住昭景宸的恳求，果真冒险从南冥那要到了调职推荐信。

宋若愚知道昭景宸是为了渚牙而进宫，仍小心提醒他，宫中之路步步艰难，要他万事小心。

昭景宸谢过宋副将，这才收拾包袱离开。

他拿着调遣令到府役衙门口，负责的长官一瞧是南冥将军的亲笔信函，立马就领着昭景宸去后宫侍卫所报道。

昭景宸望着重重开合的宫门，感受到扑面而来的冰冷威压。时隔多年，他再一次踏入牢笼，心中仍旧害怕。只不过为了渚牙，他决计不会退缩。

正当他打量四周，观察侍卫所的情况时，突然看到宫门前出现一个熟悉的身影。

"参见西大统领。"昭景宸听到长官介绍道，"这就是今日新来报道的，林京辰。"

竟然是西虢，那个带走渚牙的男人！

"林京辰？"西虢冷眼扫过昭景宸，像是确认了彼此是对方最不想见到的人，便当作空气似的转头掠过。

昭景宸知道，这里表面看来风平浪静，但他接下来的日子，怕是一点儿也不好过了。

昭景宸打死也想不到，好巧不巧，这西虢竟成了他的顶头上司，是殿前一等侍卫大统领，主管侍卫所及皇城御前的安保工作。

这么大的官，昭景宸预感，这西虢怕是要暗里整死自己了。若他看自己不爽，定会借名头将自己赶出宫去。为此，昭景宸十分有危机感，小心谨慎，工作时处处积极主动，寻求机会去接触渚牙。队长福川瞧着欢喜，人前人后都止不住地夸他。

可昭景宸没想到，西虢压根就没有针对他的小动作，更没有将他的存在放入眼中。他进了宫也没那么容易单独见到渚牙，却总能看到西虢与渚牙整日出双入对地出现在宫中。二人谈笑风生不说，西虢还挨得离渚牙只有一拳头的距离。宫里人人都在传他俩郎才女貌，十分登对，甚至还有宫女私设赌局，在猜测究竟何时西大统领才会向上治帝请求赐婚，迎娶渚副将。

昭景宸听了气不打一处来，只道这个西虢，绝对是故意的！渚牙是黑凤葵的副将，负责内宫事宜，西虢是侍卫所大统领，负责殿前安保，二人若不是有意在自己面前晃悠，又哪里有这么多刚好一同出场、让他撞见的巧合？

如此一来，昭景宸心里焦急得更像是热锅上的蚂蚁，道自己必须赶紧行动，让渚牙早点接受自己。

好不容易等他在皇城安定下来，昭景宸就马不停蹄开始了他的求和计划。

早在入宫之前，昭景宸就已经从谢然嘴里打听到了宫中黑凤葵所在的院落是羌澜苑，而侍卫所的同僚那蓝侍卫则又告诉了他有关羌澜苑的当值时间表及路线。昭景宸心下有底，便趁着每日轮值的空余时间，找各种借口，托人往羌澜苑渚副将手上送东西。

俗话说拿人家的手短，吃人家的嘴软。昭景宸心想，他不求渚牙能立刻原谅他，但这样做或许多少能让渚牙回忆起一些往日的情分来吧？这不，今天准备的是他从御膳小厨房贿赂来的玉米羹，明日就是后山采的野雏菊，再不济还有他在信纸上写满的道歉的话，然后一并以各种方式委托宫人送到渚牙手上。

起初他做得隐秘不敢叫人知道，后来被侍卫所的同僚撞见，惊闻他要追求西大统领的女人，纷纷拽着他劝说："那可是西延将军与西大统领姐弟俩同时放在心尖上的人啊！这你都敢想！京辰兄不仅眼光可以，胆子也很肥啊！你也不怕自己掉了脑袋……"

许是被昭景宸的勇气感动，在听了昭景宸对付宋若愚与谢然编出来的那套故事后，侍卫所的人不仅答应他不宣扬出去，还有仗义者主动要帮他送信，求得渚牙的原谅。

一时间这计划竟然从只有他一人，到一群人都在参与。送往羌澜苑的东西，也从最初原封不动地被退回来，到后来渐渐有了类似"渚副将当众把玉米羹喂狗""花拿去烧了""信也烧了"之类不同的回复，让昭景宸隐隐觉得又看到了希望。

今日，又是一个朔月。

经过这么长一段时间的了解和潜伏，昭景宸对渚牙日常在宫中的去向已经了若指掌。除了日常执勤，渚牙每月初一，都会调休，将自己关在寝殿内不出来。旁人不知是什么缘故，只道这要求奇怪，加上渚牙平日里性格又清高傲慢，大家便约定俗成地对之漠视了。

可旁人不知，昭景宸又岂会不知？他摸着自己胸腔的位置——不知从何时起，每到朔月之夜，他心头莫名的凉意就会生起。昭景宸将它理解成是和渚牙相处的时间久了，过于记挂渚牙，从而在她朔夜之症暴发的时候，自己也会有不好预感的缘故。

上次渚牙发病，无端因西虢那家伙出现，以至于他不能陪在渚牙的身边。昭景宸这次下了狠心，若是渚牙朔月病发，他一定要先去渚牙那儿，帮她一同度过。

昭景宸按着同屋的那蓝侍卫先前告诉过他的内宫地图，摸索着到了羌澜苑外，先找一处地方躲起来，再想办法潜入苑中。

苑中女将众多，一直找不得机会进去，直到日头渐渐落下，女将们夜班轮值当口儿，他才翻墙进入，一间一间屋子寻找渚牙。

今日无月，天又很黑。昭景宸找了许久，都没有找到渚牙所在。

突然，羌澜苑最里的单人厢房里，传来一声低沉沉的哀鸣。

是渚牙！

这声音他再熟悉不过，景宸在门外拍打房门，却半天没有动静，干脆踹开门，进了屋。

果然，渚牙一头栽在床边。她的身上紧紧包裹着被子，浑身发颤。屋中炭火已经烧光，四面灯烛燃尽，房间寒冷异常。

昭景宸紧皱眉头，快步上前，解开自己的披风给渚牙盖上，伸手一摸，渚牙浑身冰冷，冰冷间还透着股邪气。

“滚开！”渚牙见眼前是昭景宸，嘶吼着便将他推开。

昭景宸没有理会，只将她抱得更紧了，他知道此时渚牙最是需要温暖，若此时真的将她放开，长夜漫漫，她可就不知该如何熬过了。

可能情深意切，昭景宸感觉自己越发能清晰体会渚牙身上朔月之症的辛苦，他看着渚牙痛苦得整个人蜷缩作一团，自己好似也被冻得骨寒。

没想到她身上的痛苦，竟然已经到了这个地步！

“滚出去，我不想见到你。”渚牙还是不愿瞧见昭景宸，更不愿受他的恩惠，她生气地要祭出红莲焰火来威胁昭景宸出去。可昭景宸看那刀光上火苗才刚刚起来，又迅速熄灭，渚牙现下根本就没有反抗的气力。

昭景宸感受着这个女人从激烈挣扎，到无意识地昏去，若不是皮下微弱的脉搏，昭景宸怕是以为她已经死了。在黑暗和寒冷的寝殿里，这其实也是他成年以来第一次与渚牙有如此近的肢体接触。可那股来自他自己身体内的寒冷，让他很快也感到无力了起来。

突然，门外传来轻微的脚步声，昭景宸强忍不适，赶紧放下渚牙，有所戒备地躲到墙角屏风后去。

只见，一个男人扣了三下门后推门而入，见屋中一片漆黑，明显愣了愣，才继续往床的方向走去。

昭景宸正打算跃出将人拿下，只听对方柔声道：“渚牙？”

渚牙此时昏厥，没有应答，那人痛心地瞧着，又道：“今日瞧你不来找我，我便觉得不对劲，何苦一人苦熬着？”

昭景宸听声音熟悉，顿了顿，黑暗中看着那人将渚牙扶起，抱回床上。这时屋内光亮自起，昭景宸一看那人竟是西虢，心底凉了半截。

他看着西虢娴熟地走到炭火盆前，运着自家的独门灵术，沿着渚牙圈了个灵障出来。炭火在他灵力冲击中再次生起，变成了依靠灵力运作的蓝光之火，暖着这一方天地，连带着昭景宸也觉得暖了些。

昭景宸有些失落，他趁着那屋中人忙着施法没注意自己的时候，从屏风后的窗户翻了出去。

所以，我不在的日子里，就是他陪着你吗？你难道已经不需要我了？难道真的只有解开归心咒你才会让我接近你吗?

昭景宸望向天上乌云，心口像是被堵住似的，阵阵难受。

如果这是你所愿，那我一定会想办法为你解开的，只要你愿意让我待在你身边。

羌澜苑下，依稀可见不远处望梅园的红梅点点，一枝梅花出墙来，分外妖娆夺目。可昭景宸此时却无力欣赏，他往渚牙寝殿的窗脚下一靠，寒风侵蚀着他的身体，他僵在地上，干脆睡到了天明。

下了决心，昭景宸便四处去寻有关归心咒的资料。好在昭景宸当值所在的流延阁，也恰好是一个藏书阁。相较宫中正儿八经的藏书楼，流延阁所放置的多半是各个宫中不要的书籍。可也正是因此，流延阁里反而有很多正经藏书楼不敢安置的宫廷秘书。昭景宸决定去流延阁看看是否能找出些有关归心咒的资料。

可流延阁的藏书太多了，又疏于管理，几乎是成堆搁在地上，蒙着灰。阁中幽暗无比，根本就没什么宫人会耐下心来仔细打扫，昭景宸查了几日，没有丝毫收获。

他一边仍是继续着先前的计划，想尽法子往羌澜苑送东西去讨好渚牙，另一边则寻到空闲就把自己关在流延阁里。

身边人瞧他这样，还以为昭景宸是在书中寻找追女人的法子，替他着急，那蓝侍卫看不下去将他拽到一边。

“说你不懂吧，你还真是不懂。这样怎么可能追回女人呢？得送这个！”说罢，那蓝神秘兮兮地从怀中掏出一支莹白剔透的玉华簪，塞到昭景宸怀里，用手比画着门口，示意昭景宸把簪子送去给羌澜苑那位，“这女人啊，就喜欢这个！”

昭景宸不愿意接，因为他不觉得渚牙会为这簪子所动，毕竟在他的记忆里，压根就没见过渚牙喜欢过什么珠宝首饰。可架不住那蓝一而再，再而三地劝说，甚至到了后来整个侍卫所同寝的弟兄都围聚过来，纷纷夸那蓝这个主意好，昭景宸才决定勉强一试。

于是，找了一日午休，趁着侍卫所换班之际，昭景宸揣着玉华簪往羌澜苑而去，半道途经御花园时，突然，听到一阵谩骂传来。

“该死的，你到底使了什么巫术，才让母妃接受了你！”

昭景宸循声望去，隔着灌木丛和假山，恰好瞧见凉亭下围着一群人，似在欺负着宫人。这种事子虚城每日都有发生，昭景宸倒也见怪不怪了。正当他要走，却又听到那人继续骂道："北卿岄，我告诉你，就算你费尽心机，甚至讨好了我母妃，要嫁给本皇子，本皇子也绝不会给你好看！"

什么？是卿岄！

昭景宸迅速折回，隔着障碍，真切地瞧着，发现被一众人阻拦在地的，还真是北卿岄！

自那日他护送卿岄回望都后，这是昭景宸第一次再见她。他只听说过她已经成为公主，却不明白怎么就变成了这个样子。

她要嫁人了？嫁给谁？为何他一点消息也没有！她又为何会被人谩骂？到底发生了什么？

昭景宸顿时有千万个疑问需要解答。他只见四方状红亭中，北卿岄跌倒在地，她的脚边躺着的还有磨药的舂桶与一地的干草碎渣。

"人人都说这北落王的女儿与药草为伍，空谷幽兰，本皇子却偏偏觉得是臭不可闻！在我子虚皇城捣鼓这些下三烂的玩意儿，真是煞我皇族。"昭景宸认得说话那人，正是当今的五皇子，昭景琨。

十年了。十年前春狩祭典的时候，就是这家伙不断给他找麻烦，甚至于后来不祥之子身份暴露一事也和昭景琨脱不了干系。如今整整十年过去，昭景琨更加高壮与成熟，在外表上和他一样都有了明显的变化。只是性格……竟然同十年前一样，顽固恶劣，甚至有过之而无不及！

他的脑海里顺着曾经的回忆又浮现起了另一张少女的脸庞……只是还没片刻的工夫，就瞬间被女人刻薄的声音拉回现实。

只见昭景琨一脚踩在那舂桶上，狠狠地踢飞，险些砸到北卿岄的额角。他身旁站着两个侍女，此刻也配合地用袖子捂住鼻息，一脸嫌弃道："还堂堂公主呢，真臭。"

而身为五皇子的昭景琨面对自己的未婚妻被两个侍女羞辱至此毫无表示也就算了，竟然还左右拥揽着两个侍女，和她们一同嗤笑。

昭景琨！

景宸顿时火冒三丈。他的脑海里全然是当初前来子虚城的时候，北落王妃拉着他的胳膊，叮嘱他要好好照顾卿岄的样子。他望向此刻伏在地上、无助文弱的北卿岄，脑子一热，猛地冲了出去。

眼看着昭景琨又要一脚踹在北卿岄的额顶，昭景宸扑上前，挡在北卿岄前面，替她挨下一击。

昭景琨显然没想到他会有这么一出，道："哪里来的奴才？竟敢来插手本皇子的事！"

昭景宸一言不发，只护着北卿岄，不让昭景琨继续上前动手。昭景琨左右两侧的侍女瞧着眼前情景，当即开口："哟，这该不是公主殿下的情郎吧？"

北卿岄一听，当即推开昭景宸，更是不甘地瞪了这个叫青见的侍女一眼。那旁边与青见长得极为相似的春见，装作被北卿岄吓到似的，躲到昭景琨怀里求安慰。这两人都是长思御殿身边伺候的可人儿，也是昭景琨最喜欢的姐妹花。昭景琨见两人受了委屈，当即抬手，要给北卿岄一巴掌。

昭景宸哪里能看得过去，抢在他手落在北卿岄脸上之前，先一步拉过北卿岄，让昭景琨扑了空。

"好啊，你竟敢忤逆本皇子！今日，本皇子就非得赏你个'勇气可嘉'不可！"昭景琨见自己被一个侍卫折辱，气得面目狰狞，食指一勾，便从四下角落里召出几个暗卫来。

北卿岄一看不好，知道他要拿昭景宸撒气，赶紧挡在昭景宸面前，示意他快走。昭景宸哪里放心留下北卿岄一人。几个侍卫当即抓住昭景宸的胳膊，昭景宸动弹不得。

眼见昭景琨就要示意侍卫动手，且听一声"慢"，一柄长剑飞来，刀柄击开了左右侍卫的手腕，伴随一阵流星急光——是西虢！

昭景宸往后一看，紧跟在西虢之后的，还有渚牙。看着这二人出双入对，昭景宸顿时有些失望。

"殿下，这是臣手下的侍卫，是臣管辖不当。请您把他交予臣吧。臣保证，一定要他好好长个记性。"

而他直直盯着渚牙，渚牙却只是站在西虢的身后，既没有看他，也没说一句话，仿佛真的只是执行公事。昭景宸更加吃味了。

北卿岄自然也注意到了昭景宸一直落在渚牙身上的目光，却并不说破。

众人且听昭景琨大赞一声“好”，尽管眉宇间还显得有些怀疑，却看在他与西虢自小同窗的分上，还是爽快地将昭景宸亲自捆了交给西虢，只当权且做个人情罢了。

昭景宸并不买账，白了个眼，却在下一秒被渚牙一提，跟在西虢的后面，拎着离开了。

此时的昭景宸哪能想到，一刻钟以前，渚牙与西虢刚路过御花园附近，却因为归心咒而感受到了他的危险。“麻烦！”她暗骂一声，知道是昭景宸又出了问题，赶紧领着西虢前去救援。

可当她看到昭景宸因北卿岄的缘故而殃及她时，才是真正的气不打一处来。

“把他交给我吧！我保证叫他生不如死！”渚牙的眼里满满是恨。

西虢自然顺着渚牙，除开一阵沉默外，很快就微笑地应允下来。

渚牙提着昭景宸往后山水潭里一丢，使出灵术将他吊在半空中，趁着寒风醒人，自己则躲在岸边石山下烤火饮酒，等他求饶。

酒过三巡，昭景宸还被捆着。灵术的控制使得他动不得、歪不得，稍有不慎，便会在这冻死人的天气里落入水中，瞬间变成人肉冰棍。

渚牙则一副享受的表情，倚在岸边的假山上。

昭景宸一看就知道她在等着自己服软，左右西虢也不在场，干脆顺着她的意，双手抱拳，摆出求饶的姿态。

渚牙果然很受用。突然，对面手指一勾，昭景宸只觉自己被一股灵力托着抬了起来，从湖中央飘到岸边。

毕竟两人间还有这归心咒的羁绊，多少有些旧情。昭景宸才有些欣喜，本以为渚牙还是有些在乎自己的，下一秒就见她歪了歪头，再次将昭景宸吊在了岸边的树上。

“喂！你这是干什么？”昭景宸怒喊。

这女人如今越发阴晴不定！

渚牙却扯出这么些天来第一抹笑意：“奉命，折磨你啊。”

原来她还在记仇！

事到如今，昭景宸才明白为何陆亭川当年会和他说，让他轻易不要招惹女人。就眼下渚牙的举动，分明有公报私仇的嫌疑。

只见她从背后掏出一袋香包，道：“西将军说了，你这个是鞭刑。”渚牙看他脸上的表情，就知道他在仗着归心咒，分明不怕她，又继续道，“不过我改主意了，鞭刑哪里比得上这个啊！”

她捧着那香包，递送到昭景宸面前，缓缓解开。昭景宸往里探去——只听三秒，便惊天惨叫——居然是毛骨悚然虫！

这东西他早在流延阁的《自然古谈》里曾看到过介绍：这虫的身体可自在挪动，收放自如，如今在香包中，便挤作一团，单个只有芝麻大小，可一旦空间变大，身体也会随着胀大。待到人体表面，会吸食人血，整只全然膨胀起来。它的腹甲透明，人可肉眼看到自己的血在它体内流淌。其根部分布毒腺毛刺，经毛注入皮肤，继而整只虫都会钻进皮肤里。人只会感觉像挠痒痒似的，哪怕身上的气泡连成一片，肿成个大红胖子，却不足以致命。

“也太恶毒了吧。”昭景宸往后一缩，继而嘴角上扬，“你就不怕你自己也被反噬了？”

渚牙知道他在说归心咒，却并不接招，她小心翼翼地从香包中抓出第一只虫来，放在昭景宸的身上，得意扬扬道：“不怕啊，老子有解药。”说完，她当着昭景宸的面服下一小瓷瓶的黑乌丸。

原本这些时日来，昭景宸不断地向她示好、道歉，渚牙差一点就在考虑要不别和他计较了。可今日这家伙偏偏又触到她的霉头！她的手里拿着吊挂昭景宸时从他怀里掉出的玉华簪，下意识就觉得这簪子定然同北卿岏有分不开的关系。

该死的！渚牙怒火突起，背过手，直接用蛮力将簪子捏成粉碎。昭景宸的注意力全然都在这虫子身上，竟然一时间没有注意到这女人的细节……

香包倒下，一只又一只的毛骨悚然虫从袋中跑出，钻进昭景宸的胳膊、脖颈里，沿着血管到全身——

昭景宸只感觉浑身麻麻痒痒，袖子下随着那虫子的胀大而形成一个又一个椭圆形山丘，那丘峦还会挪动，隔着衣服布料，昭景宸看到它从袖口序列往上，到了手肘，再到大臂、肩胛之上……昭景宸发出惊扰整片子虚城的惨叫。

第十七章

灵人比试

侍卫所寝殿外。

惨叫从昭景宸的屋中连连响起，谢然正给他上药。

谢然一边把手中的红花油往昭景宸身上抹，一边用恨铁不成钢的语气数落道：“如今宫中谁人不知这北疆的境况，怎么就你还多管闲事啊。”

昨日昭景宸为了卿岄公主竟然出手得罪五皇子，然后被交由黑凤葵渚副将惩治的事已经传得宫中人尽皆知，谢然身在皇城外围当值都听闻了此事，好一番申请，才被南冥带着进了内宫，勉强来探望昭景宸。

昭景宸光着身子趴在床上，半掩着棉被，身上到处是被毛骨悚然虫咬的痕迹，让人瞧着触目惊心。

看他没有立马回应，眼神又飘忽不定，谢然像是明白过来，咧着嘴道：“好家伙，我就说你平常那么机灵一人不可能在这种事儿上犯蠢吧……你该不是进了宫后，看上人家卿岄公主了吧？男人好色是小事，但也不能……”

当然不是！昭景宸心里反驳着，北卿岄那温温柔柔的性子，怎么可能会像渚牙这样心狠手辣。

“你说北疆怎么了？”昭景宸着急关心北疆局势，猛一激动从床上翻了起来，起身的刹那，身体撞到谢然涂药的手，痛得“哎哟”叫了一声。

看他如此认真的表情，谢然有些愣神。他自然知道昭景宸不是真的朝三暮四，更不是见一个爱一个的主儿，况且先前他已经见识过了眼前人为了追回渚牙所做的努力——不过暂时他还不想这么轻易地放过昭景宸：“你这么关心北疆作甚？”

昭景宸垂丧着脑袋，知道这是谢然故意在磨他，想着反正把自己和北卿岄的关系说出来也并不影响，便将用在麓北学堂的那套说辞又搬了出来。

他告诉谢然，自己是北落王妃的亲戚，曾经借住在北落王府，和北卿岄情同兄妹。前北落王和北落王妃更是有恩于自己，如今北疆有事，自己岂能忘了北疆？

显然眼前人没想到这后面还有这么个故事，一边感慨着昭景宸的深藏不露，一边倒也十分诚恳地把现下北疆的状况一五一十道来。

通过谢然，昭景宸这才知道，原来自北落王去世后，北赫沐新晋北落王之路并没有想象中那么顺利。从国四面大有势力对北疆虎视眈眈。上治帝为了平息众大臣对北赫沐青年称王的不平，早早派遣陵光王一同前往。可即使是如此，北疆还是动荡不止。北卿岄如今在皇城，说是帝姬，实则也可以解释成是他北疆押在子虚的一个人质罢了。她身后所依仗的势力都岌岌可危，又如何能指望宫中人真的对她恭敬顺从呢？

皇城最不缺少的就是审时度势之人，眼下北疆动乱，北卿岄虽然尊封帝姬，还即将嫁给五皇子，却并不受五皇子的看重。稍稍有些眼力见儿的宫人便能一眼识破，五皇子甚至十分厌恶这个女人。如此一来，纵是看到这个卿岄公主受虐，又有何人胆敢挺身而出呢？

昭景宸唏嘘不已，没想到自己一心在渚牙身上，竟然疏忽了卿岄。他急忙向谢然求助是否有办法能直接看看北卿岄的现状。谢然长叹一声，还真从怀中给他掏了个宝物出来。

是枚玲珑剔透的玻璃球，球中装有荧光点点。

“这是游萤。”谢然解释道，是他小时候从西域市集上淘来的宝贝，“你若想谁，游萤就会飞到她身边去，而你只要通过游萤拉出的视镜就能看到那头的情况。”

昭景宸收下宝贝，内心早已激动不已。这谢然还真是好兄弟！

夜幕下，昭景宸独自一人卧在床前。

他捧着谢然给他的游萤罐子，月光从窗户进来，投在他脚下的地上。

游萤顺着他的思绪从玻璃珠中晃悠悠飞出，往东宫的方向而去。

清光殿内，黑漆漆一片，并没有什么宫人的身影。昭景宸有些奇怪，堂堂帝姬的封殿竟然可以如此冷清。

他顺着游萤来到后园，才看到一向乖巧端庄的卿岄妹妹，此刻竟然在月下饮酒！

小酒瓶子一罐接着一罐，喝得北卿岄脸庞都是娇滴滴的红。冬季的晚风冷冽，而她却迷迷糊糊在这园中扑下睡着了。昭景宸在视镜前叫唤她的名字，可对方一点儿也听不见。

怎么都没个宫人照顾她！难不成果真如谢然所说？

昭景宸对她在皇宫的处境更加担心，可能会比他想象的要恶劣上千万倍！

“带我走……”

昭景宸听到视镜里传来北卿岄的声音。

“什么？”

“带我走，我不要待在这里……”

北卿岄迷迷糊糊嘀咕着，表情写满了痛苦。

“好，我带你走。”昭景宸下定决心，“我带你走。”

一阵寒风吹来，北卿岄惊醒——她这才意识到原来梦中所听到的连续几声景宸哥哥的声音都不是假的！

“景宸哥哥……”她像是瞬间意识到自己醉酒说错了话，想要赶紧纠正过来，“其实，卿岄并不能离开……”

只是已经晚了。

昭景宸那边，只见一道红莲火光，将整个游萤视镜燃烧殆尽。是渚牙！

昭景宸分明看到，最后关头，竟然是渚牙前来将游萤给一把火烧了。

难道，她一直都知道北卿岄的事，却也和那群宫中的势利鬼一般选择了闭口不谈吗？

难道她从头到尾其实也是在刻意隐瞒他吗？

昭景宸心中也有一股火蹿起，可瞬间就又被扑灭。凉得透底。

你到底想做什么？

他急匆匆就要往羌澜苑去。

他要去找渚牙，问清楚她到底是怎么想的。

尽管她们二人间之前曾经出现过那么多的误会，也有着可能永远也解不开的心结，但她们曾经在北落王府、济世斋的回忆，难道说没就没了吗？

昭景宸知道今日渚牙就在羌澜苑巡查内务，直接冲了过去，果然赶在她任务结束前将人拦下。

“为什么？”他知道渚牙肯定明白他的意思。

渚牙大刀一挥，完全没把这问题放在眼里，示意他别挡道。昭景宸后退一步，又挡在她的面前。

这下倒是渚牙觉得有些戏谑起来，嘴角勾起一抹笑：“我说你不会是还喜欢这北卿岄吧？从前在北落王府的时候，你就是喜欢北卿岄的。”

渚牙当然知道北卿岄受虐，一直知道。

某日，她执刀巡逻，路过清光殿外。

渚牙记得此处正是帝姬北卿岄的住处，听里头传来隐约的争吵声，而殿前侍女都不敢进去劝阻的样子，干脆自己挎刀就飞了进去。

只见屋内北卿岄被昭景琨狠狠拽着，威胁她不要再给自己惹麻烦，眼下是一个林京辰，侍卫而已，要碾死他不过如对付蝼蚁一般。

北卿岄还是那副清高的姿态，昭景琨看其不爽干脆把她强行拉进怀中。哪怕眼下他们二人婚事已然传遍整个丛国，皇宫内大家对于他们的婚前往来也向来是睁一只眼闭一只眼，可北卿岄哪里受得了这样的侮辱，伸手就是一根银针要逼开昭景琨。

昭景琨一向看她娇弱顺从惯了，竟没想到这女人骨子里还有这股蛮劲，来了兴趣。

“不错嘛，看来先前真是本皇子小看你了。”

随即便只见北卿岄的针头一转，对准自己的脖子，威胁昭景琨不要过来。

昭景琨笑得阴险，弹指一挥就把她指尖的银针打飞到门外。

渚牙侧肩躲过。她看着昭景琨贴在北卿岄耳边，威胁她，若是再惹麻烦，他就弄死这个林京辰。

回忆过后，渚牙看着昭景宸，心想，你可以为了北卿岄不顾归心咒去对抗昭景琨，我自然也可以为了我自己去保证你老老实实活着！其他人，诸如北卿岄，我不在乎。

可渚牙却并没有将这些话说出来。

而昭景宸被她一问，竟然不知该如何回答。

我对北卿岄只是兄妹之情！

可昭景宸还没来得及和渚牙解释，渚牙就已经抢先一步嘲讽道：“难不成你还要把她从这里救出去吗？”

他顺着渚牙的眼抬头，头顶的天空，四四方方。昭景宸的脑海里再次浮现起游萤视镜里北卿岄酒后苦苦哀求的画面。

“带我走，带我走”萦绕在他的脑中挥之不去。

对，要带她走，必须带她离开！这个四方状的地方，分明就是禁锢自由的牢笼罢了！

昭景宸掉头离开，此刻的他再也没有工夫和渚牙争辩什么。留在身后的渚牙，望向他离去的背影，怒意上头。

“哎，你知道如何才能把人从宫里带出去吗？”

一回到侍卫所，昭景宸就赶紧把这个问题抛给了谢然。估计也只有他才能想出合适的主意了。

谢然还在替他敷药，这是换药的第二日了，他手中忙活着，脑袋就有些跟不上节拍：“你是要带走渚副将吗？”

昭景宸再一拍他，他才反应过来，继而陷入更大的惊慌：“什么，你要带走卿岬公主！”昭景宸连忙将他嘴捂上。

不过好在谢然已经知道了前因后果，甚至还替他考虑到了皇城铜墙铁壁，而昭景宸灵术一般，强行带走肯定是不可能的，所以实行“曲线救国”的策略，透露给昭景宸有关灵人比试一事：说这是丛国四年一度的盛会，所有灵人，不分男女、不论宗族皆可参与。只要通过了海选、复试，最后在大擂台上夺得第一名，就能获得上治帝的许诺。

“只要得了许诺，不就能换一个卿岬公主了吗？”

昭景宸觉得十分有道理。

灵人比试四年一届，用于选拔丛国的有能之士，让他们为国所用。因为是上治帝亲自督办的关系，故而规模浩大，甚至一举成为整个丛国最有看头的竞技比赛。

而它的第一关，就是丛国建国以来历史最为悠久的项目——冰上龙舟。

它考验参赛队伍排兵布阵的能力及团结合作的精神。按照规则，冰上龙舟要求二十人为一团体报名，然后再分五人一组，进行四阶梯接力赛。两两团体抽签进行比赛，赢者全员进入下一赛段，输者则只能来年再战。故而整个团队平均水平的高低和团队队员间的默契配合变得尤为关键。

世家大族多以宗室为单位参赛，而像昭景宸这样的，便和其他落单的凤葵将士一同组了支凤葵代表队参加。

昭景宸也不知是碰巧还是眼前人故意要为难自己，当他排着队登上龙舟，眼看就要开始比赛的当口儿，自己小组最后的那名队友姗姗来迟，竟然是渚牙！

渚牙会来一定有诈！

不过更让他生气的是，渚牙的身后竟然还跟了一拖油瓶，西虢。同队的黑凤葵看到西大统领倒还无甚，却是惊艳了靠近他们的一排围观女群众。昭景宸看着西虢身后春风得意，却还要来纠缠渚牙的样子就烦。

渚牙也不理他，只顾着和西虢互动。西虢殷勤地递上赛前水囊，渚牙径直就接过了。昭景宸气得干脆别过脸去。

他特地抢在第一个登上龙舟，意欲和渚牙分开坐。谁知渚牙紧跟其后，直接把其他队友推开，稳稳落在昭景宸之后的座位上。昭景宸现下是确认无疑，这女人就是不安好心！

既要带着西虢来恶心自己，又要从比赛中搞破坏，可恶！

但昭景宸却又无可奈何，只能默默打起十二万分的精神，对付接下来可能会遇到的种种艰难。

比赛的地点在霍罗河。它作为望都护城河澄江的分支之一，环绕西郊，其河水同苍岷江一脉相承，逆流而上。其间每隔三里便要更上一阶。每逢冬季霍罗河就会结冰，冰层之厚足以载舟，灵人很难以蛮力来滑行，故而，如何在这冰面上运筹帷幄便成了比赛的最大看点。

只能赢，不能输。

昭景宸注意到，看台之上，昭景琨带着北卿岬也来了，此刻正对着他得意地笑。

可他还来不及仔细打量卿岬的表情，就感觉后背一疼，竟然直接被渚牙拿船桨捅了一捅。他转过身去，那女人又摆出副与自己无关的模样，怎么看怎么像刻意为之。

比赛开始了！

四面擂鼓阵阵，加油呐喊声此起彼伏。

眼看前三个阶梯凤葵代表队都遥遥领先，再过一个拐角就要到他们了！昭景宸的心都吊在了嗓子眼上。渚牙还是一副漫不经心的样子。后面三个凤葵队友早听过渚副将的威名，本以为这回有渚副将的加入一定稳操胜券，没想到渚副将从头到尾压根儿就没有打算上手帮忙的意思。别说帮忙了，她干脆两只手抱在胸前，悠然自得的模样，面上看不出情绪，浑身却透着股冰冷气息，大家更不敢说话了。昭景宸一看这还了得，四面都是热闹沸腾，唯独他们小船上，冷寂得像是被设下结界。

这女人，莫非就是想要以白白占他们一个名额的方式，自己不出力，等着看他们输？

直觉告诉他才没有这么简单。

果然，眼见凤葵的旗帜就要交到他们手上，为首的白凤葵飞尧已经把胳膊伸了出去。四面都是凤葵军的支持者胜利的欢呼声。突然，那船水下的冰层“轰隆”一声，裂开、崩塌、迅速下沉，凤葵代表队的三号船只不稳，往下猛栽一截。等他们重新振作，把旗帜交到飞尧手上的时候，东疆代表队已然超过了他们。四周一阵嘘唏。

是渚牙！渚牙出手了！

昭景宸转头瞪她，她却捏着两只手指头一脸得意。她的指头上还沾着少许灵力未尽的光点。昭景宸看争执不过，干脆也使出九层灵力直接灌在船桨之上。只见冰层瞬间炸裂开来，船腾空而起，向前越了一大截。

战况愈来愈激烈了！

看台边，连西延都讪讪道：“都说我们凤葵向来万年老二，没想到有生之年还有看到奇迹的一天啊，啧啧，我差点押东疆了。”

旁边的南冥则眼含热泪：“可是我买的是东疆赢啊……”

昭景宸“火力全开”之余，还不忘偷偷瞟一眼渚牙的反应。

昭景宸施法往左，渚牙就偏偏往右，昭景宸奋勇向前，渚牙就停驻原地。

这女人，今日看来非要和他对着干了！

那股必胜的决心已然在昭景宸心中狠狠扎根。他想不透以渚牙这般除了自己外什么也不在乎，更不放在眼里的心性，如何会就着北卿岄的事情过不去？她看到了北卿岄受虐有可能会不出手，却不至于要刻意隐瞒自己啊！

渚牙一声冷笑，像是读懂他的内心话一般，却并不给他明确的回答。昭景宸更加着急。

好在他的灵力原本就在逐年提高，加之体内还有渚牙早年放下的拟丹，此刻控制起这龙舟根本不在话下。没一会儿工夫，凤葵代表队就从后追上了东疆，甚至一度还超过几分。

胜利在望了，昭景宸手下发力，几乎是铆足了劲要冲着终点而去。突然，只听飞尧一声惊呼，从高空之上莫名飞来几个冰碴子团，往他们的龙舟上砸去。

昭景宸看见那冰团四周隐隐有暗黑光晕，分明是人为持灵力在控制的。他下意识反应是渚牙，可渚牙却双手一交叉，一副事不关己的样子。

几个小队员在划龙舟上帮不上昭景宸，又见渚副将压根儿就不把这比赛放在眼里的样子，还以为她是在考验他们，只得拼了命地帮忙保船，以免船被砸出窟窿，功亏一篑。

昭景宸集全力在最后的冲刺上，渚牙也不和他对着干了。隐约间，昭景宸像是听到渚牙的声音，“就凭这点实力，你也妄想？”

的确，他现下确乎实力不足，应付龙舟赛和渚牙的小手段已经颇为勉强，可他亦没有别的选择了，他只能拼命往上。

就在此时，突然，一团冰碴子直直往昭景宸的天灵盖砸来——如果此刻放开手下的船桨去挡，说不好整船皆翻。昭景宸不用看也知道有多少双眼睛在盯着自己，只能赢，不能输！他加大力量，进行最后冲刺。

简直是疯了！渚牙忍不住，一掌替他扑开冰团。

昭景宸可以清晰地感觉到那冰碴子在自己脑袋顶四分五裂，化成雪水，有些震惊和欣喜，竟然是渚牙救了他！

他眼下一沉，不用等渚牙多说，就明白过来：这场上，有人是真的想要他的命！

龙舟平稳，昭景宸也算度过一劫。还不等他感谢渚牙的救命之恩，转头，就见渚牙的怒气更甚了。她干脆把自己身上携带的全部毛骨悚然虫报复性地投在昭景宸身上。昭景宸来不及腾出手去挡开，便被那虫子好一顿啃咬，尖叫一声，虫儿又顺着他脖子往下去了。而渚牙还在幸灾乐祸。

眼看赛程已经到了最后的关键时刻，几乎所有人此刻的注意力都被调动了起来，牢牢盯着昭景宸一队。昭景宸一瞟左右，竟然又见到看台之上的昭景琨揪着北卿岬，冲他一副耀武扬威的表情，瞬间受到刺激，灵力爆发。

“冲啊！”毛骨悚然虫在他身体的疯狂颤抖下抖落到水里去了，只看龙舟“唰”地再度飞起，在穿过终点线的刹那四分五裂，几个人在空中翻腾，落到水中。

四面一瞬间的寂静后，瞬间爆发出了如雷般的掌声。昭景宸搀着渚牙一瘸一拐地走向人群，迎着众人的欢呼中，才反应过来——他们竟然赢了！

谢然带着一车好酒而上，去欢庆他们的胜利——凤葵与东疆的这一激烈比赛，引得很多人关注并参与到输赢胜负的赌局里来。殊不知这赌局正是谢然先前偷摸办的，他太了解昭景宸一定会全力以赴。这下子，谢然又赚一笔，很是得意，佩服起自己的远见来。

昭景宸头一回有种荣耀归来的错觉，下意识就要拉着渚牙一同去台上领奖，渚牙胳膊一甩，自顾自转身而去。

看台角落里，她看到昭景琨狠狠拽着北卿岬转身要走。

昭景琨！

渚牙紧紧盯着他，知道方才分明就是这个人做的手脚，真狠啊。

——纵然她也想要昭景宸输掉比赛，却不允许有第三个人在她和昭景宸之间插手，更何况是危及昭景宸的命。

这家伙是死是活，只能由她来决定！

凤葵军代表队首次以第一名的身份通过海选，全员欢呼，闹着要热烈庆祝。西延也因此大赚一笔。

“什么？你堂堂白凤葵领将，竟然买的是东疆？”她在知道南冥输得一塌糊涂后，一时半会儿不知该哭还是该笑。

两人本就是从小的冤家对头。西延嘴角一笑，往众人面前一站，放话道：“南将军要请大家吃酒！”众将士兴致更高了。

南冥哑巴吃黄连，只能认栽，一边把自家压箱底的钱拿出来请大家吃饭，一边暗骂昭景宸，怎么就拿了第一呢？

而身为最大的功臣，昭景宸，此刻却溜得无影无踪。

如今他不再是当初宛城又或是荣山盟那个无忧无虑的野小子，出了什么事都有爷爷、四哥，又或者是渚牙给自己挡着，他需要有成年人的担当了。曾经北落王夫妇对他的恩情，他要一点点还在北卿岄身上。他要赢，要带北卿岄走，给她自由。

可是眼下才第一个项目，他就如此吃力，而后该怎么办呢？谢然提醒他，流延阁里，可能存有大量关于灵人比试的记载，不妨研究研究，也好知道每年获胜者的制胜秘宝。

昭景宸觉得颇有道理，干脆接下来的一连数日都埋在流延阁中，却并没有什么收获。

正当他懊恼接下来的比赛该如何是好的时候，竟然神不知鬼不觉在自己卧铺的窗台下发现一枚书信，打开，上面写着“今晚御花园”五个字，昭景宸顺着往下看，却发现并没有落款，时间也不清晰，他有些疑惑的时候，闻到信纸上隐隐有股药草味扑来。

在这偌大的皇城中，除了北卿岄，还有谁有闲心会这么细腻地用药草熏信纸。他虽不知卿岄是如何派人将这东西神不知鬼不觉送到自己窗下的，还不敢留下姓名，却更加笃定是她。

一定是遇到了什么事情，她才不得不主动来找他！

天一黑，昭景宸就赶忙拿着信，往御花园方向溜去。

一队黑凤葵从他身边经过，昭景宸当即侧身躲在假山后面，方才有些侥幸，还不等他确定四周安全、继续前行的时候，瞬间两眼一黑，就被一黑布麻袋套头捆了去。

昭景宸只觉得自己被人扛在肩上，如何挣扎也无能为力。他也不知是走了多久，到了个四下寂静之地，才被重重抛下。等那麻袋自动散开，他还没完全适应周围光线的时候，最后一丝光束在随着铁门闭合的刹那又消失得无影无踪了。

昭景宸跑到门边，奋力去拍打铁门。铁门上掉下的是重重锈铁，门下的台阶布满青苔，光滑潮湿。他一个下盘不稳，直接摔了下去。

门外传来嬉笑，为首分明就是那昭景琨：“呵，你还以为真是北卿岄？那你就在这里好好等她吧！想赢灵人比试？想换我父皇的承诺带北卿岄离开？痴人说梦，下辈子吧！”

说罢那人声随脚步声渐渐淡去。昭景宸从地上爬起，想从里面去开那铁门，却分毫也拉扯不动。此刻的他还不知道，门外是皇城最北的陵园墓地，夜半三更除了阴凉凉的风偶尔刮过，哪里还来得什么人啊。

看来昭景琨这家伙已经打定了主意要置他于死地了，眼下他只能自己寻找出路。

他想往里去一探究竟，四周却是伸手不见五指的黑，几乎要把他吞没。

与此同时，更让昭景宸毛骨悚然的，还有隐隐从右侧飘来的、略显急促的脚步声——一声猛兽的咆哮响起，昭景宸朝声音传来的方向转身，陷入新的危机。

第十八章

决战景琨

昭景宸一动也不敢动。眼前一片黑暗，任凭那怪物呼出的气体，夹杂着黏稠湿润的浊液，喷洒在他脸上。

他感觉到它在一步步地靠近，突然，一条粗糙的、温润的大舌头舔舐过他的头顶，昭景宸吓得拔腿就跑。四面墙上的烛火，刹那间齐刷刷亮起来，照亮一条幽静深邃的地道。昭景宸此刻根本没得选择，只能赶紧沿着那地道往下跑。四腿怪物紧紧跟在他身后，它的影子投在墙上，被烛光照得无限拉大，足以吞噬昭景宸的全身。

昭景宸原想用灵术来击退它，可不知为何，他始终发不出力来，像是回到渚牙未给他拟丹前的状态。可是昭景宸分明可以感觉到拟丹还在，只是浑身术法被这四周的障力给压制住了。他顺着地道的阶梯一路往下，竟然到了个巨大的水潭边，没了前路。

那怪物一双金瞳凤眼，体积最起码是他的十倍还大。它狠一甩尾巴，两眼就从金转红，朝着昭景宸逼来。

昭景宸仍旧使不出灵术，情急之下只得从腰间先掏出玄晶石去弹那怪物的眼睛，然而就在石头飞出去的刹那，仿佛有一股抓力从他的背后袭来，昭景宸脚下不稳，直接倒落水潭中。

难道真要如昭景琨所愿？就死在这里了吗？

若真只有他一人死也就罢了——有那么一瞬间，昭景宸仿佛已经能想象到渚牙被自己无辜拖累，恨他恨得牙痒痒的样子。

谁知，等昭景宸两眼一抹黑后，再醒来，竟然发现自己躺在了一个墓穴地宫里。地宫寂静无声，怪物也不见踪影。

四面灯火通明，不同于上方的潮湿阴冷，这里一看就是常年有人打扫收拾的模样，干净整洁，布置得庄重又温情。他挣扎着，扶着墙从地上站起来，才留意到自己竟然靠在一方水晶石棺的旁边。

石棺在三层阶梯上，昭景宸迷迷糊糊地往石棺里探头，竟然被里面躺着的女人惊了个踉跄，瞬间清醒。

只见她身着凤冠霞帔，闭着眼，端庄祥和地躺在石棺中，温雅绝俗的面容就像只是永久沉睡在这里一般。可是……昭景宸不可置信地摸着自己的脸，两人的五官竟然出奇相似！

这不可能！昭景宸的脑海里已经隐隐浮现了从前自己幻想里那个人的模样，以及小时候爷爷同他讲那个人的故事的画面，甚至他的心里也渐渐有了答案……可他还想更进一步，看得更清楚些。

突然，身后一个男人的声音响起：“你是谁？”

昭景宸还没反应过来，就见身后男人已然一个灵波推来，昭景宸侧身躲过，可手下还是使不出半分灵力。甚至隐隐间，他总感觉到这石棺旁以后，力量被束缚得更紧了些。

身披黑色云貂大斗篷的中年男人这才从角落里缓缓走出来，彼此还没看个分明，就又是飞在中央的空地上先打了几个来回。此刻昭景宸赤手空拳，自然不是那男人的对手，很快就落了下风。男人像是察觉到了他的异常似的，最后关头，眼看就要一击拍在昭景宸的天灵盖上的时候，迅速又将已经悬在半空的灵波团收了回去。昭景宸捡回一命，体力不支摔落在台阶边。

他扶着阶梯的石块勉强撑起身来，在望向男人的刹那，分明可以感觉到对方在看自己时，眼里有一瞬间的恍惚。

“你是谁！”他又问了一遍，声音更加严厉。昭景宸注意到他的指尖正捏着自己的玄晶石，正是方才他对着怪物的眼睛打出的那一枚。

坏了，昭景宸突然想起来：流延阁的《内宫概略》上曾经记载，说是皇城最北有一片皇家陵园，埋葬整个从国最为尊贵的人。其中的一些个地宫里，便安排有特定的灵兽来看守。尽管书中没有提及地宫里竟然还有守墓人，但他不用想，也已经自然地将眼前的这个男人与地宫灵兽、守墓人等关联在了一起。

“擅闯”皇陵，一罪；“恶伤”灵兽，二罪；对守墓人“大不敬”，三罪。昭景宸还没正式和这男人有什么交锋，就已然完全不敢去细想后面会落在自己身上的刑责了。这个昭景琨，真是狡诈。纵然自己再怎么命大，从这地宫中找到了逃脱之法，却也还是会被其中的灵兽给抓到，而恶伤灵兽，就算是活着出去，也没有命活下来了。

眼看男人步步逼来，昭景宸下意识地抬起胳膊抵挡。此刻他已经没有什么力气了，干脆把眼睛也直接闭上，完全不敢想象后续会发生什么。

就凭昭景宸目前半点儿灵术也没有，甚至连周身力量都在一定程度上被束缚的情况，男人想要擒他根本是轻而易举。但是这个男人没有。

昭景宸觉察不对劲，偷偷睁眼去打量男人，却发觉他只是直愣愣地站在自己的跟前，亦一副不可置信的模样。

“桑林？”

昭景宸没有听清他在说些什么。他努力使出现有的浑身力气，想要趁男人靠得更近的时候，一拳挥上男人的下颌，然后趁机跑出去，手却在伸出的瞬间被男人抓住了。

“你是景宸？”

昭景宸顿时慌了，甚至忽略了眼前人眼底深处一闪而过的自责和焦虑。面对男人的坚定，昭景宸觉得他仿佛已经把自己身份的秘密完全看穿了！

昭景宸还试图以“大叔你会不会听错了，我只是个小侍卫，我叫林京辰”云云来掩盖，可男人已经一把抓住了他的手腕。

男人像是在他身上寻找着什么，动作却突然轻柔了些许。昭景宸趁机挣脱开来。

眼下这个男人的来路他根本就不清楚，除了守墓人的身份外，是否会将他告发或对他不利，昭景宸都一无所知。

“你别怕，我和她也算是故交了。”

男人像是一眼看出了他的焦虑，没有逼迫他，反而自己后退了一步。昭景宸看他投望向石棺之上的眼神，却是复杂里有一抹沉沉的哀情。

“你既是她的儿子，那也……”男人突然想到什么似的，并没有继续往下说的意思。可昭景宸看他这反应，已经明白过来。

这是桑林皇后的墓穴，而石棺里的女人，就是他的母亲，桑林。

昭景宸方才一眼就认了出来。这世上再没有长相同他如此相似的人了。

从小只听过爷爷同他讲起自己母亲是多么和善慈祥之人，却从没想到自己有生之年还能来看望母亲。昭景宸有些激动，可更多的，却成了一种不敢相信。

他虽不知眼前人同自己母亲是什么样的交情，也看不透男人此刻眼底的深情，却大致可以肯定，这个男人应该暂时不会对自己造成威胁。可是昭景宸还是咬死不认，除了语气比先前稍微和缓了些。

男人也没有深究。他倒是像突然想起了什么，开始转而问昭景宸，他是如何来到这里的。昭景宸一惊，自然不能照实回答，只好说这是五皇子的阴谋，含糊地道自己“初入宫闱，被奸人所害”。

奸人，这皇城内宫里最不缺的就是阴险狡诈之人。

男人的眼里闪过一丝严厉，却又迅速恢复了波澜不惊的神情。他沉默了一会儿，从腰间取下一柄佩剑，递给景宸。

“这是兴仁剑。此剑傍身，也可保你一保。”

昭景宸看那剑是玄铁而铸，泛着淡淡的蓝光，一看就非俗物，二人又是第一次见面，虽眼前人自称是桑林皇后的故交，却哪里敢真的收下，赶紧推托，说自己灵力修为尚且不够，配不上这柄剑。

让人百思不得其解的在于，自从进了地宫，昭景宸的灵力的确像是完全被禁锢了一般。莫非是昭景琨偷偷使了什么手段，他没发现？

“因为有封印。”身后传来男人沉沉的嗓音。

只见男人二话没说，走到那案台边拿下一枝蜡梅，让他拿好。昭景宸还没反应过来，一脸蒙地看着梅花，结果下一秒就见对面一轮灵气直接向自己冲来。

昭景宸一声惊叫，只觉一股夹杂着梅香寒意的冲击逼向自己体内，在他心脏上方的位置纠葛缠绕，然后一点点钻进他的血管，散落全身。

瞬间的平静后，那股灵气从内而外炸裂开，连带着昭景宸整个人被那股冲击撞翻。

他跌倒在地上，捂着心口上的“伤”，不可置信地盯着男人，男人一脸凝重，可眼神里流露出的又是隐隐的关切。昭景宸再一摸自己的胸口，仿佛什么事也没有。他起身在原地走了走，却觉得整个人都轻松了许多。他手下运气，灵力也能结团而出，一切的束缚像是全然消失了似的，甚至要比先前来到这里时更加流畅和有力量。

“这？”昭景宸不解。

男人这才缓缓解释：其实从他踏进这地宫的第一步起，他就已经感觉到了他身上桑林皇后的气息。在多年以前，桑林就在他的身上设下了封印。她以她最爱的蜡梅之魂把这封印注入昭景宸的体内，将他灵修的根基全然封锁起来。

男人方才探他的气息间，已然发现了封印上的裂痕。

眼下想要保护他，只有让他变得更加强大。男人这才解开了他身上的封印。

昭景宸不可置信地听着，一瞬的巨大震撼以后是潮涌而来的欣喜。原来，他并不是真无灵修天赋的灵人！原来，他的母亲曾经也为了保护他而做过努力。

爷爷曾经告诉他的关于自己娘亲的种种美好，此刻再度回到了他的心头。

昭景宸想留下来了解更多事情，突然想起次日他还有一场比试，只好急匆匆地和男人道了声谢，道明缘由。男人给他指了条出路，昭景宸激动地转身离开。

男人目送着他远去的背影。

“桑林，你会理解我吗？”

他对着石棺陷入沉思。

等昭景宸从地宫出来，才晓得自己竟然在地宫待了一夜。

宫外的白光照得他有些睁不开眼。昭景宸抬起手要去挡那阳光，袖子就被人给拽住了。昭景宸抬头，竟然是渚牙。

渚牙直接把手按在他肩上：“听巡逻的凤葵说，你是去赴你卿岄妹妹的约了？”她的眼底流露出明显的怒意，指着四周荒野，用充满不屑的语气道，“你们就赴这儿来了？”

昭景宸看她这副模样有些想笑，知道眼前人是关切自己这才赶来，还硬要装出副毫不在意的样子。他抬手触到渚牙衣袖上的凉意，就知道她一定在室外找了自己许久，有些心疼，更是感动。

毕竟皇陵偏僻，昭景琨正是看中这点才把自己丢到地宫来的，渚牙找过来，一定花了很多工夫吧？

他冲渚牙咧嘴一笑，渚牙却被他盯得浑身别扭：“我只是看你是不是死了。”

早在龙舟赛时，渚牙就已经注意到从上空莫名砸下的冰团是有人在故意使手段。尽管一定程度上这和她要阻止昭景宸夺冠的想法不谋而合，但渚牙自认还没卑鄙和阴狠到这个地步。她下场一查，果然发现此事和昭景琨有分不开的关系。

昭景琨一次不得手，必然会有第二次！只是渚牙没想到，第二次紧接着就在昨晚。

景宸不知这女人又在打什么算盘，抬腿要走。

“你去做什么！”

“比试就要开始了。”

“不许去。”

昭景宸不知眼前女人又在发什么疯，竟然在三两句吵嘴以后干脆将他捆了起来，直接扛着，飞回了凤葵军营。她把他挡在寝殿里，就是不肯让他出去。

“就凭你，还想赢灵人比试？除非你能先赢过我！”

说罢，渚牙伸手就要和他较量。

昭景宸想不明白她为何一而再，再而三地阻止自己去救北卿岄，可他太了解渚牙。知道她固执得很，既然说是赢她，便就真的只能赢她才可能出去，只好和她先周旋起来。

尽管昭景宸在守墓男人的帮助下已然恢复了周身灵力，此番却也只敢使出两成，勉强抗衡渚牙，不想伤到她。

谁知，那灵息一出，却是不同寻常，竟然硬生生放大了数十倍的威力，直直冲到渚牙肩胛骨。渚牙被昭景宸的灵术击得后退——西虢一鞭子进来，破了灵术。

直到渚牙被西虢紧紧护在怀中，昭景宸与她二人仍是惊魂未定。就凭彼此这么多年的了解，对方是什么水平根本无须解释。昭景宸更是依托渚牙的拟丹才修炼起的灵术，如何会有打败渚牙的道理？

只有一个解释。封印。

如今封印解开，那灵术就瞬间飞增了。可昭景宸却根本来不及和渚牙解释。

眼看西虢就要再一鞭子甩在昭景宸胳膊上——昭景宸一个没注意，吃痛，慌忙后退。

这男人，怎么也是个疯子！昭景宸暗骂。

西虢左一鞭子上来，他就往右侧躲过，西虢左右各一鞭子，他躲不过，干脆绕到西虢身后去了。

连昭景宸都惊讶于自己眼下的灵敏。

原来这封印解开以后，竟然对灵力的增长有如此大的助力！

突然，昭景宸肩胛骨的位置一阵生疼，眼见西虢一鞭子又要挥来——竟然是渚牙一刀红莲焰火挡在了他的面前！只见那鞭子弹在刀面上掉落在地，留下西虢难以置信的神情。

昭景宸难得看到这冷面大统领也有这么大情绪浮动的时候，还没来得及好好“欣赏”，门外一声咳嗽，徘徊了许久的西延、南冥二人走进屋来，解开了三人尴尬的局面。

昭景宸趁着西延、南冥扯开话题缓解气氛的时候，赶紧掀开衣领去查看那痛感的来源，不想竟然在和渚牙方才伤口一样的位置，有一道来自自身灵术的伤痕！

他惊得赶紧看了渚牙一眼，渚牙显然也注意到了他的异常，二人都是一脸诧异。

莫非……

昭景宸觉得自己的想法很是离奇。

早在荣山盟的时候，云中上人就曾说过，归心咒是绑在他们二人身上的羁绊，一人受伤则另一个人也会受伤。连他们二人自己都不知道是何时种下，此刻若是这羁绊发生了改变，从单线转而成为相互的牵连，似乎也并不是不可能。

不过此时已经不再是容昭景宸去细细思考的时候了，灵人比试复试在即。趁着南冥、西延也在场，昭景宸抢在渚牙不注意的当口儿，夺门而出。渚牙反应过来，才想去追，却被两位将军伸手拦了下来。

尽管不知这林京辰又是哪里得罪了渚牙，可渚牙最近针对他的动作却是大家都有目共睹。

“你不会是喜欢昭景宸吧？”西延两手交叉在胸前，刚刚自家弟弟与林京辰交手，渚牙扑上来死死护住林京辰的模样，她可全看到了。

渚牙嘴一瘪，转身离开。

西延看着自家弟弟望向渚牙离开的背影，如此深情，好似要把这个女人拘在自己的眼眸之中，瞬间严肃起来：“你难道还不打算告诉她，当年其实是你救了她吗？”

西虢一言不发，黯然离开。

好在，昭景宸在最后关头还是赶上了复试。

一路过关斩将，竟然无人可敌。

昭景宸沾沾自喜，不过这还不是他全部的实力。如今灵根初解，他原本遵循的术法又是基于渚牙的拟丹之上，难免有些运道不稳的时候，这才发挥了半成效果而已。但是他已经很感激了，等他再次照着脑海中的印象回到地宫，去当面感谢那守墓男人时，男人仍是痴痴地守在桑林皇后的棺边。那男人看到他，眼里也是分外激动，却强忍不发。

昭景宸叩谢男人解封之恩，这才能让他通过复试。男人却一语道破他如今的灵术不稳，要他每日前来学习心法。昭景宸更是感激。

此后每天子时，昭景宸都会来这地宫修行。才几日的工夫，他的灵术就突飞猛进，不但进入了灵人比试的决赛，还一举成为整个丛国最让人意想不到的候选人。

决赛当天，寒风萧瑟，凤葵门外广场却温暖如春。

一眼望去，全是前来观赛的民众，听说连上治帝都会亲临观赛。

昭景宸被白凤葵的弟兄们拥着，从人群中穿过，抵达比试场。

如今他已然成为这场灵人比试最大的看头，人们不远千里来到子虚城，只为看他一场比赛。

他一上场，周围就议论纷纷。

毕竟过往历史上，还没有一个像他这样的平民闯入灵人比试决赛，更不用说与各方豪杰争夺头筹。而昭景宸完全不在意他人的眼光，他今儿只有一个想法——打败对手，取得上治帝的一个承诺。

看台上，今日北卿岄着了浅色的宫装，显得十分乖巧。还不等昭景宸同她远远打个招呼，下一秒就见昭景琨被青见和春见两侍女簇拥着出现在她的身边。只见那人略带挑衅地看了他一眼，大手一拉，将北卿岄直接拽到怀中。这分明是故意要挑衅于他！

景宸暗暗攥了攥拳头，再左右扫视一周，竟然不见渚牙的身影。

吉时已到。

昭景宸走上比试场，他的对手抱着一尾琴，翩然落地。

这与昭景宸争夺第一的，乃是东疆有名的美人灵将羌笛。生得明艳动人，灵术超凡，善操琴，尤擅以曲为剑，能上阵杀百敌。

昭景宸朝羌笛拱手致礼。

羌笛施施然低头一笑，真不若繁花盛景，也似秋实绝色。

他们两人都不敢懈怠。

昭景宸知羌笛乃是击败南疆不败灵将般若的厉害角色，而羌笛也知昭景宸乃是这届灵术比试上最稳当的“黑马”，虽说身上优势不多，劣势显见，但能进入决赛站到现在这个位置，绝非能小觑的。

不推辞，羌笛当即素手翻飞，一曲金戈铁马流淌而出。

昭景宸感到眼前刀枪剑戟似有无数招式，一阵手忙脚乱，差点没能招架住。

好在他的灵术被守墓大叔调教得极其扎实。只见，不一会儿他便适应了喷涌而来的攻势，甚至游刃有余起来。羌笛见群攻不敌，便曲调一转，节奏紧密，从琴弦中幻化出万千金蝉。

昭景宸见这金蝉雨铺天盖地，连忙以灵障抵挡住羌笛的攻击。

他觉察这羌笛虽是女流，却极其好战，两番都是主动相攻。思忖下来，他觉得若是自己一味躲闪，定会失去了战机。于是，昭景宸干脆抽出兴仁剑，朝羌笛逼去。

“都说你只会被动迎战，没想到你还敢主动应我。”

羌笛似笑非笑，拨动琴弦，昭景宸能感觉到羌笛想要速战速决，便偏偏不配合。对方快，他便要慢，对方慢，他便要极其快。不一会儿，旁观的人便听出羌笛的调子已经转成幽咽冷涩之曲，使的全是费劲的招式。其实昭景宸自己内心并无胜算，但他只秉着“绝不能倒下”的信念，抵着兴仁剑，硬生生接住所有的攻击。

攻击越久，曲篇越长，羌笛越发难以承受如此高的消耗，不当心一个错手，攻击失了准心。昭景宸瞬间钻了空子，将灵力注入兴仁剑，生生斩断了琴弦。

曲子霎时绷断。昭景宸赢了，满座欢呼。

正当司事要宣布结果，突然一人飞到擂台上，直朝观礼台喊了一句。

“慢着。本殿也要试一试。”

昭景宸一看来者，眉眼便冷了。

竟是五皇子昭景琨！

这昭景琨不同其他对手，在决赛的关键时候，他要求对战，定然没有那么简单。昭景宸笃定眼前人是有备而来的，甚至还可能会有阴招，不得不更加小心。

——他受伤不要紧，可万一因为归心咒的羁绊反噬到那女人的身上……

恰在此时，渚牙被西延、南冥拽着，也来到赛场边上。昭景宸看到她，方才露出一丝欣慰，却又在下一秒，瞧到尾随而至的西虢，瞬间别过脸去。

皇子亲自下场，要争夺比试第一，引得悬念迭起，众人更加激动和期待。一时间民声沸腾，上治帝只能批准下来。大伙儿都看热闹似的等着看台上二人的好戏。

只见昭景琨蔑视地瞧了一眼他手中的兴仁剑，唰地抽出自己的红螺鞭，朝昭景宸袭来。

那红螺鞭犹如钢枪游蛇，一会儿破风如刃，将人逼得连连后退，一会儿缠绕不放，将人困在方寸动弹不得。

昭景宸尚且从容淡定，手持兴仁剑，却只一味地挥剑挡鞭，步步退让，毫无先前的惊艳出彩。

别说昭景琨了，就连四周围观的普通民众都能看出昭景宸的异常。

“难不成身为子虚城第一黑马的林侍卫就这点实力？还是说，是瞧不上本皇子所以觉得只要这么点能耐就足以应付了？”

民众一阵唏嘘。

明明那日从地宫出来后，昭景宸的灵术已经有了质的飞跃，怎么现在又束手束脚起来？难道他不想赢了吗？渚牙看着场上的昭景宸，有些出乎意料和担忧。

“本皇子偏偏要看看你真正的实力！”昭景琨嘴角一咧，干脆从指间幻化出一颗玄晶石，往昭景持剑的手指关节打去。

昭景宸果然条件性反射地松开手指，在红螺鞭打来的同时，兴仁剑掉在地上。

这下正好给一直找不到机会攻上的昭景琨切口，他急急收鞭，整个人却随势朝昭景宸面门逼来。昭景宸感觉不妙，想要退后躲过，却被对方死死抓住衣领，倒翻过去。

眼看胜负就在一瞬间了！此刻若真的再不主动出击，反而可能伤到渚牙。不得已，昭景宸只能就势往景琨腹部送了一剑。

——就在他翻过去的同时，恰好趁昭景琨不备从地上将剑捡了回来。

这一剑恰好刺中昭景琨的肩胛。

场外的人见了，纷纷惊呼。

这下反倒是昭景宸暗道不妙，即使自己步步小心，却还是中了这家伙的计！这一剑十分虚，像是插进了柔软的棉花里，剑尖传递回来的触感完全不真实。

“刺中我是不是很开心？”昭景琨讥笑着将兴仁剑捉住，语气像是费尽心力捉到了猎物一般极其高昂，“那我让你更开心一点。”

说完，昭景琨便像游蛇一样缠了上来，完全不顾剑会劈开他的肩胛刺得更深。

昭景宸大惊，想抽剑后退，浑身却像被冻住一般，无法动弹。

怎么回事！

这家伙想要做什么！

昭景宸惊惧不已，却也来不及回防，只感到景琨的右手不知何时已经掳至自己耳边。

只听，啪——

四海俱静。

昭景宸遁入无边黑暗。

场外的人全然不知发生了什么，他们只见到昭景宸突然呆若木鸡，拄着兴仁剑一动不动，而昭景琨完全不似刚受过攻击的样子，胜券在握地立在一旁。更令他们惊奇的是，比试场上周遭兀地起了结界，似一颗硕大无比的镜面球将昭景琨与昭景宸囊括在内。只有渚牙和西延等靠得最近。

“竟是神无幻境！”西延蹙眉不悦道。

这神无幻境乃是用神无海珠营造的他界，虽说不是什么极上阶的灵术，但解起来有点复杂。困在幻境中的人被剥夺五感，看不见、听不见、闻不见、摸不见，若是遭遇攻击，怕是毫无招架之力。昭景琨此时在这里使用这招，破坏比赛规则不谈，分明就是要昭景宸的命！

渚牙暗暗握紧了手中的红莲焰火。

幻境之中，昭景宸感觉自己犹如身处鸿蒙，他不知现在自己所站立之处是否为地，头顶之上是否为天。他也不知昭景琨会在何时、从何处攻击他。他只能架起灵障，紧张地防御。

突然，他感到自己被一股巨大的力量撞翻，紧接着背部、腰部、腿根火辣辣地疼，甚至感到血肉飞离了身体，直教心脏疼得抽过去。

昭景宸没想到昭景琨竟然轻易地破了灵障，自己就跟木靶子一样任人抽打。

他想拔腿就跑，四处躲避鞭子，谁知没跑两步，就重重磕在了地上。没有五感，他连平衡都掌握不了。

紧接着，昭景琨的鞭子就又跟了过来，这一鞭抽在了昭景宸的脑壳上，径直将他给抽蒙了。

如此一来，昭景宸逃也逃不得，躲也躲不得。

一种深深的无力感，以及将死的恐惧，朝昭景宸汹涌而来。

这身心的双重痛苦很快就从幻境中传到了渚牙的身上。昭景宸有危险！

她提起红莲焰火就要往台上去，所幸被西延及时拦了下来。

“你这么担心他，到底只是怕他死了没人给你撒气，还是有什么别的目的？”

渚牙顺着西延的眼神，注意到了观礼台边，北卿岄也在紧张地看向昭景宸。

真是好一对才子佳人，渚牙冷哼一声，暂且停下了想要冲上去的念头。

幻境内，昭景琨将昭景宸踩在脚下，解开他的聪耳，嘲笑他：“这就要求饶了，本殿下还没玩够呢！”昭景琨使用神无幻境的目的根本不在于打败昭景宸，而是想要堂而皇之地羞辱折磨他。

昭景宸动弹不得，身上人瞧他狼狈的模样，高兴极了，继续道："封了五感，让你手无招架之力未免赢得太容易，失了乐趣，不如本殿下留你一只耳朵，听听北卿岄是怎么哀求我的。"

他猜不到昭景琨要做什么，只觉察他将自己拖上前来，先是听到了青见和春见两侍女禀告的声音，随后便听到卿岄竭力克制冷静，却透露出愤怒与担忧的指责声。

"五殿下，您已经赢了，对人仁义，便是对自己的仁慈，再打下去胜之不武！"

"哦，你担心他？"昭景琨挑眉将昭景宸的头拉起来给北卿岄看。

说是看，不如说是感受。

这是神无幻境的特异之处，除非施术者自己准许，旁人是无从窥视里面情境的，而受到邀约的人，可以通过神无海珠的蚌壳"身临其境"地感受这一切。北卿岄此刻便是拿着春见、青见递过来的神无海珠蚌壳瞧见了昭景宸被虐的全过程。而渚牙则因归心咒也远远感受到了昭景宸内心所有的巨大波动。

"我这是为了您的荣誉着想。"可下一秒，北卿岄就看见昭景琨掐着景宸的脖子，声音陡然变得尖锐起来。

昭景琨兴致更加昂扬，抬手幻出一刀光刃，要朝昭景宸的脖子砍去。

渚牙分明可以感受到冰冷的刀锋划在自己的脖子上，她坐不住了！这个家伙，怎么到了这等关键的时候却如此窝囊！

如今昭景宸的体内还有她曾给过他运气的拟丹，既然硬闯不成，渚牙只好将自己的精魂也剥离出来，以那拟丹为载体，把身上的气力暂时性注到昭景宸身上。

不论如何，她不能让他就这么死了！

他既然不听劝告，非要参加这比赛，那么他的输赢也只有她渚牙才能说了算！这下子他非但不能死，还得打败昭景琨，赢得漂漂亮亮、干干脆脆的，否则就是丢了她渚牙的脸！

结界内，昭景宸也不知道自己哪里来的力量，竟然在光刃要割进肉里的一瞬，突然有了反击的气力，他钳住昭景琨的手，朝昭景琨蹬出一脚，硬生生躲开了死亡。

昭景琨被突如其来的反抗惹怒了，噌地暴起，将红螺鞭幻化成了钢枪，朝昭景宸心口刺来。可此刻的昭景宸是同时拥有自己与渚牙双重灵力的人，尽管一切术法在这幻境中都受制于昭景琨，可加起来对抗他还是绰绰有余。昭景宸挥出兴仁剑斩断红螺鞭。

此刻北卿岄的声音昭景宸也听不分明了，可他却能隐约感觉到右心房的位置，有一股熟悉而灼烫的力量突然涌进自己的体内，是渚牙在帮助他！

昭景宸顿时感到一丝安慰，奋起反击。

他一边死命接受着昭景琨凌厉的攻击，一边思考着如何解除这神无幻境。

正当他觉得无计可施之时，他突然想到了什么，立马放下兴仁剑，凝神静气，一动不动。

他也不打算架起灵障，直接等着昭景琨的攻击。

昭景琨没想到昭景宸竟这般不要命了，有些犹疑，便是这当口儿，昭景宸猛地弯腰抱住昭景琨的腰间，狠狠将人掼到地上。

昭景琨惊得连连后退，想要逃脱，昭景宸却死死不肯放手。

紧接着，昭景宸施了缚术将对方牢牢圈了起来。

“我抓到你了！”昭景宸道。

昭景琨挣扎不已，却发现自己动弹不得，眼见着昭景宸对自己举起了兴仁剑，便怒道：“你要对我做什么！你敢动我试试！”

“试试？比试场上生死由天，我现在杀了你也不为过。这一招我也是向你学的，你封了我五感其实就是为了不让我察觉与我真正交手的不是你而已。想来神无幻境也是需要耗费极其高的灵力的，你一个人光是维持这幻境就够呛了吧。”

昭景宸一直觉得奇怪，方才几次与昭景琨交手都有一种非常强的违和感，但又不知这么强的违和感究竟是从何而来。细细琢磨，他总是听昭景琨的声音从一处传来，从未变过，每每攻击之时，声音也十分冷静，不受战斗影响。如果不是一直在旁观战，他又如何能做到呢？

昭景宸索性不理攻击，顺着声音，将昭景琨抓住，他高举兴仁剑威胁昭景琨，若不认输解开神无幻境，便就顺势刺下去。这般就算是他死在幻境里也怨不得别人。

昭景琨自知败了，便解了幻境。

神无幻境消弭。

众人见昭景宸倚剑伫立，而昭景琨被捆在地上，便知是昭景宸胜了，纷纷欢呼。

司事了然，解了昭景琨的束缚，宣布昭景宸胜利。

谢然激动地奔上比试台，拉着昭景宸竭力地欢呼。昭景宸却往渚牙所在的方位探去，哪里还能看到渚牙的身影。

他隐隐再去感受体内拟丹中渚牙的气力，也已经全然脱离出去了。

现在总算能遂你愿了吧？

渚牙看着众人为昭景宸欢呼雀跃的样子就心生厌恶，她看向方才北卿岄站着的位置，北卿岄果然已经不见踪影。

渚牙冷笑，心口处却一阵生疼，眉心一皱，因内力消耗过度而猛吐一口血在地上。

此刻四周人群混乱，连带西延、南冥等人也都围了上去，欢天喜地在庆贺昭景宸的胜利，只剩西虢还守在一旁。他明明看穿一切，五味杂陈，却选择默不作声，先将她扶了起来。

第十九章

药园迷情

虽是隆冬，凤葵门外广场上却是热火朝天。

昭景宸打败五皇子，众人一片欢呼，他被拥着走到上治帝面前，接受嘉赏。

这是他自离天宫被流放以来，再一次见到这个男人。十年过去，这个男人还是稳坐高台，透过虚假的黄金面具，俯瞰着众人，浑身散发着令昭景宸厌恶的傲慢。

这十年，昭景宸曾不断问自己为何一定要被抛弃，沦落到孤独一人的境地，他身为人子，本就没有选择出生的权利，还要被人妄议成是不祥之子，自己何错之有？起初他想不明白，便执着于要找寻到一个答案，甚至也问过北落王，想从他那得到回答。但没有人能回答，更没有人能开解。于是随着时间流逝，他自己反倒释然，对于这个无解的过去，他决定坦然接受，但对这个从一开始就没有做过任何努力想要改变，只是一味顺应命运的男人，昭景宸却厌恶极了。不过今日昭景宸再厌恶，他也将全部的情绪收敛起来，仍恭敬地向上治帝施礼。

“说吧，你的愿望是什么，只要是不逆天理，不违祖训，不祸社稷，朕都可以答应你。”

上治帝的声音如他黄金面具上流珠撞击般冰冷，昭景宸不畏他的神威，挺直腰板，对上治帝道：“微臣希望陛下能够准许北卿……”

“陛下！”

正当众人凝神屏息等着听这位拔得头筹的少年郎说出他的愿望的时候，北卿岉突然高声打断了他们的对话。

昭景宸惊异地朝北卿岉看去，只见北卿岉正用眼神暗暗示意他不要开口说话。

“卿岉有何事禀奏？”上治帝有些不悦，但仍抬手示意北卿岉站出来。卿岉行了行礼，十分温婉地与众人道：“请陛下恕罪，臣女并非有意打断，只是这位灵将方才与五殿下比试时，灵潭受了重伤，臣女瞧他一直暗暗隐忍不叫人察觉，觉得有些不妥，这伤势拖一时，便重一时，还请陛下允许臣女先行替他做些简单的医治缓解才好。”

昭景宸疑惑自己身上的伤并没有严重至此，怎的叫北卿岉说得如此夸张，但他瞧北卿岉看着自己的眼神里似有话要说，立即了然，便装作重伤起来。

上治帝以及众人见昭景宸真的有疾，连忙让北卿岉施展灵医术。

“卿岉，你是不是有什么话要与我说？”昭景宸顺着北卿岉，坐到一旁接受疗伤，北卿岉借着治疗的契机，传了密音送入昭景宸的耳中：“京辰哥哥，殿上人多嘴杂，情势险恶，你莫要开口，你的心意，卿岉心领了。”

“不开口？为什么？”昭景宸不可置信地望着北卿岉，显然他没有想到她会在这个紧要关头改变主意，但很快他便想到了原因，“是不是景琨逼你了？”

“不是！”北卿岉见他激动，连忙示意他低调不要再发声，她害怕自己的密音被别人劫了去，入了耳，引来祸事，她也不敢多加解释引起昭景宸情绪上更大的波动，只能再三强调不要多言。

昭景宸只能干着急地想从北卿岉的神态中多寻找到一些信息，但北卿岉替他疗好伤便退了下去，末了扔下一句：“请不要再管卿岉的事，若是说了会害了卿岉。”

上治帝见卿岉替他治疗好，便又再问了一句昭景宸的愿望是什么。昭景宸此时心乱如麻，不知如何说起，只能支吾半天道了一句：“还未想好。”

殿上众臣瞧见昭景宸一副局促窘迫的样子，不由暗暗窃笑。倒是南冥将军站出来打圆场，请上治帝看在昭景宸刚受重伤的分上，择日再许他这个允诺。

上治帝轻轻点头，也就给了这个机会，准他改日想好了愿望再来提。此外，他赞赏昭景宸灵术了得，赐了其御前侍卫一职，赏方山海明珠千斛、玄骁神兽一匹、青神玉药一罐，随后便起身摆驾回宫。

众人拜罢也跟着散了。

昭景宸想要抓着北卿岄再问怎么回事，那昭景琨却故意在他面前拉走北卿岄，在长思御殿的侍女们的簇拥下离开。两人只相视一眼，匆匆分别。

“你不是说要带卿岄公主离开吗，怎么不说呀？”谢然还一副状况外的样子，凑上来不识趣地问，昭景宸心中正恼火，也不知该如何回答他的问题，就一言不发地把人扔下，随后大步流星地出了殿。

还没走几步，西延一脸沉重地过来找昭景宸道：“渚牙出事了。”

昭景宸听到消息，几乎慌了，他知道西延不是个轻易会将“出事”二字说出口的人，可见渚牙的情况有多严重，便没命似的往羌澜院奔去。

推开门，他见众灵医围在屋内，更是急了，将人群分开，却瞧见西虢拥着渚牙坐在床边，渡着灵力在救她。

原来，方才渚牙为了帮昭景宸赢下昭景琨，归心咒反噬重伤，一口血吐出后，便倒在宫道上不省人事。若不是西虢路过及时将人救下，这会儿怕是已经断气了。

昭景宸拉过屋内干等着的御灵医问渚牙的情况，那白胡子的院判激动地对他道：“这渚副将的体质特殊，应是魂灵不全，我等的医术竟然丝毫无法起到作用，幸好有西虢侍卫在，要不是他为渚副将割血为引，注入灵力，平缓心脉，就……”

昭景宸看向西虢，此时西虢已经注入完灵力，将渚牙平稳地放回到床上，并唤御灵医来瞧渚牙的伤势。昭景宸见他苍白着脸，如从水中捞出一般虚脱，连忙去扶，谁知竟被西虢一把推开。

昭景宸知道西虢向来不喜自己，他此时看在对方救了渚牙的分上，没有在意，仍郑重地道了谢。

“为何她身上能中了五皇子的灵术？”西虢冷情冷眼地瞧着昭景宸，显然他已经注意到渚牙身上的异常。可昭景宸不愿将归心咒的事告诉他，便没有回答。西虢沉默半晌，恨恨道：“你最好不要害她，否则我不会放过你！”

“你放心，我不会再给你救她的机会。”

昭景宸心里满是愧疚，他方才情急，为卿岄争取离宫的机会，忽视了自己身体上的异样，竟没想到渚牙会有这般严重的伤势。面对西虢的指责他无话可说，只是他心底暗暗发誓，今后定要将渚牙守好，不再叫她受一丁点伤害。

昭景宸扳直身子，让西延带西虢离开羌澜院回去休息，而他一直守在渚牙身边，待御灵医确认渚牙已经脱离危险，揪着的心才缓缓落下。

渚牙因身上的痛苦，在昏睡中不断皱起眉头，甚至在念叨着什么人的名字。昭景宸心疼地替她抚平眉头，也输送着自己的灵力与她。

这大概是他认识渚牙十多年来，第一次瞧见她如此安静的样子。只是躺在那儿，便犹如沉睡的神祇，美若翩然，叫人挪不开眼。

“你放心，我定会寻法子将我们身上的归心咒解了，不让你再因我而受伤。”尽管渚牙听不见，昭景宸仍对她许下诺言，他想这或许是自己能为渚牙能做的唯一的事了。

此前他翻遍流延阁都没有找到一星半点关于归心咒的记载，这次他便去问谢然宫中可还有更大更全的书库。谢然这小子果然神通，也不叫昭景宸失望，告诉他日耀宫旁边有个神御宬，专门存储一些上古奇书，或是先祖灵器，据说只要是人想要知道的东西，都能在那里面找到。

昭景宸听了，来了兴致，正想想法子去里面探一探，却被谢然给拉住：“你可别想着去那里，那可是皇宫禁地，除了圣上，谁都进不去。”说着，便与他道了许多与神御宬有关的传说，什么雨夜鬼泣，每逢百年便会自神御宬地下传来诡异震动之类。

昭景宸当下只将其认作是志怪，认为是人们对神秘之地的臆测，便耳旁风似的听了听，直到日后他才知道，所有故事都是从此地起，又将从此地终，一切冥冥中注定。

既然神御宬如此神秘重要，昭景宸便想用自己的愿望去向上治帝求一个恩典，好能进神御宬彻查一番。可转念一想，若是被问起他要进神御宬寻什么时，他要如何回答才不引人怀疑呢？再者，若是旁人觉得他要求过分而且古怪，势必会揣测他的用意，深究下去难免会发现他的真实身份，这样贸然利用上治帝的许诺进入神御宬太过冒险，不妥。

想来想去，昭景宸放弃了最直接的法子，决定还是夜潜神御宬比较稳妥。于是，在确认渚牙安然的情况下，他偷偷去了神御宬。

这神御宬虽然是禁地，但周围的守卫安排十分松散，门外的禁制也不是那般复杂，昭景宸几乎是没有阻碍地摸进了神御宬内。他心想应该是众人一直敬畏此地，一直无人敢侵入，所以才这般吧。

这神御宬内无灯无烛，十分昏暗。昭景宸也不敢点火照明，只好借着外面透进来的光亮缓缓摸索。这神御宬的确是拥有着最浩大的书库，从外表看只是普通的一层殿宇，其实内在拥有着最为复杂的他界空间，昭景宸目之所及全是书架，根本望不到尽头。

不过倒是不用担心寻不到书，照着此前在流延阁的经验，这些书都是被施过灵术的，只消用搜书诀便能一览无余。昭景宸细细爬梳着所有出现“归心”二字的典籍，终于在一本《灵释》中寻到了些与归心咒有关的内容。

他来不及细看，只能将书塞进怀中，准备带走。就在他要离开时，突然听闻那书架背后传来阵阵诡异的声音，细细听来似女人的悲鸣。

靠，不会这么背，真的有鬼吧！

昭景宸汗毛直立，竭力想要摆脱谢然灌输给他的那些鬼话。按照他平日的性子，早就撒腿跑了，不知为何，今夜他却被本能驱使着想要去解开那书架背后的玄机。

“砰——”一声禁制被触发后爆出巨响。

昭景宸推开书架，伸手去碰那墙壁上虚空挂着的山水画，谁知竟引得这等结果。他手刚碰上画卷，画卷便如火燎过般燃尽，露出背后黑黢黢的黑洞来。

“谁人擅闯神御宬？”外面听闻巨响，乱作一团。

昭景宸没有心思再往下探究，他飞似的在守卫冲进来之前，逃离神御宬。

待闪回到羌澜院，他几乎以为自己快要死过去。

“你从哪儿做贼回来，弄得我跟着不得安宁！”

昭景宸惊喜回头，竟瞧见渚牙倚靠在门下，披着厚裘望着自己。他几乎是高兴得要奔出眼泪来，要知道，渚牙自那日昏迷，已经足足过了十天，虽然御灵医都道她伤势无碍，可就不见人醒。

渚牙瞧他这般高兴，反倒有些不好意思。她也不好道自己是迷糊中听到有人唤自己名字，以为是昭景宸，便着急寻他，寻着寻着就跟着醒了过来。

“好了，你让你的心安分点，我快喘不过气来了。”渚牙兀地觉得心跳得厉害，好似被一股力量拉着要从这躯壳中出去似的。昭景宸见着，连忙扶她进去休息，并顺手将从神御宬拿到的书籍藏匿得更隐蔽，他打算等确认了解开归心咒的法子，再与她说也不迟。

而神御宬那边出了这般娄子，惊动了上治帝。他站在神御宬中，望着那个豁然出现的黑洞，心中涌出不好的预感。他也不知道这预感是什么，只能命人重新封印了神御宬，并加了七重禁制，不许人再靠近。

渚牙这伤来得迅猛而突然，本以为会挨上几个月，没想到没几月就已经恢复得了无痕迹，醒来第二日，她便没事人似的去黑凤葵报道，惹得西延一阵酸。

“渚牙，你真是好艳福，不仅我弟为你又是割血又是送灵力的，连昭景宸这小子都对你寸步不离，时时在床前伺候你，连换衣都不让旁人插手，啧啧啧。”

“什么！那死小子扒我衣服了？”渚牙一听，气得立马提刀杀到昭景宸处，追着他一通恶揍，昭景宸一脸蒙，也不敢还手，只能由着渚牙打，末了还要劝她下手轻点，别因为归心咒再反噬受伤。这话自然没有收到什么正面效果，只是再引来一顿揍罢了。

昭景宸委屈极了，直到见西延幸灾乐祸地来讽刺他，他才知道竟是西延在渚牙面前乱说话，为的是替自己默默奉献的弟弟抱不平。虽然昭景宸的确在渚牙生病这段时日日夜夜伺候着，可他连渚牙的一根手指头都没摸着，天地良心，他是规规矩矩地让羌澜院的侍女们替渚牙更衣的！

渚牙当然不信他，加之之前的事，渚牙对他的态度比受伤昏迷前更差。不仅如此，昭景宸还发现渚牙跟西虢越发亲密，不仅时常出子虚城约酒，还受邀去西家在子虚城外的郊院中游玩。他心里又气又恼，还没法说。

算了，等解开归心咒，再跟你讨回来！

昭景宸拿出《灵释》，他努力琢磨着上面关于归心咒的记载，可上面除了写有归心咒是昭氏一族为了维持魂灵不灭的秘法，以及如何种下之外，根本没有写如何解除。“共生共死，不生不灭。”昭景宸读出这段触目惊心的字句，不由觉得心底发凉。

到底是谁给渚牙下了这般残忍的秘法？如果归心咒只能是昭氏先祖所有，那又是哪位先祖呢？

昭景宸找寻不到答案，如今神御宬已经戒严，他想要再入内已经不可能，只能暂时放弃探究里面的秘密。

正当他又要失望于归心咒无解时，无意被锋利的书页割伤手指，溅了些血在书页上。那书页像是被点活了似的，竟在文字之下露出一幅图来。

图上之物，样子似笋，又似苁蓉，明显是一种药材。昭景宸端详半天也没瞧出是何物，于是他又滴了血液在书上，想要再找寻些信息，但这次却没有什么变化。

昭景宸有些气，他虽然知道应是某位先祖想到了归心咒的解法才将图案画在书中的，可这般隐蔽又不加说明，摆明就不打算好好把解法告诉后来人，如此小气还不如不说！

气归气，昭景宸还是十分仔细地将图案描摹下来，打算去问卿岄这是何物。

而说起卿岄，又是昭景宸心头隐痛。

那日北卿岄不让他向上治帝求情放她回北落，两人之间便生了隔阂似的，昭景宸想去见她问明情况，卿岄却百般找理由拒而不见。

直到前些日子，上治帝明确下旨定下北卿岄与昭景琨的婚期，卿岄才请昭景宸进清光殿一叙。

可事已至此，两人相顾无言。

就算昭景宸理解了北卿岄是担心自己离开子虚城，上治帝会对北赫沐和北落有不满，但他仍觉得，卿岄自己的幸福和快乐才是最重要的，她不该轻易地放弃。

“这是仙云烟，是能生发灵力、治疗灵潭崩坏必死之疾的药草。因为极其罕见难得，被誉为药草中的仙子。之前治疗千丝虫的时候，我也曾想寻它来着，却怎么也没找到，一直以为只是传说。”北卿岄瞧见昭景宸拿来这图，眼睛瞬间像是发了光似的瞅着，兴奋问：“京辰哥哥是从何处得来这图的，又是要做何用处？”

“无意间看见，只是觉得好奇。”昭景宸含混地解释，他也不想说得太明白，免得北卿岄担心。可北卿岄冰雪聪明，细细推想了最近的事，便知晓了大概，她笑着与昭景宸道：“想必是为了渚姐姐吧，听宫里的御灵医说，渚姐姐前些时日受伤，灵力衰竭，险些没救回来。”昭景宸点点头，算是认了一半，继而北卿岄又道，“这仙云烟难寻，怕是一般人难以找到，我在宫中听闻人说望都谢家药园，网罗天下珍奇药材，或许他们会有些法子。”

望都谢家，又是做药材的，说的便是谢然那混小子家。昭景宸听了欣喜不已，连忙谢过卿岄。

“京辰哥哥，你竟如此喜欢渚姐姐吗？还是只因为旧时她救过你，你想还她的恩情而已？”卿岄一瞬不瞬地望着昭景宸，把他瞧得心底透亮。昭景宸从未想过这个问题，他只觉得渚牙与别人不同，她不仅重要不可或缺，更多是他想所有时刻都与她分享，若是能一起走到生命尽头，便此生无憾。

这应该是情意吧。

昭景宸想。

于是也不瞒北卿岄，他简洁明了道：“喜欢。”

卿岄脸上闪过一瞬的难过，但很快便隐藏起来，仍奉上一个甜美的微笑，祝福他与渚牙能早些心意相通。

没有多逗留，昭景宸便离开了清光殿，他踏出殿门，不禁回首望这偌大的宫殿，还是心疼卿岈。他想卿岈若是不来这子虚城，现在必能做个像云中上人那般的灵医，自在云游，悬壶济世，何苦蜷缩在这精致的牢笼中憋屈一辈子。

而躲在殿门后目送景宸离开的卿岈，早已经哭成泪人。

她心如刀绞，浑身不可遏制地颤抖。

“京辰哥哥，你可知卿岈亦喜欢你。”

这句小小的祈愿，景宸是听不见了。

她只能一遍又一遍地说与自己听。

“既然这么后悔，不如去说给父帝听听。”

荫翳中，五皇子昭景琨缓缓踱步而出。他早就来到了清光殿，只是不叫侍女告知北卿岈，暗暗将方才的事看在眼中。

卿岈惊得抹掉自己脸上的泪水，装作如常的样子去迎接昭景琨。而昭景琨却一把掐住北卿岈的脖子，迫使她仰起头看着自己，望着卿岈脸上的泪痕狂笑道：“你动情的样子倒是我见犹怜，比你平日那副伪善模样好多了。”

北卿岈对昭景琨根本无爱，也没有恨，依着她本来的性子，若不是因为上治帝赐婚，昭景琨在她眼中就是芸芸众生中普通的一个人。

“殿下误会了，卿岈没有后悔。卿岈是自愿接受这门婚事的。”

“哈哈哈，你分明就是怕我伤害他。”昭景琨气势骇人，北卿岈有些微微发颤，但仍直起优美的脖子，回击道：“若殿下非要这样认为，卿岈也没有办法，只是若未来天子是这等气度，真叫人笑话了。”

卿岈的话，有些大胆僭越，倒也戳中了昭景琨心中的隐秘心思。他见卿岈既不害怕也不绝望，便疯狂想凌虐她，于是便将人拖进了内帷，一把推到床上，恶狠狠道：“你越是这样，我越要摧毁你。我倒是要看看你什么时候才会完全崩坏掉。”

清光殿内的烛火应声全灭，空荡的殿宇内只留下喑哑的痛苦声。

既然知道这东西是仙云烟，昭景宸便急不可耐地去找谢然帮忙。谢然二话不说便敞开自家药园大门，任他去寻。

可谁知一到那儿，竟在门口瞧见了渚牙。

“你小子跑来这里做什么？”渚牙也瞧见他，抱着红莲焰火不耐烦极了。

这话昭景宸还想问呢，他可是特意叮嘱谢然不让他大嘴巴说出去的，怎么就让渚牙到这儿来了？

“西延说这药园有古怪，让我来查查，你好端端不在子虚城当值，又是来做什么！”

渚牙话说得有些虚，昭景宸倒也没有听出来。想来渚牙也不会让昭景宸知道，这是自己逼着谢然道出的行踪，她就是想来瞧瞧这昭景宸要为那个北卿岄寻什么好东西。

而昭景宸这边，他也不敢让渚牙知道自己是为她来寻归心咒解药的，便道：“卿岄想要寻一味药草，我来看看。”

“哦。”渚牙意味深长地看着他，然后冷哼一声，“你还真是关心你那位卿岄妹妹啊。”

昭景宸觉得这话里有股浓浓的醋味，本想要解释，可一想到她这些时日与那西虢走得特别近，便存了戏弄的心思，装作无辜道：“那是自然，卿岄能和其他人相提并论吗？”

渚牙一听，心底那个气啊，攥紧红莲焰火，当即就懒得搭理昭景宸，径直走进了药园。昭景宸觉得自己这般似乎有点作过头，心底隐隐有些不安。

谢家药园在望都远郊，占地万顷，几乎是一个望都那么大。他们跟着谢家药园的仆人一道迈进那浮夸的大门，便真叫这地方给镇住了。

这药园分山地和平地。山地多是些需要靠天然土壤去培育的药草，而平地多半是可以在室内人工养殖的药草。除此之外，按照药草的生长环境制造了各区，有炎热干燥的，有湿热需要雨水充沛的，还有需极寒冰下的。昭景宸见了不由得拍手称奇。

药草培育也需要极其强大的灵力，所以除了药草，药园中便是各种药师。药园仆人将他们领进园，便交由药师带着。药师为他们介绍了药园的分布以及药材的情况后，便请昭景宸说出他要的草药。

昭景宸将那画纸交给药师，药师愣了愣，然后道："这仙云烟，本只长于沙石炎热之地，极其难得，不久前我们倒是真的培育了一棵。公子真是幸运极了。"

昭景宸一听高兴坏了，连忙请药师去取。

药师点点头，便走进一处结界，那结界的后面是他们人工构建的沙石炎热之地，有利于各种西疆来的名贵药草的生长。

"至于吗，这么高兴？你还是等着拿到手，到你卿峭妹妹那儿再高兴吧。"

渚牙瞧着昭景宸乐和样，就没来由地气闷，只觉得心烦不愿瞧见昭景宸，昭景宸知道她生气，反倒还有些新奇，便跟在她身后，一边追一边道："你好端端生气做什么，难不成你也想要这个仙云烟？"

渚牙立定，回头，狠狠瞪着昭景宸一眼："不用！你自个儿留着去讨好别人吧！"

说完便甩开步子，在药园里巡视，去找西延说的所谓异常。

昭景宸隐着笑意，越发觉得渚牙应该是在吃醋，他也不挑明，就跟在她身后，她到哪儿便跟到哪儿。

渚牙正烦心，瞧见昭景宸更烦心，正要发作拿红莲焰火挥开他。

突然，风起。

他们闻到一股奇异的花香。

再紧接着，他们听到身后的花圃里传来奇怪的乐声。

渚牙朝那花圃深处看去，似能瞧见一棵巨大的柳树。

见两人好奇，一直候在一旁的药园仆人对他们两人解释道："是藤音果开花啦，如果两位有兴趣可以往里面走。"说着便引着他们往柳树处走。

他们还没走一会儿，便瞧见那所谓的柳树。这柳树其实是一棵巨大的藤音果树，肉眼几乎望不见它的树冠，只觉得铺天盖地的藤音果从天而降。藤音果的花朵似铃铛，由白渐紫，漂亮极了。风一吹，便会发出类似海女吟歌的声音。

"这树我瞧着有些眼熟，似乎不是这里的。"难得渚牙会对其他的事物有兴趣，甚至还主动问起药师，昭景宸便凝了神也注视着药师。

药师见渚牙一语中的，十分钦佩，语气也更加谦虚道："姑娘说得极是，这是从方山洲移植而来的，如果没错，此世当属唯一一棵。”

“方山洲……”渚牙觉得这名字隐隐有些熟悉，但仔细从脑海中搜刮，却又找不到丝毫关联的信息。尝试了一番无果，她也就放弃了，只是继续打量着藤音果树。

那仆人见渚牙感兴趣极了，继而又道：“既然二位因我家小公子来药园，便是谢家的贵客，不妨尝尝藤音果汁如何？”

渚牙当即抚掌悦然，兴致满满。

“这果子有什么稀奇的，我看它闻着也没什么特别。”昭景宸他们遵照仆人的指示，坐在藤音果树下，看着对方将一朵朵藤音果花摘下来放到他们手中，然后凑近闻了闻。

那仆人笑了笑：“不知公子可知道扶摇神木？”

“自然知道。”那扶摇神木乃是上古传说中昭氏先祖下蛮荒地界时所用的圣物。

“这世间扶摇神木只一根，那这藤音果也只有一棵，自然是同等珍贵。不过那扶摇神木千万年前便没了，再珍贵也没有用，但藤音果万年前蛮荒遍地是，到如今才只剩下这一棵，千万年沧海巨变，它见证了世间所有的悲欢离合，可是比扶摇神木要珍贵得多。”

昭景宸听了，觉得有理，不禁对这小小的藤音果肃然起敬。

倒是渚牙，听到 “扶摇神木”几个字，觉得浑身不舒服，便问昭景宸这东西是什么来头。昭景宸见渚牙肯主动跟自己开口搭腔，便也开心地与她解释这传说中可以通天通地的神木。

渚牙一边听，一边摘喝着藤音果汁。藤音果汁味道浓香甘甜，十分好喝，不知不觉就喝了十几个。

“你老是在我眼前晃做什么！可恶！”渚牙伸手想要捞住昭景宸，可手没对准，整个人跌进了昭景宸的怀里，显然她已经醉了。

而昭景宸一下子被渚牙的气息包裹住，脑袋里犹如烟花般五彩斑斓地炸开，瞬间脸红。

虽然此前渚牙犯朔月之症时他也曾抱过她，但那时只有心疼，却没有这般悸动。如今渚牙全部的气息充斥在他的鼻尖、四周，叫他燥热极了。

“这藤音果到底是怎么回事！”昭景宸揽着瘫软的渚牙，想要寻仆人问怎会使人如此，却没想那仆人不知何时已经退下到别处去了。

渚牙瞧着昭景宸揽着自己，心底还生着之前的气呢，再瞧见昭景宸手里拿着仙云烟更是火冒三丈，见着便要捏碎那药草。

昭景宸见她发疯，连忙护着。

“你给我不给！”渚牙拿红莲焰火指着昭景宸，一副不给就杀的架势。

“你好端端地对着药材发什么火！”昭景宸小心护着这来之不易的药材，心底不想与这个“醉鬼”计较。

可渚牙觉得昭景宸这是在维护北卿岄，更加来气：“今儿你要是不把这东西给我，我就杀了你！”

昭景宸笑道：“你疯啦，你杀了我，你也活不了。”

渚牙想了想：“是，没错，那我也要杀了你，这东西决不能让你给别人。”

昭景宸本来只是想要逗逗这个醉鬼渚牙，谁知她还真的挥刀要砍自己，躲了几十招之后，他觉得不妙，连忙叫渚牙住手。

可渚牙却不肯罢休，强行将昭景宸压在地上，拿刀架着他的脖子，怒道：“她都要嫁人了，你还想着她，那你怎么不把人抢走，带回北落去！”

昭景宸这下可不敢乱说话，他觉得渚牙是真的在生气，只好道：“正如你说的，她都要嫁人了，我还带她回北落做什么，这是卿岄自己的选择。”

“因为你喜欢她，因为你心痛。”渚牙眯着眼睛，一把抓过仙云烟，“你心痛，我就会心痛，所以为了不让我自己心痛，我要先杀了你。”

昭景宸似乎听到不可思议的话，便又重复了一遍：“你说你心痛，你是因为我心痛而心痛？”

渚牙晕乎乎地点点头，摸着胸口道：“瞧见你去见卿岄，我便心痛，所以你要是喜欢她，你就带她走啊。”

昭景宸一下子来了精神，他扶住渚牙道：“可我瞧见卿岄并没有心痛，而是瞧见你跟西虢在一起心痛。那你跟西虢在一起时会心痛吗？”

渚牙想了想，晕乎乎地摇摇头。

昭景宸激动地握住渚牙的手，感觉心口似乎有什么东西烧了起来："那现在如果我说会为卿峋难过心痛，你会难过心痛吗？"

渚牙愣了愣，随即道："我不许，因为我很疼。"

说着，便手里生了灵火，要将那仙云烟烧个干净。

"等等，你不能烧！"昭景宸着急地喊道，"这个仙云烟是我找来解开你身上的归心咒的，你若烧了，拿什么解？"

渚牙闻言，停手，反问："给我的？"

昭景宸怕她不明白似的，用力点点头。

渚牙听了，忽而露出非常开心明媚的笑容，将那仙云烟揉碎，一把叼进自己的嘴里，然后猛地对上昭景宸的嘴唇。

这一切太意外、太迅速，昭景宸根本没有预料到，他只觉得渚牙柔软的唇撞上来，随即一股苦涩的药草味道涌入自己的口中。

啊……他和渚牙的第一次接吻竟是这般味道!

昭景宸有些不甘心，只想寻着这苦涩之后的甜蜜回击过去。渐渐地，不知是藤音果汁使他上了头，还是被渚牙的热情给晕了神志，只觉得浑身越发燥热，想要贴近渚牙身上微凉的肌肤缓解。从蜻蜓点水，到食髓知味，他伸手托住渚牙的背，翻身将人压下，近乎侵略般沿着渚牙的脖颈一路吻下，缠绵。

"林公子，渚姑娘，药园马上要关了，天色不早，得返回望都了。"

他们二人正情难自禁，仆人突然出现，让两人惊了一惊。

渚牙像是瞬间神志清明似的，她瞪着眼，瞧见自己与昭景宸像藤蔓一样紧紧纠缠在一起，惊得一巴掌拍开昭景宸，过电似的分开。

昭景宸刚想要开口说明，渚牙拿长刀杵地，要挟道："闭嘴！刚刚发生的事你一个字也不许说，一丁点也不要留在脑海中！你要是敢再提，我杀了你！"

见她如此愤怒，昭景宸只好点点头。

渚牙像是遭了重创似的，在风中凌乱，步伐不稳地朝药园外走去。

昭景宸想要跟上，渚牙却挥刀不准他同行。

昭景宸对渚牙的蛮横无理完全无可奈何，只好独自回城。正当他回想起方才的一幕幕，突然他身后蹿出一个壮硕的黑衣人，朝着他当头一闷棍。昭景宸来不及看清来者是谁，便陷入了晕厥。

不知过了多久，昭景宸再次睁眼。

首先映入眼帘的便是漂亮而繁复的雕花顶，还有粉红的床幔。

这不是自己熟知的地方！

这是哪儿？

昭景宸顶着嗡嗡的脑袋坐起，正准备喊人。

这时，一张娇媚可人的脸凑了过来，对着昭景宸蛮横道：“哟，你可算醒了，那我们可以准备成亲了。”

第二十章

无心插柳

“你，你别过来——”

昭景宸慌张地后退，朝门外大声呼喊，声音却很快被淹没在外头筹备五皇子婚事的锣鼓喧嚣里。

他退后一步，眼前的女人就往前一步，几乎要直接爬到他的两腿之间。

“我昭景霓一个堂堂公主，你竟敢嫌弃我！”

昭景宸一听如遭五雷轰顶，他怎么也想不到这个将自己绑过来的女人，竟是当年那个七妹。

他仔细瞧着景霓的眉眼，果真还有当年那娇憨模样，心底是又惊喜又无奈。没想到整整十年过去了，她还是不改当年的撒泼娇憨！昭景宸隐隐记得当年景霓被长思御殿罚了禁足，不到婚配不得出去，竟然如此也没能收敛她的“恶行”。

“你这是要对我做什么？”昭景宸护住自己，不让昭景霓上前，对自己这个七妹，昭景宸既不能出手伤她，又不能把身份摊开来告诉她，顿时左右为难。

“你灵人比试大战我五哥的事我都听说了，本公主非常欣赏你，以后你就是本公主的人了！”昭景霓拉住昭景宸的胳膊，强压下来，一副要逼迫他就范的样子。

昭景宸哭笑不得。如果说眼下他为了渚牙一定要留在子虚城，那么不祥之子的身份自然越少人知道越好。可看景霓一副“本公主都如此主动了，竟然还有人敢无动于衷”的表情，昭景宸心里咯噔一下，隐隐间总有种不好的预感。

果然！景霓的举动很快就证实了他的猜想。

只见她径直跪坐起来，宽大的锦袍脱了一半，露出里面藕紫色的抹胸。昭景宸甚至可以看到她袖子上绣着的娇叶白花，皮肤若隐若现，朦胧到让人浮想联翩。

昭景宸蒙了！

这丫头还真是不顾男女之防！

景霓看他还待在一旁，恨不得直接扑上去要 “霸王硬上弓”。昭景宸根本没有时间去考虑这丫头荒唐背后的逻辑，慌乱间只顾着惊叫了。

突然，门外锦娘的声音响起。

“你们什么人？怎敢擅闯碧霄宫！”

门“哗啦”一声从外被踹开，渚牙提刀赫赫然就站在门口。

而此刻昭景霓正以八爪式趴在景宸的身上，看到渚牙和一众黑凤葵，有些意外。昭景宸则兴奋之余有些尴尬，随即陷入更大的慌乱中。

“呃，你听我解释……”

“保护公主！”渚牙直接打断他。大手一挥，她身后的凤葵军就径直上前，从床上架起昭景宸，拎到门口，不由得另一头昭景霓乐不乐意，一众黑凤葵站成人墙，在二人之间挡得严严实实。

不愧是渚牙！雷厉风行不减当年！

昭景宸几乎要默默为她拍手叫好。渚牙一个眼神瞪过来，他只好低下头去。

“保护公主不周，让这等狂妄之徒闯了进来，是臣的疏忽，臣这就将他带出去！”

说罢，渚牙提起昭景宸就要往外走，昭景宸自然是巴不得赶紧离开，景霓却坐不住了。她还没等想明白这群黑凤葵从哪里来的风声，就竟敢从她手底下抢人，正要往外追，才刚到门口又被一众黑凤葵挡了回来。

“公主，您还被禁足呢。”侍卫毫不留情地将人拦下。

昭景霓气得甩手要冲，却还是最终被众人拦在了宫门之内。

这边，渚牙胡乱找了个借口，独自拎着昭景宸，从碧霄宫一路到了东宫御花园，这才将他放了。

昭景宸怕她误会，急急要拦住她，想和她解释，可话到嘴边，才想起来自己都还云里雾里，看不懂景霓这是闹哪出——

难不成真是看上他了？

昭景宸赶紧摇头，从自己脑袋里打消这个念头。他总不能告诉渚牙其实景霓是他妹妹，只不过景霓目前也不知道这事吧，昭景宸确定就以渚牙直来直往的脑回路并不能准确理解其中含义，何况自己现下也不能和她解释得清。

尽管如此，他的表情落在渚牙眼里还是有了全新的意义。

她见昭景宸支支吾吾地将自己拦下来，还以为是真有什么可解释的，正想看今天天气好给他个面子，结果昭景宸又说不出个所以然来。

可笑！渚牙一股怒气上头，这家伙分明在耍她！

想到昨日二人在药园的旖旎光景，渚牙恨不得一砍刀直接把眼前人大卸八块。

“老子不知道是你，不然才懒得管。”她恶狠狠道，随机又扯出一丝笑，“不过没准儿某人就是想做驸马呢，你说是吧？”

昭景宸对上她眼里的火气，有些心虚，却有苦难言。

他想起昨日渚牙吞下了仙云烟，便着急问她归心咒可有解。

渚牙听他此时还敢提归心咒，便拿着刀柄杵到了昭景宸的肚子上，疼得他几乎痉挛起来。

没一会儿渚牙也感到了疼痛，便抽着脸，大骂昭景宸：“骗子！”

就在此时，不远处传来一男声：“渚牙。”

二人转头，竟然是西虢持刀巡视，恰从御花园路过，听着他们的声音过来。

真是阴魂不散！

昭景宸一看西虢就堵得慌，那家伙虽然没有走上来直接插在他们二人之间，却也不懂得“识趣地”离开，硬是隔着一段恰到好处的距离，颇有耐心地候着。

西虢望向渚牙，渚牙转头看了西虢一眼，眉宇间也瞬间温和下来。

这下昭景宸更觉得闹心了。凭什么！

隔壁望梅园的梅花已经完全盛开，迎着风，时不时飘来点零星花瓣，本也是一番极美的景致，此刻在三人尴尬的氛围间却显得累赘不堪。

渚牙唰的一下抽出红莲大刀，三下五除二在空中直接把花瓣剁了个稀碎，甩头朝西虢走去。

昭景宸想要去追，没走几步又停了下来。他想着眼下那归心咒根本没解，心底慌乱，再想着方才那摊事儿，便更是苦涩不堪了。

恐怕就连昭景宸也没想到，自己好不容易才从北卿岄的危机过去，还没过几天安生日子，就遇上了更大的麻烦。

这连续几日来，碧霄宫派人送来的礼物就没有停过，今日是暖炉子，明日就有咸鸭汤。就连他想趁着值班，好好地在流延阁再找找关于归心咒的记载，也会突然赶上碧霄宫的侍卫兄弟肚子疼要求换岗，不得不作罢。

昭景宸在侍卫所里休息，那脱下的外袍一准会被偷了去，次日换上加厚了棉绒的新衣铺在床头。他的床单、被套都被人从里到外换了通新的，那材质全是金丝银线，填的是南屿特供的鹅绒，被面绣的是锦绣山川。别说昭景宸了，就算是队长福川，也不一定见过这个阵仗。

宫里头不明所以的兄弟们还以为他是傍上了什么高枝呢。

可皇城后宫除了屈指可数的公主，就都是历届皇帝的女人，霎时间，有关昭景宸其实是和某宫嫔妃暗通款曲的流言就传开了。昭景宸头疼不已。

偏偏这样的关头，就连渚牙也不想让他如意。眼见她分明是越发频繁地前来侍卫所，昭景宸才有些欣喜，却发现人家没一趟是来找自己的！

碧霄宫给昭景宸送来暖酒，渚牙就约着那西虢出去喝酒，碧霄宫送来好肉，渚牙就借口自己馋了，想念东郊山头现打的野灵兔，非要拉着西虢陪她打猎烧兔子去。

这摆明了就是针对自己来的！可昭景宸却有苦说不出。

侍卫所一干人也不是傻子，先前就知道西大统领和渚副将关系不一般，尽管后来听闻林侍卫和渚牙的“传奇故事”以后短暂性地站他队，可现下事实摆在眼前——这西大统领的女人还是西大统领的，别管那林侍卫如何追求，没戏！

可昭景宸一听，如今竟然连同屋的那蓝侍卫都开始规劝他了，更是气不打一处来。一定是西虢那家伙又在背后说了什么。

昭景宸觉得事到如今非得找他去了，可偏偏好巧不巧，他前脚还没跨出侍卫所，在自个儿的寝殿外就与西虢撞上了。

“喀喀，”他自然知道如今与西虢是上下级关系，却更明白原则性问题不能退让的道理，顿时挺直腰杆，“你有本事直接点，别背地里使手段。”

可西虢却看都不看他，倒是把目光直直投进屋中，嘴角一勾道：“我看，你还是先处理好你自己的事情吧。”

昭景宸顺着他的眼神往屋里探去，双耳霎时间就烧红起来。屋里床上、桌子上，全是昭景霓送过来的物什。他还没来得及辩解，便紧接着听西虢凑到他的耳边、压低了声音又说道：“我不管你同碧霄宫那位是什么关系，都不许影响到渚牙。当年渚牙那个伤是怎么回事她一直不肯说，可你我是心知肚明的。你自己看着吧。”

罢了，又恢复往日面无表情的样子。

昭景宸被他堵得无话可说，只好死鸭子嘴硬再三强调自己和渚牙的关系。西虢并不想搭理，擦着他的肩膀径直就走了过去。

不论瞒过多少人，可昭景宸骗不过自己，当年，就是他一剑将渚牙刺伤。

他承认，是北落王死得突然，而他又亲眼看着渚牙……昭景宸当时只觉得体内有一股灵力爆发，困惑和愤怒交织在一起，冲上他的心头，逼着他举起剑刺杀渚牙。

可他真的不知道，为何会有这么严重，许是当时渚牙旧伤未愈，又或是他体内的封印裂开，灵力太戾……当他看着负伤的渚牙一脸决绝地转身离去，昭景宸的肠子都悔青了。

时至今日，昭景宸才知道，原来当初她竟然是被西虢救下的，多么讽刺。她跟着西家两姐弟从西疆来到子虚城，这才有今日风姿飒爽的渚副将，他又算什么呢。

如此，要解开归心咒的念头便更加强烈了些。只有解开了归心咒，渚牙才能真正原谅他。

昭景宸决定改变策略，开始日日跟着渚牙。渚牙这么想解开这羁绊，绝不会什么动作也没有。果然——

他发现渚牙经常去神御宬附近徘徊。

莫不是这神御宬同归心咒还有什么联系？昭景宸说不上来，还想着去打听打听，人又被队长福川给唤了去。

原来，碧霄宫送来的礼物太多，已经在内宫中引起了不小的轰动。众人议论纷纷，直指侍卫所的个别侍卫妄想攀龙附凤，难得身边还有几个知道内幕的，诸如那蓝等，主动帮他把其实是被七公主看上了一事上报给了福川。福川是明白人，古往今来多少被权贵豪女看上的男人下场凄凉，他瞬间就领会了昭景宸的恐惧，同情之余，颇为好心地替他理出了一个长假，让他先回到凤葵军营避避难。

昭景宸巴不得赶紧走，先避过景霓这阵风头再来研究归心咒不迟，当天收拾了行装就出宫去了。

皇城之上，渚牙临空俯视昭景宸离开的身影。她身旁的福川拿着一袋银两，僵得脸上都堆起了褶子。

"渚副将，这都按您的意思，安排妥了。您看您这大刀——"只是渚牙的红莲焰火还架在他的脖子上。

渚牙闷哼一声，收了刀，转身离去。

福川深吸一口气，怎么这昭景宸惹上的女人，一个个的都这么麻烦呢！

凤葵军营不比皇城，军纪严明，军规严苛，除了外出当值、正常轮岗以外，几乎不大接触外界信息。昭景宸难得在这样的环境下清净了几天，还来不及和谢然讨教清楚回宫以后的策略，那昭景霓的势力便直接从皇城又伸到了凤葵军营来。

"京辰！出来谢恩了！"

“京辰，这又是上回那个姑姑让我转交给你的。”

前几次基本都是宫里派人来送到军营门口，然后由谢然或飞尧转送进去。可到了后来，送东西来的竟成了渚牙！昭景宸看到渚牙不怀好意的笑容就觉得后背发毛。

“京辰侍卫好福气，竟然能博得公主的青睐。”她嫌弃地当着一众凤葵将士的面将一红粉香包丢到昭景宸怀里，掉头就要走。昭景宸赶忙奔上前拦住她，要当着她的面打开以自证清白。

可里头竟然是一枚寻常女儿家服用来调节自身体香的软香丸！

昭景宸羞得耳根子都红了，迅速把香丸一抛——落到谢然怀中。

渚牙扭头就走，昭景宸拦不住，干脆在后面大喊：“你既然这么不想理我，为何当日在药园内还主动凑上来吻我！”

四面将士听了顿时像炸开了锅。

渚副将主动亲吻林京辰！看来林京辰这小子还行嘛，挺上道的。

渚牙又羞又怒，果然停了下来，转头一瞪眼，谁还敢再在身后造次，纷纷安静下来。

且听她闷哼一声，道“没有的事”，一反常态没有把红莲焰火架到昭景宸的脖子上，径直快步离开了。

昭景宸想追，却架不住身旁已经围上来八卦的凤葵弟兄们。

他这才意识到景霓事情的棘手。

她毕竟是个公主，就算禁足令在身，要起脾气来还是杀伤力十足，不容轻视。别说一个凤葵军营了，就算他躲到地底下，这丫头也有法子挖地三尺给他刨出来。

眼下尽管渚牙打死不承认那日药园之事，可二人间的关系早就与以往有了微妙的差别。现在是她还没彻底爆发，景霓也还是耍耍女儿家的刁蛮脾性，若要是真有一日这二人撞上了——昭景宸不敢想象。

渚牙也不敢想象，自己还真的差点儿中了他的邪障，居然动了念头试图去相信他给她的感觉。

灵人都是骗子。

一股强大的恨意席卷而来，侵占她的神志。红莲焰火感受到她的怒，从刀鞘中冲出，绽开火红光晕。

而与此同时，还有一颗他们谁也没想到的种子在偷偷发芽。

倒是谢然得了景霓的软香丸，竟然像中了魔障似的。尽管平日里看上去什么世面都见过，可他还真的独独没这么近距离感受过女儿家的体香。

鬼使神差间，他竟然顶着林京辰的名号偷摸摸给碧霄宫那头送了封回信。碧霄宫那人自然是欢喜得要跳起来，还以为是林京辰对自己有意，如此一来，她婚配之日指日可待，禁足令失效也指日可待。一来二往，双方竟还真的暗生了情愫。

昭景宸却蒙在鼓里。他只觉得近来谢然有些不太对劲，还没和景霓的事情牵扯在一起。

不过他很奇怪：碧霄宫一连几日似乎都没有进一步举动，难不成这七妹又在计划什么？

他抱着澡盆子来到浴堂。这时间恰好也是夜巡的将士轮岗休息的点，陆陆续续有好些个弟兄提着木桶进来洗澡，谢然正巧也揣着木盆从昭景宸面前经过。

昭景宸一看不对劲，瞬间将他拦了下来，不怀好意地指了指他两腿之间："近来，我看你颇为精神嘛。"

谢然还满脸疑惑，顺着昭景宸的手往下看，瞬间满脸通红。

昭景宸此刻还不知眼前人如此反常竟然是因为自己的七妹，还以为是谢大公子终于在孤身二十余年后有了心上人，终于轮到他以过来人的身份长笑一声，得意地下水去了。

池子里是一群男人壮硕结实的胴体。

军营不比后宫，将士们只能一群人共用一个澡池。若要在平日倒也无妨，只是眼下昭景宸心事重重，听他们讨论些刀枪棍棒灵人术法的事，便觉得浑身不自在，草草冲洗了下，就赶忙出了水去。

凤葵军营外慌杂一片，浴堂窗外人影交重，乱作一团。昭景宸心中一股不好的预感涌上。

他快速穿上了里衣，还来不及把外衫穿好，便看一粉黛倩影“砰”的推开门，堂而皇之穿过满堂男人的赤身裸体，无视四周哗然，拽着他就往外去。

昭景宸只差险些漏嘴喊道“七妹，住手”，就整个身体被她带着，到了浴堂之外。

直到很多年以后，从国当朝七公主夜闯军营男澡堂的英勇事迹还一直在茶馆戏楼里风风火火地流传着。

“你可都看到了，你若是不从我，本公主有的是法子逼你和本公主成亲。”

昭景宸一面哭笑不得，一面还在继续被昭景霓拖着走。他不用想也知道，定然又是哪里走漏了风声，让景霓得知了他的位置。只是有一件事可疑得很——

昭景宸迅速转头，身后并没人跟着。

角落里，谢然穿了衣服，也迅速跑了出来。此刻的他显然也有些发蒙，一巴掌拍在脑袋上：自己怎么就想不明白，鬼使神差下想要和景霓公主解释这几日其实是他在通信，竟然真把人家约得逃出宫来，这不是在害她吗！

凤葵军营里，以渚牙为首一伙人举着灵火灯笼四面搜寻昭景霓。

昭景宸笃定这家伙是故意挑的时辰从碧霄宫里逃出来的。此刻不管她是如何出的皇城，就单是抗旨违背不许出碧霄宫这么一条禁足令，就已经是欺君之罪！

若要是渚牙，就算是大闹碧霄宫，逼得让长思御殿取消禁足令，也断不会如此草率轻浮又名不正言不顺地偷摸奔到男澡堂来。

此刻再不是纵容这丫头胡作非为的时候了！尽管昭景宸与她年纪相差不大，却也是他的哥哥，决不能看她自己把自己往火堆里送。

“我说公主，我有喜欢的人了。”

他看身后凤葵军已然找到了方向，就要追上来，赶紧甩开景霓的胳膊，给后面人拖延时间。

景霓在力量上自然比不过昭景宸，着手便要用灵术将他捆了。昭景宸从灵绳里挣脱开来，却舍不得使用灵术对付她，只能继续在语言上转移她的注意力。

“我已经……”

“我知道你喜欢北卿岄。”

昭景霓才没那么愚蠢，眼看为首赶来捉拿自己的就是黑凤葵的副将渚牙，景霓突然就壮起胆子来。自上次这渚副将从自己宫中带走林京辰起，她就觉得有些不对，命锦娘左右打听后，这才一路顺着侍卫查到了福川那里，果然！这二人就是有不可告人的秘密！

昭景霓甚至连他初入宫闱打着喜欢渚副将的名号和北卿岄牵扯不清并得罪昭景琨一事都知道了。

可是男人嘛，哪有不三心二意的呢？她倒觉得林京辰这种为北卿岄出头、不惜得罪昭景琨的勇气实在可嘉，足以弥补一切不足。

再者，景霓早就看景琨不爽，敌人的敌人，当然要收归己用！

昭景霓故意用渚牙能听到的声音说道：“你忘了，她就要嫁给我五哥了呢，你就算再喜欢她也于事无补呀。”

昭景宸分明看到身后人拳头都要攥起来了，有些紧张。

“我喜欢的人不是她！”他忍不住脱口而出。

这下换昭景霓与渚牙同时瞪大眼，看着他。

从宫里追来的黑凤葵已经把昭景霓团团围住，昭景霓见反正也没脱困的可能，干脆一不做二不休，拉着昭景宸的胳膊质问：“你不喜欢本公主，又不喜欢北卿岄，你还能喜欢谁？”

昭景宸微微颔首，冲着渚牙：“我心中之人，便是她。”

四面哗然。

隔着人群，昭景宸与渚牙四目相对。

夜色如水，照着这两个月下的有情人也温柔如水。

渚牙愣在原地，两眼瞪得老大，她手中差一点就要出鞘的红莲焰火此刻也息了火光，温润得可与今日的月色媲美。

昭景霓也还是一副难以置信的表情，她身后一黑凤葵女将乘机上前，做了个

“请”的动作，景霓又被大队人马架回宫中去了。

谢然紧张得不行，混在人群队伍中，竟然脑袋发热，也跟着进了宫。

好在长思御殿抢在上治帝之前，先一步罚她抄写《女德》《律法》等二十四项，事情也就快速翻篇了。倒是谢然与昭景霓在碧霄宫内生了好些故事，当然这权且都成了后话。

当场众人散了以后，又只留得昭景宸与渚牙二人，背对背站着，在夜月之下。

这天的月不如先前来得分明，周围繁星点点。昭景宸才要转头去瞟渚牙，就好巧不巧撞上了渚牙的眼。

“你刚说的，再说一遍！”

渚牙气势逼人，但在微弱的星光下，脸上的轮廓线条也被柔化了些。

“我……就壮点气势……”

却是真心喜欢你。

昭景宸的后半句话迟迟没说出口。

渚牙其实早就能补全他话中的含义，却装着什么也不知道的样子，一巴掌拍在他的后脑勺上。

“做你的春秋大梦吧！”

月上梢头，二人身影在月下追逐。一夜也就这么过去了。

第二十一章

渚牙遇险

寒风猎猎，大雪已至。

隆冬天空低沉得如同压了厚厚的铅条。

昭景宸从营房出来，被风雪不经意灌了满头，打了个战，内心却如塞了蜜糖般，甜得不行。

尽管前几日他被景霓私自出宫的事连累，可也正是如此他才能和渚牙说出沉积已久的心事。

昭景宸感觉到自那日过后，渚牙对待他温婉了不少，比如只是帮他把寝室内所有碧霄宫送来的绸缎绫罗一把火烧了，而没有直接把他捅死、抛尸荒野。

不过当他回到营房再次看到一波又一波从碧霄宫送来的书信和礼物时，还是头疼不已——此时的景霓明显还没有和谢然发展起来，故而尽管受了罚回到宫中，却还在不依不饶地缠着要见昭景宸。

昭景宸也正是因此才更迫切地意识到，若自己再不离开，指不定还要捅出多大的娄子。

想起当初也是因为北落王妃的嘱托，要他护送北卿岄来到子虚城，这才不得不前往这是非之地。可是如同当初的宋小六第一次踏上这片土地时一样，十年过去了，不欢迎他、不属于他的地方还是无法留下。

昭景宸看着桌上最新送来的堆成小山的礼物，陷入沉思。

窗外大雪飘飘然又下了起来，他的脑海里浮现渚牙提着红莲焰火踏雪而来的景象。

就这么一次，再让他任性地在这里逗留几天吧。昭景宸想着，他要带渚牙一起离开。

此时的昭景宸自然是不知他心上之人逗留在子虚城的真正目的，还满是天真地收拾着行装。他决定今晚就去和南冥请辞，然后明日就带着渚牙一同离开。

追逐潇洒自由如渚牙，又岂会甘愿永远被关在这鸟笼一般的皇城中呢？一想到自己将与渚牙游荡山野，昭景宸嘴角便不自觉地浮现一抹笑来。

突然，昭景宸感到浑身一阵剧痛。

那痛觉像恶伤所致。

他连忙拉开衣服，却意外地并没有看到伤口。

“渚牙？”

他预感有些不妙，掐指一算，今日竟然正是朔月！

一连几日来，昭景宸先是奔波北卿岄一事，好不容易结束后又撞上了昭景霓，竟然忽略了渚牙每月一次朔月之症的日子！

自责之余，他更感到一丝奇怪——以往朔月，他亦感受过那症状的疼痛，但此回的冰寒感超过了刺裂之疼，便更觉得诡异。

他才要踏出营所准备去找渚牙，突然被一壮硕身影拦住了去路。

是锦娘。

锦娘向他双手奉上了红莲焰火。

昭景宸见刀，神色剧变，咬牙切齿道：“你们对渚牙做了什么？”

锦娘面无表情，只无言地朝着碧霄宫的方向做了一个“请”的姿势。

碧霄宫内，烛火摇曳。

渚牙从昏沉中醒来，她感到浑身如在刀片上滚过般疼痛，低头看，发现自己竟然被一根根光柱钉牢在墙上。

“这是光牢，你轻易逃不脱的。”

渚牙循声抬眼，只见昭景霓一脸得意地倚在她对面的榻上举着酒杯看着她。

是的，她想起来了。

大约一个时辰前，她正交班收岗，准备回黑凤葵的营所。昭景霓让贴身侍女锦娘请她来碧霄宫赴宴，说是为之前的事赔罪。她不屑与昭景霓纠缠，便拒绝了，但对方又言及昭景宸也在，请她务必到场，渚牙不放心，想了想还是来了。

谁知，她一来没瞧见昭景宸，倒是被连灌好几杯酒，不知什么时候竟先晕了过去。

渚牙凝神运气想要挣脱光牢，发现自己怎么也使不出灵力来，有些恼怒道：“你在酒里下了什么？”

昭景霓掩口轻笑：“只是一点封堵灵脉的软散，放心，不会让你这么轻易死的。不过等他来了，可就说不定了。”

渚牙十分不喜欢昭景霓，尤其是她与昭景宸之间的事更不想掺和，她生气道：“你越是这样做，他越不可能娶你。你看着挺聪明的，怎么做事这么蠢。”

昭景霓面色涨红，她走到渚牙面前狠狠给了她一个耳光，气呼呼地指着渚牙道：“少在我面前耀武扬威，等我得到林京辰，便让你彻底从子虚城消失。”

“那你也得有本事杀我。”渚牙感到自己的脸似乎被打肿了，更加不悦，“臭丫头！我一定会在他来之前杀了你。”

说着，渚牙躁狂地浑身扭动，意欲毁了光牢，可越动，这光柱陷入身体越深，便叫渚牙越痛苦。

“渚牙！渚牙你在哪儿？”

这时，外面传来昭景宸焦急的喊声，不待锦娘进去宣，他自己已经径直走入内殿。

昭景霓恨恨地看了一眼渚牙，禁了渚牙的声音，祭起一道结界将她隐匿在屏风之后，然后修整好仪容，笑着朝昭景宸迎了上去。

“京辰侍卫，你终于肯来了。”

昭景宸不拿正眼瞧昭景霓，直往里闯。

“人呢？你把人弄哪去了？”

昭景霓气恼道：“三催四请你不肯入我碧霄宫，倒是为了那么个贱人，便着急忙慌地赶过来，看来你还真是喜欢她啊。”

“喜不喜欢那是我的事，你扯上她做什么？”昭景宸四处打量碧霄宫，翻找任何一处渚牙可能在的地方。

昭景霓见昭景宸为了渚牙心急如焚，心里很不是滋味，骄横道：“你就算把我的碧霄宫翻了天，你也找不到她的。她不在这儿。”

“她在哪儿？”

“你答应娶我，我便告诉你！”昭景霓抓着昭景宸的手，“跟我一起面见父帝，娶我！”

“我不可能娶你，我就是喜欢任何人，也不可能喜欢你，你别在我身上费心了。”昭景宸甩开景霓的手，冷冷道。

十年过去，他印象里那个有些任性但很可爱的七妹，怎么变成了这样？

这个皇城，当真不是人应待的地方。

“你真的这么喜欢她？她有什么好，比我这个公主还值得你放在心上？”

“她比任何人都要好，她值得我去喜欢，她救过我的命，教我灵术，我们同生共死，命运一体。我们之间的羁绊比你想象的要更深。”

昭景霓听着昭景宸话，恼羞成怒：“你来晚了，我已经杀了她，你再也见不到她了。”

昭景宸闻言，摇摇头，摸着自己的心口，笃定说道：“不，她还活着，她就在这儿，我能感知到她身上的每一处痛苦，你骗不了我。”

屏风后，渚牙一直在努力挣脱光牢，终于用蛮力将四肢从光柱下抽离开。

昭景宸清晰地感受到渚牙身上的疼痛，更加焦急，突然他听到屏风后的动静，推开景霓走了进去。

因为结界，四下完全不见渚牙的踪影，但他觉得渚牙就在眼前，于是温柔地对着虚空叫“渚牙小心”，后用兴仁剑朝当空劈了下去。

结界破，渚牙身形不稳，跌了出来。昭景宸上前将她满怀抱住。

渚牙此时浑身是血，骇人极了。

“快带我走，朔月了。”

昭景宸比她更加焦急，连忙将人抱起朝外走去，他见渚牙弄得遍体鳞伤，感到像是心尖被人割了一刀，疼得恨不得要将这地儿立马给掀了。但景霓是公主，又是他的妹妹，他忍住了。可昭景霓不肯退让，幻出灵刀，朝渚牙劈来。

昭景宸猛地挥臂，拿剑一把将昭景霓逼到墙上，斩钉截铁道：“人的忍耐是有限度的，你要是敢再对渚牙出手，我一定不会手下留情！”

他明白，眼前七妹如此，其实并不是真的喜欢他，不过是在这皇城后宫的巨大牢笼里被关怕了。她哪里是喜欢他，她不过是在他的身上，看到一丝反抗强权的力量和希望罢了。

只要嫁人了，她就能离开这里了。

她所遭受的苦楚，从某个层面来说，又有哪里比北卿岏少呢？

“我帮你。”景宸盯着她的眼睛，一字一顿道。

他的手上，还有灵人比试时未使用的承诺。昭景宸恨不得现在就跑去上治帝跟前，用许诺将景霓的禁足令给换了。

只求你，回到曾经天真烂漫的模样。

求你，不要再伤害渚牙了。

昭景霓显然被他说愣了，呆呆望着他。

恍然间，眼前这家伙仿佛和曾经的某个人重叠在了一起。

渚牙身上的血虽然被止住了，但因为天已黑，朔月寒症慢慢开始显现症状。渚牙四肢开始发冷冻了起来。

昭景宸抱着渚牙拼命朝羌澜苑赶去，渚牙安静地被他抱着，本能地蜷缩靠近他的心口，汲取着他身上汩汩热源。

“冷。”

渚牙无意识地呻吟着，昭景宸不想让风灌进来，便放缓步子，解开外衣将她抱得更紧。

直到快到羌澜苑时，渚牙才缓过神。

“你醒了？”昭景宸见渚牙睁眼，欣喜极了，小心翼翼地替她擦掉头发上的落雪。

渚牙弱弱地点点头，觉得整个人的状态糟糕透了，尤其是朔月的寒气涌上来便叫她如刮了一层皮般难受。

她不想靠近昭景宸，因为她知道此刻这家伙所遭受的寒楚并不比自己好多少，可又无法抗拒他带来的源源不断的温度，尤其是闻到他身上熟悉的气息，便浑身酥软晕乎起来。

“放我下来！”

渚牙的威吓，此刻也显得十分勉强。

“我抱你回住处，你要是生气，明日再打我也行。”

昭景宸不由分说地将她更贴紧自己。

尽管归心咒如今确是同时作用于二人之间，但说来奇怪，昭景宸也不知是现在自己的灵力增进，还是渚牙身体太弱，他所感觉到的痛苦确乎还不及她的三成。

渚牙推拒了一番觉得无力，便也就算了。今日的她不似平时那般尖锐跋扈，像是收起了爪牙的野兽，安静可爱，昭景宸觉得心里柔软极了，声音低沉道：“要不，以后朔月都由我来陪你吧。”

渚牙没有回答他，假装没听见。

昭景宸抱着渚牙走进羌澜苑，朝她的房间走去，他远远瞧见有人提着一盏柔和的灯站在雪夜中等着，眉头一皱，立刻不悦地掉头转身。

“门不是在那儿吗，你去哪儿？”

渚牙见昭景宸都已经走到门口还折回去，觉得十分奇怪，便趴在他肩膀朝外看了过去。她一见那等着的人正是西虢，便拍拍昭景宸的肩膀叫他放自己下来。

“哎呀，我都忘了，今儿西虢说要给我带酒暖身子，下了值便来，都这会儿了他还等着，真是傻。”渚牙缩了缩身子，与昭景宸摆摆手，“我没事了，你回去吧，送到这儿就行了。”

昭景宸不走。

渚牙亦低着头，与他面对面站着。

寒风里夹杂着小雪，在白日下了一天后，又断断续续飘了起来。

渚牙的脸冻得发青，昭景宸直接把她再次拉进怀中。

“别走。”景宸盯着眼前人，强迫她对上自己的眼睛。

两人就在这风雪夹杂里面面相觑，再不管同一空间下的第三人。昭景宸从未如此想让她不要离开。

别走。

别和他走。

他远远地打量了西虢一眼，西虢也远远地打量着他们。沉默。

如果说来到子虚至今，有什么是让昭景宸真正害怕的，恐怕就是眼下。

他已经什么人都没有了，他不能再没有渚牙了。

冥冥间，昭景宸有一种预感，他觉得只要今天渚牙跟着西虢去了，他就会失去她。十年的陪伴，从兵刃相见到如今好不容易才渐渐安稳下来，昭景宸不想就此放掉渚牙。

朔月无月，注定的孤独和清寒。

而我想和你一路走下去，陪你共渡难关。

“太冷了，朔月之症很难熬的……”昭景宸慌张地解释。

渚牙看了看昭景宸，暗暗施了灵术，压住了朔月之症，然后开口道：“我没事，他都知道。你回去吧。”

说着，她从他的手里挣脱，走向西虢。

昭景宸身上的冰冷与痛感骤然消失，他来不及问渚牙做了什么，只能看着那头西虢迎面朝着渚牙走来。

西虢解开身上的袍子，将渚牙罩进怀里，并掏出尚温热的酒，递给她。

“你去哪儿了，今天这种日子怎么还乱跑，这酒我怕冷了，便一直拿灵力温着，你赶紧暖一暖。”

渚牙闻了酒香，像是恢复了点气力，大方饮了口，然后连夸西虢暖心。

西虢瞥见她身上的血迹，紧张地要去查看伤口：“身上的伤怎么回事？怎么弄的？”

渚牙却不着痕迹地收回手，淡淡道：“没事，只是被野猫抓了。走吧。”

昭景宸分明看到她面对西虢靠近时下意识地后退，以及离去前微微侧过来的脸。

可她还是走了，在西虢的怀里，二人相互依偎着，走进屋去。

风雪依旧，昭景宸隐在廊下，目送他们二人完全消失在风雪之中，身上的寒冷疼痛感却愈来愈强烈。

他握着自己越发冰冷的手指，落寞道：“这夜真凉。”

第二十二章

身份暴露

雪绒在夜色中不断堆积，昭景宸觉得浑身冷得刺骨，似乎从渚牙身上反噬过来的疼痛在加剧。

他用灵力护着心口，沿着宫道从羌澜苑返回白凤葵去。一路上他总觉得身后有人跟着，可一回头，却又什么也没瞧见，他心里便犯了嘀咕。说起来这种怪异之感自从灵人比试之后便一直有了，只是他总找不到来源。

快到凤葵军营时，昭景宸突然被人叫住。

他回头看来者打扮不像是宫中侍卫，便警惕起来。

对方朝他施礼，恭敬道："林侍卫，陵光王请你过府一叙。"

陵光王？昭景宸心里一惊。

这不正是他的四哥昭景苑吗？

说到这，不得不称赞当朝四皇子真是个天纵奇才。自从垂天之境奉诏而归，昭景苑重回朝堂，上治帝交给他的事务没有一样办得不妥帖，尤其是与新任北落王合作打理北落，短短数月便铲除沉疴痼疾，让北疆焕然一新，更是把那些趁先代北落王崩逝之机出来叛乱作祟的乱臣贼子一网打尽，令从国北防安泰无虞，至此再也无人敢提十年前的旧事过错。不仅如此，上治帝还准陵光王统领负责军务的夏官府，给予他更多权限参与朝政。任谁都能看得出上治帝是属意陵光王担任储君的。

昭景苑这样的人物，昭景宸避之唯恐不及。他不想让四哥认出他，免得翻出当年的事，受到什么伤害，为此他在后宫巡值时会故意避开陵光王的雍学宫，也几乎不踏入前朝议政殿，但凡遇到凤葵军与夏官府实操合练的日子，他也会找各种借口蒙混不去。

今日四哥找他，难道是因为前些时日的事被认出来了吗？

有些不妙！

昭景宸赶紧以军中有要务为由，向那人搪塞后麻利遁走。他一路惴惴不安，还没到白凤葵的营所，突然身后一个黑影偷袭而来。他以为是那个一直跟着的尾巴，立马抽出兴仁剑朝黑影劈过去，对方速度极快，也抽剑迎战，只见霎时电光火石，林中灵气激荡，震得四周树木簌簌而响。

片刻下，他与那人见招拆招，未见胜负。

昭景宸觉得奇怪，来者的剑气里未含杀气，更多是带着试探的意味，他连忙收剑，与那人分开丈远，然后借着厚雪带来的光亮去瞧那人面目。

半夜风雪停驻，天地澄明。

昭景宸惊呼道："四……四殿下！"

没错，来者便是当朝的陵光王昭景苑。只见他翩然收势，执着银水剑如优雅仙鹤般伫立于林下，不等昭景宸反应，旋即猛地如鹞鹰一般将昭景宸提着就往东市的方向去了。

辛子楼，一如往日，热闹非凡。

昭氏皇族与北落联姻在即，来玩的宾客中混了不少进京参加婚礼的四疆兵士，各色服饰、各种语言交织其中，让辛子楼今日风采颇为不同。

昭景宸来不及与迎上来的辛子楼老板招呼，就被昭景苑推进了四楼的包厢。

他打一进去，映入眼帘的便是这包厢墙上用珍稀矿石颜料绘制出的奇险壮绝的衡华玉山，以及北落特有的妖兽皮毡饰品。

再稍稍往里一瞧，嘿，那最里屋的榻上还倚着一个慵懒品酒观赏决斗的白衣男子，不正是那个在朝中风评好坏参半的现任北落王北赫沐吗？

北赫沐见两人进来，立刻停杯投箸，起身来瞧昭景宸：“哟，我当是谁呢，这不是拿了灵人比试第一的林京辰林公子嘛，幸会幸会。我都不知道自己何时竟然有了一位这么出色的表弟。”

昭景宸试图用笑脸将北赫沐的嘲讽糊弄过去，又偷瞄着身边的昭景苑，只觉得脊背阵阵发凉，周遭似有怒气酝酿待发。他可没想过要在这种情形下跟四哥他们相认，眼前不是聊天叙旧的好时候，得逃！

刚动念，那昭景苑便将门给封了，愠怒道：“你敢踏出这个门试试。”

都这么说了，谁丫敢动啊！

昭景宸立马转身回头，服软道：“那个四殿下，小王爷，小的错了，小的……”

“你再说一遍，你叫我什么？”

昭景宸被昭景苑那冷酷的声音吓得一激灵，连忙改口：“四……四……四哥……”

“小白眼狼，你看看，你不认你四哥，你四哥却要认你，像话吗？”十年没见，北赫沐虽成熟稳重许多，但人还是如以前一样痞气，他一把揽过昭景宸，指着窗外辛子楼擂台边供着的一幅巨大人像道：“长能耐了啊，要不是西延跟我们说起你，还打算躲到什么时候？”

原来北赫沐为卿岬婚事进京后，西延与南冥作为旧友邀了昭景苑一起，四人在辛子楼聚会，席间聊起辛子楼的逸闻趣事，也就提到风云一时的“百人挑战”人物林京辰。北赫沐不曾记得有这么一位林家兄弟，与北落王妃一打听，才知原委，将人认出来，也就有了今晚这一出。

昭景宸见四哥冷冷地看着他，似乎是在等一个解释，心里不由纠结要如何与他说起这些时日的事。不等他先理出个一二三，昭景苑先开了口。

“如果你是为了卿岬留下来，大可不必，她马上要嫁人了，你是时候离开子虚城了。”

“卿岄？”昭景宸愣了一下，但立马也就想通了，想必一定是西延他们因为灵术比试的事误会自己，一多嘴又把这消息传递到他们这里来！

昭景苑不悦道：“怎么你还想留在这儿？”

昭景宸连忙摇头。留是不敢留了，他自己也早就存了离开的心思，只是眼下他想带渚牙走。

“四哥，我想等卿岄完婚之后再走，有个人我想带回北落……只是现在还不知她愿不愿意。”

昭景苑一听，与北赫沐交换了眼神，态度缓和，了然道：“若是想带便好好与人说。”

景宸点点头，当作是两人允诺他暂且留下。

许是说到这儿，赵四跟白三才意识到昭景宸真的与他们小时候见的不一样了，不仅眉目长开英俊清朗，整个人的神采都飞扬肆意。当他们听闻昭景宸在子虚城的时候别提有多担心，但如今真见到他反倒安心不少。

兄弟俩没有再闲话其他，将杯中酒满了又满，弥补十年未见的思念。

昭景宸想起当年凤境的事，怕昭景苑误会，便将渚牙的身份隐去没有言明。他想，若是等渚牙真的答应自己，再带她来与四哥见一见，将当年的事好好说一说，四哥应该不会对渚牙动怒。

夜深如墨，就在他们倾心交谈之时，谁也没有注意到辛子楼隔墙有耳。这对耳朵潜行在夜色之下，迅速地拐进了子虚城，待快要到长思御殿所在的月辉宫时，她们换上了宫装，恭敬进殿，瞧眉目，赫然便是那春见、青见两人……

既然答应了四哥，昭景宸果真回去收拾行李，准备回北落。等天一亮，便急匆匆地跑去羌澜苑寻渚牙，想要问明她愿不愿意跟自己一起走。

可敲了半晌门，开门的却是西虢。

昭景宸一看脸都绿了，只推开人，就往里面找渚牙。

“别找了，渚牙不见了！”西虢脸上依旧是惯常的冰块脸，可语气却焦灼不已。

昭景宸只要想到昨晚渚牙与他共处一室，心里便像被人狠狠扎了一下似的："人呢，你把人藏哪儿了？"

西虢灵巧挡开昭景宸的袭击，压着他的怒气，将人逼到一边，昭景宸哪肯放手，只想着今儿一定要揍死这丫的才肯罢休。

"我一早来便不见了，你知道她会去哪儿吗？"

西虢的声音冰冷中透着慌乱，昭景宸这才稍稍理清些："你昨晚没陪她？"

西虢眼神瞥向别处，似不想回答这个问题。

昭景宸心里得了答案——按照渚牙的性子，怎么肯将自己柔弱的一面展现给别人看呢？料是自己走后，渚牙找了理由打发走了西虢，一个人生熬下那朔月之症。

昭景宸想到这，心里更是心疼。也不知渚牙使了什么法子，自己昨日离开后便再也未曾感受到她身上的疼痛，漫漫寒夜，她又是如何一个人硬挺过来，拖着那般虚弱的身子，又能去哪儿呢？

预感不妙，昭景宸扔下西虢，便赶紧去寻了。

就在他七绕八绕拐到日耀宫时，突然看到一抹熟悉的身影从他面前嗖地翻入了一个名叫"神御宬"的宫殿。

他追过去一看，果然是渚牙。

他正要出声，却发现渚牙正拿着红莲焰火要对着神御宬外的结界动手。

这结界坚固，渚牙见用灵术化不开，便一刀劈了下去。这一劈可不得了，结界因为强攻应激幻化成了砖墙，排山倒海地朝渚牙压来。

昭景宸连忙大喊叫她闪开，渚牙却像没听见一样，直直地要对着砖墙劈第二刀。

昭景宸见渚牙的神情有异，赶紧奔过去将人一把拉开。

旁边日耀宫侍卫发现有人强行闯神御宬，立马倾巢而出，赶过来搜捕疑犯。

昭景宸来不及带渚牙逃出神御宬，只能与她一起闪身藏在了神御宬一旁的玉山之中。

"你好端端跑来这里做什么？旁边就是圣上的居所日耀宫，你拿着刀，别人会以为你意图谋反的！"

昭景宸见侍卫离开，连忙问渚牙怎么回事。

渚牙像是才回魂一般，对昭景宸的问题置若罔闻，只喃喃地问这里是何处。

昭景宸细细看着渚牙的神情，察觉到她的异样，柔声告诉她这里是神御宬，是丛国皇帝的私人藏书阁。因为神御宬里面封存着有许多珍贵典籍，所以外设下了七重禁制，旁人一般不可轻易踏入。

渚牙听得似懂非懂，昭景宸知道她对灵人的事向来不怎么上心，恍惚来此地肯定是身体有恙，便仔细关心着她昨夜的朔月之症。

渚牙扶着自己的额头，想要从混沌与清明之间理出一条路来，她依稀只记得昨日从碧霄宫出来，朔月之症就犯了。幸得有昭景宸的拥抱缓和，她跟西虢回屋之后，没有之前那般生不如死。她不喜欢朔月之症时有人陪伴，便将西虢赶了出去，然后一个人裹着厚厚的衾被，蜷缩在满屋的火炉中。不知是睡是醒，她听到有人唤着自己的名字，便顺着意志一路寻了过来，待再醒来便已经是这般光景了。

难道那神御宬下有自己的元神！

想到此，渚牙起身，还想要往神御宬闯。

昭景宸以为她神志还不清明，死死拦着。这可让渚牙有些恼了，奈何朔月之症的第二日她提不起力气揍人，只能瞪着眼睛叫昭景宸滚开。

"你是不是还在为景霓的事与我生气，我发誓我真的对她没任何想法！"昭景宸一把将渚牙拉过，看着她的眼睛，一瞬不瞬，想让渚牙能够明白自己的真心，"渚牙，我们走吧，离开这里，去过自由自在没有人打扰的生活好不好？我需要你。"

渚牙第一次见昭景宸如此严肃认真的样子，他那双漆黑的眸子，把人瞧得心里狂乱。一句"我需要你"，便叫她几乎快分不清是因昭景宸突如其来的告白而悸动，还是因为感受到自己元神在附近而躁动。她只能愣着，听昭景宸继续说道："经过这么多事，我很明白，渚牙，我喜欢的人是你，如果说这辈子只能选择跟一个人同生共死，我很庆幸那个人是你，我愿意将余生都交给你，请你不要在需要我的时候，推开我。"

昭景宸将渚牙的手藏进自己的胸口，缓缓道："我也冷。"

玉山间缝隙狭小，渚牙感到昭景宸贴得很近，近到连彼此的气息都交缠在一起了。

她不知该说些什么，只是任凭时间流淌而过，而气氛却变得愈加暧昧。

昭景宸怕她逃了似的，圈着她，她几乎动弹不得。

那些话她从未期盼过昭景宸说，却又像是等待了许久似的，烧得她浑身滚烫，不知所措。

她像是手被灼烧了一般，猛地将昭景宸推开。余光中，她被昭景宸深情的毫无保留的眼神瞧得发软。

心跳得好快。

几乎要炸开。

“我不走，我要留在这里，要走你走！还有，你喜欢我那是你的事，我不喜欢你，你可以走了。”渚牙执拗地将自己的真实的情绪压下，她觉得身体里一直有另一个声音告诉自己，她必须要找到元神，才能活下去。在此目标之前，昭景宸的爱只会成为一种麻烦。

“我不信！”

“什么不信？”

“我不信你不喜欢我，不然在药园你为什么要吻我？”

此话一出，渚牙似乎也回想起在药园那日的迷乱来，脸腾地红了起来。昭景宸见状，立马没脸没皮地笑了，觉得渚牙眼下的情状与那日比起来更有趣了。

“那日是我醉了，把你认错了。你不要自作多情！”渚牙推开昭景宸，离开玉山，离开了神御宬，昭景宸连忙追上：“认错了？你把我认作了谁？你有喜欢的人了？”

昭景宸闻言心跟掉进冰窟窿里似的，凉掉了半截，不断追问道：“不会是西虢吧！是他吗？”

渚牙被昭景宸问得不耐烦，她身体虚弱还未恢复，又不想叫昭景宸看出自己的异样，正在她强撑着几乎要晕倒时，她在宫墙拐角撞见了出来寻她的西虢，于是便一把揽过西虢，装作亲昵的样子道：“没错，我喜欢的人就是他。好了，你现在可以不用缠着我了，有多远就给我滚多远！”

“你当真喜欢他？我不信！”

西虢不知两人发生了什么事，但见渚牙投来急切的目光，便站出护着渚牙：“林侍卫，既然渚副将不喜欢你，你何必在这自取其辱？渚副将说她喜欢的人是我，我亦喜欢她。你若再纠缠不清，别怪我不客气了。”

“不用了，不值得。”眼见昭景宸真要应西虢的话动手，渚牙却将西虢拉走。

昭景宸被冰冷地扔在原地，望着渚牙依着西虢相伴离开，气得一掌拍在庭院的树上。

落雪如沙，纷纷而下。

腊月初八，宜嫁。

宫中从一早就鸣锣喧天，昭告喜事。

皇族与北落联姻，上治帝宴请群臣以及四疆之主，宫中礼乐不断。

宴会上南冥和西延代表各自家族为北卿岄与昭景琨这对新人庆贺，以剑作舞，比试了一番，两人不分轩轾，先还是做观赏表演，后不知怎的两人心气傲然，竟较真起来。可打了百来回合也没分出个胜负，上治帝便叫停，赏了两人，也就作罢了。这事倒是成了日后两人恩怨谱上又一笔。

北赫沐嫁妹不舍，喝得酩酊大醉，拉着昭景琨威胁说要是他敢对北卿岄不好，一定会举北落之力叫他没有好下场，众人吓得直拦着，叫他不要在圣上面前胡言乱语，最后还是得由昭景苑安抚，负责将北赫沐送回了官邸。

昭景宸作为宫中侍卫负责殿前安危，渚牙她们则负责后宫秩序，日子特殊而忙碌，昭景宸连渚牙的面都碰不上。昭景宸本想等婚宴结束便来找渚牙，谁知渚牙竟避而不见。他这才明了那日渚牙说不喜欢他，竟是真的，只能无奈自嘲，渚牙不肯与自己走，自己又何必自作多情。于是第二日，收拾好了行囊准备跟南冥与西延辞行，突然一群女将将他团团围住。

“林侍卫，御殿娘娘请您去一趟月辉宫。”

不待他细问怎么回事，那群人便不由分说将他押着带到了长思御殿面前。

昭景宸记得长思御殿，时间匆匆从所有人身上流过，却唯独没有在眼前这个女人身上留下一点点痕迹，她还是跟当年一样明艳动人。昭景宸自从进宫以来一直避讳与这个如今后宫中权势滔天的女人见面，因为当年的事他心底对昭景琨和长思都是抱有偏见的，如今他不知自己又哪里得罪了这位中宫主子，见对方瞧自己的眼神恨不得将自己拆吃入腹。

不仅如此，她身旁还坐着四将军和众臣，俨然一副会审的模样。

昭景宸见本该高居王座的上治帝竟然不在，便觉得这事儿没那么简单。

只见长思御殿将手一招，青见、春见二人跪在众人面前。

那两丫头一见到昭景宸，就指着他对众人喊道："娘娘，这人便是不祥之子，那诈死的六皇子！"紧着两人一股脑儿地将昭景宸如何与昭景苑相见，又如何在辛子楼秘密会见相认的事，全都事无巨细地描绘了出来。

昭景宸这才知道这段时日他一直觉得甩不掉的小尾巴，竟然就这两个丫头！

众人侧目，纷纷把目光投向昭景宸。

长思御殿不准昭景宸开口辩驳，便说他假死潜逃，又重返子虚城，是图谋不轨，又说他是不祥之子在世，动摇国本，应该即刻将他正法。

这些朝臣都是亲身经历过当年凤境之乱的，见昭景宸在世，端详一番，确定真有几分与桑林皇后相似，便惶惶点头，听凭长思御殿发落。

昭景宸不禁内心暗暗发笑，他没想到这些年过去了，以为什么都变了，这人心里的鬼蜮倒是一点也没变。他被秘密提审，绕过他四哥，倒也是好事，昭景宸知道没法辩解，也就没有开口。

倒是长思御殿请来的西澥将军突然开口言及："昨日五殿下才大婚，今日圣上又闭关休沐静心祈福，若是见血会不吉，为了殿下考虑，过几日再行刑吧。"

众人觉得妥当，附议。

长思御殿本想再说，但瞧见西澥将军那冷然的面孔，也只好叫人将昭景宸押下牢狱，改日再发落。

第二十三章

拯救景宸

空中飘着小雪，像是点点白羽毛，零零落落。

昭景宸入狱第三天了，市坊间有关不祥之子死而复生的传闻像炸开了锅。渚牙走在路上，随处可听周遭民众讨论这个如飞来横祸的六皇子，脸色一沉，加快脚步。

她怎么也想不到这个家伙居然会和昭氏的人扯上关系。十年前，苍岷江边，他为什么会被流放，又为何会有刺杀他的黑衣人，此刻她一下子全明白过来了。也是十年前，她对灵人的怨和看他时的恨，让她百思不得其解，可现在真相初现，他竟然是昭氏六子，他的身体里流淌着昭氏皇族的血液，她只要想想就觉得恶心。

可是这又如何？只要她渚牙还不想让他死，他就不能死！

渚牙愤愤难平。

这天上地下，唯独她一人才有资格杀了他！然而现实却不容乐观。

渚牙一连几日分别走访了西延和南冥，甚至还拜访了如今贵为五皇妃的北卿明。渚牙此时才得知长思御殿挑在这个时候揭发昭景宸，根本就是刻意安排好的。

长思御殿这个女人知上治帝每月中旬都会在地宫闭关，前朝事务交托陵光王处置，而后宫便由她自己一人掌控，她绝对不会放过这个除掉昭景宸的最好时机。

渚牙不敢细想后续，她现在努力找寻任何一个可以救出昭景宸的机会。

突然，一个人影在她脑海里一闪而过。

西澥！

渚牙眯了眯眼，充满疑惑与不信任。

月辉宫那日，听闻竟然也正是西澥的缘故，才让长思御殿把"就地正法"四个字生生又咽了回去。这世上会有这么巧的事情吗？又或者说，那个人会有这么好心？

渚牙想起初见西澥时的场景，又与当下种种联系起来，她觉得，冥冥间，这个人像是一直在等着自己去找他一样。

"昭景宸，你最好给我活下去，我渚牙从不求人，这份人情你得肉偿。"

渚牙的眸子深了深，黑金色的瞳孔在雪月之下格外亮眼。

一眨眼，她便消失在飞往西澥府的方向。

狱牢下，昭景宸隐隐也有一份心悸。

渚牙，是你吗？他紧皱眉头。

晌午的时候，南冥带着谢然才来看过他，告诉他渚牙似乎在替他筹谋。他一听就慌了，不怕别的，只是担心她。景宸怕她沉不住气，干脆一道红莲焰火前来劫狱。

这是皇城天牢啊！岂能和当初荣山盟的地牢对比？何况还有长思御殿和昭景琨，甚至是其他尚未浮出水面的敌人虎视眈眈，昭景宸又岂能放心得下呢？

景宸还在担忧着，晚间那昭景琨得意扬扬地来了。

"啧啧啧，这不是大名鼎鼎的林京辰嘛——哦不，这是我六弟啊。"

昭景宸盘腿坐在地上，不打算理睬。

如今就算再恼此人，北卿岄也已经嫁给了他，景宸自知眼下自己做再多也只会伤到渚牙身上，干脆忍了下来。

景琨见他没反应，脸上瞬间严肃了起来："本皇子好心来送你，你别给脸不要脸。

如今父帝不在朝，你说，等他出来的时候，看到我们已经彻底解决了不祥之子，他该多么高兴呀！”

“你！”

他终于忍不住，从地上暴起。

两人就这样僵持着，隔着一扇铁门。

多么可笑的一幕场景。

明明是咫尺之间，血脉相连，此刻的身份却是天上地下。昭景宸奋力一甩手，又坐了回去。

他还不能死，不能！

是夜，子虚城的西将军府寂静无声。

在渚牙的印象里，自她来到皇城至今，今日将军府外的卫兵是最少的。她循着气息，从皇城一路跟寻到这里，那股熟悉的气场越来越强烈，正吸引着自己靠近。

你到底是谁？到底有什么目的？

渚牙分明能感觉到，那人也在等着自己。他与她之间似乎有着千丝万缕的关系，可对方就是不说。而她一想，就头疼欲裂。

“你来了。”

渚牙翻过外墙，径直走到庭院里。今日正好是西延外出值守而西虢在宫当值的日子。西将军府除了一位西澥大将军外，还能有谁？

她转头，果然就看到西澥从夜色里走来。

他眉眼含笑，姿态娴雅，嗓音低沉间却带着一股莫名的熟悉感。实在是太奇怪了！渚牙摇摇头。她每每接触眼前这家伙，就会有一阵眩晕感，体内的气息混乱地冲撞在一起，一再强调她缺失的记忆与元神。

“西将军。”渚牙恭恭敬敬。

西澥眯了眯眼，这恐怕已经不是二人第一次见面了。

此刻仿佛只是个下级夜访西将军府邸的景象，但渚牙知道，早在进入子虚城之前，他们两人就打过照面。

记忆里，她负着伤从北落王府顺着岷江水而下，在最为狼狈与痛苦的时候，一股灵息通过头顶的飞鹰加注在她的身体里，吊起她最后的一缕生气。随后她昏死在岷江水畔，是西延带着西虢救下自己。也是那时她醒来才知道，原来自己一路朝东南而下，竟然已经到了西疆的边界。而这两个救下她的男女，正是这西疆的小主子。

“一年了，你怎么还在执着于这些人，一点长进也没有。”西澥已经一眼看穿了她的来意。

尽管她也不知道这人到底了解多少自己与昭景宸之间的事情，却只觉得对方一直监视着自己似的。渚牙感到不自在，瞪了他一眼。

两人第一次在西疆将军府见面的时候，她听到来人介绍，说这是西延与西虢的父亲，而她分明在他身上感受到了同那飞鹰加注在她身体里的灵息一样的气味。

是他！

渚牙一眼认出。

西澥当时似乎也很满意她的灵敏和警觉，但更满意的在于，这件事情从头到尾只有他二人知道——时至今日，就连西延与西虢，都还没有察觉他们之间的联系。

“是你让我来的。”渚牙用肯定的语气道。

西澥点点头，倒是大方地承认下来，更近一步道：“我知道你想要什么，我也可以帮你。”

月影冷冷地投在地上。她只觉得冷峻异常，打了个寒战。

一年前，眼前人就是像现在这样，一眼看穿她的需求。他知道她体内的元神其实是缺失的，也知道她的元神就在子虚城下，故意挑明告诉她，“如果你不去，你迟早会死的”，那时的西澥威胁道。故而她来了子虚城——明面上像是顺应了西延与西虢的邀请，实际则是暗中有要夺回元神的计划。

西澥还颇为好心地给了她渡命的丹丸：“吃下它，吃下去你的伤很快就会好了。”

渚牙当时已然感到自己命悬一线，只得赌一把。果然，西澥的丹丸才一下肚，她就立马觉得浑身的灵气重新聚集起来。

如此她才明白过来，原来昭景宸的一击并没有真正伤到她的要害，却成为她元神不聚、灵潭崩坏前催发的最后一根稻草。渚牙方才要萌生一丝感激，就见霎时间，周身爆出了奇怪的纹路。

“你到底给我吃下了什么？”她发狠地朝着西澥扑去。西澥却只是笑着，提着手中一香囊的丹丸道：“你好好配合，我保证，会让你活下去。”

这药就像一种会上瘾的毒，既有续命加持的功效，也能噬人于无形。如果没有元神，而西澥又断了她的丹丸，渚牙非死不可。

她没得选择了。

西澥一声咳嗽，拉回渚牙的神绪。

想起这一切，她再投向西澥的眼神里立马多了一丝愤怒。

西澥还是和蔼地笑着，拍拍她的肩膀：“眼下，你来求我的目的，别忘了。”

昭景宸。她要救他。

一时间像是被抓住了什么软肋。

“你有什么条件？”

她紧紧盯在他的身上。这个男人岂会这么好心。

西澥果然带着目的而来。

“止戈剑。”她听到他如是说道。这是帝王的武器，只佩在上治帝的身边，渚牙早有耳闻。

“好。”

为了救昭景宸，她答应下来。

西澥举着那装着丹丸的香囊摇了摇，威胁道，若是七日后她未能提着止戈剑来见，这丹丸，她也就别想继续拿了。

渚牙沉默，只是死死地盯着他。

西澥对她的反应很是满意，仰天长笑，转身离去。

角落里一红衣少女在月光下隐隐现身，远远地看着这两人，又陷入阴影中去了。

西澌确实不曾食言。

次日渚牙便收到了来自西将军府的消息，说是行刑队伍里人员已经安排妥当，要她行刑当日在押送中途的吴寡妇客栈埋伏着，届时劫了昭景宸便走就行。

另外傍晚的时候西虢还来了趟，给她递了个指头大小的四方状的金棕色吸磁块，草草道了句“会用上的”，便神色暗淡地匆匆离开了。

渚牙还没来得及问他是如何知道计划的，再追去，西虢就已经不见踪影。

角落里，西虢悄悄地观察着渚牙，他身旁站着的则是昨日西将军府出现过的红衣少女。

“红樱，走吧。”他对身边人轻道。红樱听话地点点头，跟着离开。

昭景宸被押送刑场当日，渚牙早早就等在吴寡妇的客栈里，她早就托黑凤葵的关系打听好了，今日押送的列队中，除了金丝羽卫是长思御殿钦点的亲信，黑白凤葵军的将士也被调配来执行此次任务。由于四周围观民众过多，不得已，连南冥和西延也夹在人群里维护秩序。

既然都是熟人，那便更容易下手了些。渚牙已经蓄势待发。

不料身后一掌直接擒住她的肩胛骨，渚牙吃痛，下意识掏出红莲焰火，转身要去与身后人对抗。两人三五番过招，招招逼上渚牙咽喉。渚牙发狠，一刀红莲灵光甩出，面前人后退一大步，渚牙这才看清，竟然是昭景苑！

十年前，凤境里，他们两人也像这样交过手。

那时的渚牙初出双鱼玉笼，正是愤慨的顶峰，冲向昭景苑的大刀步步逼人。昭景苑恨透了这个魔头！

她怎么会出现在这里？昭景苑十分诧异。

就是这个女人，十年前要对景宸不利——他看看窗外，而此刻正是昭景宸的行刑之日，这女人出现在这里未免过于诡异。

渚牙见他步步跟来更加气恼，一连几日，这位陵光王，面对自己的亲弟弟落狱，竟然一点动作也没有。

“你有本事杀我，怎么没本事救你弟？”如今她的灵术已然退至昭景苑之下。

昭景苑一柄光剑，挥在她的脖颈上。北赫沐、西虢及时跑来，将他们拦下。

“住手！”

一个昭景宸就已经够麻烦了，绝不能再出什么乱子。

昭景苑盯着渚牙手里的大刀，甩下句：“我会竭尽所能去救我的弟弟，就不麻烦你费心了！”转身离去。

渚牙轻笑。眼下昭景宸就在那街道中央行进的囚灵马车上，不过一刻钟的工夫他就要上刑场了，还能等吗？

只见队伍走到东街口的刹那，天边出现一道红光。从临街二楼的店铺窗户边杀出了一蒙面女郎，提着把明显遮去了标识的半米大砍刀，直直就朝囚灵车逼来。

“劫囚了！”

百姓纷乱，押送侍卫也乱作一团。

昭景宸看着那团红火身影一路踩在押送官吏的肩膀上朝自己飞来，除了离自己最近的几个小吏确乎是打了一会儿，其他普通的凤葵军将士都仿佛约定好一样，三两下就轻易放过了。

“看好人犯！”

那周遭的民众更乱了。西延、南冥一左一右在人海里遥遥对视，尽管在意料之外，却属于情理之中。远处的昭景苑与北赫沐也朝这边看过来，面上紧张着，手下却暂时没有更多举动。

渚牙才看不上这些人。她跃上囚灵车，腰间那金棕色的吸磁块只要稍稍和昭景宸靠近，灵锁就自动打开。渚牙拉住昭景宸的胳膊，抓着他飞到屋檐上。

长思御殿亲派的那些金丝羽卫慌忙嘶着喊着要追。

西延、南冥终于也一副“看不下去”的模样，率着各自的队伍紧紧跟在后面。

表面上来看，他们确乎是跟着金丝羽卫的脚步，奋力往昭景宸逃跑的方向追去，可实际却是一群人闹哄哄的，左右围上，冲进长思御殿派来的金丝羽卫的布阵当中，打乱他们的脚步。不论是他们往左还是往右，都会被凤葵军组成的人海所挡住，只能眼巴巴看着昭景宸跑远。

南冥一面偷偷打量着跑走的两人，一面停下故意装出一副愤慨万分的模样。

“实在追不上了，不追了，不追了。”

在场的明眼之人都能看出这两位将军分明就是刻意为之！金丝羽卫们还有想要追赶的意思，却碍于两位将军都如此，前方又隔着茫茫人海，压根儿断了去路，只能自己跺脚。

昭景宸，逃了！

第二十四章

渚牙盗剑

渚牙和景宸还没逃多远，追兵就追了上来。昭景宸不敢走官道，直到天色完全黑下来，两人还在子虚城附近的郊郡里躲藏。

路边有个破庙，墙壁破败，无处可去的两人不得不在这里避一避。昭景宸一把将渚牙拉进自己的怀里，美其名曰“挡挡风”。渚牙挣扎了几番，拗不过昭景宸的力气，只能随他去了。

月影穿过庙顶四方形的小窗投射进来，映照在渚牙的脸上，昭景宸久久盯着渚牙，嘴角含笑。渚牙被看得发恼，狠狠地推开他，却又被迅速地拉了回去。

腊月清寒，两人一夜无话，却心意绵绵。

如果可以就这样一直相守，就此离开皇城，远走高飞，又有何不可？

——直到次日的阳光刺眼，将他从美梦中晃醒，景宸才意识到现实远远没有这么容易。

离庙不远处的张贴榜前熙熙攘攘围了许多人。昭景宸和渚牙在脸部使了幻术，这才挤到人群里。本以为其中张贴的指定是他昭景宸的抓捕令，谁知旁边还附加了一张小字通告。

昭景宸一看那通告瞬间就急了——竟然是爷爷！

长思御殿为了他还真是煞费苦心，竟然连早就不知去向的宋老酒鬼都能捉回来。渚牙见他此刻咬牙切齿，知道他是想回去救宋老酒鬼。

“走，杀回去，老子就不信了。”她抓起他的手，一把火把那张贴榜给烧了。人群分散，立即引起了巨大骚动。渚牙才不顾及，带着昭景宸，直接往子虚城去。

十年了，整整十年。

当初他初到北落的时候，北落王告诉他，宋老酒鬼曾经来过，他才愿意留下。他满以为只要他耐心地等，总有一日会再见到爷爷。

谁能想到，如今他再见爷爷，竟然是在这种境况下。

景宸早已知道爷爷的身份，虽然爷爷不是自己血脉相连的亲人，可是哺育之恩，又岂能说忘就忘？长思御殿为了彻底解决自己真是煞费苦心。

两人杀进子虚城，还隔着老远的距离，就看到了在风中已经被虐得只剩半口活气的爷爷。

“就是他，包庇了不祥之子，我等为国除害，必将除之！”

长思御殿一招手，城墙下万千蒙在鼓里的普通民众就群起而应和她。这些人其实都不知长思御殿的真面目，只是凭着对御殿地位的敬畏，觉得她说什么都对。

城墙下，昭景宸跳了出来。

一贯机敏如他，此刻却不再有时间去思考更加周全的应对之策，眼下爷爷年迈，只怕能不能撑过此时都是问题！

城墙上，长思御殿见到他果然欣喜异常。她带着一伙人站在城墙边上，居高临下地看着他。只见她眼神微微示意左右，便从东南西北四个角分别飞出两名金丝羽卫来，拿剑直逼昭景宸。这分明就是要当即处死他！昭景宸怒瞪，眼下这个女人竟然已经光明正大到这个地步了。

渚牙帮着他挡下那空降而来的剑客。长思御殿见他竟然还有帮手，着急间拿宋老酒鬼下手，直接一刀架在捆着宋老酒鬼的绳子上——只要一刀，宋老酒鬼就会当即摔死在皇城下。

好阴险。

昭景宸暗骂。

只道是他一瞬间的疏忽，就被提剑而来的金丝羽卫找到了空子，眼看就要一剑刺穿他的胸膛——

“小心！”渚牙隔着一段距离，根本来不及去救他。

正当众人觉得昭景宸必死无疑的当口儿，一道黄金圣光飞来。

随即，一阵黄金飞流，将一众金丝羽卫射倒在地。

“圣上驾到——”随行的太监高呼。

昭景宸抬头，瞬间呆住了。

竟然是他！

他恍然间以为自己还在梦中。

眼前这个被大家高呼“圣上”的家伙，今日头一回脱掉他的黄金面具，在平民百姓面前露出真颜。可这脸却与他日地宫的大叔重合。

昭景宸蒙了，仿若遭受了蒙蔽。

所以从一开始，上治帝就认出了他，却还刻意隐藏起身份、教他灵术。昭景宸也亲眼所见，上治帝在自己母亲的墓前忏悔和思念。

景宸一时间觉得自己看不透他了。这个男人是个帝王，也是个父亲。他要杀他，却也会救他。皇城深宫，人心叵测，那么此时他再站出来，是以一个帝王的身份，还是一个父亲？

四周人纷纷朝那高堂跪下。昭景宸不知被身后何人一推，也扑倒在地。

皇城威仪。他只听四面响起群臣的呼喊叩拜声，然后就是来自顶端之人低沉而独具威严的嗓音：“朕竟不知，朕不当朝期间，有人能够代朕来审判朕的皇子了。”

话一出口，四下霎时响起一阵非议。众人纷纷把视线转到长思御殿的身上。

长思御殿瞬间变了脸色，跪倒在上治帝跟前。

“陛下！这是不祥之子啊！”

她说得情真意切，仿佛真是为了这丛国的安危考量，完全不掺杂个人情感。头上的钗环珠串随着她身体的晃动而“噼里啪啦”乱撞在一起。

御前的大臣们见长思御殿如此深明大义，连忙纷纷应和：“陛下，这是不祥之子啊！”

上治帝沉默，无奈和庇护写在了他的眼神中。

长思御殿见上治帝有一瞬间的动容，连忙紧接道：“早有先哲预言，说昭氏六皇子一生暗星隐命，是不祥之人。为了丛国的百姓，为了江山社稷，请陛下下令处决！”

上治帝紧皱眉头，他岂会看不透身旁这女人的心思？皇家争斗，背后所牵连的势力众多，他向来睁一只眼闭一只眼，只是今日不同了，谁又可知，这处决就是解命之策呢？

他长叹一声，瞬间恢复了以往端庄肃穆的表情，亲自扶起长思御殿。

他以眼神示意福川，先去放下宋老将军，看着城墙下昭景宸快步上前将其接在怀中，然后自己才往前一步，面对众人道：“既是暗星隐命，今日朕就要他回到皇子正轨，以解开这咒言！”

四周议论纷纷，长思御殿还在不依不饶。

上治帝却言语坚定。二十多年了，他已经一再错过了尽人父之责的机会，这一次不能再让这个孩儿仇恨自己了。

或许让一切光明正大起来，把昭景宸的命格明明白白呈现在众人眼中，反而能够解开咒言。

这下别说是昭景宸震惊，连渚牙都愣在原地。她的目光牢牢锁定在昭景宸身上，希望他拒绝。可天子放话，岂有拒绝的机会。

昭景宸怀抱着已经陷入昏迷的爷爷，内心复杂。他知道，这不过是顶上之人的挽救罢了。

那是丛国身份与地位最为崇高之人，他有那么多的无可奈何，昭景宸通通理解。

地宫中，这个男人面对自己母亲的一往情深，他不是没有感觉。可他不能原谅，不能！

深吸一口气，景宸听着来自四周的非议与长思御殿尖锐的阻挠，将爷爷暂且交托给渚牙，然后起身，再跪下。

“多谢父皇。”

冥冥间，昭景宸能感觉到渚牙的不悦。可是他已经没有退路了。

众人面前，那个黄袍在身的男人金口已开，他的怀中还有他奄奄一息的爷爷——只有成为丛国六皇子，成为权贵链条上的一环，他才能有办法保护自己想保护的人。

好在宋老酒鬼确实也保了下来。昭景宸恢复身份的第一件事，就是先安置了爷爷。

景苑听闻六弟回归，忧心之余还是颇为欣喜，至少从此以后少了件担心他身份暴露的烦心事。只是后宫复杂，愈是卷在这斗争的旋涡里，人就愈危险。他提醒景宸接下来要步步留心，随即也派遣了一队陵光王府的亲兵，在皇城东郊的翠林园保护宋老酒鬼。

长思御殿一头知道昭景宸风头正盛，自然不会赶在这个时候给自己惹麻烦。不过上治帝为了表示自己对这个归来六子的器重与信任，还是将看管止戈剑的重担交托到了他的身上。

“从此，你就是真正的丛国六皇子了。”

昭景宸接下圣旨。

他知道这是这个男人保护他的手段。止戈剑，帝王之剑，丛国安详盛世的象征，眼下通通交托到他的手上了。

看起来事情一桩桩、一件件都在往好的方向发展。渚牙也官复原职，继续做她的黑凤葵副将。可当他再去找她的时候，她却避而不见。昭景宸这才意识到渚牙的不悦还是超出了他的预想范围。

羌澜苑外，今日本来是渚牙当值。可她知道昭景宸在门外，干脆连值班也不去了。

昭景宸拦下一个黑凤葵将士想问清缘故，那人说是听渚牙的命令，伸手要赶他离开。碍于他如今是六皇子的身份，那小将赶得颇为为难，好在西虢西大统领及时前来救场。

昭景宸看到西虢，立马就有一股火药味起来，偏偏当他去敲渚牙的房门的时候，里头人还真的开了！

只见两人快言快语，还不等昭景宸追上去拦下，渚牙从里面递出来一物什交给西虢后，又迅速把门关上。昭景宸总觉得她是在针对自己似的。

"是你又和她说了什么吗？"昭景宸伸手去抢西虢怀里的物什。

那物什其实只是当日渚牙为了救昭景宸，从西虢处得来的开锁磁块，今天不过物归原主而已。但西虢也偏偏不想让昭景宸称心如意，把磁块一收，就是要让他误会。

"你这么防着我，不如自己多留意一下她。"西虢冷冷道，揣着磁块，走了。

昭景宸愣了一下，突然像有一根神经刺痛。

房间里，渚牙浑身冒着冷汗，倒在墙边。

她额头上的兽纹若隐若现。这是西澥的丹丸断了以后便会出现的症状。

如果说西澥利用她是真，那么他所说的，如果她不及时取回元神，就算还有这丹丸补给，她迟早会死也是真的。而眼下就凭她这气力，想要去夺元神根本不可能。门外响起一阵低号。渚牙强撑着开门，果然就见昭景宸昏在门外。

是归心咒在起作用！

渚牙强忍着痛苦摇头，眼下她的身体越来越弱，暂且只能靠着西澥的丹丸维系。如果说先前有丹丸的时候，昭景宸因为不存在元神分离的情况，就算有归心咒，也感受不到她失去元神的痛苦，那么现在她若没了丹丸，这痛苦必然就会直接冲破那层保护，反噬到昭景宸身上。虽然对于昭景宸而言，不至于殒命，却十分难熬。

朔月之症是并发症之一，但随着时间越拖越久，症状只会越来越严重，只有拿回元神，才能解决一切。而在拿回元神之前，渚牙只能与西澥妥协，用他给的丹丸，撑下去。

她痛得一声哀呼，跌倒在地上，两眼间转而是满满的怒意。灵人，昭氏，还有西澥的威逼利诱，她恨透了。

待次日的阳光照在两人脸上，他们才迷迷糊糊地醒过来。昨夜双双昏死在房门口，隔着一道门槛，竟然相互依偎了一夜。

大概让他们想不到的是，这一幕被早上前来打扫的宫女看到，瞬间补出了十万卷的言情佳话。宫人们不知又从何人口中，得到了当初昭景宸为了进宫编出来蒙骗谢然的说辞。一时间，皇城上下的宫女侍从，都纷纷在传这六皇子与黑凤葵渚副将的坎坷恋情。

渚牙看起来满不在乎，毕竟只要红莲大刀一出，上下人迫于她的威风，自然就闭上了嘴，眼下她有更重要的事情要做——

昭景宸忙着沾沾自喜，竟然没顾上渚牙的异常。

可若要真只是传传便也罢了，偏偏这些传闻不知怎么的就到了上治帝的耳朵里。

上治帝传召昭景宸，想要给他赐婚。昭景宸这才意识到，如今身在皇家，其实根本就没那么自在。曾经喜欢就是喜欢，如今却会变成人人口里的谈资。他想与渚牙相守，却并不想以被天家皇令捆绑的方式逼她成婚。他拒绝了上治帝的赐婚。上治帝还以为是他尚不能接受自己，便也理解地闭口不再谈。

两人维系在端庄仁孝的父子关系里。

与渚牙成婚？

昭景宸从日耀宫出来，这个想法就一直徘徊不去。

眼下他已经是从国的六皇子，再想带她离开显然是不可能的。她愿意为了自己放弃宫外所有的自由，嫁给他吗？昭景宸自己也不确定。

他还在琢磨着该如何和渚牙说此事，便见突然间从自己所封的大椿殿方向奔来一人，慌慌张张。昭景宸走近一瞧，果然正是殿中负责安保的小厮志恒。

志恒是陵光王府调来在大椿殿保护昭景宸的亲兵，也算是如今大椿殿中，昭景宸难得放心的人。他特地派志恒去看守大椿殿止戈剑的安全。

“慌慌张张，可是发生了什么事？”尽管昭景宸对这副腔调极为不适应，却也不得不装出端庄的模样。

志恒是个老实人，伏在昭景宸跟前先按规矩行了个大礼，然后才凑到他耳边：“启禀殿下，是渚副将！渚副将主动来大椿殿了！”

昭景宸还以为是什么事，一听原来是她主动来找自己，开心还来不及，结果就听志恒后一句紧接道：“不过，渚副将似乎来者不善。”

随即，志恒将渚牙是如何气势汹汹走进大椿殿，又是如何在听说昭景宸不在以后离开，接着趁众人不备很快去而复返的事一五一十道来。他特别点出，渚副将是往北偏殿去的。

北偏殿，正是那存放止戈剑的地方。

昭景宸下意识地不信。只是志恒是四哥身边派来的人，按理说，经历过重重考验，在侦查力与忠心度上无可挑剔。

但是渚牙……

紧接着连续几日，渚牙果真是一反常态，竟然日日都来找他。

昭景宸努力装作什么也不知道的样子，嬉皮笑脸地打趣她，问她为何前几日躲着他，这几日又主动送上门来。渚牙还是一贯地直接暴力回道：“老子开心！”

可每次渚牙都会在大椿殿的回廊上驻足许久，她的目光打量在北偏殿上。

你的目的真的是止戈剑吗？

为什么？

为什么是止戈剑？

为什么是在我看守止戈剑以后？

是被人利用了吗？是不是有人逼你？

昭景宸有千万个问题想要脱口而出，可他看着渚牙转过头来面对他时一如常态的样子，就根本不忍再开口了。

——至少她还在伪装，她也在犹豫吧？昭景宸勉强扯出一丝微笑，内心却纠结得不行。

大椿殿前的两株红梅，是昭景宸重回六皇子之位以后，上治帝特地从望梅园移植过来的。此刻应和着原本就生长在此的早春花，应该是朦胧浪漫的，却还是有种格格不入的感觉。

正如昭景宸在这皇城的心情，皇城梦美，但自己并不属于这里。

似乎正是从自己当上六皇子以后，一切都变了。渚牙也不像是当初的渚牙，两人从直来直往变成现在这个样子，到底是谁的悲哀？

三更刚过。

宫巷打更的小厮经过大椿殿门前敲了三下锣。

渚牙去而复返，着一身玄色夜行服，从屋檐上一跃而下。这日日的探望让她对大椿殿的构造了然于心。

他大概已经睡下了吧？

渚牙打量着昭景宸休息的寝殿，随即强迫自己移开眼，把注意力转移到盗取止戈剑上。

既然盗取止戈剑势在必行，而无论如何又都会牵连到昭景宸，那么他知道得越少越好。至少这样，他只会因为看守不力受罚，可他的命却能保下。渚牙第一次有这种感觉，是归心咒的作用下，自己耽误了他。

出乎意料的，从她翻入院中，到潜入北偏殿，这一切都显得顺利异常。

北偏殿四面漆黑里，止戈剑散着霓凰之光悬在中央幻池中。她才要掏出红莲焰火去劈开昭景宸的独门结界，刀还没出手，就见角落有一黑影翻出来。渚牙定神一看，只需一个身形，她就能认出这是昭景宸。

从她进入大椿殿到现在，没有一步不在他的监控范围内。大椿殿执勤的守卫是他特意调遣开来的。他太了解渚牙了，只要是渚牙认定要去做的，没有中途放弃的道理。

两人拳脚相对厮打在一起，渚牙往左，昭景宸就跟着更左一些，渚牙前进一步，昭景宸就后退一步。三五招下来，他几乎能不出手就不出。

哪怕知道眼前人就是针对止戈剑而来，就是会伤害到自己，昭景宸也愿意继续相信她。她是有苦衷的，他如此劝慰自己。

可是昭景宸想不出来，眼下到底还有什么理由，让渚牙不得不如此。

“你为什么要盗剑？”

他没有问“你是谁”。

“谁让你来的？”

他的语气，就像是往日的耳鬓厮磨。

昭景宸觉得这么多年以来，自己已经成熟了，但这一路走来给予他最多帮助的人是渚牙。如果没有渚牙，他岂能走到今天？

昭景宸不信，他不信只是因为归心咒而已。

可面对他的提问，渚牙一句话也没有回答。

夜色下，渚牙的泪光刺进了景宸的心里。

你有心的，对不对？你是在乎的，对不对？

“你是为了我吗？”昭景宸终于问到了点上。

的确，眼下她的第一动力就是来自昭景宸。

只有拿到止戈剑，才能重新得到西澥的丹丸，只有得到丹丸，她缺失元神所带来的病症才能减缓发作，昭景宸也不至于陪她这么痛苦——

我可以死，但你不可以。

渚牙没有把这些话告诉昭景宸，她会救他。她一定要得到元神。

昭景宸见她掉头就走，还以为是她终于打算放弃，谁知她一个踉跄——昭景宸正要伸手托她——渚牙心中一股热流涌上，闭眼深吸一口气，拨开他的手，乘机以身硬撞进结界里。

昭景宸怕她受伤，赶忙解开结界。

渚牙顺利夺了剑，丝毫不敢有一点停留，头也不回就飞出殿去。

昭景宸冲到门外，却只能看着渚牙远去的身影喃喃自语。他猛地抽起兴仁剑，“哗啦”一剑刺进自己的身体里。

“既是你所愿，就够了。”

第二十五章

天人五衰

春寒滴露，整个宫闱静谧无声。

昭景宸捂着胸口，浑身滴血地从大椿殿奔出，仓皇前往日耀宫禀告，惊得一路众人都知道止戈剑被贼人盗了的事。

上治帝被侍从叫醒，只披了单衣就从寝殿出来。而跟在他身边的长思御殿，无论何时都是妆容精致，一副宠辱不惊的样子。

昭景宸在来时路上已经编好止戈剑的被盗过程，当他告诉上治帝时，只隐去渚牙的部分，大体与事实没有太大出入。

上治帝见昭景宸胸口伤势严重，整个人摇摇欲坠，便出手替他封了灵血。

“这伤是那人弄的？”

昭景宸有些心慌，他怕上治帝看出这伤口其实是自己拿兴仁剑硬造出来的，连忙将身子深深埋下，不敢抬头，道：“是我灵术不精，那人灵术高强，又将大椿殿内烛火尽灭，视野受限，一时不敌，失了止戈剑……”

“那贼人呢？”身边的长思御殿一听，连忙插话问道，昭景宸只得硬着头皮回答：“没看清。他伤了我之后便带着剑逃了。”

“没看清?！止戈剑乃是从国的传国之剑，自开国以来一直供奉在大椿殿，圣上也只有在出征、祭典等重要时刻才从殿内拿出，你以为轻飘飘一句‘弄丢了’‘没看清’就能算了吗？圣上，此事非同小可。子虚城戒备森严，怎么偏偏就在这小子看守的时候捅了这么大娄子，其中定有古怪，依臣妾看，还需要严加审问！”长思御殿见抓得昭景宸的把柄，立马站出来要求上治帝重罚。

闻讯匆忙赶来的南冥、西延等人一听，连忙开口替昭景宸求情。

可长思御殿揪着一个“不祥”和“国运”，出言咄咄逼人，不肯相让。

上治帝听了，语气冰冷怒道：“够了！偌大的子虚城叫贼人来去自如，还盗走了国之重器，岂是一人之过！南冥你们速速封锁子虚城，务必彻夜搜查，追回止戈剑，至于昭景宸，丢失止戈剑，此乃失职重罪，看在他已经受伤的分上，送去潮鸣刑台，受九道凌雷火之刑！”

上治帝显然因止戈剑被盗一事动了怒，声音越发像闷了水的磬似的，在殿内低沉回响，叫人害怕。尽管看出上治帝有心庇护昭景宸，长思御殿也不敢再有不满，只能乖乖叫人将昭景宸拖到潮鸣刑台去。

而另一边，望都城外。

渚牙带着止戈剑匆匆赴约，用剑换回了丹毒的解药。

她见西澥没有查看真伪，而是直接将剑封印进了一个黑色的木头盒子，心里总觉得有些不祥的预感：“你到底要这剑有什么用？这剑据说除了昭氏的皇帝没人能用，你拿了也不过是把废剑而已。”

西澥笑了笑，还是一副和善亲和的模样，话却是玄而又玄：“剑有没有用得试了才知道，倒是你，拖着这副身体能到什么时候？”

“这话是什么意思？”渚牙警觉，挥刀威胁西澥。西澥像是虚幻之影似的，只稍稍晃了晃身就躲了过去。

突然，渚牙觉得浑身如遭雷击，一股钻心疼痛传入了心肺之中。

是景宸！

“看样子，是受了潮鸣刑台的凌雷火之刑，真不知他能不能熬得过去。”西澥一副一切尽在他掌中的逍遥模样，渚牙咬紧牙关拼命受着，她知道这是自己欠昭景宸的，她就该受这一切。

“你可知灵人有天人五衰之说？”

“知又如何，不知又如何！”

“自天地混沌以来，灵人便将此生化作五衰终止，意思是每个灵人在寿命终了之前，会经历灵力之衰、灵潭之衰、元神之衰、身形之衰、法华之衰五个阶段。从灵力衰竭不支，到灵潭枯竭不存，元神俱伤难聚，身形腐化消灭，最后连仅存的法华之光也消退，此生此世，后生后世，便与你都无甚干系。天人五衰一旦开始，便没有办法停下来。一般元神残缺的人，是撑不到五衰的，若是灵力已经衰竭，那灵潭不久将会枯竭不存，那人也就……”西澥突然停顿了下来，紧紧盯着渚牙，“要是能拿回自己的元神倒是另说。”

“你到底是谁？怎么会知道如此多的事情？”渚牙怒不可遏，挥刀要劈西澥，谁知西澥如轻薄的烟雾一般消散隐匿在黎明将至的黑夜之中。

“现在时机未到，你总会知道我是谁的。只要你跟昭氏的人纠缠，就永远没有安宁之日。”

渚牙卡着自己的脖子，想要将西澥消散前塞进自己嘴里的东西吐出来。可那玩意儿跟游魂似的落入她口中便在她体内消失不见了。

没过一会儿，她发觉身上凌雷火的痛苦消失了，似乎被那东西给消解掉似的。

渚牙来不及细想，只想赶紧折回子虚城去看昭景宸。

渚牙刚回，昭景宸恰好刚受完罚。

谢然急吼吼地来营所寻她去见昭景宸，她才知昭景宸因自己险些没命。

昭景宸从潮鸣刑台拉下来，几乎只剩半条命，现躺在医所里，奄奄一息，靠南冥和昭景苑带来的御灵医续着命。

这九道凌雷火虽然不至于要人命，却绝不是那么好受的。这是一种极其折磨人的刑罚，附加了各种灵术的火苗像是一条条火蛇似的钻进人的皮肉之下、灵骨之上，灼烧翻腾，痛苦不堪，受刑之人绝不会晕厥，会一直清醒地熬着等着疼痛消退。

御灵医替昭景宸化了凌雷火，治了胸口的剑伤便退下了。

昭景宸瞧见渚牙一直站在远处静静地看着自己，便挣扎着起来要谢然、宋副将等人散了。

“还好你没事。”昭景宸明明一副惨白得快要死过去的样子，却还要仔细看着渚牙有没有因为归心咒而受重伤。渚牙将他按下，不让他再动，渚牙望着伤口，心底抽抽地疼，她伸出手指挖出一块生肌药膏，准备往伤口上抹：“你怎么不把我供出来，非要自己一个人受着。”

“要是搁以前，我真就毫不犹豫地把你卖了。你整天唯我独尊，专门欺负我，不欺负回来太吃亏了。”昭景宸捉住渚牙的手，将脸贴近渚牙的掌心，像只小猫一样蹭了蹭，“但这次不一样，若是你被抓，很有可能会死。我不能失去你。”

渚牙望着昭景宸那笑起来会闪光发亮的眼睛，心里又暖又难过，她不知道如何放置自己对他的感情，只觉得此刻愧疚又多了几分。

“止戈剑我会再拿回来的，这是我欠你的……”

昭景宸不等渚牙说完，便吻住了她，将渚牙想说的话一吻而尽。这个吻细密而缠绵，小心翼翼中透露出他无尽的渴望和害怕。

渚牙没有料到他会是这般举动，便想要推开他，没想到碰到了他的伤口，疼得昭景宸嘶嘶地倒抽冷气。

“谁让你乱亲的！”渚牙又是愧疚又是气急败坏地道。

“可是我疼……想着亲一下就不疼了。”昭景宸眼睑耷拉下来，一副委屈极了的样子，渚牙刚想要骂回去，可余光刚好能看到昭景宸脖颈下细密的黑色血管隐隐消退，那是她给他服下解药后丹毒消除的迹象。

她兀地想起西澥那些关于天人五衰的话，不安像毒液一样浸透了她的心。

若是自己真的迎来了五衰，这个人会怎样呢？他会号啕大哭，像之前那样到处寻找自己吗？还是因为知道自己已经不存于世，便坦然接受事实，果断忘了自己呢？无论哪一种，她都觉得好悲伤，好痛苦，这比凌雷火的刑罚还叫她难受。

想到这她觉得身体寒冷不止，心尖像是被人掐了一下，疼得揪了起来。

“你怎么了？”昭景宸发觉渚牙不自觉地颤抖，脸色也有些难看，担心地抱住她。

“你的吻技的确太差了，还是让我教你如何吻个姑娘。”

说完，渚牙主动吻了回去，昭景宸没想到她会如此主动，便激动地回应着，许是这九道凌雷火的伤太疼了，没有让他察觉到渚牙身体的异样，待他日后想起时，是那般后悔今日的一切。

正如那五衰的终结，世间的法华散去，所有的一切都将失去意义。

而他现在只是执着于自己所爱所拥有的，并竭尽全力去享受这短暂的欢愉时刻。

昭景宸躺了小半个月，九道凌雷火的伤才见好。现在宫中因为止戈剑丢失而万分紧张，南冥被派出去追寻止戈剑的下落。

昭景宸原本在剑上留了个心眼，施了一个可以追踪的灵术，他察觉这剑被一路带往南疆，便突然消失了踪迹，像是剑本身被封印沉睡了一般。昭景宸无法进一步确定这剑在谁手上，调查一事一时陷入了胶着。

他本想问渚牙关于剑的事，但他知道若是能说，那日在大椿殿渚牙就不会对自己有所隐瞒，一定是有难以言说的理由才让她对此事避而不谈。既然如此，找回止戈剑，找出幕后威胁渚牙的人，也应是自己的任务。于是他待伤好便向上治帝请示出宫寻剑，将功赎罪。上治帝当即应允。

“止戈剑认主，朕倒不担心落入旁人的手中会引来什么祸事。你谨慎行事便好。”上治帝站在花町中的鲤鱼池旁，将手中的鱼食分给昭景宸，昭景宸学着上治帝的样子，将鱼饵抛出，池子里的鱼串子似的聚集过来，相互拥挤着吞噬下去。昭景宸看着它们狼吞虎咽的样子，不由想起这方闭塞狭小的宫城来。

“明日是四方春酹宴，也是家宴，你上次说有心仪的姑娘，带来与朕瞧瞧，若是人家愿意，朕便做主替你们赐婚。”

昭景宸愣了半天才反应过来，这是来自表面冷淡的父亲的关怀，他连忙行礼谢过。

“我与你母后也曾两心相悦，若是能长长久久，这或许才是人生真正的乐事吧。”

昭景宸默然，只乖乖地站在一旁陪着上治帝。关于母亲和父亲的事，他零星拼凑出真真假假的一切，只截取他愿意相信的留存着，成长到如今，想要释然并且原谅上治帝的所作所为是不可能了，他能做的只有尝试去理解一个帝王的决定。上治帝不久摆摆手，像是要挥开往昔似的，回了日耀宫。昭景宸得了皇帝的允诺，迫不及待要将这事告诉渚牙。

渚牙正在忙着将西延吩咐的行令册子送往白凤葵。打南冥出宫寻剑，凤葵军的事务便暂时交由西延将军统管，他们日常便忙了起来。

渚牙没有像以前那样趁着工作的间隙开会儿小差，偷去喝个小酒什么的，最近她觉得浑身困顿得厉害，单单是操练一事她都觉得有些难了。

唯一值得庆幸的恐怕只有朔月之症突然消失了这件事，距离朔月之日已经过去三天，竟一点发作的征兆都没有，倒是让渚牙意外不少。她这些时日一有空便偷跑去神御宬，想找到解开神御宬外面结界的法子。她越来越能感应到神御宬内她元神的召唤，她的直觉告诉她，只要能进入神御宬就能拿回自己的元神。

“一旦灵潭崩坏，这具躯体怕是支撑不了多久了。我连天人五衰都撑不到吧。”渚牙想起那晚西澥的话，便浑身涌出不祥的预感。

察觉到渚牙身体异常的，还有西虢。盗剑的第二日，西虢便来寻过她，问她为何要把止戈剑给他的父亲。她没有说实话，但西虢是个极其聪慧的人，几乎无须多问，便自己得到了答案。

西虢塞给她一颗定魂珠，嘱咐她若是有事，便找红樱来传信。渚牙笑他跟要交代后事一样郑重，有些吓人。西虢没有什么表情，却激动地将渚牙拉进怀里，告诉她，自己一定不会让父亲伤害她，就算拼了这条性命也绝不会让他得逞。

渚牙觉得西虢是个极其好的孩子，她有时想若是自己没有先遇上昭景宸，或许养一个这样的人在身边，才是真的舒心和幸福吧。可惜，没有如果。

告别渚牙，西虢便追踪西溡去了南疆，渚牙隐隐觉得西溡像涌动的黑油似的，若是他的野心涌出来，碰到火星定是要烧死所有的人。

还是赶紧拿回元神，远离这是非之地吧。

“渚牙你听到了没，明天你随我一起去见父帝吧，他想要见你。”

昭景宸拍拍手，将渚牙的神思从遥远的地方拉回来。渚牙望着他异常高兴的样子，没什么兴趣，道：“我没空。”

昭景宸拿出一套华丽的绡质宫装，搁在渚牙手上：“父帝要为我们赐婚，你难道不愿意嫁给我？”

“赐婚？”渚牙望着昭景宸的眼睛，见不似玩笑，惊呼：“你将我与你的关系告诉上治帝了？”

昭景宸装作一副恍然大悟、十分委屈的样子：“难不成你想要一直藏着掖着？我要一直做个无名氏？”

“你被本神女看上，无名氏也是你的福分，来笑一个。”

昭景宸被渚牙的无赖样给逗笑了，他郑重与渚牙道：“我想快点离开子虚城，一来是为了去寻止戈剑，二来我想跟你生活在一起，这里不属于我们，我还是喜欢从前我们那般自由自在。只要有你在，我便觉得哪里都是心安之处。”

渚牙红了脸，眼睑微微垂下，仿佛第一次听这种话。心里像是蘸了糖，血液流过之处都是甜的。

“好，这次依你。”

昭景宸见渚牙点头应允，乐不可支地将人拥进怀里。

次日，宫中因为开四方春酹宴热闹极了。

除了昭氏亲族，上治帝还要求了一些朝臣命妇入宫赏花饮酒。

西延听闻渚牙要参加四方春酹宴，一大早拨了五六个宫女来给她梳洗打扮，逼她穿上昭景宸送来的绡质宫装。

渚牙瞧着镜子中看上去温婉而柔媚的女子，不禁暗暗嘲讽了一下做作，心想若不是昭景宸竭力哀求，自己绝不会穿成这样在众人面前丢人现眼，尽管如此，腹诽一番后，还是欢快地去赴宴了。

宴会设在东苑的紫园，从白凤葵营所过去，只消走一刻钟的路。

今日春光熙熙，特别喜人，正是宴饮的好时候。

渚牙正走着，突然，心脏顿了一拍，立马感觉浑身坠入冰窟，由内而外地寒冷起来。

紧接着，便是咆哮而来的疼痛和无法言喻的恐慌。

她想喊，却发不出声音。

“朔月之症竟然在这种时候发作，看来我们还真是没有缘分啊臭小子……”渚牙望着设宴的紫园方向，不甘自嘲道。

渚牙竭力用仅剩的灵力撑着，转身拐进一条小道，想要躲在人少之处，静静等着症状缓过去。谁知，这条小道背靠神御宬，一墙之内，便是另外的世界。

——我在这，渚牙。

——真正的你在这里。

渚牙循声望去，几乎是凭着本能朝着呼唤的方向踏进去。

——我在下面，放我出来。

——放我出来，你就能活下去。

渚牙毫无意识地拔起红莲焰火。

神御宬的守卫见她进来，起初尊称她一声渚副将，想要问询怎么回事，下一秒便被渚牙斩杀在地。其他人见状况诡异，连忙涌上来阻挡。

而渚牙，遇神杀神，遇佛杀佛。

她完全听不见周遭的任何声音，只想着要循着声音走进神御宬内。

昭景宸左等右等，始终不见渚牙来，觉得有些不对劲。他知道渚牙并非一个言而无信之人，今天的事如此重要，她更不可能一句话不说就闹消失，除非她遇到了什么危险。

几乎同时，昭景宸感到一阵剧烈的疼痛，佐证了他的猜测，于是赶忙去寻渚牙。

果然在神御宬处找到了踪迹。

四方春酹宴，昭氏皇族亲眷都聚集在东苑的紫园。神御宬的守卫比以往少了许多。等到昭景宸赶到时，已经从院外到院内横七竖八倒了不少人。

昭景宸一边喊着渚牙的名字，一边迈入了神御宬。他越往里走，越能感受到神御宬内存在的一股强大灵压。

这灵压像渚牙，却又不似渚牙。

昭景宸越往里走，他感到身体的疼痛和寒冷越剧烈。

莫非渚牙的朔月之症暴发了？

昭景宸推算日子发现并非初一，心中又多了几分焦急。

待到他穿过满目狼藉的书架，走到被渚牙打开的墙洞之后，开始忐忑地迈向地下的深梯。

他依着指尖祭出的点点火光，大约行到百米来深，发现这神御宬延伸来下的深洞是个极其开阔的祭坛，放眼望去差不多是两个日耀宫那么大。

在子虚城下竟然有这种东西，真是令人毛骨悚然。

昭景宸继续往前走去，他发现这祭坛的雾泽之下，全是阴刻的纹路，这些纹路曲折蜿蜒，却统统通往一个中心。

他沿着纹路往前走，便看到渚牙正拿着红莲焰火插在纹路中心的“泉眼”之上。

不久听到一声嘶吼，渚牙双目嗔怒，兽纹从脖子一直延伸到她的额头，显露出十分诡异的美感来。尤其是她黑金的眸子映照着摇曳的火光，让她像一匹来自远古的神兽，虎视眈眈着自己心仪已久的猎物。

昭景宸还是第一次见渚牙这样的形态。

“渚牙！”

昭景宸怎么唤渚牙的名字，她都没有回应。她此时已经进入到了神无之中，任何人都无法唤醒。渚牙歇斯底里地想要破开地面上的结界禁制，任凭禁制对抗的力量在她身上割出无数血痕。

渚牙身上的疼痛清晰地传回到昭景宸身上，同时还有渚牙狂暴混沌的内心。昭景宸察觉到再这样下去，渚牙的身体便要被禁制的力量所切断，他张开灵障顶着狂刃，努力靠近她。可每行一步，都无比艰难。

他实在不知渚牙是如何走到了中心之所。

就在这时，祭坛封印结界的第一道禁制叫渚牙用红莲焰火给生生劈开了。

刹那间，昭景宸发现脚底的阴刻纹路涌动起鲜血，像是极高浓度的酸液，腐蚀掉纹路表层的东西，露出下面一层真容。

竟是个巨大的茧！

那些纹路是这个茧活动的血管。

这里到底是什么地方？

这里为什么会有这么可怕的东西？

昭景宸不敢细想，他只知道，若是再待下去被人发现，他们便难逃一死。

昭景宸不顾一切，抱住渚牙，便要将她往外拖。

渚牙像发疯似的，硬扒着茧的外壳不肯放。

“元神……我的元神！”

像是呼应渚牙的召唤，那巨大的茧竟然像心脏一般鼓动跳跃起来。那茧越跳越快，震得地面如战鼓激昂，四周摇晃。

很快，洞顶裂出一道缝隙，露出天光。

昭景宸护住渚牙，不让落下的石块砸到她。

待一阵剧烈抖动之后，茧突然停止跳动。

渚牙挥着红莲焰火，指天喝了一声。

那茧如同被劈开似的完全破开，飞出无数的妖兽。

霎时间，遮天蔽日，叫人胆战。

渚牙飞跃当空，像是被迎接的众神一样，凌驾于生灵之上。

正当她准备俯冲向下冲到茧内，去破剩下的禁制，取自己的元神之时，突然四面八方飞来灵弓箭雨，生生将她射到了远处的地面上。

昭景宸扭头朝身后看去，只见上治帝率凤葵军从天而降，已经架起了层层灵障，蓄势待发要拿下渚牙。

“父帝！”

昭景宸来不及为渚牙解释什么，只得拦在渚牙面前，不想让众人伤害她。

上治帝冷眼扫过：“滚开，给我拿下这只暮妖！”

上治帝此言一出，在场众人纷纷哆嗦了一番。

暮妖，这个一直只存在于传说神话中的物种，相传与灵人先祖大战七天七夜不败，最后因惧怕凤葵军而被制服的强大一族，竟突然出现在子虚城内，着实可怕。

且不说传说几分真实，但暮妖的强大的确让人害怕不已，再把目光都往昭景宸身上一兜转，众人心中更坚定了“不祥之子”的说法。

不说其他人，连昭景宸都有些愣了。

暮妖？渚牙竟然是暮妖？

怎么可能！

昭景宸一直知道她与其他人不同，只当她是从双鱼玉笼蹦出来的怪人，被荣山盟那些小妖吹捧上天的小神女而已，怎么可能是传说中与灵人先祖有着不共戴天之仇的暮妖一族呢？

昭景宸望向渚牙，只见她瞧见了上治帝，像是见到了千万年来最痛恨的人一般，一脚踏开身下妖兽坐骑，快如闪电地扑向上治帝，右手挥刀，直取上治帝首级。

昭景宸来不及阻止，幸好上治帝有灵障庇佑，他灵巧地拨开渚牙的攻击，手中幻化出长剑将渚牙反击回去。

渚牙现在的妖力只剩微末，刚刚朔月之症暴发，又召唤出了茧中沉睡的妖兽，几乎完全没有对抗上治帝的能力。

眼见上治帝铺开金光罗网要将渚牙拿下，昭景宸冲步飞起，吹了一个口哨，引来妖兽，带着渚牙攀上鸟妖的背部从子虚城逃走。

渚牙贴上熟悉而温暖的怀抱，似乎神志清明了一些：“景宸……”

“我在。”

昭景宸忍着身上因归心咒而源源不断涌上来的剧痛，轻轻安抚渚牙。渚牙难过地向他道了一句“对不起”，然后沉沉地晕了过去。

傻子，向我道什么对不起。

昭景宸望向前路，春日的金光太过耀眼，一滴眼泪滚落。

第二十六章

星落碧海

群妖拥着昭景宸和渚牙，一路疾风，飞到距离望都百里外的青神山谷中。

昭景宸寻了一处隐蔽山洞，设下结界，将渚牙藏了起来。

这次朔月之症暴发得很凶，昭景宸见渚牙的四肢全都僵硬住，便脱去了自己的衣服，将人紧紧贴近自己，用体温一点点去温暖舒缓。过了许久渚牙的脸才有了一点血色。

昭景宸仔仔细细瞧着渚牙的眉眼，还有脸上消退不散的兽纹，他怎么也不肯信渚牙会是传说中凶残暴虐、残杀灵人的暮妖一族，若说不同，她的确与旁人不同——不同于其他人的平庸，她是自己心中独一无二的女人，谁都不可替代。

昭景宸抚平渚牙深锁的眉头，缓缓送着自己身上的灵力给渚牙："就算你是暮妖也罢了，我认定你，就不会放你走的。"

渚牙醒转，睁眼瞧见昭景宸未着衣缕将自己搂在怀里，挣扎着要坐起来。

昭景宸却按住她道："天色未明，你的朔月之症怕是还没有完全消散，乖乖别动。"

"别在我这儿耍流氓，滚蛋，给我让开！"

渚牙一把推开昭景宸，摸着红莲焰火离昭景宸三米远。她本还想要再离得远点，但这个小洞穴不过是个野兽过冬用的地方，退到后面抵着岩壁也无处可退了。

她瞧了瞧洞外，提刀要走。

昭景宸拉住她："你要去哪里？"

"去拿回我的元神！"

"元神？你说的是神御宬地下的那个东西？你别想了，现在整个皇城一定戒备森严，你去了就是送死。"

昭景宸封住了洞口，不让渚牙离开。现在不仅子虚城，连望都城他们都别想回去。他们被妖兽带走的事情，惹怒了上治帝。上治帝立马下令让昭景苑等人率凤葵军追踪拿人，见妖则就地格杀，现在外面全都知道了暮妖重现人间之事。

"就算送死，我也要拿回来！你给我让开，否则我杀了你！"

渚牙拔起红莲焰火，想挥开昭景宸，却突然发现自己的妖力竟像突然消失似的，红莲焰火竟单单连道风刃也使不出来。

昭景宸不知渚牙的妖力已经消散，还在怕她过于激动再引起朔月之症复发，只好稍稍离开她些道："那元神是什么东西，于你有这么重要？"

这元神当然重要！那是她活下去的根本！

渚牙一边试着重新聚拢妖力，一边怒视着昭景宸，却没有将心里话告诉他。

尽管方才在神御宬中，她被本能所控制，短暂失去了理智，但关于自己的事却想起了不少。

的确，她是暮妖，而且是千年前与灵人先祖昭氏一族奋战敌对的人。

千年前，不知是何缘故，自己竟然败在昭氏手中，元神被抽离身体压在了现在神御宬所在的位置，而仅有一魄留在躯干被封印进了双鱼玉笼之中。此后千年，昭氏为了镇压暮妖元神，不仅在结界上附加层层禁制，还在上面建城，试图建立封闭的灵场将结界隐匿在无形之中。

时光飞逝，一代代更替，渐渐后世无人知晓此城下的秘密，也就无人知晓下面竟然还有暮妖的元神。

对于渚牙来说，尽管从双鱼玉笼中逃出是件侥幸之事，但这具躯体少了元神，妖力无法维持，只会急速崩坏，加上她与昭景宸之间还有归心咒的反噬，她更是撑不了多久。若是按照西澥所言，自己已经到了天人五衰的终末之期，恐怕时日无多。

这些话她没法告诉昭景宸，因为他是灵人，是昭氏一脉。

渚牙现在终于知道为何自己跃出双鱼玉笼时，便想要杀昭景宸，也知道了为何对昭景宸抱有无法言说的厌恶和恨意，许是因为暮妖与昭氏灵人之间牵扯不断的纠葛所致吧。

乏了，也倦了。

她只想快点恢复到自己原本的样子，解开身上的归心咒。

“那本就是我的东西，与你何干！”

“当然与我有关，你的事就是我的事，你我此生共系，命运一体，如果那东西对你这么重要，为什么不早点告诉我，你我商量或许还能有别的法子来挽回。”

渚牙摇摇头，苦笑道：“我是暮妖。”

昭景宸一把将渚牙拉进怀里，死死扣住。

“就算你是暮妖又怎样，天生与灵人为敌又怎样？我喜欢的是你，就算你变成鸟，变成树，我也只喜欢你。”

昭景宸不知那元神对于渚牙的意义，只怕渚牙此时回去会陷入危险。他想起临走前上治帝那勃然大怒的样子，心道若是渚牙落入他们手中，必是毫无生机的，说什么也不能让渚牙回去。

渚牙向来觉得自己的心是冷的，就算酒暖上头，也不觉得心流有热，可昭景宸此时的话却让她觉得如夏日骄阳，在冬日里出现得正好。

正因为正好，她才觉得最讨厌。

她不想被人保护，她不想成为弱者接受别人的恩赐。

她是暮妖，天生就不应该与灵人纠缠在一起。

她说：“可我不想喜欢你。”

“不喜欢也没关系，只要你平安，只要我能看见你，只要你还愿意与我一起走。”

昭景宸想好了，趁此机会，早早寻一地匿了，他也不想回什么子虚城，他只想与渚牙以山水为伴，好好享受时光静谧，像在宛城时与爷爷那般，闲来饮酒，赏玩春雨秋风，人生也是快意的。

渚牙没有回答，她现在在想要如何才能离开洞穴回到子虚城去。

昭景宸见渚牙不言语，好意将衣服铺展开，让她先安歇下，待天亮再走得离望都更远些，寻个安全的地方安置下来。

就这样他们两人在青神山谷中窝到了天明，第二日日头刚上，昭景宸便听到外面山谷中此起彼伏的尖叫。

这是妖兽被猎杀时的嘶鸣。

有追兵！

昭景宸叫醒渚牙，拉着她便往山谷外冲。

有一只鸟妖，见他们出来，便乖乖地飞过来俯身请他们上背来。

渚牙愣了愣，昭景宸抱着她一把跨坐上去。

“这小家伙昨天也救了你，不知是不是因为被你召唤来的，一直不肯离开，昨夜守着山谷，应该是看到追兵来了，飞来带你走的。”

昭景宸摸了摸鹰鶨的脑袋，催促它往安全的地方走。

渚牙望着这只身似云豹，背有斑斓花纹翅膀，额头还有一小小尖角的妖兽，露出欣喜的表情。

“这可是只鹰鶨，珍贵得很，不仅有封山开山的能力，更有变幻四时、呼风唤雨的本事。”渚牙觉得这鹰鶨万分眼熟，从自己残缺的记忆里找出一些相关的事情来，半晌，她道：“我似乎以前有只坐骑，叫翠羽，与它倒是很像。”

昭景宸听了，望了眼身后远处的黑云，道：“翠羽，快走，甩掉他们。”

翠羽像是听懂了人话似的，兴奋地尖叫，扑棱着翅膀便使劲往前飞。

可惜，追兵快他们一步。

昭景苑率着一支凤葵军从天而降，拦住了他们的去路。

“小六，交出暮妖，跟我回去，我会想办法替你跟父帝求情。”

昭景宸将渚牙藏在自己身后，尽管她此时身体仍很虚弱，但不甘被庇佑，仍硬挺着要与昭景宸一起面对。而昭景苑身穿一袭银水铠甲，威风赫赫，他执剑阵前，将昭景宸他们团团围住，看架势是根本不打算放他们离开的。

“对不起四哥，我做不到。请四哥看在兄弟一场的分上，放过我们吧。”昭景宸想要跟四哥求情，但他知道若是说出口必然会叫四哥为难，可他还是说了。

“我早就说过她会害死你，如今，你真的要为这个女人搭上自己的性命不成？”

“四哥，从小到大，我从来没有保护过谁，爷爷、北落王、卿岄，我不想再失去谁了。若是她死了，我的余生又有什么意义呢？”

昭景宸知道四哥此番前来一定是为了自己在众人面前求了很多情，上治帝肯允许他来，必然也是存了劝服的心思。他当真不愿为难四哥，可为了渚牙他不得不这么做。

可他又哪里知道，现在朝野之中没有人愿意保他，四哥此番是领了死命令，必须将暮妖拿回，若是昭景宸不从，自己就必须大义灭亲，连同他一起除掉。

昭景苑见当真劝不了昭景宸，只好狠下心，挥剑朝渚牙飞来。

昭景宸见四哥要对渚牙下杀手，便侧身拉着身下的翠羽，赶紧飞到更高处躲开。四哥紧追不舍，昭景宸只好与他交手。

这些年没见，昭景宸的灵力和灵术日益精进，他一剑挥出，便叫眼前水雾成冰，如细密针雨将昭景苑的行动锁死。而陵光王毕竟身经百战，又在垂天之境经历过极为严峻的险境，应对昭景宸简直绰绰有余，只轻松一道平斩便将危机化解。

昭景宸怕伤到渚牙，便登离翠羽，叫翠羽带着渚牙飞到别处去。昭景苑见状要追，他赶紧一道虹影残剑将人留了下来。

“你真的要为了她成为丛国的罪人吗？”昭景苑一剑劈碎昭景宸架起的灵障，指着他的心口道。

昭景宸听到“罪人”二字，心底深深颤了颤。但渚牙是暮妖又如何，她没有伤害任何人！

昭景宸望向战神般的陵光王道：“是从国不放过我们。”

“可你不是普通人，你是我昭氏的子孙，从国先祖从暮妖手中救了蛮荒，建国开疆，你身边的那个暮妖是踏着多少先祖的血活了下来，你要带她走，就是危害社稷！小六，四哥不希望在此时为此事伤了我们兄弟的感情。让开！”

说完，他剑指前方，让凤葵军越过昭景宸去抓渚牙。

昭景宸赶紧挡在阵前，以一当百，绝不让凤葵军的人越到自己的身后。昭景苑趁机幻出万千金丝将他挽住，昭景宸不顾断臂危险，生生挣断，割得浑身血肉模糊。

昭景苑见了，怕得不敢再动手。

“你真是为了她连命都不要了。”

“只要有我在，我绝不会让她被你们带走。此生我能拥有的东西太少，不能再失去了。”

昭景宸以血抹剑，兴仁剑的凹槽像是缀了颜色似的，他拼了全力与他四哥一战。

昭景苑没料到六弟竟真的这么喜欢那个女人，蓦地想起桑林来。那个温婉的女人如飞蛾扑火般爱上父帝，就算冒天下之大不韪也要生下昭景宸，也是如此般的坚毅勇敢。昭景苑心底有些软了，毕竟这是自己呵护着的六弟，他无论如何也不想将他送回子虚城，那里对六弟来说比暮妖更可怕。

思绪稍乱，昭景宸便抓到了他四哥的破绽，以剑抵在四哥的脖子旁威胁凤葵军不许动。

陵光王成了人质，凤葵军陷入被动，只能停下观望。

“四哥是靠着玄晶石才找到我的吧。”直到觉得安全，昭景宸才放开昭景苑，“以后不要再找我了。”

身后，一直在远处观望的渚牙拉着翠羽疾驰冲来，一把抓住昭景宸，带着人绝尘而去。

昭景苑摸出怀中景宸方才塞进来的玄晶石，又从袖笼中摸出另一颗，的确是靠着这个才比其他人先找到昭景宸。这原本是为了保护六弟才做的东西，如今又送还到了自己手上。

他望着昭景宸离开的背影喃喃道："四哥不希望你后悔。"

身后凤葵军的人见状，想要紧跟上去。

"别追了，我们所有人加上去都不一定打得过他，更何况还有暮妖，走，回去再带些人手来，再来追。"

昭景苑发了话，手下的凤葵军也不敢质疑。于是一行人掉转方向，返回子虚城再去搬救兵。

令昭景苑没有想到的是，回去的路上，他的另一个弟弟，五皇子昭景琨竟正带着一伙人在半道埋伏着意欲袭击他，叫他此去归途是亡途……

翠羽带着他们一路朝南飞去，直到飞得筋疲力尽才停下。

昭景宸被昭景苑的万千金丝所伤，血流不止。

渚牙此时也没有妖力可以帮他止血，只能去寻能止血的草药简易帮他敷上，又匆匆再次上路。

飞了两天，飞越瘴气满天的山丘，也飞过遍地沼泽水系，直到一处无涯壁，眼前豁然出现波浪滔天的水面，他们才驻足不走。

"此处怕是从国最南端的星落碧海了。"

昭景宸拉着渚牙，两人站在迎风的峭崖下望着前方。

这里的海与沙都是绯红色的，海面极其不平静，远远看着似有无数的漩涡卧在海中，瞧着便叫人害怕。

星落碧海，乃是从国的最南端，虽然它的名字听上去让人觉得无比美丽，可实际上却是凶险无比的禁区。传说星落碧海在天地之初原本是星辰之所在，不知因何缘故有一日星河倾覆，引得世间生灵涂炭。后是一位海中鲛灵吟唱了笙歌，将星河之水重新收回天上，才终止了这场劫难。这位海中鲛灵因为日日吟唱，声嘶力竭，最终化作了绯红色的沙石留在这片土地。

从国人提起这片地方，都是怀着敬畏和恐惧的，虽然传说不见得是真的，但千百年来人们所记得的几次大灾祸均与这里有关。

渚牙身上的寒气又涌了上来，昭景宸便让翠羽用翅膀护着她，自己下海去给渚牙捞鱼，谁知那海水像是有生命似的，竟推着昭景宸怎么也潜不下去。

尝试许久不成，昭景宸只好钻到远处的林中去给渚牙抓野兔去了。

待抓到野兔，生上火，烤上，已经是半夜。

“我不要，你自己吃吧。”这次的朔月之症特别厉害，渚牙到如今都还没有缓过劲来，她一心想着那元神，此番也没力气吃了。

“只有多吃点才能早点恢复体力，来，乖。”昭景宸细致地将上面的兔肉一点点撕下来给渚牙喂过去。渚牙起初不愿吃，但闻着香味，着实饿了，真就默默地吃了起来。

“吃好了，你便回去吧。事到如今，我也不想与你有什么纠葛了。”

“你嫌弃我是个灵人？”昭景宸愣了，连忙慌张地对她道，“我知道你讨厌灵人，但是我是不一样的，你看我能保护你，能给你抓兔子，最重要的是你难受的时候，可以抱着我！”

渚牙被昭景宸突如其来的发言吓了一跳，差点被兔肉噎住了，昭景宸连忙一边道歉一边顺着她的背。

“还真是没脸没皮。”渚牙心底叹了一口气，不再理会昭景宸。昭景宸却搁下手中的兔肉，抓着渚牙郑重道：“我们就此以天地为证，结为夫妇吧。”

“什么？”

“本来，父帝就是要为我们赐婚的，若是顺利，此时都应该举行婚礼了，我们洞了房……”

渚牙想起那天四方春酹宴的事，低下头瞅了瞅身上穿的宫装。

这些时日一路奔波，那绡质的宫装早就被撕成了便于行走的模样，完全看不出原本的端庄华丽，倒是颇有些云野之感。

“我说过，我不想喜欢你。”渚牙站起身，朝星落碧海边挪了挪。

“说是不想，确证你是喜欢我的，不然四哥抓我的时候，你大可一个人跑了。”

昭景宸与她并肩站在一起，低头笑了。

他望着渚牙那双比黑夜还要漆黑的眸子，暗暗感叹整个星光是如何装进了这里的。

渚牙被昭景宸深情的眼神瞧得整个人都烧了起来，她觉得冰冷的心口燎出了火花，星星点点地便将整个世界都燃成了绚丽夺目的样子。

身侧还有潮水轻轻吟唱，仿佛来自久远时光的祝歌。

“你错了，我才不会嫁给你。”渚牙伸手托住昭景宸的下巴，仿佛高傲的野兽在撩拨着自己的猎物。

“是吗……”昭景宸望着渚牙，一副不会被她的拒绝所打倒的样子。

渚牙开颜，笑道：“我要娶你！”

说着，渚牙狠狠咬了过去，末了又珍惜般地变成了亲吻。

亲吻缠绵成深吻，绕得昭景宸立马气息乱了起来。

真是到任何时候都要这么出人意料，昭景宸这般想着，扶住渚牙的身子，试图掌握住主动权。

两个人像一对在角力的狮子似的，互不相让，却叫彼此的情欲更加高涨。

许久，当天上银辉落满沙滩，他们两人面朝星落碧海珍重宣誓，再拥吻，都想将彼此揉进彼此的血肉里，永不放开。

“我想我可能有那么点儿喜欢你。”

渚牙眯着迷离的眼睛，用她如清泉般的声音附在昭景宸的耳边道。

昭景宸看着她，确认了许久，才小心翼翼如珍宝般将她揽住。

“答应我，此生此世绝不要离开我。”

渚牙闭着眼睛，如一只被清晨露珠不小心打到的蝴蝶一般，轻颤着身子，似答非答地点点头。

昭景宸细密的吻使得她越发焦躁，她搂紧昭景宸，附在他耳边，轻轻喘息，好似将他当作是追寻已久的生命之光。

“昭景宸，如果你此生负我，我们便黄泉碧落永不相见。”

“我不会。”

昭景宸安抚着渚牙的不安，缓缓进入，彼此交融。

风吹皱天幕。

星光满天，落于碧海。

此情长久，便是风光月霁。

或许是归心咒的作用，他们彼此贴合着彼此的心跳，也感知着彼此身上的变化，有些许痛苦，有些快乐，到最后慢慢地全都变成了无法言喻的兴奋。

待日后想起今夜，他们无数次地叩问，若是命运能有别样的选择，他们还会走到那一步吗？

没有答案。

此生也不可能再来。

正如落入时间之海的石头，沉溺下去，便不能再寻。

一切都将如明日东升的太阳，注定会到来。

第二十七章

暮妖西溯

次日，在一阵地震山摇里，昭景宸被剧烈的晃动惊醒。

星落碧海上空流光四起，金灿灿的星雨里透着血色的狰狞。地壳的凶猛运动，像是恶兽嘶吼，巨浪翻腾。西面上空一道赤红霞光，从天际破开的裂口投射下来，洒落一海面的星光火影，也险些溅落在渚牙身侧。

渚牙倚靠在昭景宸身上，在这样的天旋地转里仍是昏睡不醒。

昭景宸隐约察觉到有些不对，还来不及细细探究，就见一簇急光扑来。他哪还顾得上两人间的羁绊，下意识侧身一卧，把渚牙紧紧护在身下。

那火星落在他背上，烫得他吃痛、闷哼一声。

渚牙感受到身上人的挣扎，眉头一皱，也渐渐苏醒过来。

昭景宸才想问她是不是身体出了什么状况，就见渚牙捂着胸口猛一使劲儿，推了他一把。

——又一簇急光扑来，这下没有昭景宸挡着，直直拍在渚牙背上。渚牙伏倒在地，吐了一大口血。

昭景宸顿时也腹腔一沉。

西面风云迭起，霞光四射。

他赶忙抢在下一阵急光骤雨之前，把渚牙打横抱起。

令他意想不到的是，渚牙此刻竟然浑身冰冷到了极点，额头上可见隐隐约约的兽纹，她打了个冷战，兽纹又消失不见。

“渚牙？”

她微闭着眼，虚汗直流。

星落碧海的西侧，一个身着玄衣铁甲的人高举着止戈剑，面朝西疆。

昭景宸带着渚牙赶到的时候，那天边被捅开的小口已陆陆续续有妖影窜出。

隔着一段距离，他眼见着就着急要施法去堵，却在半途被一股巨大的力量挡了回来。

“别想了！”

男人回过头，竟然是西淛！

他高举着止戈剑，直指星落碧海的方向。止戈剑的四周，群鸟乱舞，早就分不清是寻常飞禽还是妖兽在作乱。

昭景宸还要上前，却没走两步又被那强大的冲击力给挡了回来，渚牙急忙在后面勉强接住他。

昭景宸一口血吐出，目光紧紧打量在西淛身上。早在朝堂上时，他就觉得眼前人不对劲，却没将他与这南疆长久以来的异变牵扯在一起。更没想到，渚牙千辛万苦盗剑，甚至不惜同时伤害了他们两人——居然是为了把这止戈剑给西淛！

西淛，西大将军。

当他的目光再落到渚牙身上时，心中就有些五味杂陈。

是他威胁你了吗？最终还是没有问出口。

但此刻可不是他俩含情脉脉的时候。

“你来迟了，昭景宸！”西满微笑，明明还是一如往常的表情，此刻却透着一丝诡异。

昭景宸甚至觉得西满在挑衅他。不，相较于说是挑衅“他”，不如说是挑衅整个昭氏皇权，甚至是所有灵人。眼前的西满，眉眼里的气质同往日朝堂上所见的那个“和蔼慈善”的西大将军截然不同，说平日都是伪装也好，又或者说，可能根本就不是同一个人。

他眯了眯眼，先前他还只是林京辰的时候，在侍卫所中，确有从那蓝口中听闻过西满大将军早些年曾在一段时间里性情大变的八卦轶事，所幸很快就恢复了，所以渐渐地，也没人记得。那时昭景宸只是听听，全然不当回事，现在才觉得其中大有文章。

他注意到西满的目光从自己身上转到了渚牙身上，连忙把渚牙放下，自己死死挡在渚牙面前。

他想要做什么？昭景宸十分警惕。

事到如今，他不能再让渚牙受到一点伤害了。

只听西满冷哼一声，眉眼中尽是不屑。

恍惚里，昭景宸觉得自己见过这样的神情。当初渚牙从双鱼玉笼中刚刚解脱出来的时候，看他时也是类似的恨与不屑。

莫非……

他被自己的猜想吓了一跳。

转眼间，天际旋涡越来越大，裂口也越来越大，眼看就要把整个星落碧海吞没。

西满的额头渐渐生出像渚牙一样的兽纹来，那兽纹从额顶一路往下，并不如渚牙的可怖，却透着股阴气。

不能再等了！

昭景宸兴仁剑出，飞刺向西满。

“你是暮妖。”那西虢呢？西延呢？整个西疆莫非都是暮妖的地盘？昭景宸替自己这样大胆的想法深吸一口气。

西淵快速躲过。他的力量多还集中于止戈剑上，眼下天口尚未完全开启，对付起昭景宸也只能以单手之力。

可即使是如此，他依仗着身后的止戈剑之威，还是要比昭景宸强上一阶。昭景宸几乎已经赌上浑身的气力。渚牙看他脚下被那冲击撞得连连后退，急忙也上前把自身力量加注在他身上。

如此以二抗一，不过也只能勉强抗衡而已。

只是昭景宸不明白，传说中止戈剑是帝王之剑，只有昭氏王族最尊贵的血脉能够使用，为何眼下西淵也能操纵自如?

西淵看破他的疑惑，笑道：“你不会不知道，这止戈剑原就是我暮妖一族的信物吧？”

景宸震惊。

世人只知止戈剑属于丛国帝王，却不知止戈剑是曾经的昭陵君从木瑶一族的少宗主手里夺下，再去欺瞒世事、建立功勋的工具罢了。

而木瑶，就是暮妖。这止戈剑，原本就是暮妖一族的信物，它真正的主人，应该是灵人口中的暮妖之王才对。

可眼下昭景宸哪里听得进这些话，只觉得是他在侮辱昭氏族人，甚至是整个灵人种族。他一剑飞刺过去，被西淵给侧身躲过。西淵反手又将兴仁剑扣回，眼看就要劈在昭景宸的脸上——

渚牙一声惊呼，暴怒，正要上前帮助昭景宸，西淵眼疾手快，一个定神术，将她捆在原地。如今她本来就妖力减退得厉害，哪里受得了这个，当即一动不动。

幸好这术法尚不能被反噬，昭景宸见机躲过。他快速收回兴仁剑，才想再补一剑刺向西淵，却听见身后莫名的声音——是渚牙被一股靡靡之音召唤，飘忽到半空中。

“渚牙！”

“你来不及了。等我打开了风走城的禁锢，千万的暮妖就会被放出，届时这天下就又是我暮妖一族的了，哈哈哈……”

西溡仰天长笑，嘴角撕裂，露出尖锐狰狞的獠牙。只见他一手高举止戈剑，一手冲着渚牙施法，渚牙被他那么一勾，径直往他的方向飞去。

昭景宸不明白他要做什么，伸手想去拉渚牙，可渚牙的灵息与西溡相呼应，亲眼见着她越飞越远，直到进了西溡止戈剑的圈阵内。昭景宸攻不进去。

头顶上空的旋涡朝四面八方蔓延、扩散，眼见就要炸裂开来——

风走城的禁锢终于要打开！

暮妖一族终于要迎来重见天日的一天了吗？

霎时间，天空中擂鼓声鸣，万千妖众的黑影乌泱泱聚集在一起。

西溡抬头仰望那上西天，多年来，他释放群妖一统灵人大陆的心愿终于要慢慢实现了吗？他得意地笑着，倒是不枉他潜宿在灵人西溡的肉体多年。

可正当众人齐齐都在往那注视的时候，突然，旋涡竟嗖的一下快速缩了回去。

星落碧海霎时间恢复往常的模样，流光还是流光，泛着浅浅的荧蓝缓缓坠到无尽的深海里。

“这，这不可能！”

数十年的努力岂可在这一刻功亏一篑！

西溡再指着止戈剑往天际的方向去捅。

天空朗朗。别说放出暮妖了，现下连妖影也消失殆尽。

止戈剑恢复成了原本的样子，在消散气灵以后重重摔落在地。

昭景宸趁机上前，挥着兴仁剑刺向西溡。西溡赶忙收了止戈剑，一个大回转，转到昭景宸身后。

此刻二人方位彻底调换过来。可昭景宸没想到的是，西溡却伸手一勾，又抓去了渚牙，甚至趁机擒住了渚牙的咽喉。

此刻她额上的兽纹已经消退了，可却一点儿妖力也使不出来。昭景宸看着她两眼发木，就知道她已经掉进了西溡的魔障里。他再多番试图去唤醒渚牙，可西溡的气灵与她太过相通，渚牙沉在其中，像是完全不愿醒来似的。

而西溡的嘴中还在喃喃自语着“不可能”云云。他擒着渚牙一个箭步，竟然直直跳下星落碧海去了。昭景宸赶忙也跟着跳下。

水下幽魂千万，像水草似的把他的身体包裹、缠绕，妖兽的哭啼随着浪涛翻涌灌入他的耳朵，昭景宸避闪不得，很快就被拖在后面。等他解决了这些哭啼，再追上去左右翻找的时候，水下再不见西澍与渚牙的影子。

不得已，昭景宸空手回到岸边。

水下，就在昭景宸所处位置的正下方，渚牙被西澍带着正穿行在一地下暗道里。

这暗道正是起始于星落碧海下的暗礁后，起初狭小幽暗，到后面越走越宽敞明亮。

渚牙一路默默打量西澍，却见他只是嘴角翘着，却并不多话。他额角的兽纹随着在水下时间的增加再度浮现——渚牙先前从未曾细细打量过，如今再看，不论是纹理、条状，都与自己一模一样。她想要使劲，却越发感觉身体被压制住了，是一股同自己相似的力量。

暗道四面混沌不清，却充满斑斓的妖灵气泡。那气泡里似是用象形文字记录着什么爱恨情仇。

她还想细细琢磨，却头疼不止。

“不用看了，以后你就会明白的。”

西澍眯着眼睛。

行到尽头处竟是七彩交融，汇聚成一片白光。

渚牙被西澍架着，两人很快被吞进那白光里。

望都东市口鱼龙混杂，昭景宸乔装幻化作北乡来的异族少年穿行其中。他眼看当场救下渚牙无果，心想要赶紧回来告诉四哥有关西澍的真面目才是。如此一来，在得取四哥的帮助后，再拿下西澍，救出渚牙也就不是难事。

可昭景宸人还没到陵光王府，就看王府大街外一伙人蜂蚁似的聚集在一处。

“你听说没有，咱们平清王去镇压暮妖，结果被暮妖给吃了！”

“听说那六皇子也卷在其中，被暮妖迷惑！”

“莫非，不祥之子的言论真是真的？”

昭景宸想拉住一人细细问个清楚，可周遭人七嘴八舌，竟然还牵扯到了自己身上。他有口说不清，无奈，不得不掉转方向，先跟着人群，去一探究竟。

市口广场中心的告示栏，一左一右站着两个侍卫，竟然是长思御殿身边的金丝羽卫！

如今金丝羽卫竟然已经猖狂到了这个地步吗？昭景宸暗道不妙。从前长思御殿再张扬，金丝羽卫也只是辅助凤葵军执行任务，甚至在更多时候只作为她月辉宫的内兵罢了，何时可以如此走上街头！

他才想多打量几下，就分明感觉有些个卫兵已经怀疑过来，连忙把头往下又低了低。

头顶黑云压城，巨大的妖影团像个蒸笼罩子困住整座子虚城。

昭景宸看公告上写的是陵光王大战暮妖一去不复返的讣告。一众小字甚至将两方对战的细节都向民众细细描绘了出来：陵光王的果敢英勇终究还是抵抗不住暮妖渚牙的凶狠残暴，在后者的嗜血无情下，陵光王掉下悬崖，至今尸骨无寻。末了讣告的最后还提醒城民小心出行，暮妖无心，伤人无情。

“简直胡说八道！”昭景宸气得跺脚，却立马引起了金丝羽卫的注意。眼看离他最近的一人就要往他跟前走来，昭景宸侧身一钻，混进人群里。

“是暮妖同党！”

——来人直接就将昭景宸的身份拍死。

原本就人心惶惶的民众此刻更加不安，乱作一团。昭景宸趁着这乱潜藏其中，才想到陵光王府躲上一躲，却看陵光王府前竟然也换成了清一色的金丝羽卫，顿时掉转方向。

渚牙被带走，四哥又莫名失踪，这些天来究竟发生了什么？昭景宸有无数的疑问得不到解决。他当下的第一反应便是统统与西澥有关，可随后又立马否定了这个想法。

四哥是抓捕渚牙未果回去的路上失踪的，而照理那时西澥已经在前往南疆——莫非是西澥的同党?

昭景宸说不清。

他看向皇城的方向，当朝四皇子危矣，难道里面的人真的还坐得住吗?

昭景宸还在神游的当口儿，突然整个人被向上提起。

是南冥!

只见南冥骑着马，带着一列白凤葵在街头巡逻，正是听到此处的闹声才赶过来，谁知刚巧就从人群里捞出昭景宸。

“南将军?”昭景宸试探性地叫了声。他不确定眼下南冥是敌是友。

南冥板着脸，倒是看不出别的想法，拎着昭景宸就要往皇城里去：“你与暮妖为伍，伤了陵光王，本将要押你去见圣上!”

昭景宸还来不及留意南冥脸上的表情，就觉手下一松，被南冥反扣过来，拿灵锁从背后死死控住。一列金丝羽卫路过，要截下昭景宸，却看南将军肃穆冰冷的脸，只得恭恭敬敬又退让开来。

皇城大殿之上，昭景宸被灵锁押解，跪在上治帝跟前。

原本早就过了早朝的时间，因为眼下皇城动荡、诸事繁多，一众大臣这才迟迟没有散去。长思御殿接到金丝羽卫的来报，得知抓住了昭景宸，却又被南将军拦走，极其放心不下，眼巴巴地赶了过来。

昭景琨本来就在殿上，此刻更是刚好站在昭景宸正前方的台阶上，从上往下注视着他，显露得意之色。

“你还回来做什么!”

上治帝大臂一挥，率先发话。昭景宸不祥之子的身份早就人尽皆知，此般一而再，再而三地捅出事情，就算他再想为其辩驳也有心无力。上治帝长一声叹息，紧皱眉头。眼下就连他最为器重的四儿子景苑都生死未明，人人都在非议他昭氏皇族，他又能有什么办法!如果可以，他甚至希望眼前昭景宸干脆就此离开，永远不要再出现——因为只要落在他的手上，就算他再不舍，再痛苦，也只能闭上眼，秉公处置。

昭景宸一眼看透自己这位君主父亲的心情，恭恭敬敬往上治帝的方向行了个贴地的大礼， 然后才跪直起来。

朝堂之上，威仪肃穆，千百双眼睛齐齐盯着他。

他自知事情的先后轻重，便暂且将渚牙暮妖一事避过，而是把星落碧海前西澥的异变与他额顶的兽妖纹路一一道来。

一时间，皇城上空狂风暴雨，倾盆骤降。豆大的雨点儿打在大殿屋顶琉璃瓦上，噼里啪啦，骇人听闻。

“父帝，要小心西澥将军的大阴谋啊！”

昭景宸话一出口，立即在四周人臣中炸开来。

连抓了昭景宸回来的南冥也没有想到，昭景宸此番会带来这样的消息。

西澥西大将军，从国四大封地的将首之一。北落王去后，从国的四疆五地里，除开望都，就属西疆的实力最强。

“简直一派胡言！”昭景琨听不下去，也向前跪下， “父帝，断不能相信这家伙啊！”

只因西将军的威名，早从分封之初就深入人心，此番又有昭氏五皇子亲自站出来为其做证，就连边上一直旁观的长思御殿也是满脸认可的神情，在场大臣又岂有非议的道理。

还没等昭景宸想出应对之策，就听四周已传来大臣们细碎的认同声。

高堂上，长思御殿看着自己的儿子，嘴角也微微翘起——昭景琨的身上已然有了不同往日的威严与气势。至少应对一个昭景宸，绰绰有余。

倒是只有上治帝冷哼一声，既不直接表态，也没有发表什么观点。

“宣西澥西大将军！”

他转身坐回到龙椅之上。

子虚城上，西澥干脆带了西虢与西延一双儿女同来面圣。

昭景宸仍旧是跪坐在上治帝跟前。

景琨与长思御殿伴在上治帝左右。景宸注意到，从前自己四哥的站位没了，取而代之的是昭景琨往前更进了一步。

“他是暮妖！”

昭景宸还在坚持着。可眼下哪里有大臣有胆量站在他那边？更何况，倘若西澍西大将军真是暮妖，他又怎会有勇气回来呢？或者说，倘若西澍西大将军真是暮妖，难不成西延将军、西虢将军也是暮妖吗？

昭景宸仿佛成了个朝堂上的笑话。

西延、南冥左右互看，却不知道这样的局面还该如何是好。只有西虢独独盯着昭景宸，陷入沉思。

昭景宸还想举证，却发现除了眼见为实之外，并未有任何物件可以证明。渚牙已然落入西澍的手中，四哥更是不见踪迹。如此，无论他说什么，都只是空口白话。

上治帝一声长叹——这么一来，就算是有心要给昭景宸机会，也没办法了。他挥了挥手，只得先将昭景宸打发入狱。

此时西澍却已然有了些别的心思。

第二十八章

遮天换日

月黑风高夜。

一个黑影直接翻过宫墙进了月辉宫中。

昭景霓半哄半骗才讨得上治帝欢心，刚得到解禁口谕，从日耀宫出来，就正巧撞见那黑影。

莫不是刺客？

景霓急忙跟了上去。

不知为何，今日月辉宫外的巡逻侍卫比平常要少了许多。宫门口两盏烛灯悬挂，烛芯却莫名短了两节似的，烛光在夜风里显得微微弱弱。

偌大的庭院，竟然连两三个值班宫婢的身影也看不着。

景霓沿着宫苑内的回廊一路向里，越是靠近母妃的寝殿，越是静谧无人。她下意识察觉到不对，还没来得及叫人，就听到从寝殿侧面的竹林小斋后竟隐隐约约传来长思御殿的说话声，连忙凑了上去。

隔着茂密的乌竹，昭景霓并不太能看清里面人的具体相貌。只知是个身材高壮的中年男人，与长思御殿之间只隔着两拳不到的距离，可谓亲密无间。

长思御殿侧躺在贵妃椅上，那男人就背对着她坐在贵妃椅前的四脚凳上，她的手搭在男人的肩膀，男人也并没有过多的反应，两人自然得很。

景霓惊得捂住自己的嘴巴，生怕自己被里头的人发现。

"是好时候了。"

她听到长思御殿如是说道，随即，手往男人胸口更近了一步。

"你的野心还真是不小啊，"男人起身，"不过要扶他上位还差一步。"

扶他上位？昭景琨吗？

昭景霓心下不爽——母妃确实从小就更偏爱景琨一些。

"那日大殿之上的情形你也都看见了，眼下若不根除，只怕……"

男人顿了顿，推开长思御殿——直到他正面转了过来，昭景霓这才终于看清——竟然是西澥西大将军！

尽管昭景霓先前一直被关禁闭，却也略有听闻：前些日子大殿之上，昭景宸指控西大将军是暮妖之事。尽管被众人反驳，可眼下他与自己母妃又纠缠不清……

莫非？

景霓几乎不敢往下细想。

只听两人七拐八绕，话题竟然真的还是落在了"暮妖"上。

眼前人和暮妖之间到底有什么关系？她就差没竖起耳朵听。

"我知道你是谁。"

即使知道也没有放弃。

昭景霓难得听到自己母妃有这样的言语。长思御殿一贯高高端着国母的威仪，极少有这样的直率流露。

"那我是谁？"

西澥眼里迸发出诡异的绿光，吓得景霓身体一震。

长思御殿也明显受到惊吓，却很快就恢复过来。她强撑镇定，颤巍巍道：“是西大将军。”

西澥终于长笑一声，瞳孔变换，竟然在她的面前显露出暮妖真身来。

他的手就搭在长思御殿的肩上，兽纹暴起，指甲恶狠狠地抠进长思御殿的血肉中：“你好好看看，我现在是谁？”

景霓几乎不敢再往下想象。

可长思御殿却一反往常——她明显也被吓得不行，却仍旧强忍着惧怕，转而在适应眼前人的变化以后，从嘴角扯出一抹笑，主动伸手抚上西澥的手背：“是我的男人。”

景霓与西澥都明显一震，随即后者爆发出了如雷的笑声。

眼前男人是暮妖，她也是近来才知道。可她从来没有切实的证据，也没有看到过西澥妖化的模样，直到刚才。

在她还没有嫁给上治帝的时候，她就认识西澥了。尽管而后二人各有归途，再见时还是能轻易分辨出区别的。她虽说不出灵人西澥是从什么时候变成了暮妖西澥，但却确定那股对她的致命吸引是中途才出现的。那时，她只觉得眼前人好似突然威猛与坚韧了起来，是她期望中心上人的模样。皇城寂寥，西澥的出现反倒成为她新的希望。尽管一个是将军，一个是皇妃，两人之间不过孽缘而已，却还是情根深种。

“我不管。”即使你是暮妖，我也仍然爱你。

长思御殿抱了上去，两人搂在一起。昭景霓震惊之余更生出些愤恨来。

忽然传来长思御殿的哀声，西澥再度推开了她。昭景霓无论如何也想不到，自己高高在上、目中无人的母妃竟然会像寻常妇人一样在西澥身上求怜求爱！

两人滚倒在贵妃椅上。

“你别忘了，景霓是你我的女儿！”

昭景霓只觉得像是五雷轰顶，顿时蒙在原地。她往后一步，衣袖不小心擦到乌竹，竹叶摩擦发出声响。

“谁！”

她听到里头人的脚步声越来越近，而此刻心里却七上八下，根本来不及躲闪。正当她以为必定会被发现的时候，突然，只感觉手边被人一拽——两人跳到屋顶琉璃瓦上。

是谢然！

景霓顿时就羞红了双颊。

——自先前谢然尾随凤葵军跟着自己一同回到皇城以后，便做了碧霄宫的小侍。昭景霓一眼就认出了他，本想打击报复，但看他面对自己时结结巴巴、蠢得可爱的模样，加之自己被关在宫中，着实无聊，也就不舍得赶他离开。两人朝夕相处间，竟然还生了些暧昧出来。

西澌打开房门的时候，看到的只有地上风吹竹叶，根本没有人的影踪。

自从先前渚牙大闹神御宬以后，神御宬的守卫数量与质量都有了大幅度的提高。

黑白凤葵亲自上阵且纷纷加派了人手。

但即使是这样，却还是架不住西澌西大将军本身的术法之高，他三下五除二就破解了门前守卫的阵法，神不知鬼不觉地溜了进去。

他沿着洞穴一路朝里，却越到深处越感觉身体中一股力量就要喷涌出来。那妖气还在祭坛封印之下，却依然能够贯穿他的全身。

西澌十分满意。

——暮妖之王不愧是暮妖之王。

即使是止戈剑败，他也从未放弃：早在先前渚牙昏死在西疆边域，被他发现的时候，一切计划就已经开始了。他一眼看出渚牙是因为元神缺失又受了重伤，这才如此虚弱，故而先通过鹰，将丹丸之力加注到渚牙体内，暂且保下她的命，然后看着她被自家儿子西虢发现，捡走。尽管不知后来事态是如何发展到让渚牙成了西延手下的副将的，但一切倒都还在他的掌控之中。

西澌至今难忘的是她在西疆将军府第一次见到他的场景。

“你是西延的父亲？”当时的渚牙不信。

暮妖西澥自然不是，他笑着冲她点点头。千百年前，曾有个少女也用类似的语气同他说话，如今千百年过去，竟然这世间只有他们二人了。

西澥不甘心。

他要放出众妖，他会恢复木瑶一族的荣光！

止戈剑确实是木瑶之物，原本就属于妖王渚牙。

既然他无力使用止戈剑开启星落碧海，那渚牙呢？

西澥瞬间换了表情，像是欣赏着一件圣品般打量着祭坛之上的茧。

才想更上前一步，西澥蹲下去抚摸那脚底印刻的纹路间翻涌的血液，就感到背后飘忽而至的灵人气息。

大概是已经到了好一会儿了。

“你在这做什么？”

是上治帝的声音。也只有他才能神不知鬼不觉在西澥身后这么久而没被察觉。

如今这就要摊牌了吗？

西澥嘴角一撇，转过身去，倒还是像从前一样恭恭敬敬行了个礼。

如今一切昭然若揭，西澥也没什么好解释遮掩。两人明面上看起来还是忠心的将军和高高在上的帝王，实际暗流涌动，不过心照不宣而已。

上治帝眼见如此兵权在握的股肱之臣，如今竟……心下也是多有复杂。

早在北落王去世之前，上治帝就曾游萤传书收到过来自北落的密函，其间记录的便是有关西疆的异动。北落王提醒上治帝要多关注西疆、紧盯西澥，上治帝起初还不太放在心上，直至北落王突然暴走离世，北落大乱，他才意识到其中问题。

昭景宸紧急回城，向众人揭发西澥是暮妖的真相，上治帝已然相信，却无奈一来昭景宸并没有证据，二来景琨竟当着他的面便扭转了整个朝局，不免令他心生警惕。

莫不是景琨也被他蒙蔽了双眼？

那景苑呢？景苑如今生死未卜，难道是落在他的手里？

当然，上治帝也想到了一种最坏的可能，那就是眼下他们二人已然勾结在了一起。

“你到底想做什么？”

上治帝与西澌徘徊周旋。

西澌嘴角微笑，目光落在重重封印下的茧上。

只要破了茧，星落碧海结界被打开，暮妖归来，这天下就是暮妖的天下了！

西澌仰天长笑。

上治帝一掌灵术气波推向西澌，西澌灵巧地侧身躲开。

如今上治帝的止戈剑就在他的手上。上治帝没了止戈剑，就等同没了一半灵力，要真打起来并不一定是他的对手。

“自不量力。”

西澌兽纹暴起，整个魔障似的朝上治帝冲了上去。他两眼迸射着绿光，嘴两边长出尖尖的獠牙，两拳打落在地上，人也是半兽的状态。

“果然。”

上治帝就地划出个灵障来。

帝王之术，加之又在天子脚下，上治帝的灵术得到极致展现。而妖王之魂且压阵于此，西澌虽看起来妖术不凡，却到真要发功的当口儿，徒有股冲劲——真正的妖灵之术也被沉沉镇压在封印之中，左右受控。

上治帝再一掌灵术气波逼向西澌，西澌完全妖化。

他扑落在地上，与上治帝隔着祭坛中心的茧来回周旋，眼看动起手来就要有不死不休的势头，一支长箭飞出，阻挡在二人中心。

竟然是长思御殿飞驾而来。

那长箭就紧紧插进内室墙面的岩石上，箭羽镶着一圈金丝边，背面有三角的印记。

“你怎么来了？”

上治帝有几分怀疑。

现如今人赃并获，西澌的暮妖身份坐实，背后隐患不容小觑。

西澥发出一阵冷笑。长思御殿就盯着西澥眼下妖化的不人不兽的状态，眼中神色复杂。

早听说上古暮妖偷修禁忌之术，浑身恶变以后竟就是这样不人不妖的半兽之态。尽管身形上乍一看也并没有发生巨大改变，但其妖力术法施展的背后都会隐隐浮现有穷奇之影，唯有嗜血方能恢复正常。

“小心！”

只见西澥猛地就朝上治帝扑来，长思御殿挺身挡在上治帝之前，上治帝方才有些欣慰，就觉腹下一阵剧痛，长思御殿手握一支箭，刺进了他的腹中。

“你……”

上治帝一口血喷洒出来，溅了长思御殿一脸。

西澥尝到血的味道，瞬间恢复正常。他眯眯眼，眼中的绿光散去。

“你……”

长治帝顺势倒下，长思御殿接住他扶在怀中。眼前男人还是一脸不敢相信的神情，两眼瞪得老大。

在长思御殿携箭前来的时候，那箭上就抹好了巨蝎之毒，除了死的时间长短以外，根本没有回缓的余地。

“现下统统解决了。”

长思御殿对着西澥道。

如果说离昭景琨上位只有一个上治帝挡道，那么眼下，上治帝也没有了。西澥的身份也将除他们二人外再没有人知晓。

毕竟，知道的人离死期也不远了。

“快，里头有动静！”

直到西澥侧身一遁，从偏道离开，门外把守的凤葵军才赶至内室。

是以里外隔着重重结界，暗道又四通八达，故而一众卫兵赶来的时候才耽误了好些时间。

长思御殿抱着上治帝在怀中，放声痛哭。左右箭羽杂乱地落在地上，脚下方才打斗的痕迹尚在——贼人并没有逃脱很久。凤葵甲一众自知罪责难逃，刚有大胆之士上前问询，就当场被长思御殿下旨斩杀。

一时皇城萧瑟。凤葵军护主失职，即日起退至城外驻郊任守。子虚城内，竟清一色换上了长思御殿的势力。

哪怕昭景宸只是在狱中，也隐约可以察觉外界的动荡。他看着近来就连前来送饭的狱卒都带上了金丝羽卫的令牌，立马就觉得不安。

莫不是如今局势已然发生了翻天覆地的变化？他想都不敢想。好在一连几日尚没有听闻任何上治帝的异闻，这才稍稍放下心来。但是还有一件事，让昭景宸久久不得安寝——渚牙如今被西澥抓走，西澥要利用她暮妖身份的目的昭然若揭，定然短时间内不会对她痛下杀手。可四哥呢？四哥如今下落不明，到底是发生了什么？

他的心中闪现千百种有可能的情况，却无一桩不是指向亡途。现如今连四哥落入谁人手中都不得而知，昭景宸心下无底，坐立难安。

自上治帝被刺以后，昏死过去，却并没有当场身亡。长思御殿虚情假意将他安置在日耀宫内，着医官救治，实则却是看准了他已时日不多，又不能开口说话，只等时机一到，再行出手，便水到渠成，顺理成章。

“景苑我儿……”

上治帝如今说话都十分费劲。

假若不是贴在耳边耐心聆听，一般人只会以为是他支支吾吾在为伤口的疼痛哀号。

长思御殿越是看着他这副虚弱里还要强撑龙威的模样，就越发气愤起来。若不是她那日及时赶到，就凭西澥的妖化状，恐怕凶多吉少。

她边想着，边抬手对着上治帝的额顶就是一击。

上治帝哀呼。

雕龙金丝大圆床四周还分别站着四个侍药的宫女，正要转头来问，就被长思御殿一声呵斥，吓得缩了回去。

她不但不怕西澥是暮妖，相反还正是在他被暮妖附体以后才爱上他的。

长思御殿贴在上治帝的耳边，仔仔细细地将她与西澥的往事一点一点地说来——

她爱极了嗜血的西澥，哪怕当时，她其实并不知道他是暮妖。

皇城的女人是多么悲凉，要和那么多人共享丈夫的爱。长思御殿知道上治帝并不爱自己，甚至并不怎么爱她生下来的孩子。既然是这个男人不仁在先，既然他的眼中，只有国家大事——长思御殿想到此处，自己都笑了。

她不甘，是因为他的心中只有桑林罢了！

好在现在一切都过去了。

她隐约知道景琨先前的行动，也有听说昭景苑回城途中就被逼得跳下了山崖。那山崖之高，深不见底，想来多半尸骨无存。

想到此处，她笑得就更欢了。

左右宫人听到声响纷纷朝这头看来，隔着朦胧纱帐，看不清主上的表情。长思御殿瞬间就顺着笑声扯开来，渐渐转作哭腔，扑在上治帝的身上。

“你的儿子呀，死啦。”长思御殿伏在上治帝耳边轻轻说道，“你的六儿子，也马上要跟着你去了。”

上治帝气绝，不过几日，竟当真驾鹤西去。

还不等处理好上治帝的后事，长思御殿就已经急不可待地拥新帝登基。

日耀宫从前侍奉的宫人统统被长思御殿下令赐死，去给先帝陪葬。

昭景琨柩前继位，从国上下钟鸣三日，以示对先帝的哀悼。

昭景霓麻布素衣，看着自己的哥哥携手母上，一步一步走上那登位大典。而身后金棺之中，躺着的正是自己那十余年来所妄以为的亲生父亲，不免五味杂陈。

“父帝……”

她哭倒在地。

在场的一众大臣看当朝公主都跪下哭丧，连忙也跪倒一片。

西澥远远望着，眯了眯眼。

西虢就站在西澥的身后，隔老远也注视过来。他轻轻偏了偏头，朝身旁侍随红樱说了句什么，自己便快步离开。

“臣等拜见新帝。吾帝万岁，万岁，万万岁——”

高台之上，昭景琨俯视众生。

脚下是苍茫大地。

冷风肃杀，竟没有一丝春回大地的暖意。

终于轮到自己了。

终于有这么一天了。

“昭景宸，杀！”

他嘴角轻笑，大手一挥。从此，世间人于他不过是蝼蚁一般罢了。

第二十九章

沙地树海

昭景宸还不知道此时外面已经天翻地覆，他只觉得这几日狱卒们躁动不安，像是地震前想要逃亡的老鼠。若是问一句，狱卒们脸上纷纷露出惊恐的表情，仿佛沾上他便会天降大祸似的。

三日后，他突然被狱卒提出来，交给了牢外来的一队人马。来者身披黑袍，戴着宽檐帽蒙着面，宛如暗夜中行走的幽灵，与昭景宸见惯了的凤葵军不同。他突然意识到早上那些狱卒静默恭送的表情，以及临行前他们反常递上来的酒水是怎么回事。

没想到父帝终究没有给他解释的机会，而是选择直接将自己处死。

“你们是父帝派来的行刑军吗？”

昭景宸松了松身骨，手习惯性地摸到腰间，他的兴仁剑早就被解了，此时若想突围只能全凭灵术了。

领头的行刑军高大颀长，蒙着面，极具威慑力，他低沉着声音道：“先帝已经去了，是当今圣上派我们来的。”

父帝去了？怎么会！当今圣上又是谁？

那是杀伐果断的父帝，他从来没有怕过什么，景宸压根都没有想过这如神明一般的男人，会和死亡联系在一起。竟然就这般去了？他是如何死的？又是何时死的？他待在这阴暗的牢笼里什么都不知道，甚至连真相都还没来得及传递出去！

景宸非常激动，想要再问，那人已经拿剑要挟似的顶了顶他的后腰，命他往前走。

昭景宸觉得这人的声音有几分熟悉，却又想不起是谁。此刻他也没有心思细想，从天牢出来，走过眼前细长的巷子，尽头便是刑台。

要逃出这里，必须在此前动手。

正当昭景宸估摸着自己的胜算，想着要如何智取逃脱时，他们迎面撞上了另外一拨同样披着黑袍的行刑军。

两队人马在天牢外狭长的巷道中面面相觑。

显然昭景宸身后押送之人早有准备，只听怒喝一声，他身后的士卒如黑豹一般冲上前去将对方斩杀在地。

生死一瞬之间，昭景宸立刻明白了身后押送他的并不是真正的行刑者。他箭步上前，趁着领头的行刑者与人纠缠之时，一把扯下他的面罩，质问道：“你们到底是谁，要带我去哪儿？”

那人抬起头，昭景宸瞧清楚他的面容后大吃一惊。

竟是西虢！

昭景宸见到他便想到西澥对渚牙所做的一切，心底便恨得咬牙切齿，对着他也没有好脸色。西虢冷脸蹙眉，没打算解释，只一把抓过他，替昭景宸挡了身后偷袭而来的长剑，然后冷冷道：“我是来救你的。”

原来，西虢自那日目睹渚牙将止戈剑交给了自己的父亲西澥，便觉得父亲举动十分诡异。百般询问渚牙，渚牙又不肯告诉他真相，觉得此事更为蹊跷，便一直暗中跟踪调查。直到在南疆星落碧海处，他瞧见父亲西澥作法试图破开星落碧海结界，还听到了昭景宸与父亲之间的对话，才知晓父亲真正的目的竟然是想通过复活暮妖一族夺得从国天下。他本想找寻机会救走渚牙，没想到竟半路被南木将军的人给绊住脚步，等到逃出去的时候，已经不知他们将渚牙藏匿到何处去了。他在寻找的途中，听闻昭景宸回京被控谋杀四皇子昭景苑，又因诬陷西澔将军为暮妖而被下狱，于是他想也没想就带着自己的亲信赶来救人。

昭景宸知道自己误会了西虢，收回灵术，不再与他敌对，但隔着西澔的关系，那句抱歉昭景宸怎么也说不出口。

“来人，给朕拿下！”

昭景琨乘坐龙辇飞临而至，指挥着身后的凤葵军将他们一众围得水泄不通。

想来应是之前的巷道交战，引来了本该在刑台观刑的昭景琨、南冥等人，此番想要逃脱着实不容易。昭景琨身侧的南冥站出来劝昭景宸与西虢束手投降，乖乖服从新帝。

昭景宸见新帝眼神中必杀自己的决意，只好摇头拒绝他，与西虢速度交换了一个眼神，西虢了然，向他扔了一柄剑，紧接着两人抵背迎敌，准备厮杀出去。

昭景琨见南冥还念着旧情，犹豫不决，不耐烦招手。随即前后两排弓箭手就位，不等令下，万箭齐发，如死亡的黑雨朝昭景宸他们扑来。

昭景宸与西虢幻出灵障，死死迎着。箭雨密集似怒，紧紧压制，让他们使不出一点灵术脱身。

眼见着灵障要破，他们招架不住，天空突然卷起一阵狂风，掀得新帝龙辇都要翻了。

昭景宸眯眼抬头朝上方看去，只见翠羽扑着巨大翅膀扇动起风云，景宸惊喜过望。

他没想到这大家伙竟如此机敏乖觉！那日进京他将翠羽扔在了望都城外，没想着再管它，本以为按妖兽的脾性早就不知乱飞去了何处，没想到它还竟晓得此时出来救主，真是只通人性的好鸟。

昭景宸朝天吹了一个响哨，翠羽敛翅，应声俯冲而下，急收稳翅膀落在他们面前。

沙地树海·第二十九章

昭景宸迅速爬上翠羽的背部，将手伸向西虢，拉着他一起离开。

翠羽飞行速度极快，等到新帝的人反应过来，昭景宸他们早已到了百里之外。

昭景宸担心渚牙的安危，问西虢可知道她的下落。西虢捻指烧了一只传信的纸鸢，片刻，他们身边闪现出一位骑着飞鱼的红衣女孩。

昭景宸不知这女孩从何处来，只觉得她浑身闪着一种离奇的亮光，像是自带光晕的宝珠，再细瞧，这女孩五官皱缩，生得丑陋，令人印象深刻，轻轻伏在西虢耳畔耳语着什么。

昭景宸虽然能听见那女孩的声音，却听不懂她的话，他只能焦急地等西虢翻译给自己听。

“父亲将人藏在了沙地树海。”西虢对昭景宸道。昭景宸见西虢的脸色阴沉下来，疑惑道：“那是什么危险的地方吗？”

西虢没有立即回答，而是从怀中拿出一颗光亮的珠子递给那红衣女孩。骑着飞鱼的红衣女孩见到珠子，兴奋地绕着他们飞了几圈，将珠子吞下后，反吐了两颗金石给他们就忽闪不见了，只留空中散落的点点亮光证明了她的存在。

昭景宸等着西虢解释，西虢像是好不容易鼓起勇气似的说：“那是父亲豢养怪物的地方。”

沙地树海位于西疆沙漠腹地，位于一片“火海”之中。本来西疆高温少雨，自古以来不知何故寸草难生，除了靠近北疆和南疆处的边境还能适宜人生存，其他地方由于没有水源，连只野兽也难寻。而这沙地树海更可怕，若无高强的灵术护体，瞬间可叫人脱水而亡。

昭景宸不懂西虢所言的豢养怪物的地方是何意思，只是他们一路向西，直直朝那飞去，还没到中途，翠羽已经被热得口吐白沫昏厥过去。

昭景宸只能找了一处半废弃的绿洲给翠羽庇荫休息，然后与西虢一同往里面走。

“渚牙真的在这儿吗？那女孩不会是骗你的吧。”

昭景宸已经被烤得浑身如着了火般燎人，嘴上若不是靠着从身上撕下的布条阻挡水分蒸发和风沙侵蚀，他怕早已经成了干尸。

西虢走得极慢，连反驳也慢慢地道："她叫红樱，不叫女孩。"

昭景宸心想若是平时他一定要跟西虢这个大冰块呛声，离得远远的，但今儿他说话里虽透着凉气，还算舒服，索性也就不计较了。

西虢见昭景宸一反常态不反驳他，便细细将此事前后说得明白些。

这红樱是一种稀有的沙鲛人的后代，本就世代存活于热砂之中。她幼时无意被西延从沙地树海中捡回府中，送给西虢做侍女，但因听不懂灵人的话，又怎么都教不会规矩，见她痴傻，本想就这么处置了，但西虢却道自己能与红樱交流，竭力将她留下，做了自己身边的末婢。许是觉得红樱也没有什么用，府上之人也从未留心过这个女孩，只道西家少爷关照个疯傻丫头，不为难她便是了。如此一来，红樱在西府来去自由，暗中掌握了不少府上各色秘闻。

西虢本也无意利用红樱，只道此次特殊，为了渚牙，便叫红樱想办法查出渚牙的下落来。

"红樱确认过，人就在沙地树海之中，父亲忙着五殿下登基，还没来得及返回西疆，要想救人，就在今夜。"

昭景宸点点头，心下明了。

不知走了多久，只见天色将黑，沙地起风愈加冷了起来。

正当昭景宸想要施展灵术取暖时，西虢将红樱白日里吐出来的金石给他。

"别用灵术，会惊动沙地下怪物，你握住这金石，千万别放手。"

昭景宸伸手接过，自感一股暖意由心尖产生。

他觉得惊奇，也不知这是什么原理，刚想问，西虢便拉住他，指着茫茫一片沙漠说沙地树海到了。

昭景宸茫然地看了半天，也没有找到一棵树，更别说树海了，这里倒是与一路上看过来的风景没有任何不同——目之所及全都是沙子。

西虢没有说话，拉着昭景宸，像念动咒语一样，对着地面说着什么。

很快，昭景宸便感到脚下的沙子如烂泥一般，陷了下去。下陷的速度越来越快，昭景宸都来不及挣扎，便被沙地给吞没……

“醒醒。我们到了！”

昭景宸一口气憋着差点没回过神，他被西虢叫醒，睁眼惊呆了。

原来树海真的存在。

只是不在地上，而是在这沙地之下。

目之所及，全是树枝根茎，他们像密织的网一样阻拦了沙子、热量和风暴。

昭景宸化身成西虢身边的侍卫，跟着他穿梭在宛如巨人的根茎之间。

不久，他们便到了树海深处的一处树洞。

此处树洞的看守之人，认得西虢，但依旧将他们拦下。

西虢谎称是奉了父亲之命来提渚牙，并亮了亮自己的通令玉珏。

可看守心疑，道没有接到这等命令，就算他是西将军之子也不得带渚牙离开。

昭景宸与西虢见此计不成，只好击晕守卫，然后夺令开启树洞，往里面狂奔找渚牙去了。

树洞幽深，散发着腐烂的气息，昭景宸顾不得耳边传来的诡异声响，拼命往里面闯。直到树洞最深处，才瞧见被缚在树墙上的渚牙。

他刚想靠近，却被外面一层禁锢结界击退老远。

“景……宸？！”

渚牙幽幽睁开眼，以为恍惚听到了昭景宸在叫她的名字，正想嘲笑自己竟这般思念臭小子的时候，没想到竟真真切切见到人出现在自己面前。

昭景宸欣喜地安慰渚牙，道自己一定会将她救出来，说完，便将浑身的灵力全都集中在手中，朝那结界劈去。

结界碎裂。

还没等昭景宸去接渚牙，整个树洞兀地响起一阵穿透耳膜的尖叫。

这尖叫比鬼泣还要可怕，它像是要将整个世界颠倒一般，随着这叫声，树海开始剧烈摇晃崩裂，天顶上的沙石像沙漏一样流了进来。

“不好！这结界应该是连着树海里的怪物的！”西虢帮着昭景宸扶住浑身瘫软无力的渚牙，催促他们赶紧出树洞。

可还没来得及奔到树洞洞口，便觉察甬道突然立了起来，脚下的路开始如肉泥般柔软。

昭景宸他们没有防备，纷纷摔倒在地，朝树洞深处滑了下去。幸好西虢手快，拿剑狠狠钉在地面上，将昭景宸拉住，而昭景宸则拉着渚牙。

“我们在摩诃的身体里。”

渚牙因失了妖力，又无元神可以支撑，此时面色惨白，完全失去了往日霸气桀骜的威风。

西虢不忍让她继续说话，与昭景宸道：“摩诃是树篱妖，你刚才那一劈许是将摩诃逼得妖化了。”

昭景宸真是没想到西澥太老奸巨猾，知道他们会来救渚牙，便使了这样肮脏的伎俩，任谁只要动了这里，便会叫这摩诃妖化。渚牙自身妖力减弱，他们很难一下子冲出摩诃腹中。没等昭景宸想出对策，摩诃已经狂躁地扭动内壁，试图要将甬道内的三人绞杀窒息在里面。

肉壁将西虢的剑推了出去，三人速速被抖动到了甬道的中端。

昭景宸幻出了光剑勉强撑开甬道，使得他们三人不至于被摩诃压成肉饼。但靠灵术仅仅能支撑一会儿，他们若是想要出去，还是得另找法子。

“摩诃怕火。”西虢想起以前从父亲那听来的一星半点关于摩诃的信息，指尖燃火准备对摩诃发起攻击。

“它是怕火，但是它怕的是妖王的业火。”渚牙摇头否定了西虢，然后扔出自己的红莲焰火试图拔刀逼出点妖力，使出一招半式。

原来，摩诃这等树篱妖已经有几百年的历史，在妖兽中也算得上是王者。虽不知西澥从何处驯服这树篱妖为他所用，但能制服摩诃的确实只能是妖王之力了。

“你给过我丹核。这红莲焰火许是我也能用得。”昭景宸不忍渚牙再消耗自己的身体，揽住她，轻轻拿过刀，“你说我做，或许能有一线生机。”

渚牙倒是从未想起过这件事，有些不大确定。但他们闻到这摩诃的甬道下泛起了一股酸腐的臭味，是腐蚀人的黏液在涌过来。时间紧迫，只能死马当活马医，渚牙只好将红莲焰火交给昭景宸。

红莲焰火也奇迹般的没有反抗，昭景宸拔刀时没有此前别人那般有反噬之感。渚牙稍稍安心，便轻轻嘱咐着昭景宸沉心跟随自己的神思追寻触摸摩诃的丹核所在。

许是因为归心咒。

昭景宸不仅能清晰地听到渚牙的心跳、呼吸，也能感应到她当下内海所追寻的方向。

神思的交融比起身体的交融，更让他觉得心暖沉醉。

“就是这里，刺下去！”

几乎是与渚牙声音的同时，昭景宸挥动红莲焰火，朝着摩诃的一处内壁深处刺去。

红莲焰火如同淬了钢似的，浑身发出耀眼火红的光，将摩诃坚硬的内壁刺穿，一路轻松到达了丹核所在的位置。

昭景宸如采摘硕果一般，轻松将丹核切下。

摩诃许是察觉到身体内的异物已经夺走了自己的生命之源，它剧烈扭动，将昭景宸他们三人倒出了树洞之外。

昭景宸这才看清楚，原来所谓的树洞，竟然是摩诃树篱妖的腹腔入口，而摩诃的真身是一棵顶天连地、长得如同八爪鱼的树桩。

摩诃没了丹核，变得更加疯狂，整片沙地已经四处塌陷。

若是不早点离开，他们迟早也会被埋在下面窒息而亡。

于是昭景宸护着渚牙，西虢在前开路，他们杀得这树海到处都溅上了摩诃的鲜血。

昭景宸和西虢捏着红樱给的金石，奋力带渚牙出沙地，眼见着要离开树海的区域，突然地下的根茎像是活了一般，朝天飞速伸出，想要从背后击穿昭景宸等人的背来。

渚牙率先反应过来，猛地将昭景宸和西虢两人推到一边，她被根茎重重甩到了天上。

昭景宸闪身去接，谁知一个身影从他身边掠过，将他狠狠击落，随后渚牙稳稳落在那人手中。

“呵呵，真是我的好儿子，竟然带着贼人到自家来偷东西了。”

昭景宸借着天上银星点光，看清来人的面目，心里登时凉了。

是西澥！

不，应该是……

暮妖西澥！

第三十章

镜花水月

西疆沙地分不出四时令化，即使是暮春初夏时节，此地白日里炎热似火山，夜晚稍稍起风就冻得人骨寒哆嗦。

唯独的好风景，怕就只有天上清朗的星河，似碎银点点。

昭景宸抵着寒气，持着从渚牙那借来的红莲焰火，提防四周高空中被西澥操纵着的树海。西虢与他站在一起也非常谨慎。

但此刻最可怕的不是这些，而是西澥身后那群喘着粗气、如野兽一般吓人的玄衣卫。

西澥将渚牙抓回，身后的玄衣卫便朝他们二人扑了过来。

又是树海又是人海，昭景宸如何能招架得住？

他跟西虢挥刀，二人杀红了眼，只觉得刀剑之下，血肉破开，比风神从远处沙丘吹来的夜曲还要动听。

不对，这些人有些奇怪！

昭景宸一刀砍断方才差点刺中他的玄衣卫的头颅。星光刚好洒下，他瞧见这些玄衣卫的眼睛全都遮上了黑色的布条，根本不是靠着目视行走，而且即使死了，玄衣卫的嘴巴还张得跟鲨鱼似的，蹦跶着要到处咬人。

诡异却又熟悉的画面。

这分明是被千丝虫操控、灵潭崩坏的一群人！

昭景宸抓过一个玄衣卫，一把过肩摔，将人潮往后推了推。很快这些人又跟不要命似的再冲上前来。

昭景宸飞身跃起，踩着玄衣卫的人头，朝西澌逼去。

“是你杀死了北落王，是你在制造千丝虫！”

昭景宸双目圆睁，怒不可遏，一切都恍然大悟。

他想起了那个曾经待自己恩重如父的人，想起了那寒冬无雪的夜晚，一个骁勇善战的英雄如何绝望惨死在另一个人手上。

原来这一些都是西澌搞的鬼！为什么！

西澌见昭景宸认出了玄衣卫的面目，挥手停摆，立于苍穹之上，狂笑不止。

“你是说那个冥顽不灵的老顽固？是我杀的，因为他识破了我的身份，我必须杀他。”

西澌闭目，仿佛眼前重现那一脸正气的先代北落王来。

这事若要捋，还得从二十年前开始捋。

那时的丛国，正值多事之秋，先祖崩逝时本属意上治帝继位。可当时上治帝正率兵在南疆与东疆边界平定叛乱，等到奔回国都之时，御座已经被其他皇子侵占。少年王郁郁不得志，本想就此放弃，却传出在位者残暴不仁，祸乱朝纲之事，于是众人拥护上治帝起兵夺回帝位。

其中最得力的，便是上治帝身边不离不弃的四位少年玩伴，也就是后来的四将军。除了女将军东笳入宫成了皇后，将东家军交给了妹妹东懿，四将军之位从那时起一直未曾变过。

不过，心腹之臣也分远近。上治帝向来亲近如太阳般炙热温暖的北落王，又因他屡次舍身救驾，登基后，上治帝便封了北落王为丛国唯一的异姓王，派他镇守北疆四州。而西澥、南冥，则一个守着寸草不生、酷热严寒的西疆，一个守着瘴气弥漫、蛇蝎毒虫满地的南疆，甚少得到机会被召见入京，惹得两人颇为不满。

苦地日久，人心思变。西澥一直想寻机会离开边疆重回朝廷，但上治帝道丛国上下没有比他们更合适的人选，迟迟没能另派守将来。

后来，西澥因一次偶然机会得知了星落碧海另一头封印了灵人的死敌暮妖，更得知封印暮妖的结界日渐衰弱，若不每百年重新封印一次便会有极大的祸事出现。他与南冥商量，不若趁这个机会，重新获得上治帝的重用。于是他们选择将此事隐瞒不报，想等到百年之期到时，靠一己之力封印星落碧海。

谁知，星落碧海结界异动，海面陡生鬼哭云墙，引得潮水倒灌，南疆一夜之间成了汪洋，百姓流离失所，横尸水中。若不是那时正巧出现了一位奇女子，以一己之力封印了星落碧海，丛国怕是真的要走上灭亡之路。而那个奇女子，便是昭景宸的母亲桑林。至于桑林后来怎么得北落王举荐到东笳皇后身边，东笳皇后临终前又如何将幼子景苑托付于她，上治帝力排众议迎娶她为皇后，又是另一番话了。

对于西澥而言，星落碧海此番劫难，便是他一人之祸。虽南冥隐瞒包庇了真相，没有人问责，但西澥内心惊惧懊恼，久久不能获得安宁，在回西疆的路上，忽地病重不起。

就是在这时，结界另外一边，风走城的一只暮妖利用此前星落碧海异动撕裂开的一处小破绽，趁浪来到了丛国，它偶遇西澥，侵占了西澥神思虚弱的身体，趁着西澥驾鹤西去，彻底代替了西澥的存在。

从此，此间只剩暮妖西澥。

暮妖西澥为了伪装成真主，不惜杀死每一个看出他破绽的人，先是西澥的正妻，后是西府里的媵妾丫鬟，再是小厮管事、军中副将侍卫等。

因朝臣与四将军接触不多，那段时间，众人只道西澥是因为重病一场，性情突变，无人知晓西澥早已经不是西澥。

唯独北落王一直对西澥的行为心存疑虑，虽不至于知道他的真身，但总觉得西澥像是彻底换了一个人。西澥得知北落王不断向上治帝谏言小心西疆，注意西疆动态，便觉得此人迟早会成为自己道路上的阻碍。

而让西溏下定决心必须杀掉北落王的，也便是在春狩祭典之时。他那时本要趁乱盗取上治帝的止戈剑开启星落碧海，谁料想不仅没找到机会，还叫北落王盯上。

作为暮妖，他不信任灵人，所以西溏一直在寻找完全控制灵人的法子，并尝试在西疆养育妖兽和饲育死士。当北落王发现了千丝虫与他之间的联系的时候，西溏便决心利用崔郁杀掉北落王。

昭景宸还没听完西溏的话，他便已经按捺不住扑过去，要将西溏碎尸万段。

但比昭景宸更激动的是西虢。

只见西虢比昭景宸更快地上前，长剑直指西溏的首级。

“原来母亲不是病死的，而是被你杀的！”西虢还没有从汹涌而来的真相中回过神，不可想象的愤怒和悲伤促使他不得不正视西溏，“难怪自从母亲死后，府上的人便一直换，渐渐地身边谁也不认识，连姐姐也不肯回家……”

西虢将长剑迅速换成了两柄手里剑，像清光闪电一样瞬间移至西溏的身侧，对准西溏的胸口狠狠插了下去。

若是旁人，这晃眼的工夫便已经殁了。但西虢的功夫是西溏调教的，自然能躲得开。

只见西溏稍稍一带，便将西虢的手里剑腾挪到自己手上，反手将刀插进了西虢的胸膛，让后重掌将人击到了沙地里去。

“西虢！”昭景宸连忙奔过去查看他的伤势。

西虢绝望地对景宸道:“我好恨,我虽不是他亲生,浑身本事却都是他教的……”

这些从小被扔进死士堆中培养出来的暗杀绝技，只为了关键时刻能为父亲所用的技巧，竟连杀父杀母的仇人都杀不死。

西虢死不瞑目，他睁大着眼睛空洞地仰望着天幕，他身底下的流沙像沙漏一样将他拖进了沙地深处。

“西虢！”

昭景宸死死拉着西虢的躯体，不让流沙将他带走，奈何怎么也抵挡不住沙地下坠掩埋的趋势。

突然，树海的枝条跟疯了似的攻击昭景宸，昭景宸忙着御刀抵挡。

转眼，再无西虢的身影。

“为了四海苍生，为了逝去的灵人，我昭景宸绝对不会让你的奸计得逞的！”

昭景宸朝天怒喝，手持渚牙的红莲焰火，脚步凌空踏起，聚拢了身上所有的灵力于刀尖，朝西澥砍来。

他此时的灵压已经充沛在这广阔的天地之中，与之前的情状截然不同。西澥不敢懈怠，一面手中纵风，想要掀起沙墙将昭景宸拍死在地上，一面再催玄衣卫齐齐上阵来袭昭景宸。

愤怒和悲伤使得昭景宸忘却了恐惧，他有如神助，刀身淬火，挥舞间火星四溢，像射出的火球般飞速地砸中玄衣卫，燃烧起熊熊烈火。

顿时，黑暗的沙地树海，种起了一个个火人，将长夜点亮、烤热。

许是西澥没料到昭景宸竟然也能使红莲焰火，有些吃惊。

昭景宸雷霆震岳间，已逼近西澥，想要拿下他的人头。

可西澥老奸巨猾，他将渚牙往昭景宸刀口前一推搡，阴狠道：“你想杀我，那便试试我们俩谁更快！”

说着，西澥手中的剑刃便已经要切上渚牙的脖子。

昭景宸眼见红莲焰火要撞上渚牙，急速收刀，往后连退几步。

西澥见此情状，更是得意道：“我知道你不敢杀她，因为你们身上有归心咒，若是她死了，你也活不了。”

昭景宸没想到西澥竟然连此事也知晓，他担忧地望向渚牙。渚牙此时想要催动妖力挣脱西澥，西澥却警告她若再动，灵潭崩摧，便叫她与昭景宸一损俱损。

简直太卑鄙了！昭景宸却又不敢轻举妄动：“你不是针对灵人吗，与渚牙又有何干！你放了她！”

“那她又与你何干？我们又与你何干？”西澥笑得阴鸷，转头对渚牙低声道，“你不是一直想知道你失去的记忆是什么吗，我可以告诉你，你敢接受吗？”

渚牙本想要挣脱西澥的束缚，但听到这番话眼眸中绽放出异样的光彩：“说。”

西澥应了渚牙所愿，从怀中不紧不慢掏出了一支笛子吹响，只见方寸天地，构建起如梦似幻的上古绘卷，随着曲乐变调奏起，四方便成了天然的影幕。渚牙身不动，心已然进入到了绘卷之中，任凭昭景宸怎么呼喊她都听不见。

“你对她施了什么法术！放开她！”

不知为何，昭景宸瞧见这情境没来由地心慌。他一边提刀奋力去劈砍树海的枝条，一边吹哨召唤翠羽，想要将渚牙从西澥那儿抢回来。

西澥在他与渚牙的周遭设下了巨大的屏障，翠羽俯冲而下，利爪没能损害这屏障分毫。随即，西澥手中笛声骤变，顷刻间，地下的沙地像是被敲动的鼓面似的剧烈震动，开裂起来。无数的妖兽从地下喷出，将昭景宸和翠羽团团围住。翠羽察觉到危险，赶紧抓着昭景宸飞向高空。可昭景宸却不顾身边群妖围攻，血红了眼似的朝西澥杀了过去……

绘梦中，千年前，蛮荒云溪山，风景如画，满地树萝。

渚牙看见碧潭溪水边，一个穿着赤绡凌水纹裙的少女正对着水镜梳妆打扮。这少女青春动人，不过十八九岁年纪，细瞧面容正是她自己的模样。

突然草丛中跳出一只麋鹿，对着少女伏了伏身子，然后道：“渚牙，宗主大人同意你与昭陵君的婚事啦！说下个朔月便是良辰吉日，许你们完婚啦。”

少女渚牙挥手唤了个诀，挽起了她垂到腰间的长发，然后兴奋地唤来一只鸟兽朝山外飞去，渚牙也跟在她身后追着去见这位昭陵君。

到了一处开满凤葵花的山地，少女捏着鼻子避开花圃，大步便朝那山坡上的屋子里去了。渚牙瞧见那凤葵，便觉得呼吸一窒，尽管眼前是虚影，本能却让她记起，对于他们一族而言凤葵花是剧毒，会在房子周围种植这种花的人，分明是对暮妖一族有芥蒂和防备之心的。为何那少女要来这种地方？

渚牙嫌恶地避开凤葵花，虚空闪进屋内，只见，屋内清雅简洁，一个清瘦温润的男子正背对着她研读《四海方经》。少女见他便如情动小鹿一般，从背后紧紧搂住男子，将脸贴在对方的背上，似开心又似撒娇地道：“昭陵君，你呀，以后就是我渚牙的人了。”

“你好歹也统领着木瑶一族，素日见你威风得紧，尤其对付我们昭氏军队的时候，格外厉害，怎么每每到我这儿就没个正形？”

听到男子的声音，渚牙兀地心底紧紧揪起，一股悠久的恨意和无法释怀的情意全都涌上心头。

这人是谁，为何我对他有这般感受？

渚牙想叫男子回头，却意识到这在绘卷之中，卷中人是听不到她的喊声的。

正失望，那个叫昭陵君的男人转头宠溺似的拿额头抵了抵少女的脑袋，少女假装吃痛，赖在他怀里，昭陵君像是拿她没办法似的叹气。

景宸！

渚牙震惊地看着男子，他分明便是昭景宸，只是神情仪态更加淡雅稳重，没有昭景宸一贯没脸没皮似的雅痞。

难道千年前他们便认识？

那自己对他的那种恨意是怎么回事……

渚牙心里慌乱成麻，虚空闪出屋子，径直穿过了一个藏匿在门外、手持苍竹笛、长得星眉剑目的男子身体。

渚牙刚开始愣了一下，但随即明白这绘卷便是这男子所见，正是因为他瞧见这些，自己才能进入绘卷看见这一幕幕。

但这个男子尾随少女而来又是为何？

渚牙不由多打量了他一眼。

随即，画面溶解，斗转，渚牙瞧见眼前的世界又变成另外一副模样。

云森之中，拿着苍竹笛的男子叫住了少女道:“你真的要嫁给那个昭氏的小子？可昭氏的人对我们木瑶一族恨之入骨，他们不会待你好的。”

少女摩挲着手中的红莲焰火，笑容如烈日骄阳般灿烂：“我要嫁的人是昭陵君，又不是他们昭氏一门，他待我好便好，管其他人做什么。再说，这是对我们两族最好的选择，这般我们便都能重回天上云海城去。”

男子还想再劝，少女敛住笑容，恍若换了一个人，严肃而威赫，与男子道："渚良哥哥，你会祝福我的，对吧？"

男子握紧苍竹笛，艰难地点头。少女摆摆手，便唤来翠羽乘风而去。

"傻瓜！他们只是想要扶摇神木而已！"

男子凝望少女离开的背影，而渚牙则在虚空中望着他。

渚良……云海城……扶摇神木……

这些话语像是钥匙一般腾然开启了一道道密封之门，渚牙不断被汹涌而出的复杂情绪推动着走进去，尽管觉得痛苦，她还是推开了那道沉重的门扉。

是的，她想起来了！

想起了千年前的每一个与自己有关的瞬间。

她原本出生于方山木瑶族，乃是木瑶族的少宗主。木瑶族虽久居地界，却和天上云海城的昭氏一样本为豪门，是当时云海城城主霄氏的心腹。奈何，霄氏一朝消散，云海城换了新天，极其讨厌木瑶族的昭氏成了天地新的主人，至此，木瑶族再也不曾上天。

没想到，便是在这两世家对立的情况下，渚牙对昭氏的小公子昭陵君一见倾心，而昭陵君亦对她情根深种。犹然记得琼林池畔，星辰微光之下，她与昭陵君互赠灵器，她送他止戈长剑，他赠自己红莲焰火，是以灵器作为分身相伴彼此身边，以寄托情思。渚牙不由想起了自己初见止戈剑时那奇异而熟悉的亲近之感，竟一切都源于此。

可相爱容易，相守难。为了彻底霸占云海城，昭氏设计抢夺木瑶族的"圣物"扶摇神木，甚至为此不惜大开杀戒。渚牙和昭陵君周旋于家族之间，艰难地守护着自己的立场。最终，木瑶族帮助霄氏旧人，攻下了云海城，将暴政不仁的昭氏一族彻底赶到下界。云海城则因四极崩毁，飘入九霄之中，不复存在。

昭氏一族的人彻底恨极了木瑶族，更恨"勾引了昭陵君"的渚牙。

渚牙已经将往事记起，那最惨的部分，她本不愿再看，可浮光绘卷却非要将最惨的事完完整整地呈现出来。

那日，春光明媚，山河大地、鸟兽鱼虫都沉浸在静谧而喜悦的气氛之中。

昭陵君说自己此生不再与昭氏有任何瓜葛，愿入赘木瑶族与她成婚。

为此渚牙遵守了蛮荒地界的风俗，欢欢喜喜地穿上了比赤绡纱衣还要红艳的喜袍，站在云溪山巅等昭陵君来接。可从天明等到天黑，等来的却不是昭氏的接亲队伍，而是浑身浴血、连苍竹笛都变成了血笛的渚良。

“昭氏为了强夺扶摇神木，杀死了宗主。”

渚良愤怒的话语，激得渚牙脑子像被雷击过一般，炸了，她跌跌撞撞赶到本应该宾客满座的结亲喜厅，映入眼帘的却是满目尸体。

所有来参加婚礼的木瑶族人都被杀死，从他们身体上流下的鲜血，竟然汇聚成了一条条小溪，染满了云溪山。

兄弟、手足、亲人、姐妹，昭氏竟没有放过一人。

渚牙捧着父亲冰冷的尸体，哭不出喊不出，只一言不发地叫来翠羽，冲着昭氏的大本营便去了。

她见一个昭氏的人便杀一个，见两个便杀一双。

还没等杀到昭氏宗主昭棆窮面前，昭陵君便强行带着她离开，飞去了澄江边。

渚牙依稀记得，这与他们初见那夜的风景极其相似。

只是柔和的晨光下，澄江水卷来阵阵血腥，充斥的都是木瑶族的血泪。

她此时根本不想看见昭陵君，满心满眼只有恨，无穷无尽无法驱散的恨。

拿出父亲寄放在她那里的扶摇神木对昭陵君道：“你们若是只想要扶摇神木，找我便是，为何要杀我亲族父母？若只是想要扶摇神木，何苦勉强娶我，来求我便是，为何要杀我木瑶一族？”

昭陵君无法解释，一言不发。渚牙见了，心更是如同从九霄直坠而下，摔在漆黑坚硬的石头上，连渣都不剩了。

“昭陵君，我渚牙对你无愧于天地，昨日种种今日销，从今往后，你我上穷碧落下黄泉，此生永不相见。君之所求，吾弃之；君之所爱，吾恨之。若违背誓言，犹如此木。”

说完，渚牙便将扶摇神木以烈火焚烧，毁之殆尽。

追赶而来的昭氏一族人，见渚牙将扶摇神木销毁，更是要对她赶尽杀绝。

渚牙挥动着红莲焰火，如嗜血战神一般杀戮着。

最终，昭氏的英主昭棔窷用凤葵草封住她的行动，将她封印进了地下。

渚牙闭上眼，将千年前的往事如烟粒一样，一点点重塑时间，将轨迹拉回到原来的方向。

此后的事，她也一并通过画卷知晓，那些侥幸活下来的木瑶族人则被昭氏用灵术驱赶至星落碧海那头的风走城，永远封印不得再回蛮荒。至此后世记载中，木瑶一族不复存在，而转生成了人人闻之色变的暮妖。

灭族之恨。

杀父之仇。

禁锢之怨。

随着记忆重拾，木瑶一族的一切又落回到她身上。

沧海桑田，恨没变，爱已经消散。

渚牙透过镜花水月的浮光绘卷，将往昔与今朝交织在一起。

她狂怒着，想要发泄千年来的压抑。不知是不是因为西澥的笛声，渚牙被压制的妖力突然暴涨出来，她浑身长满了妖冶的兽纹，周身犹如沐浴着神佛愤怒的火焰。

她一出手，整个世界，便绽放起了火莲。

妖兽也好，灵人也好，全都成了灰烬。

昭景宸未见过这样可怕、强大，也更无比美艳的渚牙，他被她庞然的妖力所震慑，甚至忘记他还在与西澥交战。

“你对她到底做了什么？把渚牙还给我！”

西澥见渚牙浴火重生，得意狂笑：“还给你？她不是任何人的，谁也带不走她！”说完，西澥一脚踢开昭景宸，朝渚牙那儿飞去，只听一声“恭迎宗主”，周遭的士兵如得了令咒一般，也恭迎跪下。

渚牙循着人声，朝昭景宸看过来。

昭景宸也望着她。

像是确认了仇恨的源头，渚牙孤身浴火，直直朝昭景宸飞来。

“昭陵君，受死吧！”

速度之快，像是来自炎狱的修罗。

昭景宸瞧不见渚牙的身影，只感觉面上袭来火热，他心道，若是能死在渚牙手中倒也没有遗憾。

谁知，骤然身子被拉入空中，整个人被拖拽而出，急速带离西疆沙漠。

昭景宸抬眼看去，见竟然是翠羽这小家伙冲了过来将自己救走，心头一热，几乎要落泪。

翠羽身后彩色的羽毛被撩光，昭景宸心疼地搂着它的脖子，轻轻安抚着。翠羽也像是回应般，发出悲伤的哀鸣。

他回望漆黑世界里的渚牙的光亮，想要将她的身影深深印在脑海中。很久很久以后，他再想起今夜，心中只留下了一句“四海苍歌毕，万暮合同归”的悲怆来。

第三十一章

沧海事变

大漠孤烟，寂静而苍凉。

等西延与南冥蹬着赤虎兽终于赶到的时候，沙漠里只剩昭景宸一人孤寂的身影。他跪倒在斜阳日落下，面朝着先前红莲焰火熊熊燃起的方向，背后的影子在黄沙上拖得老长。

红莲焰火烧灼过的痕迹犹在，像是朵朵莲花绽放在莽荒沙海。可渚牙和西澔却早就不见了影踪。

西延左右环顾，是以先前他们二人还未赶到，隔着老远就看到了天空中的火光。

渚牙是暮妖，她已经知道了。自己的父亲是暮妖附体，也再不是秘密。

可西虢呢？

她看着弟弟不顾自身安危，只身前往大牢救下昭景宸，也默许了他和昭景宸明知凶险在前，还奋不顾身地要去救渚牙，只是为何眼下连他也不见踪影？

昭景宸像是感受到了身后有一双眼在牢牢地盯着自己，跪着转过身来。

他看着西延，沉默。西延好像一下子什么都明白了。

旁边的流沙漫漫潺潺，早就被无形无影的风抹去了痕迹，哪里有半点曾有人在这里消逝的样子？

一阵风起，卷得黄沙满天。西延盯着那飘散在风中的沙石，眼睛却一下也不敢眨。

“真傻。”

南冥听到身边人如是说道。

西延的眼眶已经通红，却掉不出一滴泪来。她深深吸了口气，还要强撑，就被南冥伸手一拽，干脆拉到了怀里。

二人是军甲与军甲的碰撞：铁片冰冷刚硬，却比不过此刻西延内心的寒意与焦灼。

她是将军，一丝不苟、冷面无情的将军。人都说西疆女将“进能制霸群敌，退能运筹经国”，叫她“玉龙台”。

既然是玉龙台，又怎么能哭呢？

西延闭上眼，五官痛苦地拧巴在一起。南冥看着她想要安慰，努了努嘴，却始终不知该说些什么，只好拍拍她的背，把肩膀凑了上去。

她扑在南冥的肩膀上，把脸整个朝下，以掩盖自己的悲伤。

残垣断壁，浩瀚沙海，金黄的戈壁滩与相依相偎的璧人。

昭景宸远远打量着眼前画面，不禁胸口一阵吃疼：曾几何时，星落碧海之畔，自己似也曾有过如此光景。可如今……

渚牙那双发狂而通红的眼，与提起红莲焰火就大开杀戒的景象回荡在昭景宸的脑海里，久久不能散去。他体内的归心咒叫他得以切身体会到渚牙想起一切后那刻骨铭心的痛，与她绝望地离去前，同他对视时内心的彷徨和凄寒。

她恨吗？

他说不上来。

冥冥间，他最怕的是，如今的渚牙对他甚至连恨也没了。

西滆负伤逃跑的一刹那，他竟然突地就没那么在意要抓住西滆、拯救这个国家，他满心满眼里全是发狂离去的渚牙。

难不成这偌大的天地间，二人只有靠归心咒来牵连了吗？

昭景宸只觉自己的胸口突然间像是要炸裂开来，猛吐一口血，栽倒在地上。

云溪山头，绿水青山依旧。

碧潭溪水边炊烟袅袅，不时还传出几句村民浣衣的闲谈声，再不复从前的蛮荒。

渚牙记忆里曾经凤葵花遍地的山头如今被层层梯田所取代，农民勤劳地在田地里播种耕耘。一孩童远远看到她朝她跑来，嘴里叫唤着“大鸟，大鸟”“姐姐，姐姐”，她竟被吓得不知所措，急急跳上翠羽，飞到半空中去了。

这云下的风景依旧是风景，人却再不是从前的人了。

“如今你该知道了吧。”

不知何时，西滆御风而来，竟在渚牙出神的时候出现在她的身后。

渚牙转身瞪了他一眼，眼中还是怀疑与憎恶。

——要不是眼前人，大概被美好的幻影欺瞒住一生一世也未尝不是种挺好的选择。

西滆一声轻笑，并不放在心上。

西疆动荡的同时，星落碧海异象再起。子虚城民众只看到皇城上空无数妖影盘旋，乌泱泱一片，以碧霄宫为中心传来似上古巫咒招魂的靡靡音律，人心惶惶。

一声惊叫顿时响彻整个后宫。

道是当时昭景霓面布兽纹、一脸惊恐慌乱地从碧霄宫逃出，边跑还边念念有词道：“我不是，不要跟着我。”

巡逻的宫人被她吓得四处逃窜，最终还是巡逻的金丝羽卫将其奉旨拿下，姑且关在碧霄宫的后殿阁楼里。

相传还是昭景琨亲自前去镇压捉拿，并在碧霄宫中设下囚灵结界的。

他走进碧霄宫的时候，就见琉璃妆台前碎了一地的玻璃碴子，想来大概是昭景霓在镜子前看到自己妖化的模样，心虚慌乱至分不清里头人就是自己，这才疯魔地跑了出去，闹得人尽皆知。

堂堂一国公主，难不成也是暮妖？

昭景琨头疼不已。眼下他初登大宝，多少双眼睛在盯着他，他与昭景霓一母同胞，昭景霓若是暮妖，他又算什么？

霎时间皇城流言四起，他还不及将消息压下来，已然传遍了整个丛国。

上至众议大臣，下至平民百姓，无一不在讨论这皇室血脉与暮妖勾结之事。

西澌的暮妖身份人尽皆知，是以一时间众人纷纷把目光转向月辉宫那位。尽管长思御殿短时间内就以昭景霓也是被暮妖附体的理由搪塞了众人，但群臣上下还是非议不断，更有甚者竟然陈列出了种种长思御殿有可能与暮妖西澌苟且勾结的猜想罪证。

诸如暮妖西澌常年以来出入宫闱的时间、待在后宫时间的长短、与长思御殿的会面次数等。

眼看这事态发展就要一发不可收拾，甚至还会威胁天子地位的稳固——

昭景琨当机立断。先是迅速下旨将昭景霓逐出皇室，去昭氏姓，称谓“暮妖景霓”，永远关在碧霄宫中，再力排众议，死死咬定她是被暮妖附体一说，暂且稳定朝局。

是以当下金丝羽卫在皇城中势力最盛，凡散布谣言者杀无赦，也便无人敢提。

只是可怜了景霓，整整十年来禁足于碧霄宫，如今好不容易得到先帝的准允，离开了，又因暮妖兽纹的暴露，再度被打入其间，永远不得出来。

月辉宫内，昭景琨屏退众人，直指长思御殿。

“是你！”

长思御殿吓得被茶水烫了一小口，眼神飘忽，却是心虚又委屈。

“你说话这么大声作甚?！”

如今朝堂动荡，多少从前与长思御殿有过节的臣子将军都在密谋要合起伙来找到她与西澥勾结的罪证。民间也有戏台唱班之人得了幕后人的指示，将她与西澥的故事越抹越黑，甚至怀疑到昭景琨的身世血缘上，惹得她头疼不已。

她打量着自己的儿子。尽管多年来她对上治帝充满怨恨，却始终将希望寄托在昭景琨身上。眼下自家儿子已然黄袍在身，是万人之上的帝王，她多年来的心愿也总算实现。

当然这还不够！

长思御殿摇头。直到获得了，她才意识到自己想要的远远比眼下更多。

可昭景琨此刻只觉得她肤浅可笑："你老实告诉我，我到底是谁？"长期以来，她对他的高压与束缚，让他们之间的母子感情变得荡然无存。

他不过就是她走上权力巅峰的工具罢了！如今，他做到了，那么她也该满足了吧？

昭景琨看着她，眼里流露出深深的厌恶。他甚至已经不再称她为"您"了，看她的眼神，从看一个母亲，变得更像是在看一个勾结暮妖的叛徒！

"你是我的儿子，是从国的帝王啊。"

长思御殿还浑然不觉景琨的变化，她的语气里透着些得意。

昭景琨的眼眯了眯，神情里布满了阴狠和恐怖。

可不是吗？

他是从国的帝王，这就足够了。

相传西澥被暮妖附体的时间是从上一次星落碧海异变开始。而在那之前，他就已经被生了下来。如此，便就只有景霓一人是这半人半妖、不人不妖的怪物才是。

昭景琨仰天狞笑，惊得长思御殿浑身颤了颤。

隐约里，她才真正意识到，此刻的昭景琨已经再不是当初那个在自己手掌间的无知小儿了。

——他像极了当初的自己，却比自己更加阴狠毒辣。

昭景琨才不管她，直接甩门而出。他是这从国的帝王，现在是，以后也一直是！

身后长思御殿像是突然反应过来，难道他是要对景霓下手了吗？

“不管如何，她是你的妹妹啊。”她夺门而出，大喊。

她看出他眼中的恨意，这才终于醒悟过来。正如不管曾经她待景霓如何，景霓毕竟是她的孩子一样。一母同胞，难道你真的舍得对你的妹妹下手吗？

昭景琨一声冷笑，既是替昭景霓，也是替他自己。

先前他为了撇清关系将景霓抓捕起来的时候，这个所谓的“母妃”不曾有所表示，如今都到了这一步，难不成是真的良心发现了吗？

当初她是如何扶他上位，此刻他就有多么痛恨和惧怕这段历史被人翻出，就更不用说这个中还有与暮妖勾结、会影响他帝王根本的因素了。

昭景琨只想把他们都快速铲除。

——所谓皇室亲情，早就在你想要扶持我上位，而不惜一切代价将我培养成现在这个样子的时候开始，再也回不来了。而景霓，妹妹？不，她只是这权力旋涡中的牺牲品罢了。

月辉宫外，昭景琨一声令下，宫内人再不得踏出宫门一步。

外界只听闻是长思御殿卧病在床，究竟是死是活，谁又知晓呢？

等这些事传到昭景宸的耳朵里时，他已经在南冥与西延的帮助下乔装混入子虚城了。

城中四处还在追捕昭景宸，不论是凤葵军营还是南、西两将军府，都遍布昭景琨的眼线，几人不得不干脆隐姓埋名。让他们没想到的是，只短短一段时间里，从国竟然发生了这么多事！渚牙妖化，西澔暴露，星落碧海异变，上治帝暴毙，西虢也……眼下就连看起来最不相干的景霓都被卷到这场风波之中了，昭景宸头疼不已。

这是他们的七妹啊，昭景琨怎么就忍心呢？

尽管他想不清昭景霓又如何与那暮妖扯上关系，可他相信人心是可以判断的。景霓是怎样一个人，他岂会不知。十年前如此，现在亦如此。他相信她本性乃善，断不是外界所传言的那样。

救，必须把她救出来。三人不约而同达成共识。

与此同时，皇城后宫，北卿岄劝导昭景琨亲妹善母无果，被当众羞辱。

子虚城动荡，人心不古。人人忌惮昭景琨的恶名、质疑其血统，却敢怒不敢言，早已波涛暗涌了。

吴寡妇大酒楼里，昭景宸几人暂住于此。

听闻吴寡妇与皇商合作，负责御膳小厨房的部分蔬果供给以后，每日寅时，都有一送菜小车，从西三门入宫。从前昭景宸想进皇城找渚牙的时候，也曾想过从这小车上做手脚，却没有渠道。如今多少年过去，竟还是从这里入手。

“如今城门口把守的势力虽早已经换上了昭景琨自己的人，可军内制度却还是延续之前黑凤葵那套。金丝羽卫说白了不过是曾经长思御殿养在自己宫中的家卫罢了，论单打独斗都是一等一的好手，可论排兵布阵，只是一盘散沙。”

所幸西延常年来已经习惯了随手携带指挥作战的地图，因其掌管的黑凤葵原本就是负责内宫的巡逻安保，故而皇城有什么大小密道或是布排上有任何疏忽，都逃脱不过她的法眼。

“正午时分便是一整天里皇城守卫最弱的时候。”

昭景宸倒也有些庆幸自己当初为了找渚牙，把侍卫轮值的特性和漏洞都摸得一清二楚。

两人互补，相得益彰。

从西侧往东，有整一条假山石道属于看守漏洞。

日常巡逻的将士虽也有在其间安设巡逻路线，却都是死板生硬的。从前西延还在的时候，她额外安插了灵墙结界，干脆不让人从那里经过，可如今就真的成了条可利用的暗道：假山隧道蜿蜒崎岖，同时跨越了几条小队的巡逻路线，真正落实到位、需要他们警惕提防的，不过也只有几个关卡罢了。

“凤葵军中，也有几人愿意接应。”

透过沿街的窗，南冥已然看到谢然等人埋伏在对面几家商铺的二楼。景宸也很快顺着南冥的眼神，看到谢然。

自他跟着景霓去了碧霄宫以后，昭景宸就很少再见到他了。哪怕是重新恢复六皇子身份的那段时间里，因景霓所在的碧霄宫属于完全封闭的状态，里头人不常出来走动，两人竟然连一个照面也没打过。

他甚至差点以为谢然凭空消失了，直到问了南冥，才晓得谢然先前利用自己的书信同景霓往来、喜欢上景霓却不便与他说的事。就连南冥自己都是在谢然进了碧霄宫后的一星期里才接到来自碧霄宫的游萤传信，告诉他事情原委。

昭景宸远远地和谢然打了个招呼，没想到当初的阴差阳错，竟然成就了这么一段姻缘。

此次景霓被关在碧霄宫的细节，也是谢然逃出来以游萤传信的方式透露给南冥的。

如果说先前景琨登上皇位之初，南冥受他蒙蔽，此刻就真的是半分拥戴之意也没有了：昭景琨的嗜血残暴有目共睹，如此看来，当初上治帝死于谁人之手还有待查证。

西三门的宫巷里，三人跟着送菜车顺利进了皇城。

由于三人都不同程度地在脸上使了障眼法，灵术不如他们的人根本看不出来，故而即使是在面部核查的关卡也轻松通过了。

送菜车在御膳小厨房停下，几人跟着车卸货的时候，趁看守不备，三两飞刀出手，将几个带刀随行的金丝羽卫弄得重伤昏迷。三人快速换上金丝羽卫的衣服，将他们藏起来，然后才敢大摇大摆朝后宫进发。

碧霄宫外的金丝羽卫以为他们是自己人，轻而易举就开门放行。

现如今，昭景琨在前朝后宫都危机四伏，一个小小的、定了罪的暮妖景霓，他已经顾及不过来了，就不怪手下人的疏忽。

暮妖景霓虽是半个暮妖，却压根没有暮妖的妖力。

小时候学习灵术的时候她就不太上心，现如今被拘于此，更是成了半个废人一般。

昭景宸几人三下五除二解决了阁楼前的守卫，再见到她，她早就被折磨得没有了当初的娇俏之色。令人唏嘘。

不论如何，景霓是他和昭景琨共同的妹妹。昭景琨再六亲不认，可景宸做不到！

只见她的手筋全部被人挑断，两手无力地被悬在左右的镣铐中。除了圈地设下的结界外，昭景霓的腿上也有巨蟒缠绕，动弹不得。

——这结界本身并不难破，难就难在，但凡有人以外力强行破开，昭景琨就会迅速知晓。

此外，就剩眼下的巨蟒兽最难对付了。

“只有三分钟。”西延道。

三分钟后，结界一破，若是没能救出昭景霓，昭景琨无论如何都会发现了。

三人眼神交流后，景宸、西延左右攻上，南冥则退至屋檐，伸手幻化出一支牧笛来，打算“引蛇出洞”。

都说巨蟒性属阴潮，南疆最甚。所幸南冥自小所接触的蛇类众多，多少也算有些了解。

不过宫中怎么会有此等南疆禁兽？南冥引蛇之余，还是隐隐发现有些不对。

——此时的他尚且不知，原来多少年前南木就已和西澥勾结，而如今昭景琨会到这一步，多少也有些他父亲的“功劳”。

“快，追兵已经来了！”

昭景琨的势力远比他们几人想的要厉害许多。

人才刚刚救下，还没等屋顶之上的南冥将巨蟒引至笛中，碧霄宫外已经被层层包围住了。

景宸把景霓往背上一提，只听景霓迷迷糊糊间在其耳边轻道：“角门，卿岏姐姐——”

她又昏死过去。

昭景宸赶忙带着南冥、西延往角门去。

果然！

竟真是北卿岄带了小队人已然先封住了角门。

现如今金丝羽卫初上任，自然不太清楚这北卿岄同昭景琨的间隙，竟就给她留下了这么个好机会。也得益于她多少年来在宫中颇得人心，不知不觉竟然也攒了这么些对她忠心的人。

自那日景霓被抓，北卿岄就已经打定要救她的主意了——常年的深宫寂寞，也只有这么个小姑子成为她心底的慰藉。

景霓并不喜欢昭景琨，这她一直都知道。

但是景霓也并没有因此对她产生任何偏见，反而是更加怜惜她，经常来邀请她去自己宫中。在北卿岄的眼中，早就把景霓当作自己的亲妹妹一般了。

为了救她，北卿岄甚至不惜断了一切后路。她不能让昭景琨有任何威胁到这个救援计划的机会，故而干脆将翠林园的宋老酒鬼都接了出来，派人保护下送往北疆。

——昭景琨碍于先前她与昭景宸的关系，至今对所有有关昭景宸的事物都还虎视眈眈。

卿岄还写信给自家哥哥，委托他一定要好好照顾宋老将军。随即才动手去救出景霓，却苦于她实力不足，真正犯了难。

直到那日听闻宫外有暗探来报，说是在子虚城发现了北疆少年的身影。北卿岄岂会认不出来？她赶紧以北疆的独门之术，小心传信，把自己会在角门接应的消息神不知鬼不觉传到了景霓手中，然后才有了宫内昭景琨当众羞辱北卿岄一出，那不过只是她做戏，要昭景琨放下对她的戒心罢了。她表现得越弱，昭景琨就越目中无人。

一段时间的相处下来，她对昭景琨也有了些许了解。他对她暴力、苛刻，却在成婚以后至今未纳别的宫妃。他说要留着她一人，独受他的折磨。北卿岄恨他，却也同情他。

此刻她恰能利用这些缺点来帮到自己，可他的狂躁暴戾，又是由什么铸就的呢？

昭景宸时隔许久再见卿岄，竟然只觉得她已经判若两人。

二人纵然只是眼神上的交流，却也复杂了许多。

从前北落王府那文弱倔强的采药少女，眼下已然是谙晓皇城生存之道的一国之母了。

世事变迁，不若如此。

几人顺着那假山石道从东宫一路撤出。

有了北卿岄的帮助，还不等正午时分，几人就已经到了北郊翠林园——宋老酒鬼曾经短暂住过的地方。南冥安排好了一小队白凤葵从靠得最近的北山而上，包抄了把守的金丝羽卫。谢然亦安排好了车马，几人快速安置昭景霓上车。

“你怎么办？”

昭景宸转头看向北卿岄。

两人隔一段距离，昭景宸看着她笑着，冲他们挥手作别。

“到了北疆，去找哥哥吧。”眼前人似又回到曾经天真烂漫的模样。

昭景宸欲上前去邀，北卿岄自觉地后退一步。

她再度挥挥手，笑着摇头。

一个是逃亡的六皇子，身负着挽救丛国的重任。一个是看起来不得势的皇后，可也有她的职责所在。昭氏，丛国，从她踏进宫门，以嫁给昭景琨的方式成为一国之母的那一刻起，她就已然没了退路。

景宸、景霓可以离开，西延、南冥两位将军更是不在乎。只有她，不能。

翠林园的四面绿稻悠悠，是先前宋老酒鬼住在这里的时候，闲来没事种下的，恰好到了春收的季节。两人明明都站在稻田中，却已经咫尺天涯。

我能做的，就到此为止了。剩下真正的、拯救丛国的大任，还要交托到你的身上。

她就站在翠林园的门口目送着昭景宸等人的马车离去。

凤葵军跟随其后，仔细保护着。

风轻轻吹过，她嘴角轻笑，觉得这才仿佛有些春天的意思。
深宫大院，远不及此刻站在这满目绿植间来得沁人心脾。

“把她给我拿下！”
昭景琨阴沉沉的声音在她身后响起。一大队金丝将士整装待发。
北卿岄从容转身，走向那铁骑枪戟里。

第三十二章

兄弟重逢

从子虚城往北疆的一路，处处都有昭景琨的埋伏。景宸几人举步维艰，好在最终也坚持到了北疆境内。北赫沐接到昭景宸放出的求救信号，就迅速赶来支援。

几人总算顺利抵达北落王府。

这也是许多年后，昭景宸第一次重新踏上这片土地。

在如今丛国上下民心动荡、局势不稳，子虚城内妖气横行、百姓难安的时候，麓都城显得是如此的祥和与安宁。

不用想也知道，这定然是北赫沐的功劳。不过昭景宸也注意到他还是加强了北疆的防卫：一路行来，随时可见街头訾狮军队巡逻的身影。而如今的訾狮军副将，正是当年早早被北落王派去军中学习锻炼的陆亭川。

两人远远地打了个招呼，还顾不得叙旧，又要各赴奔程。昭景宸先是把景霓安顿在了北落王别院，然后才去找赫沐等人。听闻北赫沐在接到妹妹的嘱托以后，已经先一步把宋老酒鬼安置妥当，昭景宸当面感谢之余更要向他打听打听，看他知不知道四哥的下落。

而此时，他显然还没领会到临走前，卿峋那句“去找哥哥”是何含义。直到他推开门，看到赫沐屋中的四哥景苑，才顿时潸然泪下。

原来北卿峋已经先一步得到赫沐的信函，告诉她昭景苑就在王府中。

“四哥！”

他怎么也想不到，这么久以来杳无音讯的四哥，会出现在麓都！

曾经某个午夜梦回，昭景宸还梦到四哥一如传言所说的那样，被发狂的渚牙一口咬住，吓得他从梦中惊醒。不过是个梦，却吓得他连续几晚难以入眠。

可当他的视线顺着景苑扭曲痛苦的脸往下，落到盖着毯子的双腿上时，昭景宸这才意识到不对。

四哥的腿！

他惊在原地。

尽管有毯子盖着，却还是阻挡不住小腿往上暴露在空气中的瘴气。昭景苑的手牢牢拽在椅子的扶手上，看到景宸还努力做出微笑的表情，身体却止不住地发颤。

昭景宸顿时意会四哥的心情，知道此刻景苑并不想让他担心，便干脆也强忍着心中的那一份激动与疑惑，只是笑着面对昭景苑。

昭景苑本来话就不多，如今经历了这么一劫，就更是沉默寡言了，今日难得在看到小六以后露出一丝欣喜，连北赫沐看到都感慨。

他长叹一声，心疼这两个彼此做戏的兄弟。他看得出景苑分明是在故作坚强，为了不再次打击他，还是先找了个借口把景宸从房里叫出来，才细细和他解释前后发生的事情。

通过北赫沐，昭景宸这才知道，原来自己四哥最近的失踪，果真与昭景琨有关！

那日他任性而为保下渚牙以后，景苑带兵回城，竟然在中途受了景琨的埋伏。景琨将他逼退至青神山崖，当着他的面将一队跟随他的忠心耿耿的凤葵将士就地斩杀。对方人多势众，昭景苑一人招架不住，情急之下，被逼至跳下山崖。

青神山临近星落碧海，山下缠绕的雾气全是恶灵咒怨，嗅到如此新鲜的灵人气息早就急不可耐，张大口就等着要将他吞噬。景苑岂能不知？可面对前方死路一条，他为了不落在昭景琨手里，还是只得如此。

作为昭氏最为杰出的皇子，昭景苑决不允许，自己在面对死亡的时候有丝毫怯懦。

可在跳下去的一瞬间，他听着身后昭景琨扬扬得意的笑声，脑海里浮现出北赫沐笑容灿烂的脸来。

赫沐。他的好兄弟。

他突然就有些舍不得这最后的光景。他用只有他们俩才知道的密灵哨，在纵身一跃的最后关头，给北赫沐送去了自己的临终遗言。

昭景琨从上往下看，反复确认他已经葬身崖底后，这才心满意足地离去。大概也是得益于青神山下毒雾凶险，景琨无法派人下去核查，这才给了景苑机会。

北赫沐收到密信，怎么可能会放纵他“慷慨赴死”？当下带兵前往青神山去救他。

哪怕他真的死了，就算是尸骨，也必须找到！

好在，北赫沐总算发现了昭景苑。在景苑奄奄一息的时候，把他带回北疆。就连云中上人都说，只要稍微晚一点，四皇子必然命丧黄泉。他几乎是激动地眼角含泪，亲自帮昭景苑换药疗伤。

可是景苑的腿……在北赫沐救下他的时候，景苑的双腿已然被毒雾蚕食，尽管看上去和常人没什么区别，却将终身瘫痪，再不能行。

如今，这双腿周围弥散的瘴气，正是还在排解的体内的毒寒。

昭景宸哪里想到自己的四哥竟然经历了这些，想到昭景琨那张脸，以及他登上皇位以后黄袍加身、得意扬扬的模样，恨不得当下提刀回去杀了他。

可是就算是杀了他，也换不回四哥的腿了！

昭景宸自责地一拳捶在墙上，四哥是在见了他以后回去的路上遭受的埋伏，都怪他。

赫沐看他这样，一时也不知如何安慰。如今的昭景宸再不是从前的宋小六了，他也有意识和担当要反过来去保护自己的四哥。北赫沐拍拍昭景宸的肩膀，进屋去了，眼下的昭景苑根本离不开他。

好在昭景苑在经过了这些天身体与心理的双重治疗以后，整个人已经恢复了许多。北赫沐日日陪在他的身侧，看着他的状态一天比一天好起来，昭景宸也渐渐放下心来。

一连几日，昭景宸总在想，如果当初没有再次回到子虚城，一切会不会发生改变。

他好似突然就能够理解自己的母亲为何要将他灵修的根基封印起来了，也好似突然就理解了当初那个不祥之子的预言。不祥之子，他真的是吗?

如今丛国动荡，就连北疆都处在一众紧急排兵布阵状态。城中百姓可能看不出来，但昭景宸不会不知，北赫沐已然动了起兵造反的念头。昭景琨意图谋杀当朝四皇子之仇与辱妹之恨，他不能忍。

南冥、西延等人近日也都在配合北赫沐在砦狮军营里练兵，有了这两位将军的加入，砦狮军团顿时如虎添翼。

景霓与谢然也主动请缨，帮助分担北赫沐在此期间政务上的管理。

一时间，竟然只剩他昭景宸无所事事。

他从自己曾经住过的摩苍小院逛到了渚牙曾住过的、门前种了两棵桂树的厢房。如今还没入秋，桂花也还没盛开，可是他走到门前，仿佛曾经的一切历历在目。

自四哥景苑恢复了许多以后，有时一边学习四轮车的使用，一边还会问到他有关外界暮妖再世的后续。昭景宸总是语塞，他不知道该如何对四哥将这么短短时间内发生的翻天覆地的变化逐一道来。他也不知道渚牙去了哪里，西澌有没有对她怎样。他体内的归心咒这几天只隐隐让他感到一股火烧的滋味，可他却不知是那人的恨意，还是同他一样的焦虑煎熬。

渚牙，你在哪里呢?

与此同时，云端之上的渚牙，远远看着这下方发生的一切。

她难以解释自己怎么就鬼使神差来到了麓都，甚至还偷偷去了趟曾经的麓北学堂。

“你已经想起自己的身份了，难道还对这等卑鄙灵人放不下吗？”身旁，西澥的声音响起。

不，与其说是西澥，不如说是渚良了。渚牙如今已然恢复记忆，她知道身边这个人是开了镜花水月幻境的渚良，是自己的胞兄，也知道自己是木瑶族的宗主，传说中的暮妖之王。

突然间，曾经暮妖西澥对她的要求与“利用”，她好像一下子全能明白过来。

渚良的想法只有一个，便是开启星落碧海，恢复暮妖大业。

只是……

渚牙也知道，他所谓的大业，是要整个灵人界生灵涂炭，血流成河。她不在乎灵人，只在乎昭景宸。这一世，他什么都不知道，他并没有做错什么。

渚良好像一下子看穿了她的迟疑：“你想想你身上的归心咒，你不恨吗？这归心咒，恰恰就是你所深爱之人当年为了把你拴在他身边，亲手种下的。多么自私与狡诈的灵人啊，事到如今，你还不醒悟吗？宗主。”

渚牙沉默，她一手抚上胸膛，感受着心脏跳动的同时，自然也能借着归心咒感受到云端之下那人剧烈的情绪。

事到如今，她知道渚良和她说这番话的心思。渚良要她加入他，因为只有暮妖之王，才有办法运用止戈剑的力量，开启星落碧海。而届时，她那压在神御宬下的元神也能如愿拿出。

“千百年前，灵人们就是这样欺骗我们，千百年过去了，你难道还要被他们蒙蔽吗？”渚良的话像是风，在一阵一阵地撩拨渚牙最后的坚定。

她看着云下昭景宸在桂花树前驻足，陷入沉默和迷茫。

你是在想我吗？

可刹那，那股曾经族人尸横遍地的记忆又冲上渚牙的脑海。满目疮痍，是她暮妖族的鲜血染红山川江河！她不能！

“昭陵君！”

她一字一顿，眼里怒火夹杂着恨，浑身力量几乎要冲出身体。

渚良在一旁看着，露出满意的微笑。

昭景琨继位第一年，星落碧海异象迭起，暮妖再世，妖众暴乱。一时间从国上下民不聊生。昭景琨只顾强权镇压，稳固自己的势力，闹得百姓人心惶惶，敢怒而不敢言。人们渴望此时有人能站出来，推翻他的暴政。

两个月后，北赫沐带领的訾狮军顺应天下人的心愿，挥师南下，向子虚城进发。

“杀！”

子虚城混乱一片。新一任的北落王带兵破开了子虚城的大门。

人们都说，从国上下，万众一心，都向着北落王的军队去的。

麓北的訾狮军与子虚城外的凤葵军交融在一起，里应外合，并肩作战。北赫沐大军兵临城下，逼城墙上的昭景琨开门投降。

昭景琨自乱阵脚，竟然抓出北卿峒来威胁赫沐。

可北卿峒是何等贤良的声望在外，此举不仅没能威胁到北赫沐，还让一些尚蒙在鼓里的愚民顿时醒悟过来——当今君主的行径是何等卑劣！

南冥、西延二人在与景宸商议后，相互使了个眼色，唰的一下蹬墙而上，两人间系一灵绳，相互依托着，直接翻上了城墙。

趁着昭景琨还没反应过来，西延直接一掌劈在他的手背上，痛得他放开北卿峒。南冥负责打退左右，然后再以先前的方式，带着北卿峒，飞下城墙。

昭景宸在下兜起捕灵网，以灵术为缓冲接住他三人。在昭景琨不可置信的表情中，四周响起围观百姓热烈的掌声。

景宸不费一兵一卒，昭景琨已然败了。

而在这期间，北赫沐从头到尾都没搬出景苑作为打击昭景琨的武器，否则只要景苑出场，凭借他在众人中的口碑，恐怕连皇城内的大臣和卫兵都直接开门迎接了。

昭景宸知道，这是他对四哥的温柔。

皇城破，訾狮军一拥而入。

北赫沐带着兵冲在最前方，提刀直接扣下了昭景琨。

昭景宸留在后面，远远看着。他太清楚赫沐此行的根本目的就是来向昭景琨报仇的。从前他还在子虚城游学做质子之时，昭景琨就已经多有得罪于他，而后昭景琨和长思御殿为了巩固自己的势力，竟然强娶北卿岄，让北落王妃因北落王去世而伤心病逝前，都没能再看到女儿一眼。如今，他竟然不顾手足之情，对昭景苑下此毒手，此仇不报，北赫沐气愤难平。

景宸自己也有太多要和昭景琨讨回来的地方。可此刻他看着这个曾经嚣张跋扈之人像落汤鸡般狼狈地被赫沐摁在地上，突然就不想往前冲了。

四哥说得没错，越是在权力的旋涡里，越危险。昭景琨只是长久浸泡在权谋中被翻出来绞杀的个例，那他呢？如果他还继续待在这里，是否会变得和他一样？

不过北赫沐还是没有当场直接把昭景琨杀了。听闻，竟然是北卿岄出手拦下了自己哥哥。

“不管如何，卿岄已经嫁给了这个人，是杀是剐，都有卿岄的一份。”昭景宸看着她在北赫沐面前跪下。

北赫沐急得不行，可昭景宸却明白她的大义。

关键时刻，是昭景苑坐着四轮车出现，道：“那就顺了卿岄公主的意思吧。”他并不承认北卿岄是皇后，但也并不想让赫沐为难。

昭景琨被关入镇灵塔，终生不得出来。北卿岄请命，一同前往。

怕是连昭景琨自己也没想到，临到这个时候，母妃与妹妹都不在了，竟然还有北卿岄陪在身旁。

“你不恨我吗？”

北卿岄答不出来。她只知道自嫁给昭景琨的那天起，两人就是荣辱与共。没有扶持好昭景琨走上正道，是她的遗憾和过错。

昭景琨简直不知该如何去应对眼前这个女人了。诚如长思御殿曾经将她强行塞给自己时说的那样，她会是一个好妻子。可北卿岄的“好”，超出了他对宫里头妃嫔的认知范围。他承认一直以来他的暴力就是为了打破北卿岄端庄美丽的幻影，他想看看这个女人什么时候崩溃，什么时候才会原形毕露——可是她没有，她从头到尾，贤良淑德，端庄大方。

昭景琨输了，输了江山，也输给了美人。

“其实，我开始有点喜欢你了。”

他把这话藏在心底，始终没让北卿岄听到。

日耀宫外，众大臣听候任命。

昭景宸已经计划好了等一切都结束以后就要和四哥告别，只身踏上寻找渚牙的路。

渚牙要解开归心咒，好，他答应她。渚牙想要元神，好，他帮她。只要是他昭景宸可以用来弥补的事情他都做，甚至是以付出生命为代价。

眼看昭景苑坐在四轮车上，被北赫沐推着，已然身着华服荣耀登场。众人沿两边跪拜，就差一句“万岁”了——

可那四轮车在昭景宸的跟前就停了下来。

昭景宸抬头，对上四哥景苑的眼。经过长时间的恢复，昭景苑已经基本恢复到原先的心境了。可只有昭景宸与北赫沐这等最亲近的人才知道，他的内心是遭受了何等剧烈的挫折。

“小六，你来。”

景苑微笑着扶起昭景宸。

在昭景宸不可置信眼神里，他被自家四哥推着，走上了登往那象征权力巅峰的台阶。

“四哥，你……”

昭景苑并不回答他，还是微笑着自行转着轮子转身。他面对众大臣，直接宣布让位给昭景宸。众人非议，可景苑并不在乎。以他本身的气度，哪怕是如今瘫在轮椅上也不能抹杀半分。丛国无帝，那么他的话就是圣旨。

昭景苑金口已开，由昭景宸继位，众人只能跪下认昭景宸为君。

“万岁万岁万万岁——”

昭景宸还以为自己在做梦，他转头看着四哥，四哥却一副委以重任的严肃神情。他明白过来：从国帝位岂能儿戏？曾经开国之君挥剑创立丛国，如今暮妖再世，丛国暴乱，百姓又岂会愿意将王的位置交托给一个残疾之人？

这是昭景苑对他的期许，也是昭景苑对自己命运的无可奈何。

昭景宸理解他，只能沉沉地接下了这个重担。

至此，丛国百姓的幸福安定，全都交到他的手上了。

第三十三章

昭氏英主

仲夏苦夜短，丹阳花正开。

昭景宸看完了经过他四哥精选上来的折子，觉得胸口比这难熬的天气还要闷。他屏退了日耀宫的侍卫，独自一个人在夏夜紫园里散心。

登上御座还不足月余，昭景宸觉得这子虚城内外的生活每日都在发生巨变，好似几十年那般漫长。

自从西澌显露出暮妖的身份，便率着豢养的玄衣卫和妖兽大杀四方，并联合南疆将军南木，横扫各州。各地州府的军队苦苦抵抗着，请求凤葵军支援的兵书如雪片一样飞入城中，叫人越看越心慌。好在，他身边还有四哥、赫沐和南冥他们，比起一开始无从下手，现在的昭景宸已经能自如地应对各种呈报上来的突发状况。

比起城外的战火连天，城内安静许多。除了长思御殿得知昭景琨下狱、昭景宸继位之后，整日在冷宫高喊咒骂“不祥之子当朝，国之将灭”外，子虚城宁静得叫人看不出一丝异样。等过了些许日子，他四哥昭景苑去见了长思御殿一面后，连长思御殿也沉默了下来，这子虚城里更悄寂无声了。

昭景宸心想，这位置还是他四哥坐最合适，可四哥却说，让百姓看着一个虚弱得会随时会死掉的君王，跟着担惊受怕，这比暮妖还可怕。昭景宸默默接受了他们所期望的一切，但他还是想着若是他四哥的身体能恢复如初，他更愿意离开这里，与心爱的人过想过的生活。

渚牙……

昭景宸猛然抬头，发现自己不知怎么就走到了羌澜院。

自从回京之后，他再也没有与人提起过这个名字。连去看望北卿岄时，两人欲言又止半晌，也终究没有提及渚牙的事。

现如今他站在廊檐下，望着疏影斜斜的斑竹，想起了渚牙使坏的笑容，想起了雪夜下刻骨铭心的拥抱，还有一切的一切，忽然觉得这些都已经是前世浮尘。

你现在在哪儿？是否安好？可有一丝想起我来？

昭景宸与虚空诉说着思念，突然，他心口一紧，觉得浑身冷得打战。他紧紧抓着旁边的栏杆，将如刀绞般的疼痛饮下。

今夜无月，无星光，是朔月。

昭景宸大口呼气吸气，想要慢慢平复这场突如其来的朔月之症。

许是渚牙又病发了。

昭景宸满心想着她一个人如何能熬过，没有自己会不会投入别人的怀抱？

嫉妒与担忧交织在寒冷与痛苦之中。

昭景宸不想叫宫中人看见，择了一条小路，想折回日耀宫里。

突然，从宫道旁的小门里飘出一个娇小灵巧的身影来。

“陛下？”

昭景宸循声认出来者，立马挺直腰脊，装作如常的样子。但还是被眼前这个穿着浅粉宫装、一副东疆丽人打扮的小丫头给擒住。

“快跟我进来。”别看这小丫头玲珑可爱，力气却大得很，她一把将昭景宸拖住，就往御灵医的医所里去了。

昭景宸倒不是真不能挣脱她，只是眼前这人，乃东懿将军养女紫泥，前几日专门入宫来给昭景苑诊治的。他想若是现在乖乖配合，待会儿叫紫泥莫要将今晚的事告诉四哥他们，应该更容易些。

他安静地让紫泥给自己诊治完，刚想开口，却被小丫头一句话给封死。

“你这归心咒怎么还没解？”紫泥突然像变了个人似的，张着那双如渊墨的眸子，一瞬不瞬地看着昭景宸，把昭景宸瞧得寒毛直竖。

“你怎知我身上有归心咒？你……不是紫泥！”

昭景宸瞧紫泥的周遭气场，尤其是周围的灵压骤然波动，警觉地退后戒备。而紫泥露出了与她那张天真烂漫的娃娃脸截然相反的老成表情。

“老夫灵巫昭使白先渡，这世间只要是与灵人有关的事没有老夫不知道的。”

白先渡！传说中能使得枯骨生肉，隐于世外，只为皇族世家问诊，从国不世出的三大神医之一！怎的凭依在了一个小女娃娃身上？

白先渡见昭景宸疑惑，道这紫泥本就是灵树结的果子，用灵力灌溉而孕育出来的孩子，是他赠予了东懿做了养女，一来方便他行走世间，二来也是为了不至于让东家军无后。

生造活人，乃是奇闻。昭景宸愕然之外，只得万般佩服，想来这段时日四哥的身体好转许多，定都是白先渡的功劳吧。

“你于我那师弟处待了那么久，怎么他连这个都没替你解了？”

昭景宸被白先渡的话说得一愣，心道自己也并不认识白先渡的师弟呀。白先渡支使着紫泥的身体，猛拍了一下额头，解释道：“就是云中上人那小子。”

昭景宸恍然大悟，想起当年自己偶遇云中上人，让他拿归心咒诓骗渚牙的事。想来白先渡能知道此事，也应该是云中上人所说的吧。

“看来是那小子解不开，所以才没与你说。这归心咒乃是上古时候昭氏先祖维持魂灵不灭的秘法，早已失传，之前师弟与我说我还不信，没想到真叫我看见了。”白先渡紧着凝了神色，与昭景宸道：“只是归心咒里的‘归心’二字，似将有情人捆成眷属，心归一处，誓将两人的喜怒哀乐、痛苦与无奈，一起感同身受，其实并非一件美事佳话。若双方力量悬殊，只会两相折损，双方都将不得善终。向来缘浅，何必情深。如果对方非久寿之人，还是早早散了吧。”

“这归心咒并非我所下。”昭景宸不由去摸挂在胸前的双鱼玉笼。渚牙是从这里出来，是双鱼玉笼原本的主人为她下的。那个人不惜用尽一切的力量也要让只有一魄的渚牙活下去，昭景宸虽不知道两人之间的情由，但他知道自己与那人有一样的想法，他想让渚牙活下去。这是他们之间唯一的羁绊了。

“老夫这儿有一解法，你可以一试。”白先渡招呼昭景宸附耳过来，与他细说。

昭景宸越听越面色越沉，忽而他怒对白先渡说：“若是用此法才能解开归心咒，我宁可不知！”

“你迟早会为这归心咒所害，你会后悔的。”白先渡借着紫泥的身姿，露出看穿一切的表情，有种披皮画骨的诡异感，令昭景宸十分不悦。

白先渡见他固执难劝，也不与他多说，转眼就隐匿起来，让紫泥又恢复了满脸的天真无邪。

“师父说，如果陛下想解开归心咒，他随时可以帮忙。”紫泥对昭景宸道。

昭景宸瞧出白先渡已经不在这儿，紫泥不过是承载神医行走的器具罢了，便嘱咐紫泥当作今夜未曾见过自己，抬脚出了御灵医所。

渚牙朔月之症再发，昭景宸感同身受。

他卧在日耀宫内，苦苦挨着，好似如此般，渚牙还在他身边。

“若是想要解开归心咒，唯有你亲手剖心取之，痛至极致，便是解脱。”

白先渡的话如鬼魅一般回荡在耳畔，昭景宸狠狠捏住拳头，心道，自己是绝对不会让他们彼此走上这条路的，他此生所求不多，只要渚牙活下去便好。

就算他与渚牙，一个是灵人一个是暮妖，此生绝对不能在一起，他也绝对不会做对不起渚牙的事。就算此生他们无法相见，只能用这种方式感知彼此的存在，他也心甘情愿。

那日星落碧海的誓言，一旦立下，便会允诺。

“元神……”

昭景宸突然想到这朔月之症的根源，皆是因为渚牙的元神被压在子虚城下，她只有一魄苦苦维系的缘故。如果能取回元神，让渚牙恢复正常姿态，许是这归心咒、这朔月之症也将不成为问题。

昭景宸抓着红莲焰火，激动地想到此便唤来翠羽，写了一封信让它交给渚牙。信中他请求渚牙让暮妖止战，而他会为她取回元神作为交换。

翠羽一去不回，足足在半月后，渚牙才回给昭景宸简简单单一字：好。

得了渚牙的允诺，昭景宸这天下朝，将四哥送回雍学宫后，便独自一个人提着红莲焰火来到了神御宬。

他从再回皇宫到现在，今夜是第一次靠近这里。这里承载了太多悲伤的记忆，关于父亲的死，关于渚牙的离开，还有他自己不敢去接触的渚牙千年前的过去也在这里。

神御宬还是断壁残垣的模样，因为地下设了封禁，被下令禁止修葺，这里除了凤葵军的守卫也没有其他人靠近。

昭景宸让守卫退下，径直走入了神御宬内。他沿着那幽暗的长阶一路往下，时不时用灵术挥开撞上来的妖兽。这些妖兽都是那日渚牙破开神御宬的结界后，从封印内逃逸出来的，力量虽然不算强，但时不时骚扰到子虚城内的安宁，也让宫内人头疼不已。就算将封印重新封上，这些妖兽也会再次出现，于是南冥和西延他们索性便放任它们，只是增强了宫内的守备罢了。

走了许久，他重新回到神御宬下。这里的风景他已经不是第一次见了，但是瞧见四周设下的庞大阵法，还是会心紧紧地揪起。

千年前，昭氏的先祖便是在这里，用这般残酷血腥的阵法将渚牙的元神拘禁，甚至因为害怕她重现人间，几乎是每隔一段时间就再重重加上一道。他难以知晓千年前的情况有多严酷，需要对一个女人下这么大的狠手，但如今他只想要斩断这条因果的恶之锁链，将所有一切解脱。

他摸索到封印的中心，手中的红莲焰火嗡嗡作响。想来灵器比人更容易感到元神的存在，他便追寻红莲焰火，踩过阴刻的封印纹路，朝着那颗被破开的巨大的茧靠近。

那颗巨大的茧释放走了妖兽，如今只剩下空壳。昭景宸点步跃了进去，四处寻着元神的位置。

突然红莲焰火嗖的一声，从他手上脱出，带着他往茧下的一汪水潭似的积液飞去。

这摊积液泛着荧光，看上去更像是凝聚了灵气的灵场。

昭景宸看穿了刀的意思，朝着那水潭插了进去。那水潭像巨大的软体，受了刺激似的突然将他紧紧地包裹住，任凭昭景宸怎么挣扎都摆脱不掉。

就在他想要利用红莲焰火淬出火来烧干它们时，那水潭已经将他扔进了另一处虚空之中。

借着微弱光亮，他模糊看到虚空尽头有一个人形悬在半空。

是渚牙！

几乎是本能地，昭景宸朝着人形飞了过去，拼命想要接近她。

可还没靠近，便被横生出的一个人影给拦住。

“你不能带走她。”人影冷酷地伸出一把伞刀，死死将他拦下。

“带不带走不是你能说了算！”

昭景宸才不管对方是谁，他此刻只想着尽快将元神取出，于是他横刀与那人交战，丝毫没有犹豫。

那人见昭景宸的灵术中还夹杂着暮妖族的灵术，十分不悦，很快一阵狂冰封锁，将昭景宸击得连连倒退。

“千年过去了，你竟然还是如此顽固！”

昭景宸见对方的灵术纯正而古朴，十分有先道之风，他借着微弱的光芒辨认对方的样貌，竟觉得对方与自己十分相似。

“前辈认识我？”昭景宸猜测对方应该是昭氏先祖中的某一位，当下立马恭敬许多。

对方背手而立，来到他的面前，端详着昭景宸的面容，眼神中露出既怀念又恨铁不成钢的样子。

“吾乃昭梌窈，从国的开国君主，你我当然认识，我们的情分比这昭国千年时光还要长。”

昭梌窈?!昭景宸一听愣了，那不是传说中战胜妖王的昭氏英主吗，怎么会在这儿？他若认识我，我与他差了千年不止，怎么可能会有这等机缘？

但他此刻不想细究这里面的因果，只担心外面的人许久不见自己出来，要通报给四哥他们，到时候想拿元神也没有时间。

“既然您是英主，景宸自当礼让您，但是，有个姑娘正等着这元神救命，我今日必须从这里把它带走。”

说完，昭景宸便迎着昭梌窈上了，他思虑着昭氏英主不知用了什么灵术还留了一丝魂缕在这封印之地，或许就是要阻拦后世的人开启封印。虽然英主在传说中英勇无敌，但他此刻没有实体，灵力较之之前一定不能相比，倒是不必怕了他。

昭景宸挥动红莲焰火拼尽全力要将昭梌窈压制下去。

昭梌窈如一缕白烟，聚了又散，散了又聚，昭景宸打了半天也没有伤人半毫。

昭梌窈嘲笑昭景宸道：“千年前你盗走了这女人的身体，还妄想再盗走她的元神吗？”

昭景宸觉得不对劲，便细细瞧着昭梌窈，发现在渚牙元神周围放着封印用的魂石，他想这昭梌窈之所以无法击退，定是这魂石有古怪。

昭景宸爆出一个闪光，趁昭梌窈没有注意的时机，去掰动那魂石，就在他拿到之际，昭梌窈凄厉地喊道:“昭陵君！你若是想带走她，就得拿整个城的人给你陪葬。我早就预料到有这一天，那魂石是我拼尽性命镇压在此地的，为兄不希望你再次走上歧路！”

昭景宸听到“昭陵君”三个字愣了。

那日在西疆沙地，渚牙重拾记忆，也是这样喊自己。他回来查遍昭氏的典籍却怎么都没有找到一丝一毫关于这个人的记载。

这个人是谁？

渚牙为何如此恨他？

而自己又怎会是昭陵君呢！

“我是昭景宸，不是昭陵君。”昭景宸执拗地解释，可昭桧窌却笑道：“不，你就是昭陵君，你千年前是，千年后也是，就算你转生千年万年，这件事都不会改变。你一心想要拯救的女人，终将会毁了整个丛国。我不能让你这么做。”

昭桧窌起手，指着隐隐浮动的灵术阵法给昭景宸看，告诉他这神御宬下除却七重禁制，还有自己死后以身献祭设下的血誓，若是想让渚牙重见天日，就意味着要全子虚城的人随之陪葬。

“她到底有什么错，要你们防备如此？”昭景宸气得脸色发白，连手中的红莲焰火也爆发出怒气的火焰。

昭桧窌摇摇头道：“不是防备她，而是防备你。”

正当昭景宸要再问，突然他听到渚牙的声音：“是……你……来……了？”

昭景宸朝着渚牙的元神望去，只见那封印中的女子露出了迷茫而无辜的笑容，也不知是因见到昭景宸而笑，还是因千年的宁静被打扰，露出了恍惚的神思。昭景宸见到她有种异样的情感，许是觉得她不是渚牙，只能轻轻回应道：“我来接你出去。”

女子又露出了甜甜的微笑，声音喑哑，张了张嘴唇，似乎是在叫昭陵君的名字。

昭景宸握着魂石，见渚牙的元神周围的光芒忽明忽暗，十分担心她会再次沉睡。

过了今晚可能就没有更好的机会了……

昭景宸狠下心，幻出光刃，抬手去毁魂石。

可第一道光刃刚切下去，整个神御宬地动山摇起来。

尤其是那天穹，露出阳刻的纹路，似乎与进入祭坛那处阴刻遥遥呼应，渗透出血雨。

昭景宸还没有意识到事情有多严重，正准备下第二道，昭桧窌卡住他的手，将他拉出神御宬，腾空升到子虚城的上空。

昭景宸正情急，想要挣脱，却听昭桧窌呵斥道：“你看清楚了，你要是真忍心为一己私利毁掉整个城，随你！”

昭景宸回头俯瞰全城，只见整个子虚城正以神御宬为中心，急速陷落，从神御宬里发出的万丈光芒，直接令周围的凤葵军秒成湮灰。

他看到城中所有人惊慌奔走，想要逃离整个致命区域，可来不及呼喊，便已经被第一波解封的冲击给拖到了地下。

昭棆竊所说的是真的。

若是取走渚牙的元神，整个子虚城都会跟着陪葬!

昭景宸望着摇摇欲坠的城池，又看着已经露出裂纹的魂石，内心自责与愧疚激烈地冲击。

“我恨你们！”昭景宸仰天嘶吼，仿佛要将心中这苦闷的气息一吐而尽。

最终他望着遥远的西边，露出迷茫的神情……

第三十四章

再见景宸

望都人喜花爱花，一年四时都会种栽各种各样的花草在家中、野地里。

尤其是夏日，当令的花品多，满城花团锦簇，使得空气中充溢着挥之不去的甜腻味。

渚牙骑着翠羽，迎着风，朝合乐山的方向飞来，老远闻见这熟悉的味道，眉头一皱。

以前或许还觉得花香袭人，如今只觉得四处掺杂着灵人的气息，令她作呕。

她唤翠羽落在合乐山的山巅，架起一道屏障，将四周气息隔开。

不一会儿，身后便有人叫了她的名字。

“渚牙！”

是昭景宸。

他在此已经等候多时。

这些时日未见，他又沉稳内敛许多，与那个记忆中的男人越发相像！

渚牙见昭景宸要上前，手指横空于地划了一道界限，道："有什么话，站在那儿说。"

昭景宸果真没有上前，望着她的眼睛里露出了欣喜、难过抑或是心疼的复杂情绪，"你还好吗？这次朔月之症似乎发作得特别厉害……"

渚牙听到昭景宸关心自己，心口一悸。她本想着今日相见，拿回元神，就跟昭景宸尘归尘，路归路，此生不再有瓜葛，可不知怎的，昭景宸开了口，自己心中那沉积千年的恨意像是决了口似的，要消散开。

不行！不能再被昭氏欺骗！千年前木瑶一族的生死教训还不够吗！

渚牙抹不去云溪山中的一切，没有回应昭景宸，只冷冷道："元神呢？"

昭景宸顿了顿，脸上露出愧意。

"果然。"她就知道，昭氏的人怎么可能会遵守诺言！千年前是如此，千年后还是如此！自己怎么就这么蠢，又一次轻易地被骗！

"渚牙，你再给我点时间，我一定有办法把元神取来。只是……"

渚牙并不想听他的解释，她转身欲走，突然四周响起了尖锐的哨音，随即合乐山森林里凭空多出许多灵人。她抬头再一看，自己先前设下的结界已经被当空劈开，南冥和北赫沐各自率领了一队凤葵军和訾狮军，降临上空。

渚牙没想到，昭景宸不但用元神骗自己见面，还要联合其他灵人置自己于死地！

她回头狠狠地瞪着昭景宸，她现在只觉得这个男人可恶，而自己可笑，为自己因爱障目而感到可笑，也为自己在同一个人身上跌倒两次而感到可笑。

"我错信你了。"

渚牙心灰意冷，她轻跃上翠羽的脊背，准备用蛮力冲出合乐山。可北赫沐和南冥已经布下天罗地网，她想走不是那么容易的事。在激烈交战之下，她一时不察，被北赫沐用摄心术控制住了行动，随即便遭了南冥的缚灵术，被生擒。

她被凤葵军的士兵死死压在地上，不甘心地抬起头朝昭景宸看去，心里更是冰凉透顶，只见昭景宸一动不动冷冷地看着他，连张口搭救的意思都没有。

千年前，你也是这样，澄水江畔，欺我，弃我。

千年前，我也是这样，抱着希望，等你，爱你。

一切不过是再次重演罢了。

渚牙惨淡一笑，闭上了眼，道：“昭景宸，我再也不会原谅你了。”

今日的合乐山，花香正浓，浓得如烈酒，烧得昭景宸穿心难忍，不禁流下眼泪。

他不是不愿救人，而是没法救。他方才正与渚牙说着话，突然，他四哥凌空闪现在他背后，用禁言咒和缚灵术锁住了他的声音和身体。他只能眼睁睁看着渚牙被打败，被关押，还有愤恨地看着自己的眼。

他被昭景苑强行带回子虚城，待众人走了之后，昭景苑才让北赫沐解开昭景宸身上的灵术，并退到几步之外恭敬请罪。

昭景宸来不及恼怨，只着急问他四哥：“四哥要对渚牙做什么？我求你不要伤害她！”

昭景苑见他只想着渚牙，全然没有君主的样子，气得牙关咬紧，骨节握得发白，怒拍身下的椅座道：“昭景宸，你是丛国之主，她是暮妖，你们是不共戴天的仇人！”

北赫沐怕昭景苑气息不顺再伤到身子，连忙从旁安抚，也劝昭景宸不要意气用事，要以大局为重。

“渚牙虽是暮妖，但她没有伤害过灵人。”昭景宸笃定道。

“那这些日子递上来的折子里，死掉的那些灵人呢！哪一个不是死于暮妖之手？”

“那是西澥……”昭景宸想解释，昭景苑摆手不愿再听，只冷冷与他声明：“只要她是暮妖，就不能活在这世上，明日便遵从古训，将她重新封印！”

封印渚牙？

不行！

昭景宸想跟四哥求情，可陵光王接着冷酷地说道：“你既然叫我一声四哥，我便认你这个六弟。可是如果你要拿整个子虚城人的性命换一个暮妖，就别怪四哥来日大义灭亲！”

昭景宸敛眸，整个人仿佛失去了华光似的，坐在日耀宫御座前的阶梯上。想来昨夜那样大的动静，四哥不可能不知，许是四哥连神御宬下的昭氏英主也见过了，才这般硬起心肠，非要当着自己的面将渚牙抓住。

“六弟，四哥希望你能尽早独当一面，撑起子虚城，保护好从国的子民。为此，她必须死。”

说完，昭景苑示意北赫沐自己累了，带自己走。

昭景宸抬眼，扭头望着冰冷而巨大的御座，像发怒似的，将手中的红莲焰火狠狠地朝那御座劈了下去。

御座瞬间四分五裂，昭景宸的心也跟着碎了一地。

就算成了一国之君又怎么样，他还是连心爱的人都保护不了。如此一来，他与渚牙之间的误会又更深了。

突然，他觉得四肢百骸像被针扎似的疼，他意识到定是四哥对渚牙用刑，想要扑出日耀宫去看渚牙，可凤葵军的人都得了陵光王的命令，决不让他踏出日耀宫一步。

他便与渚牙一起熬着，然后昏了过去……

而这边，渚牙被吊在子虚城中最阴森恐怖的惊风牢内。她此时不仅被千万根细小的灵线牢牢穿过四肢，悬吊在半空，而且饱受着雷火的交织袭击。这可比昭景宸曾经受过的潮鸣刑台的处罚还要痛苦百倍千倍。

她一边受刑，一边想着身上幸好有归心咒，也可以叫昭景宸一同尝尝这痛苦的滋味。

可即使这样，渚牙只要回想起昭景宸和昭陵君有着同样的面容，也有着同样的心肠，千年过去自己竟然还栽在同一个人手上，便恨得咬牙切齿。随后又觉得自己可悲，想要嘲笑自己，憎恨自己。

她觉得渚良说得对，昭氏的人骨子里便是狡猾不值得信任的，她所做的每次选择，都只会让自己滑向那个万劫不复的深渊。

渚牙忍着雷火将她五脏六腑灼伤的剧痛，对着虚空发誓——

只要她渚牙活一日，便不会让昭氏灵人活一人！

惊风牢夜半如冰窖，渚牙被冻得几乎失去知觉，此时她仅剩的妖力也被这些灵线给锁住，使得她无法维持正常的体温。

昏昏沉沉之间，她似乎瞧见牢外突然闯进一个黑衣人，干脆利落地将看守的牢头和狱卒打晕，然后打开牢门，除掉加注在自己身上的灵术，将自己扶着，往牢外拖。

“还能走吗？”

渚牙认出了蒙面黑衣人头上戴的珊瑚珠簪子。

是西延。

她没有出声，只点点头，一言不发地跟着她走出了惊风牢。

西延乃是黑凤葵的统领，其灵术全子虚城能比得上的不超过五个人。从惊风牢到子虚城外，一路顺畅，如入无人之境。

西延将渚牙送到望都城外，放开了她，什么话都没说，就转身消失在黑夜之中。

渚牙唤来一只鹰鹞鸟妖，指示它朝西疆飞去。这只鹰鹞有些瘦弱，飞得极慢，比起翠羽简直有云泥之别。

渚牙也不焦急，此时子虚城的人还没有追来，等到发现她逃走，许是还要好久之后，更重要的是她知道黑暗中还有一个小尾巴跟着，索性就让鹰鹞慢慢飞。

暗中跟踪的人自然是西延，她当然不可能无缘无故放走渚牙，尽管渚牙曾是她的部下，是她的朋友，她们一起经历过岁月，模糊了光阴，但渚牙是暮妖，她身为灵人绝对不可能放走暮妖。而她此时这么做，只是想要通过渚牙找到一个人，那个杀死自己至亲至爱的伪善者，找到他，杀了他，了结这场悲剧。

渚牙很了解西延，自然能猜到西延的目的。她不戳穿，是为了让西延与自己将往日的那份情谊埋葬在过去，再也不要提起。

飞了一夜，第二日清晨，渚牙才飞到了西疆的边境城——虎啸城。

这是西满屯守玄衣卫的都城，也是西疆最大的城市。

这里比从国任何一个地方都要荒凉。

黄土黄沙，黄风黄天，目之所及，苍夷所在。

高耸伫立的土楼，被风琢成了千奇百怪的模样。

渚牙回来的消息，渚良早就通过鸟妖们传回的消息得知，于是渚牙一回来便有玄衣卫在地面迎接她。

渚牙很不爽渚良将一切算在眼中的得意表情，冷漠地指了指身后隐匿在黄沙中跟来的西延道："你的债你自己了结。"

渚良见西延在风中落下黑色的兜帽，便迎着去了。

渚牙瞧他当真没有带一兵一卒，独自去与西延了断，没多说什么，只转头走进了玄衣卫开道的楼寨深处。

担心西延？

当然不会。

他们谁生谁死与我何干呢？

我是渚牙，我是暮妖，更是一族的宗主。

现在，我只关心，木瑶一族的复归！

西延，瞧见渚良来了，拿着她的黑棘剑便没命似的往前冲。

此时她一心只想着要将这张和父亲一模一样的脸，彻底划烂！

这个人顶着父亲的身份，不仅杀死了自己的亲人，夺走了西家的荣誉，更重要的是他毁掉了弟弟唯一的信仰。

没有什么比这更残忍的事！

她好恨，恨自己为什么不早点发现！恨自己为什么不早点带虢儿离开西家！

她更恨自己太过自私，一直只想着自己的自由、自己的生活，明明自己更应该承担起西家的责任。

西延的剑此刻犹如翻腾黄沙的黑色蛟龙，上天入地，掀起狂风巨浪。

西疆的沙地在西延的操纵下，时而幻化成鹏鸟啄食，时而幻化成狼奔兔脱，紧紧缠着渚良，一刻不得叫他松懈。

"呜！"渚良终究有些抵不过西延，真叫那黑棘剑从他脸上掀了过去，带掉半边血肉。

渚良张着露出皮下骸骨的脸，露出了原本暮妖的模样："呵呵，比起弟弟，姐姐真是优秀许多，早知道当初就不应该把你放出西家，应该好好培养才是。那孩子毫无用处。"

"不许你提虢儿！"

西延听不得他诋毁，愤而将手中黑棘剑幻成无限延伸的荆棘带，她冲到渚良的眼前，仿佛自杀似的要给对方致命一击。

渚良被荆棘带紧紧缠绕，越动越紧，那荆棘带上的倒刺是铁钩，动则入肉，绝非一般法子可以挣脱。

"千刀万剐也不足以弥补你的罪孽，去死吧。"

西延说完，反向将荆棘带一抽，渚良身上的衣服、皮肉，像纸片一样被一层层剐下来，最终里面的内脏流了一地。

"满足了？开心了？满意吗？"

就在西延正以为渚良死透的时候，突然身后传来这个男人兴奋的低沉声。

她下意识想转身，刚好被渚良的苍竹笛一下捅穿心口，鲜血从笛孔中倾泻流下。

他没死……

他不仅没死，身上竟然一道伤痕也没有。

西延绝望至极，她死死抓着渚良的苍竹笛，不敢置信。

其实一切都是幻觉，渚良只是利用沙漠风沙变幻难测的光线，给西延制造了一种了幻觉，这样的破绽，便可叫她送了命。

"你最引以为傲的灵术，为父怎么能不知呢？"渚良嘲讽似的道了一句"可惜了"，便将苍竹笛从西延胸口抽出，西延的胸口豁然开了个大洞，血止都止不住。

"你不是……我父亲……"西延厌恶而无力地反击，渚良像是要给她的坚忍予以嘉奖似的回答道："我的确不是你父亲，我是暮妖渚良。"

西延伏地，痛苦地笑着，她本以为自己可以为弟弟报仇，却没想到竟然先这般莽撞地来送死了。

“虢儿……”

她喃喃地唤着西虢的名字。

“姐姐。”西疆的风沙像是给了她回应似的带来了声响。西延抬眼，仿佛看到黄沙尽头，西虢清冷地站在那儿，像小时候每次挨罚时，跑来找自己求安慰的别扭样子；也看到了虢儿嘴硬不说，暗暗担心自己安危，就每次出任务前，悄悄跑来营房送平安果的小心样子。还有，他靠在柳树下，害羞地对自己说，姐姐，我想我有喜欢的人了，你也认识，我想改日与她表明心意……

点点滴滴，重回心头。西延猛地抬头，盯着渚良。

“我不能放弃！为了虢儿，就算是死，我也要拉你一起下地狱！”

西延紧紧缠上渚良，用黑棘剑狠狠钉在了他身上。渚良反应不及，真真切切挨了一剑。他愤怒地反切西延，硬生生割断了她握着黑棘剑的手臂。

“该死的灵人!”渚良咒骂着，将黑棘剑从自己身上拿下，然后拖着西延准备回土楼之中。

昭景宸赶到时便看到了西延这一幕，他想也没想，便要翠羽急冲到渚良那抢回西延。

不过还有人比他动作更快，南冥远远瞧见西延被渚良抓着，他便催着凤葵军中饲养的神兽，像光箭一般闪到了地下，并同样一剑削断了渚良的手臂，将西延小心抱回了天上的队列中。

此时，凤葵军、砦狮军集结在列，俨然一副要开战的样子。

昭景宸看了眼西延的伤势，暗道还是来迟了。昨夜他被发现昏倒在日耀宫，白先渡便与昭景苑说了他与渚牙之间归心咒的事。待他四哥赶去惊风牢要制止行刑时，却发现人早就被西延带走了。他们知道西延一心想要为西虢报仇，如此孤勇，凶多吉少，便一路靠着南冥的追踪之术寻来，带着可以调动的所有士兵。尽管已经加快了速度，但还是比预想中晚了。

南冥赶紧将人交给紫泥，让她诊治。紫泥是被昭景宸从医所抓来的，这一路奔波，连带着她身体里的白先渡都叫苦不迭。不过好在，紫泥医术高超，为西延止住了血，昭景宸他们才稍稍松了一口气。

地面上，渚良见昭景宸来，捂着断臂，虎啸城中所有的玄衣卫，叫嚣道："昭陵君，你今日敢来，新仇旧恨便一并报了！"

昭景宸恼极了他们将自己认作是昭陵君，他本就恨极了渚良，先是北落王和父帝，后是西虢，今日又是西延，他想若不把这只装成西濉的暮妖除掉，不知他还要害渚牙到什么时候。

他踏背离开翠羽，捉住红莲焰火，瞬步而来。

渚良方才受了西延重击，又遭南冥斩断一只手臂，行动不便，转身想逃。

昭景宸怎会放过他，只见，一击流火便拦住了渚良的退路，紧着横刀直取渚良的首级，叫他避无可避。

渚良自然不肯放弃，他掀起地上黄沙，筑成土墙，试图阻止昭景宸。可昭景宸猛力将墙击穿，整个人带着强大的灵压，朝渚良扑面而来。

几日不见，渚良感到这眼前这小子的灵力，一日比一日强盛，与渚牙刚好截然相反，好似强夺了渚牙身上的力量为自己所用似的。他想到这，笑了："昭陵君，你用归心咒坑害我们木瑶族的少宗主，心底怎么一丝愧疚也无！"

"我说了我不是昭陵君，就算天下人都会害渚牙，我也不会！"

昭景宸见他笑，只觉得浑身犯恶，他绞着长刀，朝渚良的脑袋砍下去。

"啪！"不知遭了什么重击，红莲焰火落偏，渚良逃过一劫。

昭景宸朝异物飞来方向看去，只见，渚牙身着烈火红衣，立在一群玄衣卫中，宛如一只火凤。

渚良见昭景宸发愣，便拖着残缺的躯体想要偷袭他，不待众人惊呼小心，昭景宸便提刀旋身，将渚良的头颅砍了出去。

一抹急血从碗大的脖颈中飙出，渚良的头颅恰好稳稳当当落入到远处渚牙的手中。

"你看，我没有骗你吧，他们灵人就是要来杀我们木瑶族的。"渚良张合着沾满血迹的嘴唇，没有声带发出声音，渚牙却能听得懂他说的一切。"请你一定要让我们木瑶一族重新回到这片土地，以报千年前的血海深仇。”

说完，渚良将全身的妖力，凝结成丹核，从口中吐出，落在渚牙手里，眼神失去华光，变成一颗烂肉的骷髅头。

她拂手合上渚良已经并不存在的眼睛，拿过玄衣卫递过来的止戈剑，像是应了许诺一般道：“舍身此道，本座决不食言。”然后将这颗异色丹核没入体内。

她感到一股与自身截然不同的妖力，开始在自己体内集结，然后四散，连带着还有渚良留下的些许木瑶族的记忆。

渚牙平衡着两股妖力，许久，她的脸上开始爆出不同于之前的兽纹。这兽纹一路从脸颊延伸进黑金色的瞳孔，叫人看了十分恐惧。

“渚牙！”昭景宸发觉渚牙的异变，心中慌乱地想要靠叫她的名字确认她的存在。

可渚牙，此时心中无物，只凭着一股本能的冲动，像捷豹一样蹿入高空，朝着南疆星落碧海的方向飞去。

翠羽像是受到召唤一般，嘶鸣一声，浑身如镀了金光的神兽，带着昭景宸也跟着冲了过去。

身后的军队想追，却眨眼不见了两人踪影。

星落碧海。

此时风云异动，电闪雷鸣。

渚牙像远古的神祇一样，踏着被她聚拢而来的云团，举着止戈剑，吟诵起开启星落碧海结界的密语。

她的声音空灵而动人，极具蛊惑。

随着她声音的高低，星落碧海掀起巨浪和旋涡。

这比二十年前那场海水倒灌恐怖多了。

眼前好似要将所有海水倒到天上去，再把天上的一切都拉落下来。

昭景宸想要靠近她，阻止她，却被她周身的结界，束缚住。

渚牙想要开启星落碧海，已经无人能阻止。

很快，天幕就被撕出了一个大口子，海天之间的巨大人脸鬼哭墙，像石灰一样倾斜坍塌，涌进南疆的土地，从而向丛国四面八方蔓延开去……

从今日起，天地便失去了光明，只被黑暗和瘴气笼罩。

昭景宸听到了来自远方的凄厉惨叫……

他明白——

被囚禁驱散千年的暮妖们回来了！

第三十五章

一步之遥

旌旗猎猎，战鼓雷鸣。

群妖自西南方的天际破口扑杀而出，带着数千年被压制的咒怨，在嗅到灵人气息的刹那，疯狂爆发。

丛国上下，硝烟四起。飞禽走兽，黑压压扑城而来。

“杀！”

渚牙高举着止戈剑，率大军一路往子虚城进发。

所到之处，尸横遍野，灵人的血中夹杂着群妖的怨念，四处飞溅。地面上的树植被连根拔起，妖兽扑涌而上，践踏着灵人的尸骨，像是举行某种仪式般狂欢。蛮荒地界四处燃起熊熊烈火，宛如炎狱。

而渚牙只是高高在上地看着这一切，嘴角轻笑。

破坏，骚动，灵人的哭喊与求饶，在此时仿佛都只是她耳边最虔诚的忏悔一般。

世道轮回，千年前他们欠下的债，如今，也该还回来了。

子虚城上空，此时正有成千上万只鸟妖麇集在一起，奋力地围攻着保护城池的巨大灵障。

城下，南冥、西延率凤葵军苦苦支撑，随着暮妖和妖兽一起接连数十日的密集攻城，凤葵军的伤亡十分惨重。而城外，从国境内的战报更是频传沦陷倾覆的消息。更可怕的是，随着星落碧海开启，神御宬内渚牙的元神已经苏醒。她受不远处渚牙召唤，躁动不安，竭力想要挣脱禁锢，每日都会造成子虚城的震动伤亡。

暮妖大军呼啸将至。覆灭，不过早晚之间。

“事到如今，必须撤退。”城墙之上，昭景宸沉默许久后做出决定。

他觉得眼下凤葵军已经十分脆弱，北赫沐从北疆调来的砦狮军也抵挡不了多少时日，与其拉着众人陪葬，不如早些寻找周全的法子。可陵光王，他的四哥却要坚守城中：“一国之君若守不住自己的都城，又有何力量使人信服他们的战斗会迎来胜利！”

“可作为一国之君也要教会他的臣民如何保护自己，免于死亡！”昭景宸从来不信那所谓的帝王话术，他只信奉在强者面前暂时低头并不是一件屈辱之事，留得青山在不愁没柴烧，何必此时要所有人都在这里硬撑呢！

昭景宸非常强硬地要求北赫沐带走他四哥，并吩咐南冥、西延率军连夜撤出城。

“那陛下您呢？”南冥全然按照昭景宸的指示吩咐下去，唯独对昭景宸自己的安排产生了疑问。

“我自有安排。”昭景宸试图含混过去，可南冥却一眼看穿了他的想法：“陛下要独自面对暮妖吗？”

“没有暮妖，只有渚牙。”

昭景宸见南冥不肯走，便下了圣谕叫他离开，他一直目送着最后一列人马离开子虚城，才用灵术封住四方城门，然后返回神御宬下，准备等着，等着渚牙来到自己面前，将前仇旧怨一并清算。

然而令他意想不到的是，在渚牙来临之前，众人竟先去而复返——

昭氏臣子自小被灌输保家卫国的理想。皇子也好，将军也罢，就算只是凤葵军中的一员，也必须战到最后，岂有苟且偷生的道理？

南冥带兵，先遣一干百姓从北城门快速撤离，西延掩护，杀出一道血路。

就看到远方两抹黑影快马加鞭而来，凑近竟是景霓与谢然二人。

“事到如今，怎么能少了我们呢？”

她甜甜一笑，飞下马来，接在西延之后，撑起民众四周的移动灵障来。

一众城民被护在灵障中，由景霓、谢然与若干凤葵军护卫，逃往北疆。南冥、西延再返回皇城之中，同昭景宸等人一起战到最后。

“杀！”

城门外，渚牙驾着翠羽飞在半空，一柄止戈剑捅向天际，刹那间电闪雷鸣。

她身后是汹涌无尽的妖众。所到之处，寸草难生。暮妖的咒怨从青神山下喷涌直上，冲破层层结界，万马千军，霎时间将那城门攻陷。

子虚萧条，竟已人去城空。

渚牙率兵一路攻进皇城，这才看到昭景宸为首，南冥、西延等人已然摆好了阵势，只等着自己了。

西、南、北三地将军强强联手共支起一中央灵障来，昭景宸于当中施法融合，紧紧护住身后昭氏皇城最后的威仪。

——同时，也是帮纷乱逃离的百姓做最后时间上的拖延。

可落在渚牙眼中，就全然不过为了颜面罢了。

颜面，竟到了最后还在意这昭氏的颜面吗？

她嗤笑，与昭景宸四目相对间，只剩下了不屑。

“护我丛国！杀！”

不等昭景宸下令，北赫沐干脆先一步出手。

——渚牙分明看见，是他身旁，昭景苑的指示。

一时间，訾狮与凤葵二军蜂拥而上，同暮妖一众兽兵扭曲交织在一起。妖兽的咆哮与灵人士兵的哀号杂糅交融，血雾漫天飞舞，刀光剑影里，不断有人或是妖兽倒去，在茫茫血海里化作一缕尘烟。

他像还觉得不够，凑在北赫沐耳畔轻声耳语。

渚牙的眼顿时变得煞红，直直盯着昭景苑就提剑冲上——

踩在灵人的尸骨间，渚牙无人可挡。南冥、西延等下意识只以为她的止戈剑是冲着昭景宸去的，纷纷防范在昭景宸身侧，竟不觉在位置变幻间，叫渚牙钻了空子。渚牙乘机破开灵障的小口，从其中一把抓出昭景苑来。

“四哥！”

昭景宸也从灵障中冲了出来。

此刻的渚牙哪里还有什么常人的理智，满心满眼都被仇恨所填满。

昭景宸是恨，昭景苑也是恨——

既然杀了昭景宸困难，不如先从昭景苑下手，以儆效尤——

城下地震山摇。

渚牙不会忘记，曾几何时也正是这个家伙，一而再，再而三挑唆她和昭景宸的关系——如今也正是他，竟敢下令反击。

“你不是很猖狂吗？很骄傲吗？”

她在昭景苑的耳边轻道。

昭景苑才没有一丝惧怕，他腿下不稳，此刻全是被渚牙拽在胳膊中，即使汗水遍布，眼中也依旧坚若磐石。

暮妖就这么可恨吗？

渚牙手下发狠，心上一股怒火直直蹿上。

眼见她就要以止戈剑砍向昭景苑——突的只感觉胸口一阵吃疼——她抬起头，竟是那边昭景宸一刀红莲焰火，先一步插在了他自己体内。

不偏不倚，就擦着拟丹而过。

渚牙一声惊嚎，松开昭景苑。北赫沐乘机而上，将其救走——

皇城两端，是她与昭景宸的四目相对。她嘴角扯过一丝笑，捂着胸口又飞到翠羽之上。

昭景宸见状也踩着灵人、妖兽的尸骨，飞在渚牙眼前。他如今灵术高强至哪怕是重伤、出入妖兽军中也无人可挡，竟生生又捏了个仅有他与渚牙二人的结界来。两人就困在这两军当中的结界里，以翠羽为底，飘在半空。

结界里是他与渚牙面对面的世界，不管身外的兵戈铁马。

他看到渚牙抬头看着自己的眼神，是混沌迷惘里的一丝狠，也有沧海过往中的一点哀。

曾经的一桩桩、一件件在他二人眼神的交互中飞快闪过。

昭景宸手中的红莲焰火与她身后的止戈剑光影辉映，渚牙却并不想面对——她提手一挥，斩断昭景宸的所有的神思。

“我知道，你不是在恨灵人，你恨的只是一个昭陵君罢了。”

——此间所有，只是证明你曾爱得有多深，方才有多恨。

“你放过他们，不要再伤害无辜……”

“不！”

不等他的话说完，渚牙就已经提剑而上，直直冲到昭景宸眼前。止戈剑的锋芒就对着他的脖颈。他与她相对，二者神色间都有说不出的哀伤。

“你我血海深仇，前世今生，哪有那么容易‘放过’？”

她轻笑，又把止戈剑的光芒对准了自己。

“此生此世，注定不复相见。”

霎时间，结界外群妖炸起。

天际嘶鸣，又是一阵刀光剑影。人与妖的血混杂，腥味弥散在这座即将成为齑粉的巨大废墟中。

渚牙提剑而来，昭景宸不得不拿起红莲焰火承下攻击。

昭景宸从她每一次攻击中只看到越来越深的决绝与愤怒，她对过去已经毫无眷恋，下定决心迈向他们彼此背道而驰的修罗之路了。

真的毫无转圜的余地了吗……

昭景宸回避着渚牙，他不愿与她刀剑相交，只竭尽全力躲闪，靠着瞬步与灵障，将渚牙刺来的剑锋挡在一步之外。

可这恰恰惹恼了渚牙，她劈开昭景宸的防御，将人倒逼进子虚城的上空。她知道昭景宸有意要保护城池，可越是这样，她越不会放过昭景宸。

“少在这里跟本座惺惺作态，拿出你们灵人千年前杀害木瑶一族人时的本事来！”

渚牙妖气大盛，剑锋横扫之下，天地搅弄得骤然变色。昭景宸见渚牙提剑刺来，他突然放开本来格挡在身前的红莲焰火，几乎是同时，笑着迎上止戈剑，紧紧拥住了渚牙，叫她动弹不得。

“你……”渚牙没有想到昭景宸会自己撞上剑，那长剑直直破开了他的心口，血从他们之间流淌而下。

“对不起，只有这样，才能再次拥抱你。”

昭景宸的声音虚弱而无奈，又有心爱之人失而复得的珍惜。他抚上止戈剑，将自己往前再送了送，好似觉得这不是一把即将夺走他性命的长剑，而是唯一能够将自己与渚牙钉在一起的楔子。

渚牙惊得想拔出剑，却被昭景宸死死地抓着。

“渚牙，无论千年前昭陵君是不是真的负了你，你都不要为他而难过愤怒。今生请你只看着我，看着我一个人……我爱你，你爱的也是我……我昭景宸永远不会负你。”

“不，你们昭氏都是一样的，你昭景宸和昭陵君没有任何区别。你不过是想要利用归心咒，杀死我罢了！”

渚牙狠狠推开昭景宸，止戈剑带着血肉从昭景宸的身体里抽出。很快，渚牙的胸前也裂开大口，鲜血如无法消弭的恨意一样倾泻而出。

“你不会死的，我不会让你死……”

昭景宸匍匐着从血泊中爬起，掏出双鱼玉笼，艰难地递给渚牙，渚牙见了登时浑身僵住。

只见那双鱼玉笼中锁着一个晶莹剔透的魂灵，在接触到渚牙时迫不及待地挣脱而出，融入她的身体之中。

竟是元神，昭景宸竟然真的实现承诺将她的元神还了回来！

渚牙接受了元神，感到一股久违熟悉的力量回到了自己的身体之中，除此之外，还有千年前那些遗落的记忆……

眼前，脑海中，那些纷繁的碎片如走马灯一样，在向她播放。

她全都想了起来，那场惨绝人寰的屠戮，那些年在旖旎的云溪山中与昭陵君偷偷相爱的过往，还有澄水江畔被昭氏一族人封印的种种。

“他没有背叛你，一切都是他的兄长所为。”

渚牙听到了元神展示这些记忆时缓缓道出的那些话。

“就算不是他故意骗我，他是昭氏的人，他也有不察之过！这一切本可以被阻止……”

元神道：“他已经为此付出了代价，不是吗？”

渚牙豁然进入了一片漆黑压抑的封印之地，她认得此处，是昭氏一族将自己元神封印的神御宬下。

她不明白元神为何要带她来这里，又要她看什么，只是本能地想要抗拒。

“你难道不想知道我是怎么被封印在神御宬下，而你却又如何落到那双鱼玉笼之中的吗？”

不待渚牙拒绝，元神便领着她见到了千年前，那天夜里，站在自己面前的昭陵君。

昭陵君形销骨立，浑身是伤，像是历经了九死一生才走到了她面前。渚牙此时已经被封印，浑身动弹不得，只见昭陵君划开自己的手腕，流出鲜血，试图用此法打开神御宬的结界。

可开解的灵术未成，昭陵君的兄长、族人便冲了进来。想来他们早就预料到这一切，是要来阻止昭陵君的。

“你果真是为了这个女人，连昭氏的安危都不顾了！你难道也想被封印在这地下吗？”昭陵君的兄长昭桧窬着人架起了灵阵，瞧架势便没打算活着放昭陵君出去。

“兄长利用我夺扶摇神木，屠杀木瑶族人，不仁不义之事我昭陵君都替你背了，但是唯独渚牙，我绝不能让你伤害她！”

说着，昭陵君开启了封印，想要将渚牙抢出来。

昭氏的人见昭陵君真的敢背叛全族，便也顾不得他昭氏少公子的身份，纷纷提剑摆阵，要将他与渚牙一样封印起来。

昭陵君竭尽全力想要击退昭氏族人，并从中寻得带走渚牙的机会，但再怎么神勇也架不住全族人的围攻。

他的兄长昭桧窬见他不肯就范，便强压着封印，让渚牙灰飞烟灭。

昭陵君眼见灵阵起，万剑归于一处，要毁了渚牙，便奋不顾身地扑到封印渚牙的阵前，挡下了那令人魂飞魄散的攻击。

这一击，重重摧毁了昭陵君的灵潭。

激战将渚牙从封印的沉睡中惊醒，她起初望着昭陵君并没有意识到发生了何事，只是满眼见到了灭族仇人，愤恨暴起。

昭陵君看着她因仇恨扭曲的脸庞，愧疚悔恨，又知自己灵潭受损已经无法带走渚牙，只能对她道：“渚牙，对不起，若是有来生，希望我还能再遇见你，爱上你……”

说完，他便用自己全部的灵力，破开封印，将渚牙的身体抢出，存进双鱼玉笼之中，而昭桧窬则发动灵术，将渚牙的元神硬生生与她的身体剥离开……

原来自己之所以会元神身体分离，被双鱼玉笼关了千年，竟是昭陵君为了救她之故。

渚牙闭目，不愿再去看元神向她展示的一切。

昭陵君此后如何，不用想也猜得到，而双鱼玉笼在千年中如何流转到昭景宸这儿，昭景宸又如何与她再次重逢，许就是所谓的命运吧。

渚牙稳住失而复得的元神，睁眼再看此世，她心中万千波澜。

“渚牙，请你……放过自己，放过他们吧……”

昭景宸没有看到渚牙恢复妖力骤然修复伤口的样子，他的眼眸早已经失去了亮光，双耳也早已经听不到身边群妖兴奋的嘶吼。

他的此生已经停止在了此刻。

“放过吗……”

渚牙迎风将泪饮下，没有再看那具躯体一眼。

许久，她背对着汹涌成灾的暮妖们指着子虚城道——

“屠城！”

一声令下，暮妖如岩浆一样涌入子虚城，将那些灵将们耗尽灵力铸就的结界，湮灭在震天的嘶吼声中……

同样也摧毁了她与那个男人所连接的一切。

晨曦微光，却没有等来宁静。

渚牙独自站在子虚城最高的八重塔尖，遥望苍夷。

此间，已经看不到灵人的踪迹，只有风带来了血腥的余韵。

她兀地觉得腹内翻涌，似有什么挣扎而出，忍不住呕了出来。

她许是意识到了什么，不由自主抚上自己的小腹，那里正有一个不可思议的小生命孕育而成。

（终）

敬请期待第二部《山河丽歌之扶摇神木》